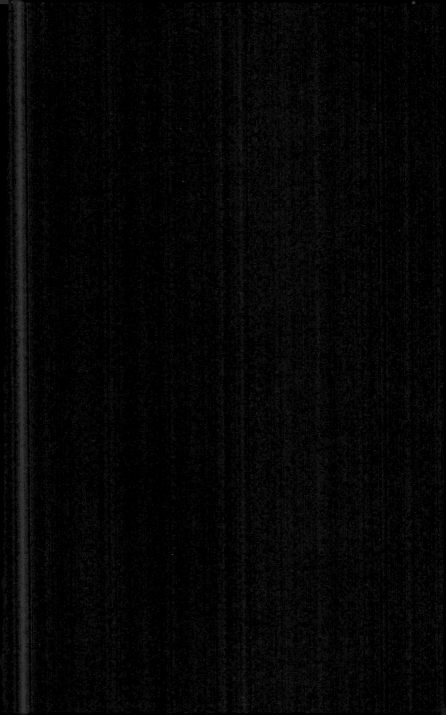

쥘베른
걸작선
12

기구를 타고 5주간

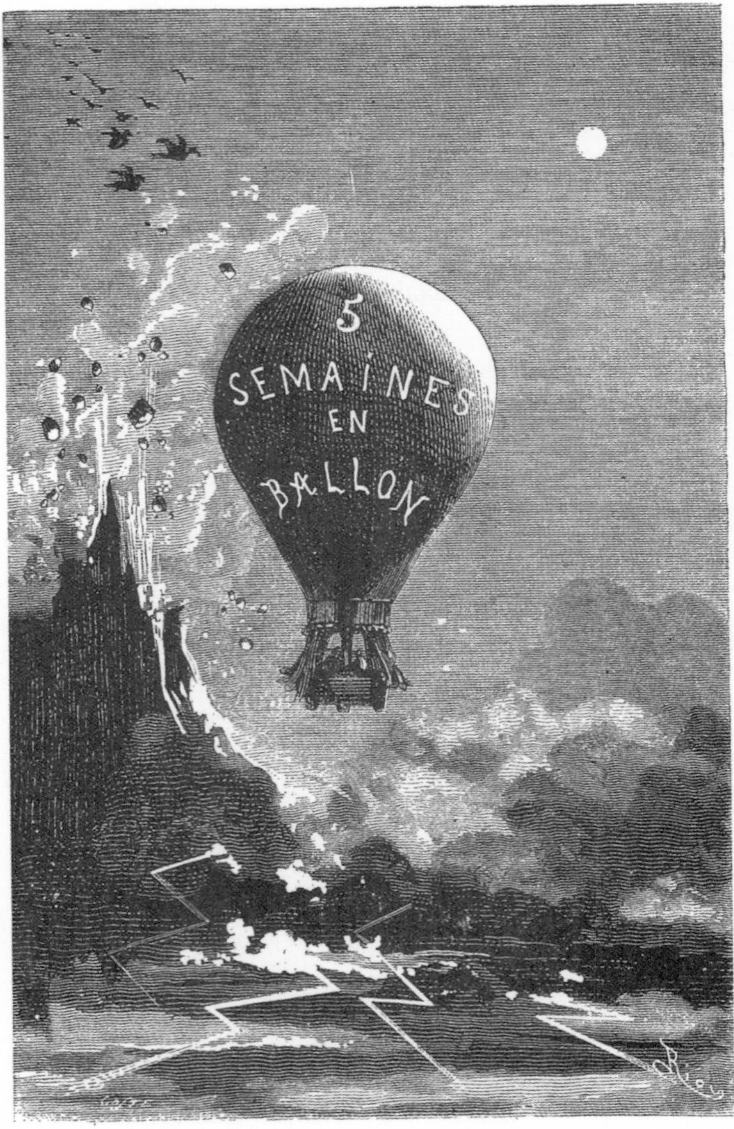
5
SEMAINES
EN
BALLON

쥘베른
걸작선
12

기구를 타고 5주간

Cinq semaines en ballon

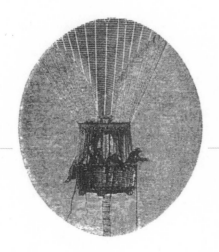

김석희 옮김

열림원

"나는 내 길을 가는 게 아니다.
내 뒤에 생기는 것이 나의 길이다."

| 차례 |

기구 여행 경로

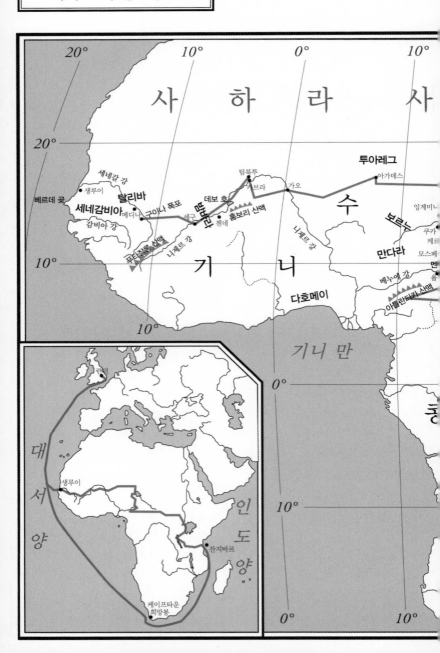

사 하 라 사

수

기 니

투아레그
아가데스

잉게미니
쿠카
케트
모스페

보르누

만다라

멘
욜

팀북투
카브라
가오

세구
젠네
홈보리 산맥

데보 호

맘마라

세네갈 강
생루이
탈리바
세네감비아
메디나
구이나 폭포
감비아 강
푸타잘롱 산맥
니제르 강

베르데 곶

베누에 강
아틀란티카 산맥

다호메이

니제르 강

기 니 만

대 서 양

런던

생루이

인 도 양

잔지바르

케이프타운
희망봉

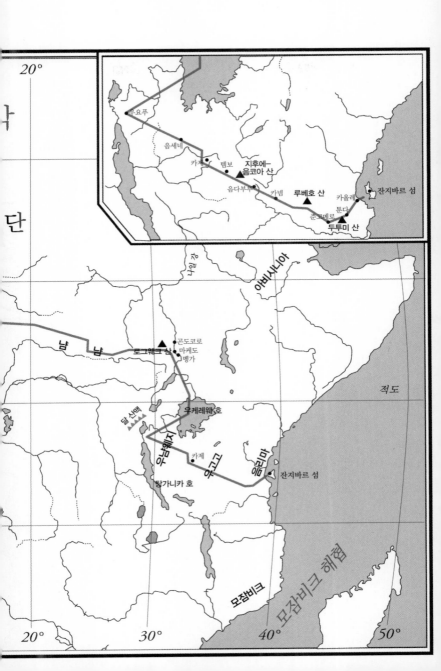

20°

아

단

20°   30°   40°   50°

음요푸

음세네

카제   템보
            지후에—
            음코아 산

            음다부루   카넴   루베호 산   카올레
                                            툰다
                                    준고메로   잔지바르 섬
                                            두투미 산

냠   냠

로그웨크 산   곤도코로
            마케도
            뱅가

            달 산맥
                    우케레웨 호

            우남웨지
                    우고고   카제
            탕가니카 호   잔지바르 섬

                                    모잠비크 해협

                    모잠비크

아비시니아

적도

1
새뮤얼 퍼거슨 박사의 대담한 계획

1862년 1월 14일, 런던 시내 워털루 광장 3번지에 있는 왕립 지리학회의 총회에는 많은 사람이 참석했다. 회장인 프랜시스 M** 경의 연설은 박수로 자주 끊겼지만, 그런 가운데에서도 그는 존경할 만한 동료들에게 중요한 사실을 전했다.

웅변 자체라고 해야 할 이 연설은 조국애에 넘치는 허풍의 목소리로 끝났다.

"아시다시피 몇 나라가 각자의 분야에서 다른 나라보다 앞서 가고 있지만, 우리 영국도 대담한 탐험가들의 공로로 지리적 발견이라는 점에서는 다른 나라의 추종을 허락하지 않고 있습니다. ('옳소!' 하는 외침 소리) 영국이 자랑하는 탐험가 중 한 분인 새뮤얼 퍼거슨 박사도 조국의 명예를 결코 더럽히지 않을 것입니다. (사방에서 다시 '옳소!' 하는 외침 소리) 이번의 시도가 성공하면 ('틀림없이 성공할 거요!') 아프리카 대륙의 지형에 관한 단편적인 지식들을 통합하고 그것을 완전한 것으로 만들 수 있을

것입니다. (폭풍 같은 박수갈채) 만에 하나 실패한다 해도 ('실패란 있을 수 없어요!') 이 시도는 인간의 지혜에서 나온 가장 담대한 구상으로서 높은 평가를 받을 것입니다. (열광한 청중이 발을 구르는 소리)"

"만세! 만세!" 연설에 감동한 사람들은 입을 모아 만세를 외쳤다.

"위대한 퍼거슨 만세!" 감동을 표출하지 않고는 견딜 수 없게 된 청중 한 사람이 큰 소리로 외쳤다.

열광적인 함성이 장내에 울려 퍼졌다. 모든 입에서 퍼거슨이라는 이름이 터져 나왔다. 이 이름은 영국인의 목구멍에서 나오면 묘하게 울림이 좋아진다. 회장 안에는 그 이름이 어지럽게 날아다녔다.

나이 든 얼굴, 피곤한 얼굴, 많은 얼굴이 즐비했다. 하지만 그 얼굴들은 모두 진취적인 정신을 가지고 세계의 오대양 육대주로 웅비했던 대담한 여행자들의 얼굴이었다. 그들은 모두 많든

적든, 육체적 또는 정신적으로, 난파선이나 화재, 인디언의 도끼나 야만인의 곤봉, 사형대, 식인종의 손아귀에서 도망쳐온 사람들이었다. 그런데도 프랜시스 M** 경의 연설을 듣고 가슴이 두근거리는 것을 느끼지 않은 사람은 하나도 없었다. 프랜시스 M** 경의 연설은 지금까지 런던의 왕립지리학회에서 행해진 연설 가운데 가장 감동적인 연설이었다.

하지만 영국에서는 열광이 말로만 끝나지 않는다. 열광은 런던 조폐국의 인쇄기보다 더 빠른 속도로 돈을 찍어낸다. 총회가 끝나기도 전에 퍼거슨을 위한 후원금이 모아졌는데, 그 액수가 무려 2500파운드*나 되었다. 계획이 중요하면 할수록 많은 돈이 모이는 법이다.

회원 한 사람이 퍼거슨 박사를 정식으로 소개하는 게 어떠냐고 회장에게 물었다.

"박사는 이 총회의 뜻에 따를 겁니다." 프랜시스 M** 경이 대답했다.

"퍼거슨! 퍼거슨!" 사람들이 입을 모아 외쳤다. 그렇게 대담한 계획을 세운 당사자를 직접 보고 싶었던 것이다.

하지만 참석자들 중에는 퍼거슨의 계획에 의구심을 보내는 사람도 있었다.

"계획이 너무 무모해서 믿을 수가 없어!" 걸핏하면 화를 잘 내는 나이 든 함장이 말했다. "분명 우리를 속이려는 수작이야."

"퍼거슨 박사라는 사람이 없다면?" 빈정거리는 목소리가 외쳤다.

---

* 영국의 화폐 단위. 당시 1파운드는 현재 우리 화폐로 20만 원 정도.

"그런 사람을 만들어내면 되지!" 진지한 협회에도 유쾌한 회원은 있는 법이다.

"좋습니다. 그럼, 퍼거슨 박사를 소개하겠습니다." 프랜시스 M** 경이 말했다.

그러자 박사는 흥분한 기색도 없이 우레 같은 박수 속으로 들어왔다.

그는 보통 체격에, 나이는 마흔 살쯤 되어 보였다. 다혈질이라는 것은 불그레한 얼굴을 보면 알 수 있다. 하지만 단정하고 차분한 얼굴 속에서 코만은 늠름하고, 발견을 자신의 임무로 삼고 있는 남자답게 뱃머리 같은 모양을 하고 있었다. 눈빛은 부드럽고, 대담한 용기보다는 번득이는 지성이 있어서 매력적이었다. 팔은 길고, 똑바로 땅을 밟고 있는 다리는 아주 튼튼한 건각이라는 것을 보여주고 있었다.

몸 전체에서 묵직하고 차분한 품격이 배어 나오고 있어서, 그를 한 번이라도 본 사람이라면 박사가 유치한 속임수 같은 계획을 세울 사람이라고는 생각하지 않았다.

환호와 박수는 언제까지나 그치지 않고, 박사가 미소와 함께 몸짓으로 박수를 그만두라고 할 때까지 계속되었다. 그는 미리 마련된 팔걸이의자 쪽으로 걸어가서, 꼿꼿하게 선 채 오른손 집게손가락을 하늘로 들어 올리고는 정력이 넘치는 눈빛으로 외쳤다.

"엑셀시오르(더 높이)!"

브라이트 씨와 콥든 씨의 생각지 못한 질문도, 영국의 산사태를 방지하기 위해 막대한 자금을 요청한 파머스턴* 경의 연설도 이만한 성공은 거두지 못했다. 프랜시스 M** 경의 연설도 완전히 색이 바래버렸다. 박사는 숭고하고 위대하고 조심스럽고 신중했다. 그리고 그에게 잘 어울리는 말을 했다. "더 높이!"라고.

조금 전만 해도 화를 냈던 늙은 함장이 이제는 그에게 홀딱 반해서, 퍼거슨의 연설 '전문'을 《왕립지리학회 회보》에 게재하라고 요구했다.

퍼거슨 박사는 도대체 어떤 사람일까? 그의 계획이란 도대체 어떤 것일까?

새뮤얼 퍼거슨의 아버지는 영국 상선의 선장이었다. 그리고 새뮤얼이 어렸을 때부터 항해에 따르는 모험과 위험 속으로 아들을 데리고 다녔다. 아버지가 기대한 대로 두려움을 모르는 소년으로 자란 새뮤얼은 당장 진취적인 기질을 보였고, 왕성한 지적 탐구심을 가지고 과학의 세계를 향해 열정적으로 나아갔다. 게다가 새뮤얼 소년은 보통 아이들과는 달리 무슨 일이든 자기 힘으로 해냈다. 또한 어떤 일에 뛰어들더라도 고생이라는 것을 알지 못했다. 예를 들면 보통 아이들은 잘 다루지 못하는 포크도 소년은 능숙하게 사용했다.

곧 그의 상상력은 대담한 모험 이야기나 해양 탐험 이야기를 읽고 활활 타올랐다. 19세기 전반을 장식한 여러 가지 발견에 대한 기록들도 열심히 읽었다. 그는 뭉고 파크, 브루스, 카이예, 르바이앙의 영광을 꿈꾸었다. 그리고 로빈슨 크루소†의 영광도

---

* 헨리 존 파머스턴(1784~1865): 영국의 정치가. 1855~58년과 1859~65년에 수상을 지냈다.
† 영국의 작가 대니얼 디포의 장편소설 《로빈슨 크루소》(1719)의 주인공.

꿈꾸었을 것이다. 소년은 로빈슨 크루소의 생활도 멋지다고 생각했다. 소년은 상상 속에서 몇 시간이고 싫증도 내지 않고 후안페르난데스 섬*에서 로빈슨과 함께 지냈다. 그는 절해고도에서 혼자 살았던 로빈슨의 지혜에 자주 감탄했다. 때로는 로빈슨의 계획이나 방식에 이의를 제기할 때도 있었다. '나라면 다른 방식으로 해냈을 거야. 적어도 로빈슨만큼은 잘 해낼 수 있었을 거야.' 어쨌든 새뮤얼 소년이라면 그 행복한 섬에서 절대로 떠나지 않았을 거라고 확실히 말할 수 있다. 그 섬에서는 비록 신하는 없지만 왕처럼 행복할 수 있을 터였다. 그를 최초의 선원 출신 귀족으로 만들어준다 해도 소년은 결코 그 섬을 떠나지 않았을 것이다.

그의 이런 기질이 세계 각지를 돌아다니며 모험으로 가득 찬 청춘 시절을 보내는 동안 점점 더 강해진 것은 쉽게 상상할 수 있을 것이다. 그의 아버지는 교양이 풍부한 사람이어서 아들의 활발한 지성을 키워주려고 항해측량학과 물리학과 공학을 진지하게 가르쳤다. 그리고 식물학과 의학과 천문학도 대강은 가르쳤다.

이 훌륭한 선장이 죽었을 때 새뮤얼 퍼거슨은 스물두 살이었지만, 벌써 세계를 일주한 경험이 있었다. 그는 인도의 벵골 측량 부대에 지원하여 여러 방면에서 두각을 나타냈지만, 병사 생활은 아무래도 성미에 맞지 않았다. 지휘관이 될 마음도 없었고, 그렇다고 해서 남에게 복종하는 생활도 하기 싫었다. 그는

---

* 남태평양 칠레 중부 앞바다에 있는 화산섬. 《로빈슨 크루소》의 모델이 된 스코틀랜드의 선원 셀커크는 이 섬에서 4년 4개월 동안 혼자 지냈다고 한다.

사표를 내고 사냥을 하거나 식물을 채집하면서 인도 반도를 북쪽으로 종단한 뒤, 캘커타(지금의 콜카타)에서 수라트*까지 반도를 횡단했다. 그에게는 대수롭지 않은 도락 여행이었을 것이다.

우리는 그가 수라트에서 오스트레일리아로 건너간 것을 알고 있다. 1845년에는 찰스 스터트를 대장으로 하는 탐험대에 참가했는데, 이 탐험대는 뉴네덜란드 한복판에 있다고 여겨진 내해를 발견하고 조사하는 것을 목적으로 삼고 있었다.

새뮤얼 퍼거슨은 1850년에 영국으로 돌아왔다. 그리고 전보다 더욱 강하게 지리적 발견의 매력에 사로잡힌 그는 1853년까지 로버트 매클루어의 탐험대에 참가하여 베링 해협에서 페어웰 곶†에 이르는 일대를 답파했다.

어떤 풍토에서 어떤 일에 종사해도 퍼거슨의 몸은 지칠 줄 몰랐다. 어떤 궁핍과 고난 속에서도 그의 태도는 평소와 다름이 없었다. 위장은 주인의 뜻대로 작아졌다 커졌다 하고, 그때그때의 잠자리에 따라 발도 늘어났다 줄어들었다 한다. 그리고 한낮에도 언제든 잠을 잘 수 있고, 한밤중에도 언제든 깰 수 있다. 그야말로 탐험가로서 진정한 자격을 갖춘 남자였다.

지칠 줄 모르는 이 탐험가는 또다시 1855년부터 1857년까지 쉴라긴트바이트 형제들‡과 함께 티베트 서부 지역을 답사했고, 이 여행에서 그 지방의 인종과 풍속에 관한 흥미로운 정보를 가

* 인도 봄베이(지금의 뭄바이) 북쪽으로 약 200킬로미터, 탑티 강 하류에 면한 도시로, 영국의 인도 지배 초기의 근거지였다.
† 덴마크령 그린란드의 에게르 섬 남부 해안에 있는 곶.
‡ 독일의 탐험가 5형제(하인리히, 아돌프, 에두아르트, 로베르트, 에밀). 이들은 주로 중앙아시아 지역을 탐험했다.

져왔다.

이 모든 여행을 하는 동안 새뮤얼 퍼거슨은 발행 부수가 14만 부에 이르는 신문 《데일리 텔레그래프》지에서 가장 활동적이고 가장 인기 있는 통신원이었다. 그는 어떤 학회에도 속해 있지 않았다. 런던의 왕립지리학회 회원도 아니었고, 파리나 베를린, 빈, 상트페테르부르크의 지리학회 회원도 아니었다. 여행자 클럽 회원도 아니었고, 그의 친구인 통계학자 코크번이 회장을 맡고 있는 왕립과학기술원 회원도 아니었다. 하지만 《데일리 텔레그래프》지에 기고한 기사 때문에 그의 이름은 널리 알려져 있었다.

언젠가 코크번은 그의 자존심을 자극하려고 이런 문제를 풀어보라고 말한 적이 있다.

"자네는 세계 일주를 했어. 그 거리는 나도 알고 있지. 발과 머리의 반지름은 다르지만, 자네 머리는 발보다 얼마나 더 많이 움직였을까? 자네의 발과 머리가 움직인 거리를 알았을 경우, 1밀리미터의 오차 안에서 몸통의 둘레를 정확히 계산할 것."

하지만 퍼거슨은 여전히 학자들의 단체에서 멀찌감치 떨어져 있었다. 그는 말보다는 싸움을 좋아했다. 그는 자기에게 주어진 시간을 논쟁하기보다는 탐구하기 위해, 연설하기보다는 발견하기 위해 쓰려고 했다.

이런 이야기가 있다. 어느 날 한 영국인이 레만 호*를 구경하려고 제네바에 왔다. 그는 낡아빠진 유람마차에 탔다. 승합마차

---

* 스위스와 프랑스의 국경에 있는 알프스 지역 최대의 호수. 호수 주변에는 제네바 · 로잔 · 몽트뢰 따위의 관광 도시가 있다.

처럼 양쪽에 사람이 앉는 마차인데, 공교롭게도 그 영국인은 호수를 등지고 앉게 되었다. 마차는 천천히 호숫가를 한 바퀴 돌았다. 그는 단 한 번도 고개를 돌려 호수를 보려고 하지 않았다. 그런데도 그는 제네바의 호수에 완전히 사로잡힌 채 런던으로 돌아갔다고 한다.

퍼거슨 박사는 뒤를 돌아보았다. 여행하는 동안 몇 번이나 뒤를 돌아보았다. 그래서 그는 많은 것을 보고 왔다. 그런 점에 관해서는 마음 내키는 대로 행동했다. 그는 아무래도 운명론자인 것 같았다. 하지만 정통파 운명론에 입각하여 자기 자신만 믿고 섭리에 따랐다. 여행에 끌리는 것이 아니라 여행 쪽으로 떠밀린다고 그는 말했다. 그리고 기관차처럼 세계를 돌았다. 그것도 정해진 길을 나아가는 기관차가 아니라 길을 찾아서 나아가는 기관차였다.

"나는 내 길을 가는 게 아니다. 내 뒤에 생기는 것이 나의 길이다." 이따금 그는 이런 식으로 말하기도 했다.

이런 남자였기 때문에, 지리학회에서 박수를 받았을 때의 냉정한 태도도 이해할 수 있을 것이다. 그는 자존심도 허영심도 가진 적이 없었다. 인간의 이런 약점은 초월하고 있었다. 그래서 그는 회장인 프랜시스 M** 경의 제안도 대수롭게 생각지 않았다. 하물며 그것이 일으킬 반향 따위는 예상조차 하지 못했다.

회의가 끝나고 그는 펠맬*에 있는 여행자 클럽으로 안내되었다. 그를 위해 성대한 축하연이 열렸다. 연회장은 이 중요한 손님에게 어울리게 넓었다. 진수성찬이 가득한 식탁 한복판에는

---

* 영국 런던의 웨스트민스터에 있는 거리.

철갑상어가 한 마리 놓여 있었는데, 그 길이가 새뮤얼 퍼거슨보다 겨우 10센티미터 짧았다.

참석자들은 아프리카 대륙에서 이름을 날린 저명한 탐험가들을 위해 프랑스산 와인으로 몇 번이나 건배를 했다. 그들의 건강을 기원하거나 그들의 위업을 기리기 위해 그들의 이름을 가나다순으로 외치며 잔을 비웠는데, 그것은 실로 영국인다운 방식이었다. 가미투*부터 시작하여 골베리, 골턴, 그레이, 던컨, 데넘, 데보노, 데스케라크 드 로튀르, 데켄, 도차드, 뒤베리에, 라세데르다, 라일리, 라프넬, 리처드 랜더, 존 랜더, 레브만, 레잉, 렘프리에르, 로셔, 뤼펠, 르바이앙, 르장, 리빙스턴, 리처드슨, 릿치, 매클린, 메장, 모팻, 몰리앙, 뭉고 파크, 바르트, 발베리, 버첼, 버턴, 베르네, 베이커, 베하임, 볼드윈, 부르크하르트, 브라

---

* 가미투, 안토니우 칸디두(1806~1866, 포르투갈); 골베리, 메나르 자비에르(1742~1822, 프랑스); 골턴, 프랜시스(1822~1911, 영국); 그레이, 윌리엄(19세기, 영국); 던컨, 존(1805~1844, 영국); 데넘, 딕슨(1786~1828, 영국); 데보노, 안드레아(1821~1871, 몰타); 데스케라크 드 로튀르, 피에르 앙리(1822~1868, 프랑스); 데켄, 카를 클라우스 폰(1833~1865, 독일); 도차드, 던컨(19세기, 영국); 뒤베리에, 앙리(1840~1892, 프랑스); 라세데르다, 프란시스쿠 호세 데(1750~1798, 포르투갈); 라일리, 제임스(1777~1840, 미국); 라프넬, 안-장-밥티스트(1809~1858, 프랑스); 랜더, 리처드 레먼(1804~1834, 영국); 랜더, 존(1807~1839, 영국); 레브만, 요하네스(1820~1876, 독일); 레잉, 알렉산더 고든(1793~1826, 영국); 렘프리에르, 윌리엄 찰스(1788~1858, 영국); 로셔, 알브레히트(1836~1860, 독일); 뤼펠, 에두아르트(1794~1884, 독일); 르바이앙, 프랑수아(1753~1824, 프랑스); 르장, 기욤(1824~1871, 프랑스); 리빙스턴, 데이비드(1813~1873, 영국); 리처드슨, 제임스(1809~1851, 영국); 릿치, 조지프(1788~1819, 영국); 매클린, 찰스 로든(1815~1880, 영국); 메장, 외젠(1816~1845, 프랑스); 모팻, 로버트(1795~1883, 영국); 몰리앙, 가스파르 테오도르(1796~1872, 프랑스); 뭉고 파크(1771~1806, 영국); 바르트, 하인리히(1821~1865, 독일); 발베리, 요한 아우구스트(1810~1856, 스웨덴); 버첼, 윌리엄 존(1781~1863, 영국); 버턴, 리처드 프랜시스(1821~1890, 영국); 베르네, 페르디난트(1800~1874, 독

여행자 클럽에서 열린 축하연.

운, 브루스, 브룅-롤레, 브리송, 샤이유, 스탠리, 스터트, 스피크, 아바디, 에르하르트, 오드니, 오페르베크, 워링턴, 이븐 바투타, 채프먼, 카이예, 캠벨, 커크, 크노블레허, 크라프, 크랜치, 클래퍼턴, 클로 베, 터키, 페니, 페디, 페트릭, 포겔, 퐁세, 호르네만, 호이글린, 휴턴, 흄, 그리고 마지막으로, 믿을 수 없을 만큼 대담한 계획으로 이 탐험가들의 성과를 연결시키고 또한 아프리카에서 위대한 발견의 성과를 가지고 돌아올 게 분명한 새뮤얼 퍼거슨 박사를 위해 모든 사람이 건배의 잔을 비웠다.

일): 베이커, 새뮤얼(1821~1893, 영국): 베하임, 마르틴(1459~1537, 독일): 볼드윈, 윌리엄 찰스(1826~1903, 영국): 부르크하르트, 요한 루트비히(1784~1817, 스위스): 브라운, 윌리엄 조지(1768~1813, 영국): 브루스, 제임스(1730~1794, 영국): 브룅-롤레, 앙투안(1810~1853, 프랑스): 브리송, 피에르-레몽(19세기, 프랑스): 샤이유, 폴 벨로니 드(1831~1903, 프랑스): 스탠리, 헨리 모턴(1841~1904, 영국): 스터트, 찰스(1795~1869, 영국): 스피크, 존 해닝(1827~1864, 영국): 아바디, 앙투안(1810~1897, 프랑스): 에르하르트, 요한 야코브(1823~1901, 독일): 오드니, 월터(1790~1824, 영국): 오페르베크, 아돌프(1822~1852, 독일): 워링턴, 헨머 조지(1776~1847, 영국): 이븐 바투타(1304~1377, 모로코): 채프먼, 제임스(1831~1872, 영국): 카이예, 르네-오귀스트(1799~1838, 프랑스): 캠벨, 존(1720~1790, 영국): 커크, 존(1832~1922, 영국): 크노블레허, 이그나츠(1819~1858, 오스트리아 제국): 크라프, 요한 루트비히(1810~1881, 독일): 크랜치, 존(1785~1816, 영국): 클래퍼턴, 휴(1788~1827, 영국): 클로 베(1793~1868, 프랑스): 터키, 제임스 힝스턴(1776~1816, 영국): 페니, 윌리엄(1809~1892, 영국): 페디, 존(?~1840, 영국): 페트릭, 존(1813~1882, 영국): 포겔, 에두아르트(1829~1856, 독일): 퐁세, 샤를 자크(?~1706, 프랑스): 호르네만, 프리드리히 콘라트(1772~1801, 독일): 호이글린, 테오도레 폰(1824~1876, 독일): 휴턴, 다니엘(1740~1791, 아일랜드): 흄, 데이비드(1796~1864, 영국).

2

학술 논쟁

이튿날인 1월 15일자《데일리 텔레그래프》지에는 다음과 같은 기사가 실렸다.

아프리카가 드디어 외부와 단절된 그 넓은 땅의 비밀을 드러내려 하고 있다. 수천 년 동안 수많은 학자들이 도전했으나 풀지 못한 수수께끼를 현대의 오이디푸스*가 마침내 풀어줄 것이다. 나일 강의 발원지를 찾으려는 노력은 과거에도 있어왔으나, 그때는 무모하고 비현실적인 이야기로 여겨지고 있었다.

바르트 박사는 데넘과 클래퍼턴이 걸었던 길†을 더듬어 수

---

* 그리스 신화에 나오는 테베의 왕 라이오스와 이오카스테의 아들. 부왕(父王)을 죽이고 생모(生母)와 결혼하게 되리라는 아폴론의 신탁 때문에 버려졌으나 결국 신탁대로 되자, 스스로 두 눈을 빼고 방랑하였다. 스핑크스의 수수께끼를 풀었다고 한다.
† 지중해 연안의 트리폴리에서 마르주크를 거쳐 사하라 사막을 종단한 뒤 차드 호에 이르렀다.

단까지 들어갔다. 리빙스턴 박사는 대담한 탐사 여행을 거듭하여 희망봉에서 잠베지 강까지 도달했으며, 버턴과 스피크 중위는 내륙의 대호수 지방*을 발견했다. 이렇게 그들은 현대 문명을 위해 세 개의 길을 열어주었지만, 그 길들이 교차하는 곳, 아직 어떤 탐험가도 도달하지 못한 지점이야말로 아프리카 대륙의 심장부이고, 모든 사람의 노력이 그 지점으로 쏠리고 있었다.

그런데 이제 그 대담한 선구자들이 거둔 성과가 지금까지의 훌륭한 탐험으로 독자들에게 잘 알려져 있는 새뮤얼 퍼거슨 박사의 과감한 시도를 통해 하나의 커다란 성과로 정리되려 하고 있다.

이 대담한 탐험가는 기구를 타고 아프리카를 동쪽에서 서쪽으로 횡단할 계획을 세웠다. 우리가 얻은 정보에 따르면 이 놀라운 여행의 출발점은 아프리카 동해안의 잔지바르 섬†이다. 도착점에 대해 말하자면, 그것은 신만이 알 수 있을 것이다.

이 학술 탐사 계획은 어제 왕립지리학회에서 공표되었다. 비용에 보탬이 되도록 벌써 후원금이 2500파운드나 모금되었다.

지리학의 역사에서 전례 없는 이 계획의 성과를 본지는 추후 독자들에게 알려드릴 계획이다.

---

* 아프리카 지구대 주변에 위치한 호수들을 말한다. 세계에서 세 번째로 큰 빅토리아 호를 포함하여 탕가니카 호, 빅토리아 호, 앨버트 호, 에드워드 호, 키부 호 등이 있다.
† 아프리카 동부 탄자니아의 앞바다(인도양)에 있는 섬.

이 기사는 대단한 반향을 불러일으켰다. 우선 그 계획을 의심하는 목소리가 폭풍처럼 터져 나왔다. 퍼거슨 박사를 '꿈을 좇는 사람'이라고 단정한 사람도 있었는데, 미국에서 장기간에 걸친 탐사 여행을 끝내고 이번에는 영국 섬들을 조사하기 위해 준비하고 있는 바넘 씨였다.

제네바의 《지리학회 회보》 2월 호에 실린 기사도 모든 사람들을 즐겁게 해주었다. 이 기사는 런던의 왕립지리학회와 여행자 클럽, 그리고 거대한 철갑상어를 교묘하게 비웃고 있었다.

하지만 독일 고타*에서 발행되는 《지질학회 회보》에서 페터만 씨는 반론을 제기하여 제네바의 잡지가 찍소리도 못하게 해버렸다. 페터만 씨는 개인적으로 퍼거슨 박사를 알고 있었다. 그래서 용감한 친구의 대담한 계획을 보증하는 역할을 스스로 떠맡은 것이다.

이 계획에 의심을 품는 사람은 곧 사라졌다. 런던에서는 탐험 준비가 착착 진행되고 있었고, 리옹†의 섬유 공장은 기구 제작에 사용할 태피터(호박단) 천을 주문받았다. 영국 정부도 페넷 함장의 '레졸루트'호를 박사에게 제공해주기로 했다.

이렇게 되자 당장에 많은 격려와 축하가 쇄도했다. 프랑스 파리의 《지리학회 회보》는 퍼거슨 박사의 계획을 상세히 보도했으며, 말트-브룅 씨는 《여행 · 지리 · 역사 · 고고학 연감》에 주목할 만한 기사를 썼다. 독일의 《종합 지리학회 회보》에서 W. 코너

---

* 독일 중부 튀링겐 주에 있는 도시. 1875년 이 도시에서 고타 강령이 채택되어 현재의 독일사회민주당의 전신인 독일사회주의노동자당이 창당된 것으로 유명하다.
† 프랑스 남동부, 론 강과 손 강이 만나는 곳에 있는 도시. 고대 로마 때부터 있던 도시로 견직물 공업이 발달했다.

박사는 여행의 가능성과 성공할 가능성, 걸림돌의 종류를 치밀하게 분석하고, 공중 여행의 유리함을 자신만만하게 설명했다. 다만 출발지만은 그의 마음에 들지 않았는지, 1768년에 제임스 브루스가 나일 강의 발원지를 조사하러 떠났던 아비시니아*의 작은 항구 마수아가 더 낫다고 지적했다. 하지만 퍼거슨 박사의 강인한 정신과 강철 같은 의지는 최대한의 찬사를 받았다.

하지만 《북아메리카 평론》은 영국의 머리 위에서 빛나려고 하는 영광을 유쾌하게 생각지 않았다. 이 잡지는 퍼거슨 박사의 계획을 비웃고, 아프리카 횡단 여행이 무사히 끝나거든 미국까지 건너오라고 권했다.

요컨대 전 세계 언론이 다 그랬다고는 말할 수 없지만, 《복음 전도 신문》에서부터 《알제리 식민지 신문》에 이르기까지, 《신앙 선교 연감》에서 《교회 전도 지성 신문》에 이르기까지 다양한 매체에 이 계획을 자세히 전하는 과학 기사가 실렸다.

런던만이 아니라 영국 전역에서 내기가 활발하게 이루어졌다. 그 내용은 (1)퍼거슨 박사는 실재의 인물인가, (2)탐험은 실현될 것인가, (3)탐험은 성공할 것인가, (4)퍼거슨 박사는 살아서 돌아올 것인가, 하는 것이었다. 더비 경마† 못지않게 막대한 내깃돈이 장부에 기입되었다.

이런 이유로 신앙을 가진 사람도 안 가진 사람도, 유식한 사람도 무식한 사람도, 어쨌든 모든 사람의 눈길이 박사에게 쏠렸다. 그는 이제 시대의 총아가 된 것이다. 그는 탐험에 관한 정보

---

* 에티오피아의 옛 이름. 1931년에 입헌군주제 국가가 되면서 이름을 바꿨다.
† 영국 서리 주(런던 남쪽) 엡슨다운스에서 매년 6월에 열리는 경마 대회.

를 자진해서 제공했다. 손님도 기꺼이 맞았다. 그는 이 세상에서 가장 겸허한 남자였다. 몇몇 뻔뻔스러운 모험가가 찾아와서, 그의 계획에 따른 영광과 위험을 함께하겠다고 제의했다. 하지만 그는 이유도 말하지 않고 정중하게 사절했다.

기구를 조종하는 장치를 발명했다고 주장하는 사람들도 많이 찾아와서 그 장치를 써달라고 요구했다. 그는 어느 것도 받아들이지 않았다. 기구 조종에 관하여 뭔가를 고안했느냐고 묻는 사람들에게도 아무 설명도 하지 않았다. 그리고 전보다 더욱 열심히 여행 준비에 몰두했다.

3
사냥꾼 딕 케네디

퍼거슨 박사에게는 친구가 한 사람 있었다. 또 하나의 그 자신은 아니라 해도, 라틴어에서 말하는 '알테르 에고'(또 다른 자아)였다. 완전히 똑같은 두 인물 사이에는 우정이 존재하지 않기 때문이다.

그들은 둘 다 뛰어난 능력, 천부적 재능, 강직한 성격을 갖고 있었다. 딕 케네디와 새뮤얼 퍼거슨은 하나의 심장으로 함께 살고 있는 것 같았다. 그것은 불편하기는커녕 오히려 반대였다.

딕 케네디는 스코틀랜드인에 대한 일반적 통념에 딱 들어맞는, 그러니까 개방적이고 과감하지만 완고한 남자였다. 그는 에든버러* 교외의 리스라는 작은 도시에 살고 있었는데, 이따금 낚시도 했지만, 사실은 언제 어디서나 용감한 사냥꾼이었다. 칼

---

* 영국 스코틀랜드의 중심 도시. 스코틀랜드 행정 · 문화의 중심지이며, 옛 스코틀랜드 왕국의 수도이다.

레도니아*에서 태어난 사람이 하일랜드†의 산야를 뛰어다니는 것은 지극히 당연한 일일 것이다. 그는 카빈총의 명수로 알려져 있었는데, 나이프의 칼날을 향해 총을 쏘아서 그 총알을 칼날로 가를 뿐만 아니라, 양쪽의 두께도 똑같이 자르고, 무게를 달아 보면 양쪽의 무게도 거의 같을 정도의 곡예까지 부렸다.

케네디의 얼굴은 월터 스콧‡의 소설 《수도원》에 등장하는 헬버트 글렌디닝을 연상시켰다. 키는 180센티미터가 넘었고, 인상은 부드럽고 느긋한 느낌이었지만, 힘은 헤라클레스만큼 강할 것 같았다. 햇볕에 탄 얼굴, 생기 넘치는 검은 눈에는 호방한 빛이 가득 차 있었다. 전체적으로 늠름하지만 사람은 좋아 보이고, 스코틀랜드인답게 누구한테나 사랑받는 인물이었다.

두 사람이 알게 된 것은 인도였다. 둘은 같은 연대에 소속되어 있었다. 케네디가 호랑이나 코끼리를 사냥하고 있을 때 퍼거슨은 식물이나 곤충을 찾아다녔다. 둘 다 각자의 영역에서 만족할 만한 수확을 거두었지만, 박사에게는 케네디를 알게 된 것이 진귀한 식물을 발견한 것보다 더 감격스러운 일이었고, 케네디에게도 박사를 알게 된 것은 상아 한 쌍을 손에 넣은 것 이상으로 기쁜 일이었다.

이 두 청년은 서로 목숨을 구해주거나 한 적은 없었다. 서로 상대를 위해 있는 힘껏 애쓴 적도 없었다. 그래서 그들의 우정

---

* 스코틀랜드의 옛(로마 시대) 이름. 스코틀랜드인의 조상은 켈트족으로, 이들은 게일어를 썼다.
† 영국 스코틀랜드의 북부 지방. 산지와 고원으로 이루어져 있는 고지대이다.
‡ 월터 스콧(1771~1832): 영국 스코틀랜드의 시인 · 소설가. 작품에 《아이반호》 《로브 로이》 등의 소설이 있다.

딕 케네디.

은 한결같이 계속되고 있었다. 운명은 두 사람을 이따금 멀리 떼어놓곤 했지만, 신이 동정을 베풀어 두 사람을 다시 묶어주었다.

그들이 영국으로 돌아온 뒤에도 박사의 원정 때문에 두 사람은 종종 떨어져 지내게 되었다. 하지만 박사는 영국에 돌아오면 반드시 스코틀랜드의 친구에게 가서 몇 주 동안 함께 지냈다.

케네디는 과거를 이야기하기 좋아했고, 퍼거슨은 미래를 생각하고 있었다. 한 사람은 앞을 보고, 또 한 사람은 뒤를 보고 있었다. 그래서 퍼거슨의 마음은 언제나 불안에 흔들리고 있고, 케네디의 마음은 아주 침착했다.

티베트에서 돌아온 뒤에 퍼거슨은 2년 가까이 다음 탐험에 대해서는 아무 말도 하지 않았다. 케네디는 친구의 역마살과 모험에 대한 열정이 드디어 가라앉았나 보다고 생각했다. 그는 그것이 기뻤다. 떠도는 생활을 하다 보면 언젠가는 불상사를 겪게 된다고 케네디는 생각했다. 아무리 사람을 잘 다룬다 해도 식인종이나 야수 속에 들어가면 그 여행은 무사히 끝나지 않게 된다. 그래서 케네디는 친구에게 권하고 있었다. 자네는 학문을 위해 충분히 노력했다, 그리고 모두 자네한테 고마워하고 있다, 그러니 이젠 슬슬 탐험 생활에서 몸을 빼도록 하라고.

이런 말을 들어도 박사는 아무 대답도 하지 않았다. 그는 무언가를 생각하고 있는 것 같았다. 속으로 계산에 열중해 있었다. 밤마다 숫자를 계산하고, 아무도 이해할 수 없는 기묘한 도구를 실험하고 있었다. 무언가 중요한 생각이 그의 머릿속에서 발효하고 있는 것 같았다.

'뭘 저렇게 열심히 생각하고 있을까?' 1월에 친구가 런던으로 돌아가기 위해 작별을 고했을 때도 케네디는 그게 무엇인지 짐작도 가지 않았다.

그리고 어느 날 아침에 《데일리 텔레그래프》지의 기사를 보고 드디어 알았다.

"이게 뭐야!" 그는 외쳤다. "말도 안 돼! 기구를 타고 아프리카를 횡단한다고! 2년 동안 궁리했다는 게 결국 이거란 말인가!"

이 모든 감탄사 대신 머리를 때린 주먹을 그 자리에 놓아보면, 친구를 생각하는 케네디가 이렇게 외치면서 어떤 태도를 취했는지 알 수 있을 것이다.

아내 엘리자베스가 퍼거슨 박사는 진심이 아닐지도 모른다고 말했을 때, 그는 이렇게 대답했다.

"뭐요? 그럼 내가 새뮤얼을 모른다는 거요? 새뮤얼이 장난으로 그런다는 거요? 하늘을 날아서 여행한다고? 새뮤얼은 지금 독수리를 부러워하고 있어요. 하지만 그런 짓을 하게 내버려두면 안 돼! 내가 가서 말리겠어. 새뮤얼이 마음대로 하게 내버려두면 언젠가는 달을 향해 날아가겠다고 할 거요!"

그날 밤 딕 케네디는 분노와 걱정이 뒤섞인 기분으로 기차를 타고, 이튿날 런던에 도착했다. 그리고 45분 동안 마차에서 흔들린 뒤, 소호 광장 근처에 있는 박사의 작은 집에 도착했다. 그는 돌계단을 뛰어올라가 문을 다섯 번 쾅쾅 두드렸다.

퍼거슨이 직접 문을 열어주었다.

"딕이야?" 그는 별로 놀란 기색도 없이 말했다.

"그래, 딕 님께서 몸소 행차하셨네." 딕 케네디가 대꾸했다.

"도대체 무슨 일이야? 자네가 런던에 오다니. 지금은 겨울 사

냉철인데."

"하지만 이렇게 런던에 왔어."

"뭐하러 왔나?"

"바보 같은 짓을 말리려고."

"바보 같은 짓?" 박사가 되물었다.

"이 신문에 실려 있는 기사가 사실이야?" 딕 케네디는《데일리 텔레그래프》지를 쑥 내밀었다.

"뭐야? 자네 지금 그 이야기를 하려고 온 거야? 신문은 너무 입이 가벼워서 탈이야. 자, 앉아서 이야기하세, 딕."

"나는 앉지 않겠어. 자네는 정말로 이 여행을 할 생각이야?"

"그럼, 정말이지. 준비도 착착 진행되고 있어. 나는……."

"준비한 건 어디 있지? 내가 그걸 산산조각 내주겠어. 엉망진창으로 만들어주겠다고."

이 존경할 만한 스코틀랜드인은 진지하게 화를 내기 시작했다.

"진정해, 딕." 박사가 말을 이었다. "자네가 화내는 것도 당연해. 새로운 계획을 귀띔이라도 해주었어야 했는데, 그러지 않은 내가 나빴어."

"신문이 나보다 먼저 알다니!"

"내가 바빴어." 퍼거슨은 상대가 끼어든 것도 상관하지 않고 말을 이었다. "할 일이 너무 많았거든. 하지만 그렇게 화내지 마. 떠나기 전에 자네한테 편지를 썼을 테니까."

"글쎄……?"

"실은 자네를 데려갈 작정이야."

스코틀랜드인은 영양도 놀랄 만큼 펄쩍 뛰어올랐다.

"뭐라고? 우리 둘이 함께 베들렘*에 들어가자는 얘기야?"

"농담이 아니야, 딕. 다른 사람은 염두에 없었어. 나는 처음부터 자네를 찍었어."

케네디는 뭐가 뭔지 알 수 없게 되어서 멍하니 서 있었다.

"내 말을 조금만 들어보면 자네도 분명 감사할 거야." 박사는 부드럽게 말했다.

"진심이야?"

"진심이고말고!"

"내가 함께 가기 싫다면?"

"싫다고 할 리가 없어."

"하지만 아무래도 싫다면?"

"그럼, 혼자 가야지 뭐."

"앉을까?" 사냥꾼이 말했다. "차분하게 이야기해보세. 농담은 아닌 모양이군. 그렇다면 논쟁을 벌일 가치가 있을 것 같은

---

* 영국 런던에 있는, 세계에서 가장 오래된 정신병원.

데?"

"괜찮다면 식사라도 하면서 토론하세."

두 친구는 수북이 쌓인 샌드위치와 커다란 홍차 포트가 놓여 있는 작은 탁자에 마주 앉았다.

"새뮤얼." 사냥꾼이 말했다. "자네 계획은 너무 엉뚱해. 그런 건 불가능해. 정상적인 생각이 아니야. 그걸 실행할 수 있을 턱이 없어."

"해보지 않고는 몰라."

"하면 안 돼. 머릿속으로 생각하는 건 좋지만."

"왜?"

"위험이 너무 많아. 그리고 어떤 장애물을 만나게 될지 몰라."

"장애물은……" 퍼거슨은 진지하게 대답했다. "뛰어넘기 위해 있는 법이야. 위험에서 도망쳤다고 의기양양해지는 놈이 있나? 인생은 위험투성이야. 탁자에 앉는 것도 모자를 쓰는 것도 위험할지 몰라. 그리고 앞으로 일어날 일을 벌써 다 끝난 일로 생각하는 게 좋지 않을까? 미래 속에서 현재밖에는 보지 않는 거야. 미래는 조금 먼 현재에 불과하니까."

"헤에!" 케네디는 어깨를 으쓱했다. "자네는 여전히 운명론자로군."

"여전히? 하지만 좋은 의미에서 '여전히'야. 어떤 운명이 기다리고 있을까 하고 신경 쓰는 건 그만두세. 그리고 '교수형에 처해지기 위해 태어난 남자는 물에 빠져 죽지 않는다'는 멋진 속담을 잊지 마."

케네디는 뭐라고 대답해야 좋을지 몰랐다. 그러나 머리에 떠오른 자질구레한 문제를 질문하는 것은 그만두지 않았다. 하지만 그것을 일일이 여기에 기록하면 너무 길어진다.

"그럼 마지막으로 묻겠는데……" 한 시간의 논쟁이 끝난 뒤 그가 말했다. "자네가 아무래도 아프리카를 횡단하고 싶다면, 그게 자네의 행복을 위해 필요하다면, 왜 보통 방식으로 횡단하지 않나?"

"왜냐고?" 박사는 기세가 올라서 대답했다. "지금까지의 시도가 모두 실패했기 때문이야. 니제르 강에서 살해된 뭉고 파크부터 와다이*에서 실종된 포겔에 이르기까지, 뮈르뮈르에서 죽은 오드니, 소코토에서 죽은 클래퍼턴, 몸이 갈기갈기 찢겨 죽은 메장에 이르기까지, 투아레그족†에게 살해된 레잉 소령부터 1860년 초에 살해된 로셔에 이르기까지, 정말로 많은 사람이 아프리카의 희생자 명단에 올랐다네. 자연과 싸우고, 굶주림과 갈증, 열병과 싸우고, 야수와 싸우고, 야수보다 더 무서운 원주민과 싸우는 건 보통 사람이 할 수 없어. 어떤 방식이 불가능하다면 다른 방식으로 해봐야지. 중앙을 돌파하지 못하면 옆이나 위를 돌파해야 돼."

"어떤 지점을 날아서 넘는 것뿐이라면 좋겠지. 하지만 오랫동안 계속 하늘을 날다니!"

"그래." 박사는 지극히 냉정했다. "두려워할 필요가 있을까? 기구가 추락하지 않도록 내가 얼마나 꼼꼼히 생각하고 있는지 이제 곧 알게 될 거야. 만에 하나 기구가 추락한다 해도 땅에 떨

---

* 차드 호 동쪽에 있었던 왕국.
† 사하라 사막에서 가장 많은 유목민으로, 인구가 120만 명에 이른다. 귀족·가신·노예 등의 계층이 존재하며, 사회적으로 남녀가 평등하다.

어져 보통 탐험대와 같은 처지에 놓일 뿐이야. 하지만 내 기구는 튼튼해. 그런 건 생각지 않아도 돼."

"아니, 그런 거야말로 반드시 생각해두지 않으면 안 돼."

"아니야, 딕. 나는 아프리카 서해안에 도착할 때까지 기구와 헤어질 생각이 없어. 기구와 함께 있기 때문에 뭐든지 할 수 있는 거야. 기구가 없으면, 이런 탐험에 따르는 위험과 장애의 한복판에 들어가게 돼. 기구에 타고 있으면 더위도 급류도 폭풍도 열풍도 몸에 해로운 풍토도 야수도 원주민도 두려워할 필요가 없어. 더워지면 위로 올라가면 되고, 추우면 아래로 내려가고, 산이 있으면 날아서 넘고, 골짜기도 쉽게 건널 수 있지. 강도 건널 수 있고, 소나기가 내리면 구름 위로 올라가고, 새처럼 급류를 스치며 날 수도 있어. 지치는 일이 없으니까 쉬지 않아도 되지만, 쉬고 싶어지면 어디에나 멈출 수 있어. 아무도 모르는 도시 위를 날아가지. 허리케인처럼 빠른 속도로, 때로는 하늘 높이, 때로는 지상 30미터 정도밖에 안 되는 곳을 날아가는 거야. 아프리카 대륙이 커다란 세계지도를 보듯이 눈 아래 펼쳐져 있어!"

케네디도 마음이 동한 것 같았다. 친구가 눈앞에 들이댄 풍경에 그는 현기증을 느끼고 있었다. 멋진 풍경을 보듯, 그러면서도 동시에 불안한 기분을 느끼며 그는 퍼거슨을 말똥말똥 바라보았다. 왠지 공중에 붕 떠 있는 듯한 기분이었다.

"좋아, 알았어. 하지만 새뮤얼, 기구를 조종하는 방법은 알아냈나?"

"아니, 전혀 몰라. 그런 건 꿈 같은 이야기야."

"그럼 어떻게……?"

"하느님의 뜻대로 가는 거지 뭐. 어쨌든 동쪽에서 서쪽으로 가게 돼."

"어떻게?"

"무역풍*을 타는 거야. 무역풍은 언제나 동쪽에서 서쪽으로 불고 있으니까."

"응, 그랬지." 케네디는 고개를 끄덕였다. "무역풍이라······ 으음, 하지만 자칫 잘못하면 무슨 일인가가 일어날 거야."

"무슨 일인가가 일어날 거라고? 그야 물론 온갖 일이 일어나겠지. 하지만 영국 정부가 배를 보내주기로 되어 있어. 그리고 내가 여행을 끝내고 서해안에 도착할 무렵엔 호위함 서너 척을 보내줄 준비도 갖추어져 있지. 늦어도 석 달 안에 나는 잔지바르로 가서 기구를 부풀릴 거야. 우린 거기서 출발하게 돼."

"우리라고?" 케네디가 외쳤다.

"아직도 무슨 불만이 있나? 있으면 말해."

"불만이라고? 불만이라면 잔뜩 있지. 하지만 한 가지만 대답해줘. 자네는 아프리카를 하늘에서 보려고 하고 있어. 하늘과 땅 사이를 마음대로 오르내리려 하지만, 가스를 빼지 않아도 그렇게 할 수 있나? 지금까지는 땅으로 내려가려면 가스를 뺄 수밖에 없었지. 그래서 오랫동안 공중을 날 수 없었던 거야."

"딕, 한 가지만 알려줄게. 가스를 빼는 일은 전혀 없어."

"그래도 마음대로 내려갈 수 있나?"

"내려갈 수 있지."

---

* 중위도(30~40도 부근) 고압대에서 적도 저압대를 향해 부는 바람. 북반구에서는 동풍, 남반구에서는 남동풍이 1년 내내 분다.

"어떻게?"

"그건 비밀이야. 나만 믿어. '엑셀시오르'가 내 좌우명인데, 자네도 그걸 좌우명으로 삼으면 어때?"

"좋아, 내 좌우명도 '엑셀시오르'로 할게." 라틴어를 전혀 모르는 사냥꾼이 대답했다.

하지만 그는 무슨 수를 써서라도 친구가 출발하는 것을 막겠다고 결심하고 있었다. 그래서 일단 친구에게 수긍하는 체하고 당분간은 상황을 지켜보기로 한 것이다. 퍼거슨은 준비가 어떻게 진행되고 있는지 보려고 나갔다.

4

아프리카를 탐험한 사람들

퍼거슨 박사가 날아가려는 코스는 즉흥적인 발상으로 선택된
것은 아니었다. 박사는 진지하게 연구한 뒤 출발점을 결정했다.
그가 잔지바르 섬에서 출발하기로 결정한 데에는 충분한 이유
가 있었다. 아프리카 동해안에 있는 이 섬은 남위 6도, 즉 적도
에서 약 680킬로미터 남쪽에 있다.

나일 강의 발원지를 찾으려고 대호수 지방을 거쳐 들어간 마
지막 탐험대도 여기서 출발했다.

수많은 아프리카 탐험 가운데 퍼거슨 박사가 흥미를 가지고
조사한 탐험은 1849년에 이루어진 하인리히 바르트 박사의 탐
험과 1858년에 이루어진 버턴과 스피크 중위의 탐험이었다. 퍼
거슨 박사는 자신의 탐험으로 이 두 차례의 중요한 탐험을 연결
시키려 하고 있었다. 바르트 박사는 독일 함부르크 사람으로 동
향 출신인 오페르베크와 함께 영국인 리처드슨의 탐험대에 참가
했다. 리처드슨의 사명은 수단에 기독교를 전도하는 것이었다.

　광대한 땅을 가진 이 나라는 북위 20도와 5도 사이에 있다. 따라서 거기에 도달하기 위해서는 아프리카 내륙으로 1400킬로미터가 넘는 거리를 들어가야 한다.

　당시 이 나라는 1822년부터 1824년까지 이곳을 여행한 데넘과 클래퍼턴과 오드니를 통해서만 알려져 있었다. 리처드슨과 바르트와 오페르베크는 조사 범위를 더 멀리까지 넓히기로 마음먹고, 선배들과 마찬가지로 튀니스(튀니지의 수도)에 도착한 뒤 육로로 트리폴리(리비아의 수도)에 다다랐다. 그리고 페잔*의 수도 무르주크에 겨우 다다른다.

　여기서 그들은 남쪽으로 계속 내려가지 않고, 가트를 향해 서쪽으로 방향을 돌린다. 길을 안내하는 것은 투아레그족인데, 그래도 온갖 어려움이 따라다닌다. 몇 번이나 약탈을 당하고, 성가

---

* 리비아 남서부에 위치한 역사적인 지역. 17세기부터 1911년 이탈리아에 점령될 때까지 오스만 제국의 지배를 받았다.

신 문제를 해결하고, 무장한 부족한테 습격당하면서 탐험대는 10월에 아스벤의 커다란 오아시스에 도착했다. 바르트 박사는 동료들과 헤어져 아가데스까지 가서 다시 탐험대와 합류한다.

탐험대가 행동을 재개한 것은 12월 12일이다. 다메르구에 도착하여, 거기서 세 명의 여행자는 헤어진다. 바르트는 카노로 가는 길을 택하여 많은 선물을 나누어주면서 목적지에 겨우 도착한다. 심한 열병에 시달리면서도 그는 3월 7일에 하인 한 사람만 데리고 이 도시를 떠난다. 여행의 주된 목적은 차드 호였다. 거기까지의 거리는 560킬로미터. 그는 동쪽으로 나아가 보르누*의 주리콜로에 도착한다. 이 도시는 중앙아프리카의 큰 왕국 한복판에 있다. 여기서 그는 리처드슨이 죽은 것을 알게 된다. 리처드슨은 피로와 굶주림에 시달린 끝에 쓰러진 것이다. 바르트는 호숫가에 있는 보르누 왕국의 수도 쿠카(현재는 나이지리아의 쿠카와)에 도착한다. 여기서 3주 뒤인 4월 14일, 트리폴리를 떠난 지 12개월 반 만에 은고르누에 도착했다.

그는 1851년 3월 29일에 다시 오페르베크와 함께 차드 호 남쪽에 있는 아다마와를 향해 출발한다. 그때 그는 북위 9도보다 상당히 남쪽에 있는 욜라까지 간다. 이것이 이 대담한 탐험대가 도달할 수 있었던 가장 남쪽 지점이다.

8월에 바르트는 쿠카로 돌아간다. 거기서 만다라, 바기르미, 카넴 같은 나라들을 차례로 돌고, 동경 17도 20분에 있는 마세냐에 도착한다. 이것이 그가 도달할 수 있었던 가장 동쪽 지점이다.

마지막 동료인 오페르베크도 이윽고 죽어버리지만, 1852년

---

* 나이지리아 북동쪽에 있었던 왕국(1380~1893).

11월 25일에 바르트는 이번엔 서쪽으로 진로를 잡는다. 소코토를 방문하고 니제르 강을 건너 간신히 팀북투에 도착한다. 거기서 족장들에게 시달림을 당하며 8개월 동안이나 비참한 생활을 하면서 그는 점점 쇠약해진다. 하지만 이 도시에 기독교도가 그렇게 오래 머무는 것은 허용되지 않는다. 풀라니족*이 그를 체포하겠다고 위협하기 시작한다. 그래서 바르트는 1854년 3월 17일 이 도시를 떠나 국경 지방에 몸을 숨긴다. 극심한 빈곤 속에서 33일 동안 머무른 뒤, 11월에 카노로 돌아간다. 거기서 쿠카로 들어갔다가 1855년 3월에는 22년 전에 데넘이 왔던 길로 돌아간다. 8월 말에는 마침내 트리폴리를 다시 볼 수 있었고, 9월 6일에는 혼자 런던으로 돌아왔다.

이것이 바르트가 감행한 여행의 전모다.

퍼거슨 박사는 바르트가 도달한 곳이 북위 9도 · 동경 17도 지점이었다는 것을 머리에 단단히 새겨두었다.

이번에는 버턴과 스피크 중위가 동아프리카에서 어떤 탐험을 했는지 살펴보자.

나일 강을 거슬러 올라간 탐험대는 몇 개나 있었지만, 그 신비로운 발원지에 도달할 수 있었던 탐험대는 하나도 없었다. 독일인 의사 베르네의 보고를 토대로 1840년에 계획된 탐험은 무하마드 알리†의 보호를 받았지만, 이 탐험대도 북위 4도와 5도

---

* 서아프리카의 세네갈에서부터 나이지리아 및 카메룬에 걸쳐 사하라 사막의 남쪽에 10여 개의 부족으로 산재하는 종족. 인구는 약 5백만 명으로 추정된다.
† 무하마드 알리(1769~1849): 오스만 제국의 이집트 총독으로 재임하였으며, 1841년에는 오스만 제국에서 독립한 뒤 독자적인 왕조를 세워 이집트와 수단을 통치했다. 토지개혁과 군대 개편 등을 통해 이집트의 근대화에 많은 노력을 기울였다.

사이에 있는 곤도코로*까지밖에 가지 못했다.

과로로 죽은 알렉상드르 보데의 후임으로 동수단의 사르디니아 영사에 임명된 사부아 출신의 브룅-롤레는 1855년에 하르툼(수단의 수도)을 출발했다. 그리고 야코브라는 이름의 상인으로 위장하여 고무와 상아를 거래하면서 북위 4도를 지난 곳에 있는 벨레니아까지 갔다. 거기서 병에 걸려 하르툼으로 돌아왔지만, 1857년에 그곳에서 사망했다.

이집트 의료봉사단 단장인 프네 박사는 작은 증기선을 타고 곤도코로보다 남쪽으로 1도 더 내려간 곳까지 갔지만, 몸이 너무 쇠약해져서 하르툼으로 돌아와 거기서 죽었다. 베네치아 출신의 미아니는 곤도코로 남쪽에 있는 폭포를 우회하여 북위 2도까지 내려갔다. 몰타 섬의 무역상 안드레아 데보노는 나일 강을 누구보다 멀리까지 거슬러 올라갔다. 하지만 이들도 지금까지 넘지 못한 한계를 돌파하지는 못했다.

1859년에 기욤 르장은 프랑스 정부의 의뢰를 받고 모종의 임무를 수행하기 위해 홍해를 거쳐 하르툼으로 갔다. 21명의 선원과 20명의 병사와 함께 나일 강을 거슬러 올라갔지만, 반란을 일으킨 흑인들의 한복판으로 잘못 들어가는 바람에 큰 위험에 빠졌고, 결국 곤도코로를 넘지는 못했다. 데스케라크 드 로튀르가 이끄는 탐험대도 그 유명한 발원지에 도달하려고 애썼다.

하지만 어떤 탐험대도 이 숙명의 종점에는 도달하지 못했다. 일찍이 로마 황제 네로의 사절은 북위 9도까지 갔다. 따라서 18세기 동안 인류는 기껏해야 5, 6도밖에 나아가지 못한 셈이다.

---

* 수단 남부(오늘날의 남수단), 백나일 강의 동쪽 연안에 있는 교역 기지.

거리로 환산하면 480킬로미터 내지 580킬로미터다.

그런데 나일 강의 발원지를 찾으려 한 탐험가들 중에는 아프리카 동해안에서 출발한 사람도 몇 명 있었다.

1768년부터 1772년까지 아비시니아의 항구 마수아에서 출발한 스코틀랜드인 브루스는 티그레 지방을 돌아다니고, 악숨*의 폐허를 방문하고, 나일 강의 발원지를 보았다. 하지만 실제로는 그곳이 나일 강의 발원지가 아니었기 때문에 아무 성과도 없었다고 해야 할 것이다.

1844년, 독일의 선교사인 크라프 박사는 잔지바르 해안의 몸바사에 교회를 세웠다. 그리고 레브만과 함께 해안에서 480킬로미터쯤 떨어진 곳에 있는 두 개의 산을 발견했는데, 최근에 호이글린과 손턴이 오르려다가 실패한 킬리만자로 산과 케냐 산이다.

1845년, 프랑스 사람인 메장은 잔지바르 섬 건너편의 바가모요에 상륙하여, 혼자 데제-음호라로 갔다가 그곳 추장에게 잔혹한 형벌을 받고 죽었다.

1849년 8월, 함부르크 출신의 젊은 탐험가 로셔는 아랍 상인들과 함께 출발하여 말라위 호수에 도착했지만, 잠을 자다가 습격당하여 목숨을 잃었다.

마지막으로 1857년에 인도의 벵골 주둔 영국군 장교였던 버턴 중위와 스피크 중위는 런던의 왕립지리학회로부터 아프리카의 대호수 지방을 탐사해달라는 의뢰를 받고 6월 17일에 잔지바르를 출발하여 곧장 서쪽으로 나아갔다.

* 에티오피아의 북부 지역에 있는 고대 왕국의 유적지.

짐은 약탈당하고 짐꾼은 살해되는 등 상상을 초월하는 고난을 겪은 뒤, 넉 달 만에 무역상과 카라반*이 모여드는 카제(지금의 타보라)에 도착했다. 이제 그는 나일 강의 발원지가 있다고 여겨진 '달(月)' 지방의 한복판에 와 있었다. 그들은 풍속과 정치, 종교, 동물, 식물에 관한 귀중한 자료를 수집했다. 그리고 대호수들 가운데 남위 3도와 8도 사이에 뻗어 있는 첫 번째 호수인 탕가니카 호를 향해 나아갔다. 1858년 2월 14일 그곳에 도착하여 호수 양쪽 연안에 흩어져 있는 여러 부족 마을을 방문한다. 그들은 대부분 식인종이었다.

두 사람은 5월 26일 그곳을 출발하여 6월 20일 카제로 돌아왔다. 카제에 도착했을 때 버턴은 몹시 쇠약해져서 몇 달 동안 병든 몸을 치료해야 했다. 스피크는 버턴이 치료받는 기간을 이용하여 북쪽으로 480킬로미터가 넘게 올라갔고, 8월 3일에 우케레웨 호(빅토리아 호)에 이르렀다. 하지만 그는 남위 2도 30분 지점에 있는 이 호수의 남단을 목격한 게 고작이었다.

8월 25일 그는 카제로 돌아온다. 그리고 버턴과 함께 잔지바르로 출발하여 이듬해 3월에 다시 그 도시를 볼 수 있었다. 이들은 그 후 영국으로 돌아온다.

퍼거슨 박사는 그들이 남위 2도·동경 29도를 넘지는 못했다는 것을 마음에 단단히 새겼다. 그의 첫 번째 과제는 바르트 박사가 탐험한 지역과 버턴과 스피크가 탐험한 지역 사이를 조사하는 것이다. 그것은 위도상으로 12도에 걸쳐 펼쳐져 있는 광대한 땅 위를 날아가는 것을 의미했다.

---

* 대상(隊商). 사막이나 초원과 같이 교통이 발달하지 않은 지방에서 낙타나 말에 짐을 싣고 무리를 지어 먼 곳으로 다니면서 특산물을 교역하는 상인 집단.

5
밀고 당기기

퍼거슨 박사는 출발 준비를 서두르고 있었다. 그는 기구 제작을 직접 지휘했다. 지금까지 나온 기구와는 다른 설계로 제작되었지만, 그것이 어떤 설계인지에 대해서는 완강하게 입을 열지 않았다.

오래전부터 그는 아랍어와 몇몇 아프리카 부족의 언어를 공부하기 시작했다. 어학에 재능을 타고났기 때문에 눈부신 진보를 보였다. 사냥꾼 친구는 잠시도 그의 곁을 떠나지 않았다. 박사가 아무 말도 없이 떠나버릴까 봐 걱정이 된 모양이었다.

그는 지금도 퍼거슨을 설득하려 애쓰고 있었지만, 물론 효과는 전혀 없었다. 그의 말은 점점 비장하고 간절한 애원으로 변해갔다. 그래도 퍼거슨은 마음이 움직인 기색을 보이지 않았다. 딕 케네디는 친구가 모래알처럼 손가락 사이로 빠져나가버리는 듯한 느낌이 들었다.

이 스코틀랜드인은 가엾을 만큼 초췌해졌다. 맑고 푸른 하늘을 보아도 암담한 기분이었다. 자고 있을 때는 눈이 핑핑 돌 것 같은 요동을 느끼고, 밤마다 높은 곳에서 떨어지는 꿈을 꾸었다.

이런 악몽을 꾸면서 한두 번은 실제로 침대에서 떨어졌다는 것도 말해둬야 할 것이다. 그는 당장 퍼거슨에게 가서 머리에 생긴 커다란 혹을 보여주었다.

"이보게, 친구." 그는 친절하게 덧붙여 말했다. "1미터 높이에서 떨어졌어. 겨우 1미터 높이에서 떨어졌는데도 이렇게 혹이 생겼다고. 알겠어?"

애수에 가득 찬 이 암시도 박사의 마음을 움직이지는 못했다.

"우리는 떨어지지 않아."

"하지만 떨어지면?"

"떨어지지 않는다니까!"

단호한 말투였다. 케네디는 더 이상 아무 말도 하지 못했다.

특히 케네디가 참을 수 없었던 것은 친구가 자기를 무시하는 태도였다. 박사는 그를 기구의 승객으로 아예 처음부터 정해놓고 있었다. 의심해보지도 않는 것 같았다. 새뮤얼이 계속 일인 칭 대명사인 '우리'를 주어로 쓰고 있는 것을 그는 용납하기 어려웠다.

'우리' 분발하자…… '우리'는 떠날 거야…… '우리'는 준비가 됐어…….

그리고

'우리'의 탐험…… '우리'의 발견…… '우리'의 상승…….

케네디는 무슨 일이 있어도 떠나지 않을 작정이었지만, 이런 말을 들으면 등골이 오싹해졌다. 하지만 한편으로는 친구를 너무 거스르고 싶지 않은 기분도 있었다. 살짝 알려드리자면, 그는 무슨 심경에선지는 모르지만 에든버러에서 여행용 의류와 최고급 엽총 몇 자루를 가져오게 했다.

어느 날 케네디는, 성공할 가능성은 천에 하나 정도지만 뜻밖의 행운을 만나면 잘될지도 모른다면서, 박사의 기대에 응하는 듯한 태도를 보였다. 하지만 여행을 뒤로 미루기 위해 온갖 핑계를 대는 것도 잊지 않았다. 그는 또한 탐험의 효용에서 시작하여, 지금은 아직 적당한 시기가 아니라고 주장했다. 나일 강의 발원지를 발견하는 일이 과연 그렇게 중요한 일인가…… 아프리카 탐험이 인류의 행복에 얼마나 도움이 된단 말인가…… 아프리카 원주민이 문명인의 대열에 들어오면 행복해질 수 있단 말인가…… 그리고 유럽에 비해 아프리카에 문명이 없다는 것은 확실한가…… 아마 확실할 것이다. 그렇다면 탐험을 미루어도 상관없지 않은가? 물론 아프리카 횡단이 언젠가는 성공할 것이다. 하지만 그 성공은 훨씬 덜 위험한 방식으로 이루어질 것이다. 한 달 뒤, 반 년 뒤, 적어도 2년 안에 누군가 다른 탐험대가 성공할 것이다…….

이 에두른 표현은 그 목적과는 정반대의 효과밖에 낳지 못했다. 박사는 초조한 나머지 다리를 채신머리없게 덜덜 떨기 시작했다.

"이봐, 딕, 자네는 불행한 남자야. 그러고도 내 친구야? 이 영광을 남에게 양보하려 들다니…… 지금까지 내가 쌓은 명예를 다 허물고 싶어? 장애 따위는 대단한 것도 아닌데, 거기서 도망칠 거야? 영국 정부와 왕립지리학회가 나에게 해준 일에 보답하는 것을 비겁하게 망설이다니……."

"하지만……." 이 접속사를 자주 쓰는 버릇이 있는 케네디가 대꾸했다.

"그래, 하지만······" 박사도 말을 이었다. "지금 여러 탐험대가 아프리카에 들어가 있어. 나는 그들이 성공하도록 도와주어야 돼. 자네는 새로운 탐험가들이 중앙아프리카를 향해 나아가고 있는 것을 모르나?"

"하지만······."

"잠깐만, 딕, 이 지도를 봐."

딕 케네디는 마지못해 지도를 보았다.

"나일 강의 흐름을 거슬러 올라가봐."

"알았어." 스코틀랜드인은 얌전하게 대답했다.

"곤도코로를 찾았나?"

"응."

케네디는 지도 위에서라면 이런 여행은 아무것도 아니라고 생각했다.

"이 컴퍼스의 한쪽 다리를 용감한 사람들이 간신히 지날 수 있었던 그 도시에 꽂아봐."

"꽂았어."

"남위 6도 해안에 잔지바르 섬이 있지?"

"그래."

"그 선을 쭉 따라가면 카제가 있지?"

"그래."

"이번에는 동경 33도선을 빅토리아 호 끝까지 따라가봐. 스피크 중위는 거기까지 갔어."

"도착했어. 조금만 더 가면 호수에 빠져버릴 참이야."

"좋아. 자네는 알고 있나? 거기에 도달할 때까지 만난 원주민들한테 들은 이야기를 토대로 한 가지 가설이 세워진 것을?"

"몰라."

"이 호수의 남쪽 끝은 남위 2도 30분에 있어. 따라서 호수는 적도 북쪽으로도 북위 2도 30분까지는 뻗어 있을 게 분명하다는 거야."

"정말이야?"

"그런데 이 북쪽 끝에서 강이 흘러나오고 있어. 그게 나일 강 자체는 아니라 해도 반드시 나일 강과 합류할 게 분명해."

"그거 재미있군."

"이번에는 컴퍼스의 다른 다리를 빅토리아 호 끝에 놓아봐."

"놓았어, 새뮤얼."

"그 두 점 사이는 얼마나 떨어져 있지?"

"2도쯤 될 거야."

"거리로 환산하면 어느 정도인지 알고 있나?"

"글쎄."

"기껏해야 200킬로미터 정도야. 대수롭지 않은 거리라는 뜻 이지."

"그래, 대단한 거리는 아니야."

"그런데 지금 뭐가 문제되고 있는지 아나?"

"아니, 몰라."

"좋아, 그럼 설명해줄게. 지리학회는 스피크 중위가 잠깐 보 았을 뿐인 이 호수를 탐사하는 것이 아주 중요한 일이라고 생 각했어. 스피크 중위는—지금은 대위가 되었지만—학회의 도 움을 받아서 인도 주둔군의 그랜트 대위와 함께 대규모 탐험대 의 지휘자가 되었지. 그들의 사명은 호수를 거슬러 올라가서 곤도코로까지 돌아가는 것이었어. 자금도 풍부해서 5천 파운드가 넘었고, 게다가 케이프 식민지* 총독은 호텐토트족† 병사를 마음대로 쓸 수 있도록 빌려주었지. 그들은 1860년 10월 말에 잔지바르를 출발했어. 이 무렵 하르툼의 영국 영사인 존 페테릭은 외무부에서 약 700파운드를 받았지. 그의 임무는 하르툼에서 기선을 준비하고 거기에 필요한 식량과 자재를 실어서 곤도코로로 가는 거야. 거기서 스피크 대위의 탐험대를 기다렸다가 싣고 온 식량과 자재를 보급하기로 되어 있지."

"좋은 생각이군." 케네디가 말했다.

"우리가 이 탐험대를 원조할 작정이라면 서둘러야 돼. 뿐만 아니라 나일 강의 발원지를 찾으려고 한 걸음 한 걸음 나아가고 있는 탐험대 외에 아프리카 중앙부를 향해 용감하게 나아가고 있는 탐험대도 있어."

"걸어서?" 케네디가 물었다.

"그래, 걸어서. 크래프 박사 팀인데, 적도 바로 아래를 흐르는 조부 강을 거슬러 올라가 서쪽으로 가고 있지. 데켄 남작은 몸바사를 출발해서 케냐 산과 킬리만자로 산기슭을 지나 중앙부를 향해 나아가고 있고."

"줄곧 걸어서?"

"줄곧 걸어가는 거야. 노새를 타고 가는 경우가 있을지도 모르지만."

"노새를 타는 건 나한테는 걷는 거나 마찬가지야." 케네디가

---

* 1652년 네덜란드 동인도회사가 설립한 남아프리카에 있던 식민지. 케이프타운을 중심으로 발전했으며, 1795년에 영국령 식민지가 되었다.
† 아프리카 남서부에 사는 원주민. 부시먼과 비슷하다.

케네디는 지도를 보았다.

말했다.

"그리고 하르툼의 오스트리아 부영사인 호이글린 씨는 얼마 전에 포겔 수색을 주요 목적으로 삼는 대규모 탐험대를 조직했어. 포겔은 1853년에 바르트 박사를 돕기 위해 수단에 파견된 탐험가야. 그는 1856년에 보르누를 출발해서 차드 호와 다르푸르 왕국 사이에 펼쳐져 있는 그 미지의 땅을 탐험하기로 결심했지만, 이때부터 소식이 끊겼어. 1860년 6월에 알렉산드리아에 도착한 몇 통의 편지에는 그가 와다이 왕의 명령으로 살해되었다고 쓰여 있었지. 하지만 하르트만 박사가 포겔의 부친에게 보낸 편지에는 포겔이 와라에서 감옥에 갇혀 있는 것 같다는 이야기를 보르누 왕국의 풀라니족 남자한테 들었다고 쓰여 있었어. 그러니까 희망이 전혀 없는 건 아니야. 그래서 작센-고타 공국의 섭정 전하를 위원장으로 하는 구출위원회가 설치되었지. 내 친구인 페테르만이 그 위원회 사무장을 맡고 있지만, 원정 자금은 일반인의 기부로 충당되었어. 이 탐험에는 학자들도 많이 참여하고 있지. 호이글린 씨는 마수아를 6월에 출발했어. 포겔의 발자취를 찾는 동시에 나일 강과 차드 호 사이에 있는 모든 나라를 탐험하는 것도 그의 임무지. 스피크 대위의 행동 범위와 바르트 박사의 행동 범위 사이를 메우려는 거야. 그렇게 되면 아프리카를 동쪽에서 서쪽으로 횡단하게 되는 셈이지."

"그렇다면, 그렇게 탐험대가 많이 나가 있다면 우리는 도대체 뭘 하자는 거지?"

퍼거슨 박사는 대답하지 않고 어깨만 으쓱했다.

6
하인 조

퍼거슨 박사에게는 하인이 하나 있었다. 영국의 전형적인 하인 이름인 조라고 불리고 있었는데, 정말로 그는 그 이름이 잘 어울렸다. 재치가 있고, 어떤 경우에도 주인을 믿고 따르고, 더없이 극진하게 주인을 섬겼다. 머리도 영리해서, 주인이 시키기 전에 주인의 마음을 알아차렸다. 성서에 나오는 갈렙* 같은 사내여서 불평하는 일도 없고, 언제나 기분이 좋았다. 그를 속이려 해도 소용이 없었다. 퍼거슨은 일상생활의 모든 면에서 그에게 의지하고 있었는데, 무슨 일이든 그에게 맡겨두면 틀림이 없었다. 조처럼 훌륭한 하인이 또 있을까. 주인의 입맛대로 식사를 준비해주고, 여행을 떠나게 되면 트렁크에 짐도 챙겨주고, 양말도 셔츠도 잊지 않는 하인, 열쇠를 맡겨도, 비밀을 맡겨도,

* 모세의 명을 받아 가나안 정탐에 참여하고 돌아와서, 다른 정탐꾼들은 가나안 정복이 불가능하다고 주장했으나 갈렙은 하느님의 권능으로 정복할 수 있다고 주장했다.

절대로 그것을 악용하지 않는 하인이었다.

그리고 이 훌륭한 하인의 주인으로 퍼거슨 박사만큼 어울리는 남자가 있을까. 조는 박사를 더없이 존경하고 신뢰하면서 주인의 결정에 따랐다. 박사가 말할 때 대꾸하는 것은 몰상식한 짓이라고 생각했다. 조에게 퍼거슨의 생각은 전적으로 옳았고, 퍼거슨의 말은 모두 이치에 맞았고, 퍼거슨의 명령은 무엇이든 틀림이 없었다. 퍼거슨의 계획은 모두 실행할 수 있는 것이었다. 그가 한 일은 모두 훌륭했다. 비유로는 조금 온당치 못하지만, 여러분이 조를 갈가리 찢는다 해도 주인에 대한 조의 의견은 바뀌지 않았을 것이다.

따라서 퍼거슨 박사가 기구를 타고 아프리카를 횡단할 생각을 했을 때, 조에게 그 계획은 성공한 거나 마찬가지였다. 박사가 출발하기로 결정했을 때는 이미 목적지에 도착한 거나 마찬가지였다. 물론 이 충직한 하인도 함께. 박사가 말하지 않아도 이 유쾌한 청년은 박사가 자기를 데려가리라는 것을 알고 있었다.

그 여행에는 조의 재능과 민첩함이 꼭 필요했다. 동물원의 영리한 원숭이들한테 체조를 가르치라면 조는 그 임무를 훌륭하게 수행했을 것이다. 뛰어오르고 기어오르고 날아다니고, 보통 사람은 도저히 할 수 없는 어려운 재주를 그는 가뿐히 해낼 수 있었다.

퍼거슨이 머리이고 케네디가 팔이라면 조는 손이 될 터였다. 그는 벌써 몇 번이나 주인의 탐험 여행에 따라갔다. 그리고 나름대로 약간의 전문 지식을 갖게 되었다. 하지만 그의 철학은 박사의 철학과는 달랐다. 그는 호감이 가는 낙천주의자였다. 그는 어떤 일도 어렵게 생각지 않았다. 그에게는 모든 것이 논리

하인 조.

적이고 당연했다. 그래서 불평하거나 이의를 제기할 필요가 없었다.

이런 훌륭한 장점을 가진 데다 놀랄 만큼 뛰어난 시력도 갖고 있었다. 망원경을 들여다보지 않고도 목성의 위성을 볼 수 있었고, 플레이아데스성단*의 별을 열네 개나 맨눈으로 식별할 수 있는 보기 드문 재능을 가진 사람은 천문학자인 메스틀린†과 조뿐이었다. 하지만 조는 그것을 자랑스럽게 내세워 뽐내지도 않았다. 오히려 그는 아주 멀리서 인사를 했다. 그리고 필요한 경우에는 아주 재치 있게 제 눈을 사용했다.

조가 박사에게 보이는 신뢰 때문에 케네디와 하인 사이에 끊임없이 말다툼이 벌어진 것도 무리는 아니다. 물론 조는 케네디에게 깊은 경의를 표하는 것을 결코 잊지 않았다.

한 사람은 의심하고, 또 한 사람은 믿고 있었다. 한 사람은 모든 것을 내다보기 때문에 신중해졌지만, 또 한 사람은 무조건 믿었다. 박사는 의심과 맹신 사이에 있었다. 하지만 거기에 전혀 신경을 쓰지 않았다는 것은 여기서 분명히 말해두지 않으면 안 된다.

"아아, 케네디 선생님." 조가 말을 건다.

"왜?"

"점점 다가오는군요. 우리 달로 떠날 날이."

"그건 '달' 지방을 말하는 거겠지? 달만큼 멀지는 않아. 하지

* 황소자리의 어깨 부분에 보이는 산개 성단. 수백 개의 별이 무리를 이루고 있는데, 이 가운데서 여섯 개의 별은 맨눈으로 볼 수 있는 묘성(昴星)이다.
† 미하엘 메스틀린(1550~1631): 독일의 천문학자이자 수학자로, 요하네스 케플러의 스승으로 잘 알려져 있다.

만 안심해. 거기도 아주 위험하니까."

"위험하다고요? 퍼거슨 박사님 같은 분과 함께 가는데요?"

"자네 환상을 깨고 싶지는 않지만, 박사의 계획은 정상이 아니야. 박사는 떠나지 않아."

"떠나지 않는다고요! 선생님은 버러*의 미첼 공장에서 제작되고 있는 기구를 못 보셨습니까?"

"일부러 보러 가진 않아."

"멋진 광경을 못 보고 놓치게 될 겁니다. 아주 예뻐요. 귀여운 컵 같아요. 그리고 곤돌라†를 보면 또 홀딱 반해버립니다. 거기에 타면 기분이 좋을 거예요."

"그럼 자네는 진심으로 주인이랑 함께 갈 생각이야?"

"저요?" 조는 힘주어 말했다. "박사님이 원하신다면 어디든 따라갈 겁니다. 우리는 세계를 함께 돌았어요. 박사님만 혼자 보내는 건 당치도 않은 일이죠. 박사님이 지치면 도대체 누가 그분을 받쳐주겠습니까? 박사님이 수렁에 빠지면 누가 그분에게 구원의 손길을 내밀겠습니까? 박사님이 병에 걸리면 누가 그분을 보살펴주겠습니까? 케네디 선생님, 저는 언제나 박사님 곁에 있을 겁니다. 한시도 박사님을 떠나지 않고 임무를 수행할 거라고요."

"기특하군."

"선생님도 함께 가실 거죠?"

"어쩌면. 새뮤얼이 바보 같은 짓을 하지 않도록, 끝까지 따라

---

* 영국 런던의 남쪽 교외.
† 비행선이나 열기구에 사람이 탈 수 있도록 매단 바구니.

가면서 말리겠다는 뜻이야. 어쨌든 잔지바르까지 따라가서, 친구로서 새뮤얼의 무모한 계획을 어떻게든 말려보겠어."

"무슨 짓을 해도 안 될 겁니다. 건방진 얘기 같지만 제 생각은 그렇습니다. 주인님은 즉흥적인 착상으로 일을 추진하는 분이 아니세요. 계획을 세우기 전에 오랫동안 생각하지요. 그리고 일단 마음이 정해지면, 그것을 그만두게 할 수 있는 것은 악마뿐일 겁니다."

"글쎄, 그건 곧 알게 되겠지."

"낙관적인 생각은 갖지 않는 게 좋을 겁니다. 그리고 실제로 선생님이 여기 계신다는 게 중요하지 않을까요? 선생님 같은 사냥꾼에게 아프리카는 멋진 곳일 거예요. 어쨌든 선생님께는 후회 없는 여행이 될 겁니다."

"그래, 후회는 없겠지. 그 돌대가리가 탐험을 그만두기만 해준다면⋯⋯."

"그런데⋯⋯ 오늘은 무게를 재는 날이에요."

"뭐? 무게를 잰다고?"

"박사님과 선생님과 저, 세 사람의 몸무게를 재는 겁니다."

"경마의 기수처럼?"

"예, 기수처럼. 하지만 안심하세요. 선생님이 무거워도 그만두라고 하지는 않을 테니까요. 몸무게는 그대로도 좋습니다."

"나는 몸무게 따위는 재지 않아." 스코틀랜드인은 단호하게 말했다.

"하지만 몸무게를 정확히 알지 못하면 기구에 문제가 생기는 모양입니다."

"뭐라고? 그런 건 기구와 아무 관계도 없을 거야."

"천만에요! 무게를 정확히 계산하지 않으면 위로 올라갈 수
도 없습니다."

"물론 그렇겠지. 그게 좋아."

"선생님, 이제 곧 박사님이 우리를 찾으러 올 겁니다."

"나는 안 가."

"선생님은 물론 박사님한테 폐를 끼치고 싶진 않겠지요?"

"폐를 끼치겠어."

"좋습니다." 조는 웃으면서 말했다. "박사님이 안 계시니까
그런 식으로 말할 수 있겠지요. 하지만 박사님이 선생님한테
'딕'—죄송합니다, 이름을 불러서—'딕, 나는 자네 몸무게를 정
확하게 알고 싶네' 하고 말하면, 선생님은 틀림없이 몸무게를
재러 가실 겁니다. 아니면 제가 장을 지질게요."

"안 간다니까."

그때, 두 사람이 이야기를 나누고 있던 서재에 박사가 들어왔
다. 그는 케네디를 보았다. 케네디는 왠지 거북한 것 같았다.

"딕." 박사가 말했다. "조와 함께 오게. 두 사람의 몸무게를
알고 싶어."

"하지만……."

"모자는 쓴 채로 재도 돼. 가세."

케네디도 일어섰다.

세 사람은 함께 미첼 공장으로 갔다. 그곳에는 로마저울(오늘
날의 대저울)이라고 불리는 저울이 준비되어 있었다. 기구의 평
형을 유지하기 위해서는 세 사람의 몸무게를 알아둘 필요가 있
었다. 박사는 친구를 저울에 올라가게 했다. 케네디는 거역하지
않고 올라갔지만, 작은 소리로 중얼거리고 있었다.

"그래, 좋아. 몸무게를 쟀다고 해서 어떻게 되는 건 아니야."

"68.9킬로그램." 수첩에 숫자를 적으면서 박사가 말했다.

"너무 무겁나?"

"천만에요, 선생님." 조가 말했다. "저는 가벼우니까 그걸로 균형이 잡힐 겁니다."

조는 말하고, 사냥꾼이 내려선 저울 위로 기세 좋게 올라섰다. 기세가 너무 좋았기 때문에 하마터면 저울을 뒤엎을 뻔했다. 그는 하이드파크* 입구에서 아킬레우스† 흉내를 내고 있는 웰링턴‡의 동상과 같은 포즈를 취했다. 방패는 갖고 있지 않았

---

* 영국 런던 중앙부, 버킹엄 궁전 서북쪽에 있는 공원. 원래 웨스트민스터 대성당의 소유로 왕실 사냥터였으나 1670년에 공원이 되었다.

† 그리스 신화에 나오는 영웅. 불사신이었으나, 트로이 전쟁 때 유일한 약점인 발 뒤꿈치에 화살을 맞아 죽었다고 한다.

‡ 아서 웰즐리 웰링턴(1769~1852): 영국의 군인·정치가. 1815년 영국-프로이센 연합군 사령관이 되어 나폴레옹 군대를 워털루에서 격파하였고, 1828년에는 수상이 되었다.

지만, 동작이 그럴듯했다.

"54.4킬로그램." 박사가 숫자를 수첩에 적었다.

"아, 좋군요." 조는 흐뭇한 미소를 띠며 말했다. 왜 그가 웃었는지, 그 이유는 말할 수 없었다.

"내 차례야." 퍼거슨이 말했다. 그리고 자기 몸무게를 60.7킬로그램이라고 적었다.

"세 사람의 무게를 다 합하면 180킬로그램이 조금 넘는군."

"박사님!" 조가 말했다. "탐험에 필요하다면 10킬로그램 정도는 제가 뺄 수 있습니다. 먹지 않으면 돼요."

"그런 짓은 하지 않아도 돼." 박사가 대답했다. "마음껏 먹어도 괜찮아. 자, 반 크라운*을 줄 테니까 몸무게를 더 늘리고 와."

* 영국의 화폐단위로, 4분의 1파운드에 해당하는 은화. 지금은 사용하고 있지 않다.

7
기구 제작과 물품 준비

퍼거슨 박사가 탐험에 필요한 물품 목록에 신경을 쓰기 시작한 지도 꽤 오래되었다. 무엇보다 중요한 것은 기구다. 박사를 태우고 공중을 날아가게 될 이 탈것이 그의 가장 큰 걱정거리였던 것은 여러분도 충분히 이해할 수 있을 것이다.

그는 기구를 너무 크게 하지 않기 위해 수소 가스로 기구를 부풀리기로 결정했다. 수소는 공기보다 14.5배나 가볍다. 이 가스를 만드는 것은 간단하다. 그리고 이 가스 덕분에 기구를 이용한 공중 비행이 좋은 결과를 얻을 수 있게 되었다.

박사는 엄밀한 계산을 통해 여행에 필요한 장비를 포함하여 1800킬로그램의 무게를 기구가 운반해야 한다는 결론을 내렸다. 그리고 이만한 무게를 들어 올릴 수 있는 상승력, 즉 기구의 용적을 계산했다.

1800킬로그램의 무게를 운반한다는 것은 1660입방미터의 공기를 이동시키는 것을 의미한다. 1660입방미터의 공기는 1800킬로그램의 무게를 갖는다는 뜻이다.

기구에 1660입방미터의 용적을 주고, 공기 대신 공기보다 14.5배 가벼운 수소 가스를 채우면 무게가 124킬로그램으로 가벼워지니까 균형이 무너진다. 1676킬로그램의 차이가 생기기 때문이다. 그리고 기구 안의 가스 무게와 기구 주위의 공기 무게의 차이가 기구의 상승력을 만들어낸다.

그런데 앞에서 말한 1660입방미터의 가스를 기구에 넣으면 기구는 완전히 부풀어 오른다. 하지만 그래서는 곤란하다. 기구가 하늘 높이 올라가 공기의 밀도가 낮아지면 내부 가스가 팽창하여 공기주머니가 당장 터져버리기 때문이다. 그래서 일반적으로는 기구를 3분의 2 정도만 부풀려둔다.

하지만 박사는 그 자신밖에 모르는 고안에 따라 기구를 절반 정도만 부풀리기로 결정했다. 그래도 1660입방미터의 수소는 운반해야 하니까, 기구에 두 배의 용적을 주기로 했다.

기구는 길쭉한 모양이 좋다고 한다. 박사도 그렇게 설계했다. 가로의 지름이 15미터, 세로의 지름이 22.5미터. 이리하여 박사는 용적이 대충 2550입방미터인 타원형 기구를 손에 넣었다.*

퍼거슨 박사가 두 개의 기구를 사용할 수 있었다면 성공할 가능성은 더욱 높아졌을 것이다. 하나가 공중에서 터지거나 했을 경우에도 모래주머니를 버리고 또 다른 기구로 공중에 떠 있을 수 있기 때문이다. 하지만 두 개의 기구를 조작하기 위해서는

---

* 〔원주〕 이것은 특별히 큰 기구는 아니다. 1784년에 몽골피에(1740~1810: 프랑스의 발명가. 동생과 함께 열기구를 제작하여 1782년에 최초로 공중에 띄우는 데 성공했다)는 리옹에서 용적이 2만 입방미터에 이르는 기구를 만들었는데, 이 기구는 20톤의 무게를 들어 올릴 수 있었다.

양쪽이 동등한 상승력을 유지해야 하기 때문에 아주 어렵다.

오랫동안 궁리한 끝에 박사는 교묘한 고안으로 두 개의 기구를 멋지게 결합하는 데 성공했다. 그는 크기가 다른 기구를 두 개 만들어, 작은 기구를 큰 기구 속에 넣었다. 바깥쪽 기구의 크기는 앞에서 말한 대로지만, 그 안에 모양은 같고 가로 지름이 13.5미터, 세로 지름이 20.5미터인 작은 기구가 들어가 있는 것이다. 안쪽 기구의 용적은 2400입방미터밖에 안 된다. 이 기구는 유체 속에서 헤엄치고 있지만, 필요한 경우에는 밸브를 통해 양쪽 가스가 서로 오갈 수 있도록 되어 있었다.

이 설계에는 다음과 같은 이점이 있다. 하강하려고 가스를 방출해야 할 때, 우선 큰 기구의 가스를 내보낸다. 그것을 완전히 비워야 할 때에도 작은 기구는 그대로 둔다. 그럴 때, 바깥쪽 기구는 필요 없으니까 버릴 수 있다. 안쪽 기구 하나만 있어도 바람 빠진 기구처럼 바람에 농락당하는 일은 없게 된다.

또한 사고가 났을 경우, 예를 들면 바깥쪽 기구가 찢어졌을 경우에도 안쪽 기구는 멀쩡하다는 이점도 있다.

두 개의 기구는 구타페르카(천연수지의 일종)를 바른 리옹제 태피터로 만들어졌다. 구타페르카라는 고무 비슷한 물질은 물을 완전히 튀긴다. 그것은 산에도 가스에도 침식당하지 않는다. 압력이 가장 많이 걸리는 구체 꼭대기는 태피터가 이중으로 되어 있다.

이 기구라면 어떤 경우에도 가스가 샐 염려는 없다고 해도 좋다. 무게는 1입방미터당 약 280그램이다. 바깥쪽 기구의 표면적은 약 1040평방미터니까, 그 무게는 290킬로그램이다. 안쪽 기구의 표면적은 830평방미터니까, 무게는 230킬로그램밖에 안 된다. 따라서 기구 두 개의 무게를 합하면 520킬로그램이다.

곤돌라를 매다는 밧줄은 아주 튼튼한 대마 로프였다. 두 개의 밸브는 배의 키처럼 세심한 주의를 기울여 만들어졌다.

곤돌라는 둥근 모양이고 지름은 4.5미터다. 버드나무 가지를 엮어서 만들었지만, 지주는 철사로 강화되어 있었다. 바닥에는 충격을 줄이기 위해 탄력 있는 용수철이 달려 있다. 곤돌라와 밧줄의 무게를 합해도 125킬로그램을 넘지 않는다.

박사는 그 밖에 4밀리 두께의 철판으로 탱크를 네 개 만들고, 그것을 마개가 달린 파이프로 연결했다. 그는 거기에 지름이 4센티미터쯤 되는 나선관도 달았다. 그 끝은 두 갈래로 갈라져 있는데, 두 갈래는 서로 길이가 다르다. 긴 쪽은 높이가 7.5미터이고, 짧은 쪽은 4.5미터밖에 안 된다.

이 철판 탱크는 가능한 한 자리를 많이 차지하지 않도록 곤돌라에 설치되었다. 나선관을 사용하는 것은 잠시뿐이기 때문이고, 강력한 분젠 전지*와 함께 따로 짐을 꾸려서 잘 보관했다. 이 장치는 아주 잘 되어 있었기 때문에, 그 안의 수조 하나에 100리터의 물을 넣어도 무게는 320킬로그램밖에 되지 않았다.

탐험에 필요한 계기류는 기압계 2개, 온도계 2개, 나침반 2개, 육분의 1개, 크로노미터 2개, 인공수평기 1개, 가까이 갈 수 없을 만큼 먼 물체의 방위를 측정하기 위한 경위의 1개였다. 이런 계기들을 마련하는 데에는 그리니치 천문대의 협력과 지원이

---

* 독일의 화학자 로베르트 빌헬름 분젠(1811~1899)이 발명한 전지. 묽은 황산 속에 아연으로 된 원통을 세우고, 그 속에 탄소 막대와 진한 질산이 든 통을 넣어 만든다.

컸다. 하지만 박사는 물리 실험을 할 생각은 없었다. 그저 자신들이 가는 방향을 알고, 주요 강이나 산이나 도시의 위치가 확실하면 되었다.

튼튼한 철제 닻 3개, 길이가 15미터쯤 되는 가볍고 질긴 명주실 사다리도 갖추어졌다.

그는 식료품의 무게도 정확히 측정했다. 식료품은 홍차와 커피, 비스킷, 소금에 절인 고기, 페미컨*이었다. 그는 브랜디를 충분히 저장하고, 100리터들이 수조도 두 개 설치했다.

이런 식량을 소비해갈수록 기구의 상승력을 줄여야 한다. 대기 속에서 기구의 균형을 유지하는 것이 아주 미묘한 문제라는 점을 알아주기 바란다. 조금만 무게가 바뀌어도 기구가 엉뚱한 방향으로 가버리는 경우가 있다.

박사는 곤돌라의 일부를 덮기 위한 천막과 여행용 담요도 잊지 않고 준비했다. 엽총도 잊지 않았고, 화약과 탄환도 잊지 않았다.

다음은 박사가 계산한 무게의 일람표다.

퍼거슨	60.7킬로그램
케네디	68.9킬로그램
조	54.4킬로그램
1호 기구의 무게	290킬로그램
2호 기구의 무게	230킬로그램
곤돌라와 밧줄	125킬로그램

* 말린 쇠고기에 과일과 지방을 섞어서 굳힌 휴대용 식품.

닻, 기타 도구, 총, 담요, 천막, 취사도구 …… 85킬로그램

고기, 페미컨, 비스킷, 홍차, 커피, 브랜디 … 173킬로그램

물 ………………………………………… 180킬로그램

수소 팽창 장치 ………………………… 320킬로그램

수소의 무게 …………………………… 120킬로그램

모래주머니 ……………………………… 90킬로그램

합계 …………………………………… 1800킬로그램

　

이상이 박사가 탐험에 필요하다고 판단한 1800킬로그램의 내역이다. 모래주머니는 '만약의 경우에 대비하여'—이것은 그 자신이 한 말이다—90킬로그램을 싣고 갈 뿐이다. 수소 팽창 장치를 갖고 있어서 모래주머니를 쓸 일은 별로 없을 거라고 생각했기 때문이다.

8
'레졸루트' 호의 출항

2월 10일이 되자 준비도 드디어 마무리 단계에 접어들었다. 작은 기구도 큰 기구 안에 넣어졌고, 압축공기를 이용한 강도 실험도 무사히 끝났다. 아주 공들여 만들어진 것은 확실했다.

조는 기쁨을 감추지 못했다. 그는 하루에도 몇 번씩 집과 공장을 오갔다. 바빠도 언제나 유쾌한 얼굴로, 묻지도 않았는데 여러 가지 이야기를 하고 싶어 했다. 주인과 함께 갈 수 있게 된 것을 무엇보다 자랑스럽게 생각했다. 생각건대 이 훌륭한 하인은 기구를 보여주거나, 박사의 생각과 계획을 아는 체하며 허풍을 떨거나, 창문을 조금 열어서 박사의 모습을 보여주거나, 박사가 거리로 나갈 때 저 사람이 퍼거슨 박사라고 가르쳐주거나 하여 반 크라운짜리 은화 몇 닢을 손에 넣고 있었던 모양이다. 하지만 그런 일로 이 사내를 나무라지는 않겠다. 그에게는 주위 사람들의 호기심과 찬양하는 기분을 이용하여 한몫 챙길 권리가 있었기 때문이다.

2월 16일, '레졸루트'호는 강을 거슬러 올라가 그리니치에 이르렀다. 800톤짜리 증기선인 '레졸루트'호는 제임스 로스*가 남극을 탐험할 때 보급선으로 쓰였던 튼튼한 배다. 페넷 함장은 친절한 사람으로 알려져 있었다. 그는 전부터 존경하고 있던 퍼거슨 박사의 이번 여행에 특별한 흥미를 보이고 있었다. 이 페넷 함장은 해군 장교라기보다는 오히려 학자 같은 느낌을 주었다. 그의 배는 구식 대포 네 문을 싣고 있지만 아무도 해친 적이 없었고, 쏘아도 아주 조용하고 한가로운 소리를 내곤 했다.

'레졸루트'호의 선창은 기구를 넣을 수 있도록 개조되어 있었다. 기구는 2월 18일에 조용히 배로 운반되어, 배 밑바닥 창고에 안치되었다. 사고를 피하기 위해서였다. 곤돌라와 그 부속품, 닻, 밧줄, 식료품, 빈 수조, 그 밖에 필요한 모든 것이 퍼거슨의 눈앞에 쌓여갔다.

황산 10톤과 고철 10톤도 실렸다. 이것으로 수소 가스를 만들게 된다. 너무 많다는 느낌이 들지만, 손실이 있다는 점도 고려해야 한다. 가스를 만드는 장치는 통 30개였고, 이것도 선창 바닥에 실렸다.

이런 작업은 2월 18일 저녁에 끝났다. 쾌적한 선실 두 개가 퍼거슨 박사와 딕 케네디를 기다리고 있었다. 케네디는 신에게 맹세코 절대 떠나지 않겠다고 말하면서도 사냥용 무기고라고 할 만한 짐을 배로 가져왔다. 우선 총신의 뒷부분으로 탄환을 장전하는 훌륭한 연발총 두 자루, 에든버러의 '무어 앤 딕슨'사가 제조한 고성능 카빈총 한 자루—이 총을 쓰면 이 사냥꾼은 2천 걸

---

* 제임스 클라크 로스(1800~1862): 영국의 해군 장교. 극지 탐험가.

음 떨어진 곳에 있는 영양의 눈에 총알을 박아 넣을 수 있다. 게다가 그는 호신용으로 6연발 권총 두 자루도 갖고 있었다. 화약통과 탄약상자, 그리고 산탄과 보통 탄환을 듬뿍 갖고 왔지만, 박사가 말한 중량 제한은 엄격히 지키고 있었다.

세 여행자는 2월 19일에 배를 탔다. 함장을 비롯한 장교들은 공손하게 그들을 맞이했다. 하지만 박사는 흥분한 기색도 없고, 그저 탐험 생각으로 머리가 꽉 차 있는 것 같았다. 케네디는 겉으로는 어쨌든 간에 속으로는 감격하고 있었다. 조는 익살과 함께 웃음을 흘리며 뛰어다니고 있었다. 그는 당장 수병들의 방에서 인기인이 되었다. 그곳에 그의 잠자리인 해먹(그물 침대)이 마련되어 있었다.

20일, 런던의 왕립지리학회가 퍼거슨 박사와 케네디를 위해 성대한 송별 만찬회를 열었다. 페닛 함장과 장교들도 만찬회에 참석했다. 모두 유쾌하게 술을 마셨고, 모든 참석자가 100세까지 장수를 누리기를 기원하며 몇 번이나 건배가 되풀이되었다. 프랜시스 M** 경은 감동을 애써 누르고 회장에 어울리게 행동하고 있었다.

많은 인사들이 축사를 했고, 그 많은 축사를 들으면서 딕 케네디는 당혹스러웠다. '영국의 명예인 용감한 퍼거슨을 위해' 술을 마신 뒤, '그에 못지않게 대담한 친구 케네디를 위해' 모두 잔을 들어 올렸기 때문이다.

케네디는 얼굴이 새빨개졌다. 빨개진 얼굴은 보통 겸손의 표현으로 여겨진다. 그래서 박수 소리가 더욱 커졌고, 그는 점점 더 빨개져버렸다.

디저트가 나왔을 때, 빅토리아 여왕의 메시지가 도착했다.

'레졸루트'호.

여왕은 두 탐험가에게 축하 인사를 보내고 계획의 성공을 축원했다.

그래서 참석자들은 '아름다운 여왕 폐하'를 위해 또다시 잔을 비웠다.

자정 무렵, 참석자들은 진심 어린 작별 인사와 손이 아플 만큼 강한 악수를 나누고 흩어졌다.

'레졸루트'호의 보트가 웨스트민스터 다리 기슭에서 기다리고 있었다. 함장과 손님과 장교들이 보트에 올라탔다. 템스 강의 빠른 흐름은 그들을 당장 그리니치 쪽으로 데려갔다.

여행자들은 한 시에는 이미 선실에서 자고 있었다.

이튿날인 2월 21일 오전 3시, 기관실이 요란한 소리를 내기 시작했고, 5시에는 닻이 올라갔다. 스크루가 돌아가고, '레졸루트'호는 템스 강 어귀를 향해 출발했다.

배에서 오가는 대화는 퍼거슨 박사의 탐험에 대한 이야기뿐이었다는 것은 새삼 말할 필요도 없을 것이다. 그의 모습을 보고 그의 말을 듣는 동안, 선원들은 모두—아니, 스코틀랜드인은 제외하고—박사에게 깊은 신뢰를 보내게 되었고, 아무도 탐험의 성공을 의심하지 않게 되었다.

길고 따분한 항해가 계속되는 동안 박사는 날마다 장교실에서 생생한 지리학 강의를 해주었다. 젊은 장교들은 지난 40년 동안 아프리카에 관해 알아낸 새로운 사실들을 듣고 흥분했다. 박사는 바르트와 버턴과 스피크의 탐험에 대해 말해주었다. 학술 조사가 착착 진행되고 있는 이 신비의 대륙에 대해서도 이야기했다. 북쪽에서는 청년 뒤베리에가 사하라 사막을 탐험하고 투아레그족 족장들을 파리로 데려왔다. 프랑스 정부의 권고로

두 탐험대가 조직되었고, 이들은 서로 다른 코스를 따라 북쪽에서 서해안으로 가서 팀북투에서 만나기로 되어 있다. 남부에서는 지칠 줄 모르는 리빙스턴이 적도를 향해 전진하고 있다. 그는 1862년 3월부터 매켄지와 함께 루부아 강을 거슬러 올라가고 있다. 19세기가 끝날 때는 수천 년 전부터 아프리카가 가슴에 품고 있던 수많은 비밀들이 밝혀질 것이다.

퍼거슨을 둘러싸고 이야기에 귀를 기울이고 있던 사람들은 그가 여행 준비에 대해 자세히 설명하기 시작하자 몸을 앞으로 내밀었다. 그들은 박사의 계산을 확인하려고 했다. 그들은 서로 논쟁을 벌였고, 박사도 자진해서 거기에 참여했다.

그들은 박사가 가져가는 식료품이 다른 탐험대에 비해 너무 적은 데 놀랐다. 하루는 한 장교가 그 점에 대해 박사의 의견을 청했다.

"놀랐을지도 모르지만……" 박사가 대답했다. "우리 여행이 얼마나 걸릴 거라고 생각하세요? 몇 달? 그렇지 않습니다. 여행이 오래 계속되면 우리는 행방불명이 됩니다. 어디에도 도착해 있지 않아요. 잔지바르 섬에서 세네갈 해안까지, 거리로 치면 5600킬로미터 정도니까, 대충 6000킬로미터라고 해둡시다. 그런데 열두 시간에 400킬로미터의 속도로—이것은 기차에 비하면 훨씬 느린 속도입니다—밤낮으로 날아가면 아프리카를 횡단하는 데 일주일이면 충분합니다."

"하지만 그러면 아무것도 관찰할 수 없을 겁니다. 위치를 측정할 수도 없고, 어느 나라인지 조사할 수도 없을 텐데요." 장교가 의문을 제기했다.

"천만에요. 나는 기구의 주인이니까, 마음대로 상승하거나 하강할 수 있어요. 그러니까 그렇게 하는 게 좋다고 생각했을 때는 멈출 겁니다. 특히 바람이 너무 심해서 기구가 어디로 날아갈지 모를 때는 말이죠."

"그런 꼴을 당하는 것은 미리 각오해두는 게 좋을 겁니다." 페닛 함장이 말했다. "그 일대에는 시속 400킬로미터가 넘는 폭풍이 자주 부니까요."

"그렇습니다." 박사가 말했다. "그런 속도라면 아프리카를 열두 시간에 횡단할 수 있습니다. 잔지바르에서 눈을 떠서 생루이에서 잠을 잘 수도 있어요."

"하지만 기구가 그렇게 빨리 날아가는 일이 있을까요?" 장교가 물었다.

"전에는 있었습니다."

"그래도 파손되지 않았나요?"

"전혀! 그건 1804년에 나폴레옹이 대관식을 했을 때의 일입니다. 가르느랭*이라는 사람이 기구를 타고 밤 11시에 파리를 떠났는데, 그 기구에는 금빛 글씨로 '공화력 13년 상월 25일, 피오 7세 교황이 파리에서 나폴레옹 황제에게 대관'이라고 쓰여 있었답니다. 이튿날 새벽 5시에 로마 사람들은 그 기구가 바티칸 상공을 날고 있는 것을 보았습니다. 기구는 로마 평원 위를 잠시 날아서 브라치아노 호수에 떨어졌지요. 기구는 그렇게 빠른 속도에도 견딜 수 있습니다."

"기구는 그럴지 모르지만, 사람은 어떨까?" 케네디가 끼어들었다.

"사람도 마찬가지야. 기구라는 것은 그것을 둘러싸고 있는 공기와의 관계에서는 움직이고 있지 않아요. 스스로 움직이는 게 아니라 공기덩어리가 움직이는 것이죠. 예를 들면 곤돌라 안에서 초에 불을 붙여보세요. 불꽃이 흔들리지도 않을 겁니다. 가르느랭의 기구에 누가 탔다 해도 그 속도에 시달리지는 않았을 겁니다. 그리고 나는 그렇게 빨리 날려고 생각지도 않습니다. 나무나 언덕처럼 기구가 걸리는 게 있으면, 밤에는 반드시 멈출 작정입니다. 우리는 두 달 치 식량을 가져가지만, 착륙했을 때 명사수가 사냥감을 많이 잡아주기를 기대하고 있지요."

"아아, 케네디 씨 말인가요? 케네디 씨는 마음껏 총을 쏠 수 있겠군요." 소위 후보생이 부러운 눈으로 스코틀랜드인을 바라보았다.

"그리고 명예와 즐거움도 동시에 얻을 수 있지요." 또 다른 사람이 말했다.

---

* 앙드레-자크 가르느랭(1769~1823): 프랑스의 현대식 낙하산 발명자. 수소 기구를 발명한 자크 샤를의 제자.

"여러분……" 하고 사냥꾼이 대답했다. "그런 말을 들으니 황송하군요. 하지만 그 말을 인정할 수는 없습니다."

"뭐라고요?" 모두 입을 모아 외쳤다. "그럼 떠나지 않을 겁니까?"

"떠나지 않습니다."

"퍼거슨 박사와 함께 가지 않으실 건가요?"

"함께 가지 않는 정도가 아니라, 내가 여기 온 것은 어디까지나 여행을 그만두라고 퍼거슨 박사를 설득하기 위해서입니다."

모든 사람의 시선이 박사에게 쏠렸다.

"저 친구의 말은 듣지 않아도 됩니다." 박사는 여느 때처럼 부드럽게 대답했다. "그 문제에 대해서는 저 친구와 논쟁하지 않아도 됩니다. 결국에는 떠날 거라고, 저 친구도 속으로는 그렇게 생각하고 있으니까요."

"나는 성 패트릭*을 걸고 맹세하지만……." 케네디가 외쳤다.

"맹세하지 않아도 돼. 자네에 대해서는 잘 알고 있어. 그리고 자네의 몸도 화약도 총도 탄환도 모두 무게를 달았어. 이젠 아무 말 하지 않아도 돼."

실제로 그랬다. 그날부터 잔지바르에 도착할 때까지 케네디는 두 번 다시 입을 열지 않았다. 그 기구 여행에 대해서도, 다른 일에 대해서도 일절 말하지 않았다. 그는 완전히 침묵을 지켰다.

---

* 성 패트릭(387?~461?): 아일랜드의 수호성인. 스코틀랜드에서 태어나 사제로 서품을 받은 뒤 아일랜드로 파견되어 수도원을 세우고 기독교를 전파했다.

9
선실과 갑판에서

'레졸루트'호는 희망봉을 향해 쾌속으로 전진했다. 파도는 높았지만 맑은 날씨가 계속되었다.

3월 30일, 런던을 출발한 지 27일 뒤에 테이블 산*이 수평선에 나타났다. 그 산기슭에 있는 케이프타운 시가지도 쌍안경으로 보였다. '레졸루트'호는 곧 항구에 닻을 내렸다. 하지만 그곳에 기항한 것은 단지 석탄을 보급하기 위해서였다. 이 작업은 하루에 끝나고, 이튿날 배는 아프리카 최남단을 돌아서 모잠비크 해협으로 들어가기 위해 남쪽으로 떠났다.

조에게 선박 여행은 처음이 아니었다. 그래서 곧 자기 집에 있는 것처럼 행동하게 되었다. 그는 젠체하거나 우쭐거리는 일도 없이 언제나 싱글벙글 웃고 있어서 누구에게나 호감을 샀다.

---

* 남아프리카공화국 케이프타운 남쪽에 있는 산. 꼭대기가 평평하고 책상 모양을 하고 있어 테이블 산이라는 이름이 붙었다.

주인이 유명한 덕에 하인인 조도 덩달아 유명 인사가 되었다. 모두 신탁을 듣듯 그의 말에 귀를 기울였다.

박사가 장교실에서 강의를 하고 있는 동안 조는 앞갑판의 왕이었다. 그리고 그 특유의 화술로—어느 시대에나 위대한 이야기꾼은 자기만의 독자적인 화술을 갖고 있는 법이다—마구 지껄여댔다.

당연히 관심은 공중 여행에 집중되었다. 공중 여행의 가능성을 믿지 않는 수병들에게 이 계획을 납득시킬 때까지는 그 대단한 조도 꽤나 애를 먹었다. 하지만 일단 납득하자 수병들의 상상력은 조의 이야기에 자극을 받아 더욱 크게 부풀어 올랐고, 결국 불가능 따위는 없다고 믿게 되었다.

이 훌륭한 이야기꾼은 이번 여행이 끝나면 다음에 떠날 탐험이 잔뜩 기다리고 있다고 청중에게 떠들어댔다. 이번 탐험은 수많은 초인적 탐험 계획의 시작일 뿐이라는 것이다.

"이런 여행 방식을 알고 나면 언제나 하늘을 날고 싶어지죠. 그래서 다음 계획은 지구를 도는 게 아니라 곧장 나아가는 겁니다. 우주로 계속 올라가는 거예요."

"우와! 그럼 달까지 올라가나요?" 한 청중이 감탄한 듯이 외쳤다.

"달이요?" 조는 소리를 질렀다. "그건 너무 평범해요. 달 같은 건 누구나 갈 수 있습니다. 그리고 달에는 물이 없어요. 그래서 어마어마하게 큰 수조를 가져가야 합니다. 그리고 숨을 쉬고 싶은 사람은 병에 가득 채운 공기도 가져가야 해요."

"그럼 달에 술은 없겠네요?" 술을 무척 좋아하는 수병이 물었다.

선원들은 모두 조의 말에 귀를 기울였다.

"없어요. 달은 안 돼요. 우리는 저 아름다운 별을 산책하고 올 겁니다. 이따금 주인님이 그러셨죠. 저 아름다운 행성에 가서 산책하자고. 그래요, 우선 토성부터 방문할 겁니다."

"고리가 있는 저 별요?" 소년 수병이 물었다.

"그래. 결혼반지를 낀 별. 마누라가 어디 갔는지는 모르지만."

"뭐라고? 저렇게 높은 곳에 갈 수 있다고? 그럼 당신 주인은 악마요." 하사가 끼어들었다.

"악마라고요? 그건 좀 지나치군요. 얼마나 좋은 분이신데."

"그럼 토성 다음에는?" 청중 속에서 성마른 사람이 물었다.

"토성 다음요? 글쎄요, 목성에 갈까요? 거기는 묘한 곳이에요. 하루가 아홉 시간 반밖에 안 돼요. 게으른 사람한테는 좋은 곳이죠. 그리고 놀랍게도 목성의 1년은 지구의 12년에 해당해요. 앞으로 반년밖에 살지 못하는 사람한테는 더할 나위 없이 좋은 곳이죠. 오래 살 수 있으니까."

"12년이라고요?" 소년 수병이 괴상한 소리를 질렀다.

"그래, 꼬마야. 그러니까 거기서라면 너는 아직 엄마 젖을 빨고 있을 거야. 저기 있는 아저씨는 쉰 살쯤 됐나? 목성에서는 아직 네 살 반의 코흘리개야."

"그게 정말이야?" 앞갑판에 있던 남자들이 입을 모아 외쳤다.

"정말이고말고요." 조는 단호하게 말했다. "하지만 뭘 하고 싶으세요? 이 지구에서 유유히 나이를 먹을 생각이라면 쥐돌래처럼 미련하게 끝나버려요. 잠깐 목성에 가보세요. 그러면 여러 가지를 알게 돼요. 거기서는 점잖게 행동하지 않으면 안 돼요. 목성에는 위성(하인)이 있으니까요. 물론 나만큼 쓸모가 있지는 않지만."

모두 소리 내어 웃었다. 하지만 반신반의했다. 조는 해왕성에 대해서도 말해주었다. 거기서는 선원이 환대를 받는다. 화성에서는 군인이 가장 지위가 높다. 그래서 화성 같은 곳은 딱 질색이다. 수성은 시시한 곳이어서 도둑과 상인밖에 없다. 도둑과 상인은 아주 비슷하기 때문에 누가 도둑이고 누가 상인인지도 분간이 가지 않는다. 마지막으로 그는 금성에 대해 여러 가지 황홀한 이야기를 해주었다.

"우리가 탐험에서 돌아오면 저기서 빛나고 있는 남십자성을 훈장으로 받을 수 있을 겁니다. 저 별은 하느님의 가슴에서 반짝이는 단추예요."

"당신은 틀림없이 저걸 받을 수 있을 거요." 수병들이 장담했다.

앞갑판에서는 밤마다 이런 즐거운 이야기를 하면서 긴 밤을 보냈다. 그러는 동안 박사의 학문적인 이야기도 활기를 띠고 있었다.

하루는 이야기가 기구 조종 문제로 옮아갔다. 모두 이 점에 대해 퍼거슨의 생각을 알고 싶어 했다.

"아무래도 기구를 마음대로 조종할 수 있으리라고는 생각되지 않습니다." 그가 말했다. "기구를 조종하기 위해 어떤 방식이 시도되고 고안되었는지 다 알고 있는데, 하지만 하나도 성공하지 못했고, 실용화된 방식도 없습니다. 이 문제에는 나도 진지하게 맞붙었지요. 내게도 최대 관심사였으니까요. 하지만 현재의 공학을 이용하여 온갖 방법을 생각해보아도 이 문제를 해결할 수는 없었어요. 마력은 세지만 아주 가벼운 엔진이 아니면 안 됩니다. 그런 엔진은 만들 수 없어요. 그리고 설령 그런 엔진

이 있다 해도 세찬 바람에는 역시 저항할 수 없습니다. 그런데 지금까지는 기구보다 곤돌라를 움직이는 데 전념하고 있었어요. 이건 잘못된 생각입니다."

"하지만 기구와 배는 비슷하지 않을까요? 배는 사람이 마음대로 조종할 수 있는데……."

"아니, 다릅니다. 거의 또는 전혀 다르다고 해도 좋을 만큼 비슷하지 않아요. 공기는 물에 비해 훨씬 밀도가 낮습니다. 배는 물에 절반밖에 잠기지 않지만, 기구는 대기 속에 완전히 잠겨서 주위에 있는 유체의 영향을 많이 받습니다."

"그럼 기구에 대한 연구는 막다른 상태에 이르렀다고 생각하십니까?"

"그건 아닙니다. 다른 방법을 찾으면 됩니다. 기구를 조종할 수 없다면, 적어도 유리한 기류를 탈 수는 없을까 하는 식으로 말이죠. 높은 곳으로 올라가면 갈수록 기류의 속도와 방향은 일정해집니다. 지상에서처럼 산이나 골짜기 같은 기복에 영향을 받지 않으니까요. 풍향이 바뀌거나 풍속이 바뀌는 최대 원인은 그런 지형의 변화 때문이거든요. 그래서 좋은 기류가 어디 있는지를 알면, 거기에 가면 됩니다."

"그렇다면……" 페넷 함장이 물었다. "유리한 기류를 타기 위해 계속 올라가거나 내려가지 않으면 안 될 텐데, 그건 보통 일이 아닐 텐데요."

"왜요?"

"그렇잖습니까. 잠깐 공중을 산책하는 정도라면 대수롭지 않지만, 장거리를 날아가려 할 때는 그게 아주 성가시고 어려운 문제가 될 겁니다."

"글쎄요, 그럴까요?"

"하지만 상승할 때는 모래주머니를 버리고, 하강할 때는 가스를 빼고, 그러다 보면 모래주머니도 가스도 바닥나버릴 텐데요."

"함장님 말씀대로 그게 큰 문제예요. 바로 그것이 해결하지 않으면 안 되는 단 하나의 학문적 난제입니다. 기구를 조종하는 게 문제가 아니라, 가스를 줄이지 않고 기구를 위아래로 이동시킬 수 있느냐가 문제예요. 이렇게 말해도 될지 모르지만, 가스는 기구의 힘이고 피이고 혼입니다."

"그렇습니다. 하지만 그 난제는 아직 해결되지 않았고, 그 방법도 발견되지 않았지요?"

"아니, 발견했습니다."

"누가 그걸?"

"접니다."

"당신이?"

"그 방법이 발견되지 않았다면 나도 기구를 타고 아프리카를 횡단할 생각은 하지 않았을 겁니다. 24시간만 지나면 가스는 텅 비어버릴 테니까요."

"하지만 영국에서는 그런 말을 하지 않았잖아요."

"예. 하지만 나는 그걸 발표하여 논쟁에 말려드는 게 싫었습니다. 그래봤자 아무 도움도 안 될 테니까요. 그래서 나는 몰래 실험하여 만족스러운 결과를 얻었지요. 내게는 그걸로 충분했습니다."

"아, 그렇군요. 그러면 그 비밀을 누설해주시겠습니까?"

"기꺼이. 내 방법은 아주 간단합니다."

청중은 귀를 곤두세웠다. 박사는 조용히 말하기 시작했다.

10
기구는 어떻게 조종하는가?

"여러분, 가스나 모래주머니를 버리지 않고 기구를 마음대로 상승시키거나 하강시키기 위해 지금까지 여러 가지 시도가 이루어졌습니다. 프랑스의 기구 연구가인 무니에는 압축 공기를 넣거나 빼는 방법으로 이 목적을 달성하려고 했습니다. 벨기에의 헤케 박사는 날개를 사용하여 수직으로 오르내리는 힘을 얻으려고 했지만, 대부분의 경우 그것만으로는 충분하지 않았습니다. 이런 수단으로 이따금 좋은 결과가 나왔다 해도, 실제로는 무의미한 것이었지요.

그래서 나는 좀 더 대담하게 이 문제에 접근하려고 생각했습니다. 우선 나는 아주 급한 경우, 예를 들면 기구가 찢어지거나 예기치 않은 장애물에 부딪혀 당장 상승하지 않으면 안 될 경우 외에는 모래주머니를 절대로 쓰지 않기로 결정했답니다.

내가 상승하거나 하강할 때 쓰는 수단은 기구 내부의 가스 온도를 조정함으로써 가스를 팽창시키거나 수축시키는 것뿐입니다. 그러면 그것을 어떻게 하는가?

여러분은 곤돌라와 함께 탱크 몇 개가 실린 것을 보셨을 겁니다. 무슨 탱크일까 하고 생각하셨겠지요? 탱크는 모두 다섯 개였을 겁니다.

첫 번째 탱크에는 100리터의 물이 들어 있습니다. 거기에 황산을 두세 방울 떨어뜨립니다. 열전도를 좋게 하기 위해서지요. 그 물을 분젠 전지로 분해합니다. 아시다시피 물은 수소 2분자와 산소 1분자로 이루어져 있습니다.

이 산소가 전지의 작용으로 양극을 통해 두 번째 탱크로 보내집니다. 그 위에 놓여 있는 세 번째 탱크는 크기가 두 배인데, 음극을 통해 오는 수소는 거기로 들어갑니다.

마개가 달린 파이프가 이 두 탱크와 혼합 탱크라고 불리는 네 번째 탱크를 연결하고 있습니다. 수소 탱크에서 나오는 파이프는 물론 다른 것보다 구경이 두 배나 큽니다. 이 혼합 탱크에서 물을 분해하여 생긴 두 가지 가스를 섞는 겁니다. 탱크 용적은 1.5입방미터입니다.

이 탱크 위쪽에서 마개가 하나 달린 백금관이 나와 있습니다.

이제는 여러분도 아셨겠지만, 이 백금관이 산소 가스와 수소 가스의 버너가 되는 겁니다. 거기에서 얻어지는 열의 온도는 대장간의 화덕보다 훨씬 높습니다.

이번에는 이 장치의 두 번째 부분에 대해 말씀드리죠.

내 기구의 아래쪽은 완전히 밀폐되어 있지만, 거기에서 파이프 두 개가 따로따로 나와 있습니다. 하나는 기구 내부의 위쪽 절반을 채우고 있는 수소와 연결되어 있고, 또 하나는 아래쪽 절반을 채우고 있는 수소와 연결되어 있습니다.

이 두 개의 파이프에는 군데군데 튼튼한 고무 관절이 달려 있는데, 기구가 흔들려도 접히지 않도록 하기 위해섭니다. 그 파이프는 곤돌라까지 내려와서 열탱크라고 불리는 원통과 연결되어 있는데, 이 원통 용기는 쇠로 되어 있고, 용기의 위아래도 역시 튼튼한 쇠로 되어 있지요.

기구의 아래쪽 절반을 채우고 있는 수소와 연결된 파이프는 이 원통의 바다 부분을 통해 내부로 들어간 뒤, 나선형으로 소용돌이치면서 원통 안에 있는 작은 원뿔과 연결되어 있는데, 이 원뿔의 꼭대기에서 두 번째 파이프가 나와 있고, 아까도 말했듯이 기구의 위쪽 절반을 채우고 있는 수소층으로 들어가 있습니다.

원뿔의 바닥과 그 앞뒤의 파이프는 백금으로 되어 있습니다. 버너의 불로 녹아버리지 않도록 하기 위해서죠. 버너는 쇠로 만들어진 이 원통의 바로 아래, 거의 정중앙에 있어서 불을 피우면 그 불꽃이 가볍게 원뿔에 닿도록 되어 있기 때문입니다.

여러분은 건물의 난방 장치가 어떤 식으로 되어 있는지 아실 겁니다. 방의 공기가 파이프 안을 지나면서 높은 온도가 되어 돌아오는 거죠. 그런데 지금까지 말씀드린 것은 간단히 말하면 이 난방 장치와 같은 원리입니다.

어떻게 되는지 말씀드리죠. 버너에 불을 붙이면 나선관과 원뿔 안의 수소가 덥혀져서, 기구 위쪽으로 통해 있는 파이프 속에서 급속히 상승합니다. 그래서 파이프 안이 비게 되는 것이죠. 그러면 이번에는 기구 아래쪽의 가스가 파이프로 들어와서 덥혀집니다. 이렇게 기구의 가스가 계속 교체되면, 연결 파이프와 나선관 안에는 기구에서 나와서 온도를 올리고 다시 기구로 돌아가는 아주 빠른 가스의 흐름이 생깁니다.

그런데 온도가 1도 올라갈 때마다 가스의 용적은 267분의 1만큼 늘어납니다. 온도를 10도 올리면 기구의 수소는 267분의 10, 즉 70입방미터 팽창합니다. 따라서 그 상승력은 72킬로그램만큼 늘어납니다. 그것과 같은 무게의 모래주머니를 버리는 것과 같은 효과를 얻을 수 있지요. 온도를 100도 올리면 가스는 267분의 100만큼 팽창합니다. 상승력은 720킬로그램만큼 강해지는 것이죠.

이젠 여러분도 아시겠지만 이렇게 해서 상승과 하강을 쉽게 할 수 있는 것입니다. 기구의 용적은 반쯤 부풀린 경우 공기주머니와 탑승자, 모든 부속품을 실은 곤돌라의 총중량과 균형을 이루도록 정확하게 계산되어 있습니다. 기구를 이 정도만 부풀려서 공중에서 균형을 유지하도록, 그러니까 올라가지도 내려가지도 않게 해둡니다.

상승할 경우에는 버너에 불을 붙여서 가스의 온도를 주위보다 높게 올립니다. 이 열로 가스 압력이 높아지고 기구를 더욱 부풀립니다. 수소를 팽창시켜 위로 올라가는 겁니다.

하강하려면 버너의 불을 조정하여 온도를 낮추면 됩니다. 따라서 일반적으로 상승이 하강보다 신속하게 이루어집니다. 하지만 그게 더 좋습니다. 재빨리 하강해야 할 경우는 별로 없을 테니까요. 장애물을 피하려면 급속히 상승하는 것이 보통입니다. 위험은 위쪽이 아니라 아래쪽에 있을 테니까요.

게다가 아까도 말씀드렸듯이 모래주머니도 싣고 있습니다. 따라서 필요할 때는 모래주머니를 버려서 더 빨리 상승할 수도 있습니다. 기구 꼭대기에 달려 있는 밸브는 안전판에 불과합니다. 기구 안에 있는 수소의 양은 변하지 않고, 밀폐된 가스의 온도를 바꾸는 것도 상승하거나 하강하는 경우뿐입니다.

사소한 일이지만 한 가지 덧붙여두면, 버너 끝에서 수소와 산소가 연소하면 수증기가 생깁니다. 그래서 쇠로 된 원통 아래쪽에 2기압의 압력이 걸렸을 때 작동하는 조정판이 달린 배기관을 설치했습니다. 수증기가 2기압에 도달하면 저절로 빠져나가는 겁니다.

다음에는 정확한 숫자를 말씀드리죠.

100리터의 물이 두 가지 성분으로 분해되면 산소는 90킬로그램, 수소는 11킬로그램이 됩니다. 이것을 용적으로 환산하면, 보통 기압일 때 산소가 70입방미터, 수소가 140입방미터라는 이야기가 됩니다. 합하면 210입방미터지요.

그런데 버너의 마개를 완전히 열면 한 시간에 1입방미터의 산소와 수소가 나오게 되어 있습니다. 여기에 불을 붙이면 커다란 조명용 램프보다 여섯 배 강한 불길이 됩니다. 별로 높지 않은 곳에 떠 있으려면 한 시간에 0.3입방미터만 태우면 충분합니다. 따라서 이 100리터의 물로 630시간, 즉 26일이 넘는 시간을 날 수 있다는 계산이 나오는 것이죠.

그런데 이 기구는 내려가고 싶을 때 내려갈 수 있으니까, 도중에 물을 보급하면 여행을 끝없이 계속할 수 있습니다.

이것이 나의 비밀입니다. 보시다시피 간단합니다. 하지만 간단하면 할수록 성공은 확실합니다. 기구 내부의 가스를 팽창시키거나 수축시키는 것뿐입니다. 방해가 되는 날개도 필요 없고, 엔진도 필요 없습니다. 온도를 변화시키기 위한 난방 장치와 거기에 열을 보내는 버너만 있으면 됩니다. 자리도 그렇게 많이 차지하지 않고, 무겁지도 않습니다. 이것으로 성공에 필요한 조건은 모두 갖추어진 셈이지요."

퍼거슨 박사는 드디어 이야기를 끝냈다. 진심에서 우러난 박수가 터져 나왔다. 이의를 제기하는 사람은 없었다. 예상되는 모든 문제가 해결되어 있었다.

"하지만…… 역시 위험해요." 함장이 말했다.

"상관없습니다." 박사는 시원스럽게 대답했다. "이 장치가 실제로 도움이 되니까요."

11
4월 18일의 출발

'레졸루트'호는 순풍을 받아 목적지를 향해 경쾌하게 나아갔다. 모잠비크 해협을 지날 때는 더할 나위 없이 평온했다. 항해가 이렇게 평온한 것은 공중 여행이 성공할 조짐이라고 모두 기뻐했다. 목적지에 도착하는 날을 기다리며 모두 퍼거슨 박사의 준비 작업을 도우려고 애썼다.

드디어 잔지바르 섬과 같은 이름의 도시가 보이기 시작했다. 4월 15일 오전 11시, 배는 항구에 닻을 내렸다.

잔지바르 섬은 프랑스·영국과 동맹을 맺고 있는 마스카트 왕의 영토다. 여기는 확실히 왕의 가장 아름다운 식민지였다. 항구에는 이웃 나라의 배가 많이 들어와 있었다.

섬과 아프리카 해안 사이에는 해협이 있는데, 가장 폭이 넓은 곳도 50킬로미터를 넘지 않는다.

이 섬에서는 고무와 상아 외에 특히 흑단 무역이 성하다. 잔지바르는 커다란 노예 시장이기도 하다. 아프리카 오지에서는 추장들이 언제나 싸움을 일으키고 있는데, 전쟁에서 얻은 노획물이 모두 이곳으로 운반된다. 노예 매매는 동해안 일대에서 이루어지고, 나일 강 연안에서도 성행한다. 기욤 르장은 프랑스 식민지 안에서도 공공연히 노예 매매가 이루어지고 있는 것을 목격했다.

'레졸루트'호가 도착하자 잔지바르의 영국 영사가 한걸음에 달려와서 무엇이든 필요한 게 있으면 말해달라고 자청했다. 유럽의 신문들은 지난 한 달 동안 박사의 여행 계획에 대해 연일 써대고 있었지만, 배를 직접 볼 때까지는 영사 자신도 다른 많은 사람들과 마찬가지로 반신반의하고 있었다.

"나는 사실 믿지 않았어요." 영사는 퍼거슨 박사에게 손을 내밀면서 말했다. "하지만 이제는 더 이상 의심하지 않습니다."

그는 자기네 집을 박사와 딕 케네디 그리고 호남아 조에게 제공했다.

그의 호의로 박사는 스피크 대위가 영사에게 보낸 많은 편지를 조사할 수 있었다. 스피크 대위의 탐험대는 우고고 나라에 도착할 때까지 굶주림과 악천후에 시달렸다. 전진하려면 더없는 어려움을 이겨내야 했다. 그들은 소식을 빨리 전하는 것조차 포기할 수밖에 없었다.

"우리는 이런 위험과 어려움 그리고 굶주림을 피할 수 있습니다." 박사가 말했다.

세 여행자의 짐이 영사의 집으로 운반되고, 기구를 잔지바르 해안에 내릴 준비가 시작되었다. 신호등 기둥 옆에 알맞은 곳이 있었다. 커다란 건물의 그늘에 있어서 동풍을 막을 수 있었다. 이 건물은 맥주통과 비슷한 커다란 탑이었고, 하이델베르

잔지바르의 풍경.

크*의 그 유명한 성탑도 이 옆에 갖다놓으면 작은 술통에 불과하게 된다. 이곳은 요새로 쓰이고 있었고, 그 위에서는 창을 든 남자들이 파수를 보고 있었다. 이들은 발루치스탄† 사람이었는데, 전선에 가기를 싫어해서 아무것도 하지 않고 뒤에서 욕이나 하는 자들이다.

하지만 드디어 기구를 내릴 때가 되자, 섬 주민들이 거기에 단호히 반대하고 있다는 정보가 영사의 귀에 들어왔다. 광신적인 정열만큼 사람을 맹목적으로 만드는 것은 없다. 기독교도가 하늘로 올라가려고 왔다는 소식이 그들을 화나게 한 것이다. 아랍인보다 오히려 흑인들이 더 흥분하여, 이 계획은 그들의 종교에 도전하는 거라고 생각했다. 그들에게 이것은 태양과 달에 저항하는 행위였다. 해와 달은 아프리카인에게 경외의 대상이다. 그래서 이런 모독적인 탐험에는 반대하자는 움직임이 생겨난 것이다.

영사는 퍼거슨 박사와 페넷 함장을 불러서 그 불온한 움직임에 대해 상의했다. 함장은 이런 위협을 받고 순순히 물러나는 것을 떳떳하게 여기지 않았다. 하지만 박사는 그를 냉정한 기분으로 돌려놓았다.

"싸움이 벌어지면 물론 우리가 이기겠죠." 박사가 말했다. "저 파수꾼들도 필요할 때는 우리를 도와줄 겁니다. 하지만 함장님, 일이 이렇게 되어버린 이상, 운이 나쁘면 기구가 총에 맞

---

* 독일 서남부 바덴뷔르템베르크 주 북쪽에 있는 도시. 1386년에 세운 대학이 있는 교육·관광의 중심지이며, 17세기 초에 건설되었다가 17세기 말 프랑스군에 의해 파괴된 고성으로 유명하다. 이 성의 지하에는 거대한 술통이 있다.
† 파키스탄 남서부에서 이란 남동부에 걸친 건조지대.

을 수도 있어요. 그렇게 되면 기구를 수리할 방법이 없습니다. 여행은 물론 틀어질 수밖에 없겠죠. 좀 더 신중하게 행동하는 게 좋다고 생각합니다."

"하지만 어떻게 하면 좋을까요? 아프리카 해안에 짐을 내려도 마찬가지가 될 겁니다. 어떻게 하면 될까요?"

"간단합니다." 영사가 대답했다. "항구 저편에 섬이 몇 개 보이시죠? 기구를 그 섬 어딘가에 내리세요. 수병들을 시켜서 지키게 하면 전혀 위험하지 않습니다."

"좋은 생각입니다." 박사가 말했다. "그러면 안심하고 준비할 수 있겠어요."

함장도 이 충고에 따랐다. '레졸루트'호는 쿰베니 섬으로 다가갔다. 4월 16일 아침, 기구는 커다란 숲으로 둘러싸인 초원에 무사히 내려졌다.

25미터 길이의 기둥 두 개가 간격을 두고 세워졌다. 그 끝에는 각각 도르래가 달려 있어서, 기구를 묶은 밧줄을 끌어 올렸다. 기구에는 아직 가스가 들어 있지 않았다. 작은 기구도 바깥쪽 기구 속에 축 늘어져 있었다.

두 개의 기구 아래쪽에 있는 통기통에 수소를 넣을 파이프 두 개가 고정되었다.

17일은 수소 가스 발생 장치를 준비하면서 보냈다. 물이 든 30개의 통에 쇠 부스러기와 황산이 들어가면 물이 분해된다. 수소 가스는 중앙의 큰 통에 모이고, 거기서 도입 파이프를 통해 두 개의 기구로 들어간다. 이렇게 두 개의 기구에 규정된 분량의 가스를 넣는 것이다.

이 작업을 위해 3250리터의 황산과 8000킬로그램의 철과

4만 1250리터의 물을 써야 했다.

수소를 넣는 작업은 이튿날 오전 3시부터 시작되었는데, 여덟 시간 가까이 걸려서야 겨우 끝났다. 정오 무렵, 그물을 뒤집어 쓴 기구는 곤돌라 위에서 우아하게 흔들리고 있었다. 곤돌라에 는 많은 모래주머니가 묶여서 움직이지 않게 고정되어 있었다. 열 발생 장치가 세심하게 조립되고, 기구에서 나와 있는 파이프 가 쇠로 된 원통에 연결되었다.

닻과 밧줄, 관측기구, 담요, 천막, 식량, 무기가 곤돌라의 정 해진 자리에 실렸다. 물통은 잔지바르에서 가득 채워두었다. 100킬로그램의 모래는 50개의 자루에 나누어, 언제라도 꺼낼 수 있도록 곤돌라 밑에 넣어두었다.

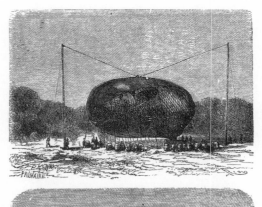

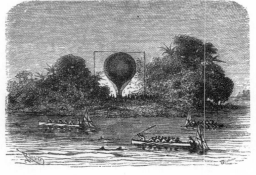

　이런 일은 저녁 5시쯤 끝났다. 보초가 끊임없이 섬 주위를 둘러보고, '레졸루트'호에 딸린 보트도 해상을 경계하며 돌아다녔다.

　흑인들은 건너편 해안에서 여전히 함성을 지르거나 얼굴을 찡그리거나 주먹을 휘두르며 분노를 나타내고 있었다. 주술사가 이 성난 군중 속을 뛰어다니며 분노를 더욱 부추기고 있었다. 몇몇 광신자가 헤엄을 쳐서 섬으로 건너오려고 했지만, 이들을 쫓아버리는 것은 간단했다.

저주의 기도와 주문이 시작되었다. 구름에 명령을 내려 비를 내리게 할 수 있다고 자칭하는 기도사들이 도움을 청하기 위해 폭풍과 돌비*를 부르고 있었다. 그러기 위해 그들은 그 지방의 온갖 나뭇잎을 모아서 거기에 불을 붙였다. 그렇게 해놓고 양의 심장에 기다란 바늘을 꽂아서 양을 죽였다. 하지만 이런 의식을 거행했는데도 하늘은 끝없이 맑았다.

그래서 흑인들은 야자열매로 만든 '템보'라는 독한 술과 머리가 띵해지는 '토그와'라는 맥주를 마시고 취해서 야단법석을 떨기 시작했다. 멜로디는 거의 없지만 리듬은 확실한 그들의 노랫소리가 밤늦게까지 계속되었다.

저녁 6시경, 배 위에서 함장을 비롯한 장교들이 참석한 가운데 마지막 만찬이 열렸다. 이제는 아무도 케네디한테 말을 걸지 않게 되었다. 케네디는 영문 모를 말을 중얼거리고 있었지만,

* 〔원주〕흑인들은 우박을 돌비라고 부른다.

눈은 언제나 퍼거슨 박사를 따라다니고 있었다.

분위기는 아무래도 쾌활해지지 않았다. 마지막 순간이 다가오고 보니 불길한 생각이 모든 사람의 가슴을 스친 것이다. 이 용감한 여행자들의 운명은 어떻게 될까. 언젠가 다시 단란한 가정으로 돌아가서 친구들에게 둘러싸일 수 있을까. 도중에 사고라도 나면 어떡하나. 그곳은 사나운 원주민의 한복판이 아닐까. 아무도 간 적이 없는 미개한 곳, 끝없는 사막이 있을 뿐이다. 그때 그들은 어떻게 될까.

지금까지도 이런 경우를 생각하지 않은 것은 아니었지만, 먼 미래의 일처럼 띄엄띄엄 머리에 떠오르고 아무래도 좋은 일처럼 여겨졌었다. 그런데 출발이 내일로 다가오고 보니, 상상력이 지나치게 부풀어 올라 모든 사람의 마음을 괴롭히고 있었다. 퍼거슨 박사는 여전히 냉정하고 태연하게 종잡을 수 없는 말만 지껄이고 있었다. 그는 그 자리를 지배하고 있는 슬픈 분위기를 날려버리려고 했다. 하지만 소용이 없었다. 박사에게도 역시 그것은 불가능했다.

흑인들이 박사 일행에게 위해를 가할 우려가 있었기 때문에 그날 밤에는 세 사람 모두 '레졸루트'호에서 잠을 잤다. 이튿날 오전 6시에 그들은 선실을 떠나 쿰베니 섬으로 건너갔다.

기구는 동풍에 가볍게 흔들리고 있었다. 곤돌라를 누르고 있던 모래주머니는 제거되고, 대신 스무 명의 선원이 밧줄을 잡고 있었다. 페넷 함장과 장교들도 이 장엄한 출발에 입회하기 위해 섬으로 건너왔다.

그때 케네디가 박사에게 곧장 다가왔다. 그리고 그의 손을 잡았다.

"새뮤얼, 무슨 일이 있어도 출발할 거야?"

"물론이지."

"나는 이 여행을 막으려고 할 수 있는 일은 다 했어."

"그래."

"그 점에 대해서는 후회가 없어. 그래서 말인데, 나도 함께 가 겠네."

"그럴 줄 알았어." 박사의 얼굴에 감동한 기색이 떠올랐다.

마지막 작별의 순간이 왔다. 함장과 장교들은 대담한 여행자 들을 진심으로 포옹했다. 자랑스럽게 웃고 있는 조도 함장과 장 교들에게 포옹을 받았다. 그 자리에 있던 모든 사람이 퍼거슨 박사와 악수를 나누고 싶어 했다.

9시에 세 사람은 곤돌라에 올라탔다. 박사는 버너에 불을 붙 이고, 온도를 빨리 올리기 위해 불꽃을 키웠다. 지상에 똑바로 서 있던 기구가 몇 분 뒤에는 하늘로 올라가기 시작했다. 선원 들은 밧줄을 풀어냈다. 곤돌라는 5미터쯤 올라갔다.

"여러분." 박사는 두 동행자 사이에 서서 모자를 벗고 외쳤다. "하늘에 떠 있는 우리 배에 행운을 가져다줄 이름을 붙입시다. 이 배를 '빅토리아'*호라고 명명하겠습니다."

만세 소리가 터져 나왔다.

"여왕 폐하 만세! 영국 만세!"

그때 기구의 상승력이 갑자기 강해졌다. 퍼거슨과 케네디와 조는 마지막 작별 인사를 친구들에게 보냈다.

"밧줄을 놓아!" 박사가 외쳤다.

'레졸루트'호에서는 네 문의 함포에서 축포가 울려 퍼졌다.

---

* 영국의 여왕(1819~1901). 하노버 왕조의 마지막 군주로, 영국의 전성기를 이루고, 군림하되 통치하지 않는다는 전통을 확립했다. 재위 기간은 1837~1901년이다.

12
해협을 건너다

공기는 아주 맑았다. 바람도 부드러웠다. '빅토리아'호는 거의 수직으로 500미터 높이까지 상승했다. 그것은 기압계 눈금이 5센티미터 내려간 것을 보면 알 수 있었다.*

이 높이까지 올라오자 기구는 기류를 타고 남서쪽으로 날아갔다. 여행자들의 눈 아래에는 아름다운 경치가 펼쳐졌다. 잔지바르 섬은 짙은 초록색이었고, 입체지도처럼 그 전모를 보이고 있었다. 밭은 마치 색채 견본 같았다. 나무가 모여 있는 곳이 숲이었다.

섬사람들은 벌레처럼 작아 보였다. 만세 소리는 서서히 대기로 빨려들고, 배에서 쏘는 축포 소리만 기구에 매달린 바구니 속에서 흔들리고 있었다.

"정말 아름답군요! 모든 것이 다 아름다워요!" 조가 침묵을

---

* 〔원주〕 기압계 눈금은 100미터 올라갈 때마다 약 1센티미터씩 내려간다.

깨고 입을 열었다.

대답은 없었다. 박사는 기압계의 변화를 보면서 상승할 때의 온갖 자세한 데이터를 메모하고 있었다.

케네디도 주위를 둘러보고 있었다. 하지만 뭐든지 볼 수 있을 만큼 좋은 눈은 갖고 있지 않았다.

태양열이 버너의 불꽃을 도와서 가스 압력이 더욱 높아졌다. '빅토리아'호의 고도는 750미터에 이르렀다.

'레졸루트'호는 보트만 한 크기로 작아졌다. 서쪽에 있는 아프리카 해안이 끝없이 이어진 거품의 선처럼 보였다.

"박사님, 아무 말씀도 안 하실 거예요?" 조가 물었다.

"보고 있어." 박사는 망원경을 대륙 쪽으로 돌린 채 대답했다.

"저는 말하지 않을 수 없어요."

"괜찮아, 조. 마음대로 실컷 지껄이면 돼."

그래서 조는 진저리가 날 만큼 많은 의성어를 지껄이기 시작했다. "오오!"나 "아아!"나 "으음!"이라는 감탄사가 그의 입에서 차례로 튀어나왔다.

바다를 건너고 있는 동안은 이 높이에서 나는 게 가장 좋다고 박사는 판단했다. 끝없이 이어져 있는 해안선을 관찰할 수 있기 때문이다. 곤돌라의 절반 정도를 덮고 있는 천막 속에 걸린 온도계와 기압계도 박사는 끊임없이 살펴보고 있었다. 천막이 없는 곳에 놓인 두 번째 기압계는 야간 당직을 설 때 쓰는 것이다.

시속 12킬로미터 정도의 속도로 바람에 실려 가는 '빅토리아'호는 두 시간 뒤에 해안에 도착했다. 박사는 땅으로 가까이 접근하기로 결정했다. 버너의 불꽃이 작아지고, 곧 기구는 100미터 높이까지 내려갔다.

지금은 음리마* 상공이었다. 울창한 맹그로브† 숲이 해안선을 가리고 있었다. 마침 물이 많이 빠진 간조 때라서, 인도양의 거친 파도에 시달리고 있는 뿌리가 복잡하게 얽혀 있는 것이 보였다. 과거에는 해안선이었던 모래언덕이 수평선 위에 그 둥그스름한 모습을 드러내고, 응구루 산이 북서쪽에 머리를 꼿꼿이 세우고 있었다.

'빅토리아'호는 마을 옆을 지나갔다. 박사가 지도로 조사해보니 카올레라는 마을이었다. 마을 사람들이 모두 모여서 분노와 공포의 외침 소리를 지르고 있었다. 화살이 하늘의 괴물을 향해 발사되었지만, 이 괴물은 그 헛되고 무력한 분노 위를 유유히 날아갔다.

바람이 남풍으로 바뀌었다. 하지만 박사는 걱정하지 않았다. 버턴 대위와 스피크 대위가 이미 더듬은 길을 날아가고 있었기 때문이다.

케네디도 조에 못지않을 만큼 수다스러워졌다. 그들은 교대로 칭찬하는 말을 늘어놓았다.

"마차 따위는 똥이나 처먹어라!" 한 사람이 말하면,

"배 따위는 똥이나 처먹어라!" 하고 또 한 사람이 말하곤 했다.

"기차 따위는 똥이나 처먹어라!" 케네디가 또 말했다. "기차로 이 나라를 횡단할 수는 있지만, 이런 경치는 보지 못해!"

"기구를 칭찬해줍시다." 조가 말을 이었다. "걷는 것과는 전혀 달라요. 자연이 몸소 우리 눈 밑에 자기 모습을 보여주니까요."

---

* 케냐 남쪽의 아프리카 동해안 지방 이름.
† 열대나 아열대의 해변이나 하구의 습지에서 자라는 나무. 조수에 따라 뿌리가 물속에 잠기기도 하고 나오기도 한다.

해협을 건너다.

"멋진 전망이야. 아무리 봐도 싫증이 안 나. 황홀해서 넋을 잃게 되는군. 해먹에 누워서 꿈을 꾸고 있는 것 같아."

"식사할까요?" 조가 말했다. "하늘에 떠 있으니 배가 고프네요."

"그거 좋은 생각이야."

"식사 준비는 금방 됩니다. 비스킷과 소금에 절인 고기니까요."

"그리고 커피는 얼마든지 마음대로 마실 수 있어." 박사가 덧붙여 말했다.

"버너에서 잠깐 불을 빌려도 돼. 불은 충분히 있고, 밥 짓는 데 불을 사용해도 화재가 날 염려는 없어."

"왠지 무서운걸." 케네디가 말했다. "머리 위에 있는 게 화약고 같아서 말이야."

"그렇지 않아." 퍼거슨이 대답했다. "가스가 탄다 해도, 그건 조금씩 줄어들지. 그리고 우리는 지상으로 내려가게 돼. 마음에 들지는 않지만 어쩔 수 없겠지. 하지만 걱정하지 않아도 돼. 이 기구는 완전히 밀폐되어 있으니까."

"그럼 식사를 하세." 케네디가 말했다.

"자, 어서들 드세요." 조가 음식을 권했다. "그리고 박사님이 말씀하신 방법대로 커피를 끓이겠습니다. 분명 마음에 드실 거예요."

"조는 장점이 많지만, 이렇게 맛있는 음료를 만드는 솜씨는 정말이지 천하일품이야." 박사가 말했다. "여러 산지의 커피를 섞어서 끓이는데, 그 비율을 나한테는 절대 가르쳐주지 않아."

"아니, 박사님, 여기는 공중이니까 기꺼이 가르쳐드리죠. 모카와 부르봉과 기니아를 같은 비율로 섞을 뿐이에요."

잠시 후 조는 김이 피어오르는 찻잔 세 개를 가져왔다. 그리고 화기애애한 분위기 속에서 영양이 풍부하고 더욱 맛있어진 식사가 끝났다. 이어서 세 사람은 자기 자리로 돌아가 관찰을 계속했다.

눈 아래 펼쳐져 있는 땅은 아주 비옥했다. 꼬불꼬불한 좁은 길이 초록빛 둥근 천장 밑으로 사라지고 있었다. 무성하게 우거진 담배밭, 옥수수밭, 보리밭 위도 날았다. 여기저기 넓은 논이 있고, 곧은 줄기에 다홍빛 꽃이 달려 있었다. 말뚝 위의 넓은 우리에 양과 산양이 갇혀 있었는데, 그렇게 해두지 않으면 표범에게 물려 죽는다. 키 자란 풀이 가득 돋아나 있었다. 몇 개의 마을을 지났는데, 그때마다 '빅토리아'호를 보고 놀라서 소리를 지르는 장면이 되풀이되었다. 퍼거슨 박사는 조심하느라 화살이 닿지 않는 고도를 유지하며 날았다. 마을 사람들은 옹기종기 모여 있는 오두막 주위에 모여서 여행자들에게 저마다 공허한 저주를 퍼부었다.

정오가 되자 박사는 지도를 조사하여 기구가 우자라모* 상공에 있다는 것을 확인했다. 들판에는 야자나무와 파파야가 자라고 목화나무도 있었다. '빅토리아'호는 그 나무에서 나풀나풀 장난을 치고 있는 나비처럼 날아갔다. 여기가 아프리카인 이상, 이 식물들은 자생하는 나무라고 조는 생각했다. 케네디는 자기를 쏘아달라고 하는 듯한 토끼와 메추라기가 계속 눈에 띄었지만, 여기서 총을 쏘아봤자 잡은 짐승을 가져올 수도 없기 때문에 총알만 낭비할 뿐이었다.

세 사람은 시속 20킬로미터로 날아갔다. 그리고 곧 동경 38도 20분에 있는 툰다 마을 상공에 접어들었다.

"여기가 버턴과 스피크가 심한 열병에 걸려서 탐험도 이제 끝났구나 생각한 곳이야." 박사가 말했다. "해안선에서 조금밖에 들어오지 않았는데 벌써 피로와 식량 부족이 시작되고 있었지."

사실 이 지방에는 말라리아가 1년 내내 만연해 있었다. 강렬

* [원주] 이 나라에서는 '우'가 '지방'을 의미한다.

우자라모 상공을 지나다.

한 태양이 독기를 빨아올리고 있는 이 습지대에서 병을 피하기 위해서는 기구의 고도를 올리기만 하면 되었다.

이따금 '크랄'에서 쉬고 있는 대상이 보였다. 그들은 밤이 와서 시원해지기를 기다렸다가 다시 여행을 계속하곤 했다. 크랄은 나무나 울타리로 둘러싸인 넓은 평지인데, 무역상들은 이곳에 들어가 야수나 약탈자들을 피한다. 원주민들이 '빅토리아'호를 보고 뿔뿔이 도망치는 것도 보였다. 케네디는 좀 더 가까이 가보자고 말했지만 퍼거슨 박사는 언제나 반대했다.

"이곳 추장들은 머스킷 총을 갖고 있어. 이 기구를 표적으로 삼아 명중시키는 것만큼 쉬운 일은 없을 거야."

"총알구멍이 나는 정도로도 추락할까요?" 조가 물었다.

"당장 추락하지는 않겠지만, 그 구멍이 점점 커지고, 그 구멍을 통해 가스가 전부 다 나가버려."

"그렇다면 저 이교도들한테 경의를 표해서 조금 떨어집시다. 우리가 하늘을 날고 있는 것을 보고 저놈들이 어떻게 생각할까요? 분명 우리를 신으로 생각할 겁니다."

"그렇게 생각하도록 내버려둬. 하지만 멀리 떨어져야 돼." 박사가 대답했다. "그게 무난해. 저것 봐. 경치가 달라졌지? 마을이 줄어들고 망고나무도 보이지 않게 되었어. 이 일대에는 그 나무가 자라지 않아. 기복이 많아졌지. 이제 곧 산악지대야."

"정말 그렇군." 케네디가 말했다. "저쪽에 어렴풋이 보이는 건 산이야."

"서쪽에…… 저건 우리자라 산맥이야. 높은 게 아마 두투미산일 거야. 저 산을 넘은 뒤에 오늘 밤을 보낼 곳을 찾아보세. 버너의 불꽃을 키워야겠군. 150미터 내지 180미터를 더 올라가야 하니까."

"박사님의 장치는 훌륭하군요." 조가 말했다. "번거로운 조작도 필요 없고, 어렵지도 않아요. 마개를 돌리기만 하면 되니까요."

"덕분에 편해졌어." 기구가 올라가자 사냥꾼이 말했다. "저 붉은 모래에 햇빛이 반사돼서 견딜 수 없었거든."

"정말 굉장한 나무예요." 조가 외쳤다. "자연 그대로의 모습이겠지만, 정말 아름답군요! 여남은 그루만 있으면 훌륭한 숲이 되겠어요."

"바오밥나무야." 박사가 대답했다. "저 나무는 줄기 둘레가 30미터는 될 것 같군. 1845년에 메장이라는 프랑스인이 살해된 게 저 나무인지도 몰라. 여기는 데제-음호라 마을이야. 메장은 혼자서 이 마을에 왔다가 추장한테 붙잡혔는데, 그 잔인한 흑인은 메장을 바오밥나무에 묶어놓고, 우선 팔다리를 자르고 성기를 잘랐어. 그런 다음 잠시 쉬었다가 무뎌진 칼을 갈았지. 그 불행한 남자가 아직 산 채로 보는 앞에서 말이야. 그러고는 목을 베었지. 메장은 그때 스물여섯 살이었어."

"프랑스 정부는 그런 범죄를 잠자코 보고만 있었나?" 케네디가 물었다.

"프랑스는 물론 항의했지. 잔지바르 태수는 온갖 수단을 동원하여 학살자를 잡으려 했어. 하지만 실패했다네."

"도중에 멈추지 말아주세요, 박사님." 조가 말했다. "위로 올라갑시다. 더 위로 올라가요. 제 말대로 해주세요."

"물론이지. 두투미 산이 앞에 솟아 있으니까. 내 계산이 틀리지 않았다면 일곱 시 전에 저 산을 넘을 수 있을 거야."

"밤에는 날지 않나?" 사냥꾼이 물었다.

"가능하면 날지 않을 작정이야. 주의해서 망을 보고 있으면 위험하진 않아. 하지만 아프리카를 횡단하는 것만이 우리의 목적은 아니야. 잘 관찰하면서 가지 않으면 안 돼."

"지금까지는 곤란한 일이 없었어요. 말끔하게 경작된 풍요로운 땅. 사막 같은 건 없어요. 지리학자의 말을 믿어도 좋지 않을까요?"

"기다려봐. 기다려보라고. 이제 곧 알게 되겠지."

6시 반쯤 '빅토리아'호는 두투미 산 바로 앞까지 왔다. 날아서 산을 넘으려면 고도를 900미터 이상 올려야 했다. 그러기 위해서는 온도를 10도만 올리면 된다. 이 기구는 손가락 하나로 조종할 수 있다고 해도 좋을 것이다. 케네디는 넘어야 할 장애물을 박사에게 가르쳐주고 있었다. '빅토리아'호는 산비탈을 스치며 날아갔다.

8시에 기구는 반대쪽 비탈을 내려갔다. 그 비탈은 오르막에 비하면 완만했다. 닻이 곤돌라 밖으로 던져지고, 그것이 거대한 선인장 가지에 걸렸다. 그러자 조가 밧줄을 타고 내려가 닻이 벗겨지지 않도록 단단히 고정시켰다. 명주실로 짠 줄사다리가 내려오자 그는 가볍게 사다리를 타고 올라왔다. 산에 가려 바람이 닿지 않기 때문에 기구는 거의 똑바로 떠 있었다.

저녁식사가 준비되었다. 여행자들은 오늘의 공중 산책에 흥분한 나머지 식료품에 큰 손실을 입었다.

"오늘은 어떤 코스를 날았지?" 케네디가 입을 오물거리면서 물었다.

박사는 달의 위치를 보고 현재의 위치를 결정했다. 그리고 길잡이로 가져온 정밀 지도를 조사했다. 그것은 부지런한 학자인

닻이 거대한 선인장 가지에 걸렸다.

친구 페터만에게 선물 받은 그의 저서—독일 고타에서 출간된 《아프리카에서 이루어진 최근의 발견》—에 실려 있는 지도였다. 이 지도는 박사의 모든 여행에서 큰 도움이 되었다. 버턴과 스피크의 보고를 토대로 대호수 지방, 바르트 박사의 보고를 토대로 수단 지방, 기욤 르장의 보고를 토대로 세네갈 지방, 베이커 박사의 보고를 토대로 니제르 강의 델타 지방이 자세히 기록되어 있었기 때문이다.

퍼거슨은 나일 강에 대해 지금까지 알아낸 모든 것을 한 권으로 정리한 책도 갖고 있었다. 그것은 신학박사인 찰스 비크가 쓴 《나일 강의 발원지를 찾아서—부록: 나일 강 발견의 역사》라는 제목의 책이었다.

그는 또한 《왕립지리학회 회보》에 실린 정밀 지도도 갖고 있었는데, 이 지도에는 지금까지 탐사된 지방의 위도와 경도가 자세히 기록되어 있었다.

이 지도를 조사하여, 오늘은 경도로 2도, 즉 서쪽의 내륙으로 190킬로미터 들어온 것을 알았다.

"남쪽을 보고 있었군." 케네디가 말했다. 하지만 이 방향은 박사가 바라는 바였다. 박사는 지금까지 탐험가들이 지나간 곳을 가능한 한 직접 살펴볼 생각이었기 때문이다.

세 사람이 교대로 망을 보게 되었다. 차례로 한 사람이 다른 두 사람의 안전을 지켜주는 것이다. 박사가 9시부터, 케네디가 자정부터, 조가 오전 3시부터 불침번을 섰다.

그래서 케네디와 조가 담요를 뒤집어쓰고 편안히 자고 있는 동안 퍼거슨 박사는 사방에다 경계의 눈길을 던지고 있었다.

13
열병에 걸린 케네디가 자연 치료되다

따뜻한 밤이었다. 하지만 이튿날 아침이 되자 케네디가 몸이 나른하고 오한이 난다고 호소했다. 날씨도 수상해지고 있다. 큰 비를 감추고 있는 듯한 먹구름이 하늘을 뒤덮고 있었다. 이곳 준고메로는 어쩐지 슬픈 곳이었다. 언제나 비가 내리고 있다. 1월의 보름 정도만 비가 내리지 않는다.

세찬 비가 곧 여행자들을 덮쳤다. 곤돌라 밑에서는 '눌라'라고 불리는 일시적인 급류가 생기는 바람에 길이 끊기고, 게다가 물에 떠내려온 가시 돋친 풀의 덩어리나 거대한 담쟁이덩굴이 길을 막아서 이제는 길을 다닐 수도 없었다. 그리고 버턴 대위가 보고한 황화수소 냄새가 주위에 자욱했다.

"버턴 대위는 덤불 하나하나에 시체가 감추어져 있는 것 같다고 말했는데, 정말로 그렇군." 박사가 말했다.

"케네디 선생님의 건강이 나빠진 것도 이런 곳에서 밤을 보낸 탓이 아닐까요?"

"그래. 열도 높은 것 같아." 사냥꾼이 말했다.

"대단한 건 아니야, 딕. 이 일대는 아프리카에서도 손꼽힐 만큼 건강에 안 좋은 곳이지. 이런 곳에 오래 머무를 필요는 없어. 자, 출발하세!"

조가 줄사다리를 타고 내려가 능숙한 동작으로 닻을 벗겼다. 그러고는 다시 줄사다리를 타고 곤돌라로 돌아왔다. 박사는 기세 좋게 가스를 팽창시켰다. '빅토리아'호는 곧장 위로 올라가 강한 기류에 몸을 실었다.

원주민의 오두막 몇 채가 악취 나는 안개 속에서 숨바꼭질을 했다. 아래 경치도 전날과는 사뭇 달라져 있었다. 건강에 나쁜 곳은 대개 좁다. 그리고 거기에 인접하여 아주 살기 좋은 땅이 펼쳐져 있다. 이런 일은 아프리카에서는 그리 드물지 않다.

케네디는 괴로워 보였다. 열 때문에 그의 강인한 성격도 기력을 잃었다.

"하지만 병을 앓고 있을 때가 아니야." 담요를 뒤집어쓰고 누워 있던 그가 말했다.

"조금만 더 참아, 딕. 금방 좋아질 거야." 박사가 그를 격려했다.

"좋아진다고? 말만 그렇게 하지 말고, 나를 일어나게 해줄 약이 약상자에 있으면 빨리 줘. 눈을 질끈 감고 먹을 테니까."

"더 좋은 방법이 있어. 물론 해열제는 곧 줄게. 돈 따위는 한 푼도 들지 않는 공짜 해열제를."

"그게 뭔데?"

"아주 간단해. 비를 내리고 있는 구름 위로 올라가기만 하면 돼. 그리고 이 고약한 냄새에서 도망치는 거야. 10분만 기다려.

수소를 좀 더 팽창시킬 테니까."

그들이 습기 찬 공기에서 벗어나는 데에는 10분도 걸리지 않았다.

"이제 조금만 참아. 맑은 공기와 태양의 효과가 곧 나타날 테니까."

"이거 아주 좋은 약인데요." 조가 외쳤다. "그리고 맛있어요!"

"그냥 보통 공기잖아."

"그건 그렇지만, 맛있어요."

"딕에게는 맛있는 공기가 제일 좋아. 유럽이라면 매일이라도 이런 공기를 마실 수 있지만, 마르티니크 섬*이라면 황열병에 걸리지 않도록 피통 산맥에 올라가게 할 거야."

"자네 말이 맞아. 이 기구는 천국이야." 조금 편해진 케네디가 말했다.

"천국은 아니라 해도, 천국으로 데려다줄 것은 확실합니다." 조가 진지한 얼굴로 대답했다.

곤돌라 밑에 펼쳐져 있는 구름 덩어리는 야릇한 광경이었다. 구름은 서로 겹쳐져서 흐르고 있었다. 그리고 햇빛을 받아 그 화려한 빛 속에 녹아들고 있었다. '빅토리아'호는 1200미터 높이에 도달했다. 온도계는 기온이 내려간 것을 보여주고 있었다. 이제 대지는 보이지 않았다. 서쪽으로 80킬로미터쯤 떨어진 곳에 루베호 산이 빛나고 있었다. 이 산은 동경 36도 20분에 있고, 우고고 지방의 경계를 이루고 있었다. 바람은 시속 30킬

---

* 카리브 해 동쪽의 소앤틸리스 제도에 있는 프랑스령 섬.

로미터로 불고 있었다. 하지만 여행자들은 속도감을 느끼지 못
했다. 아무 진동도 없기 때문에 움직이고 있다는 느낌이 나지
않았다.

세 시간 뒤, 박사의 예언이 적중했다. 케네디의 오한은 멈추
었고 식욕도 되살아났다. 그는 많이 먹었다.

"자, 이걸로 키니네*를 먹은 거나 마찬가지야." 그는 만족스
럽게 말했다.

"나이를 먹으면 저는 넓은 하늘에 틀어박힐 겁니다." 조가 말
했다.

오전 10시경, 드디어 구름장이 끊기고 밝은 하늘이 나타났다.
다시 대지가 보였다. '빅토리아'호는 조금씩 아래로 내려갔다.
박사는 북서쪽으로 흐르는 기류를 찾았다. 지상 200미터 상공
에서 그는 그 기류를 탔다. 대지의 기복이 눈에 띄었다. 산악지
대라고 해도 좋았다. 준고메로 지방이 야자나무와 함께 동쪽으
로 사라져갔다. 이 일대가 야자나무의 남쪽 한계선이었다.

곧 여기저기 솟아 있는 산봉우리가 보이기 시작했다. 생각지
도 않게 나타난 이 원뿔 모양의 봉우리들 앞에서는 잠시도 방심
하지 말고 지켜볼 필요가 있었다.

"암초지대 한복판에 있는 셈이군." 케네디가 말했다.

"걱정할 거 없어. 좌초는 하지 않을 테니까."

"뭐니 뭐니 해도 기분 좋은 여행이네요." 조도 지지 않고 말
했다.

---

* 기나나무 껍질에서 얻는 알칼로이드. 말라리아 치료의 특효약으로, 해열제 · 건
위제 · 강장제 따위로도 쓴다.

사실 박사는 놀랄 만큼 교묘하게 기구를 조종했다.

"이 물에 잠긴 땅을 걷고 있었다면……" 그가 말했다. "진창에 발이 빠져서 녹초가 됐을 거야. 그리고 이 일대는 병에 걸리기 쉬운 곳이야. 잔지바르에서 여기 올 때까지 짐을 나르는 말들의 절반은 너무 지쳐서 죽어버렸을 거야. 인간도 유령처럼 비쩍 마르고, 이제 다 틀렸다고 절망하지. 안내인이나 짐꾼과는 싸움만 하고, 언제 살해될지 몰라서 벌벌 떨지 않으면 안 돼. 낮에는 견딜 수 없을 만큼 무덥고, 밤에는 밤대로 견딜 수 없을 만큼 추워질 때가 있지. 모기한테 뜯기고, 아무리 옷을 껴입어도 그 위에서 침을 찌르는 지독한 놈들이야. 그 모기한테 물리면 정신이 이상해져버릴 정도라더군. 게다가 맹수와 잔인한 놈들도 있어."

"그런 꼴은 당하고 싶지 않은데요." 조는 미심쩍은 듯이 그렇게 말했을 뿐이다.

"과장하는 게 아니야." 박사가 말을 이었다. "이 일대를 탐험한 여행자들이 쓴 글을 읽어보면, 눈물 없이는 읽을 수 없을 정도야."

11시쯤 이망제 분지를 날아서 건넜다. 이 고원 여기저기 흩어져 사는 부족이 '빅토리아'호를 화살로 헛되이 위협했다. 기구는 겨우 루베호 산 앞쪽에 있는 대지의 마지막 언덕에 다다랐다. 이것이 우사가라 산맥에서 가장 높은 제3의 산맥이다.

여행자들은 이 지방의 산악 형태를 온전히 볼 수 있었다. 맨 앞의 두투미 산을 포함하여 세 개의 지맥이 있고, 그 지맥 사이에 세로로 길고 넓은 평원이 있었다. 산봉우리는 높지만 정상은 평평해진 원뿔 모양이고, 산골짜기에는 빙퇴석*이 있고, 둥근 돌이 여기저기 구르고 있었다. 첫 번째 산맥은 잔지바르 해안 쪽이 험준하고 서쪽 비탈은 완만한 언덕으로 되어 있었는데, 고도가 낮아질수록 토양은 비옥한 흑토가 되고 초목이 울창하게 우거져 있었다. 동쪽에는 많은 개울이 있었고, 그것이 단풍나무나 타마린드, 호리병박, 종려 따위가 우거진 거대한 숲 속을 흐르는 킹가니 강으로 흘러들고 있었다.

"조심해!" 퍼거슨 박사가 외쳤다. "드디어 루베호 산이야. 이 루베호라는 이름은 이 일대의 현지어로 '바람이 지나는 길'이라는 뜻이지. 저 날카로운 능선을 넘으려면 좀 더 높이 올라가는 게 좋겠어. 내 지도가 정확하다면 앞으로 1500미터는 더 올라가야 돼."

"앞으로도 저렇게 높은 곳까지 이따금 올라가야 합니까?" 조가 물었다.

"아니, 그럴 일은 별로 없어. 아프리카의 산은 유럽이나 아시아의 산에 비하면 낮으니까. 어쨌든 이 '빅토리아'호라면 이 정도 산을 넘는 것은 그리 어려운 일도 아니지."

곧 열이 가해지고 가스가 팽창했다. 기구는 순식간에 상승하기 시작했다. 수소가 팽창해도 전혀 위험하지 않았다. 가스는 이 커다란 기구의 4분의 3밖에 들어 있지 않기 때문이다. 기압계는 20센티미터 가까이 내려가 고도가 1800미터인 것을 알려주었다.

"계속 올라갑니까?" 조가 물었다.

---

* 빙하가 이동하다가 따뜻한 지역에서 녹게 되면서 빙하 속에 있는 암석 · 자갈 · 토양물질 등이 섞여 이루어지는 퇴적층.

"지구 주위에는 1만 2000미터 높이까지 공기가 있어." 박사가 대답했다. "이만큼 커다란 기구라면 더 높이 올라갈 수 있지. 게-뤼사크*는 그 높이까지 올라간 적이 있는데, 입과 귀에서 피가 터져 나왔어. 산소가 부족했기 때문이지. 몇 년 전에는 용감한 두 프랑스인 바랄과 빅시오†가 계속 올라가본 적이 있었는데, 하지만 기구가 터져버렸지."

"그래서 그 사람들은 추락했나?" 케네디가 물었다.

"물론이지. 하지만 그들은 학자였으니까 거기에도 대비하고 있었지. 그래서 전혀 다치지 않았어."

"글쎄요." 조가 말했다. "두 분이 그 사람들처럼 떨어져보겠다면 마음대로 하세요. 하지만 저는 학자가 아니니까 높지도 낮지도 않은 딱 좋은 높이에 있고 싶습니다. 엉뚱한 생각은 아예 하지 말라는 거죠."

1800미터까지 올라가자 공기 밀도가 낮아진 것을 확실히 알 수 있었다. 우선 소리가 잘 전달되지 않았다. 목소리가 잘 들리지 않게 된 것이다. 지상에는 인간이든 짐승이든 움직이는 것은 전혀 보이지 않았다. 길은 가느다란 띠가 되고 호수는 연못이 되었다.

박사와 동료들은 몸의 상태가 이상해졌다. 아주 빠른 기류를 만나 당장 바위산을 넘어버렸기 때문이다. 평평한 산꼭대기에는 커다란 널빤지 같은 눈이 달라붙어 있어서 보는 사람의 눈을 사로잡았다. 이 놀랄 만한 광경은 창세기에 태곳적 물이 이루어

---

* 루이 조제프 게-뤼사크(1778~1850): 프랑스의 화학자 · 물리학자.

† 장-오귀스탱 바랄(1819~1884): 프랑스의 농학자 · 기구 조종사. 자크 알렉상드르 빅시오(1808~1865): 프랑스의 의사 · 기구 조종사.

루베호 산.

놓은 일이었다.

태양은 천정*에서 빛나고 있었다. 그 빛은 이 인적 없는 봉우리에 수직으로 떨어지고 있었다. 박사는 이 산들의 모습을 정확하게 스케치했다. 거의 일직선으로 네 개의 봉우리가 늘어서 있었고, 북쪽 봉우리가 제일 높았다.

'빅토리아'호는 곧 루베호 산의 반대쪽 비탈을 내려갔다. 아주 짙은 초록빛 나무가 자라고 있었다. 그다음에는 우고고 지방에 이르기 전에 있는 사막 같은 황무지를 지났다. 그곳은 기복이 심해서 언덕과 골짜기가 계속 이어지고 있었다. 좀 더 가자 햇볕을 받아 쩍쩍 갈라진 누런색 평야가 있었다. 소금기를 머금은 나무나 가시 돋친 선인장이 여기저기 자라고 있었다.

저편에는 숲이 있어서 지평선을 아름답게 채색하고 있었다. 박사는 대지로 가까이 내려가 닻을 던졌다. 닻 하나가 곧 거대한 단풍나무 가지에 걸렸다.

조가 나무까지 주르르 내려가 닻이 벗겨지지 않도록 고정했다. 박사는 버너의 불을 끄지 않고 언제라도 날아오를 수 있도록 공중에 기구를 띄워놓았다. 바람이 갑자기 잔잔해져버렸다.

"자." 퍼거슨이 말했다. "총을 두 자루 잡게, 딕. 하나는 자네 총, 또 하나는 조의 총이야. 둘이서 맛있는 영양을 잡아와. 그걸로 식사를 하세."

"기다리고 있었어!" 케네디가 외쳤다.

그는 곤돌라에서 사다리를 늘어뜨려 땅으로 내려갔다. 조는

---

* 지구 표면의 관측 지점에서 연직선을 위쪽으로 연장했을 때 천구(天球)와 만나는 점.

이 나뭇가지에서 저 나뭇가지로 날아서 순식간에 땅에 내려섰다. 그러고는 몸을 쭉 펴고 케네디를 기다렸다. 두 사람이 내려가서 곤돌라가 가벼워졌기 때문에 박사는 버너의 불을 완전히 꺼버렸다.

"박사님 혼자 날아가지 마세요!" 조가 외쳤다.

"걱정하지 마. 기구는 단단히 고정되어 있으니까. 나는 노트를 정리할 거야. 사냥감이나 많이 잡아와. 조심들 하고! 나는 여기서 천천히 주위를 관찰할게. 뭔가 수상한 게 있으면 총을 한 방 쏠 테니까, 그 소리가 들리면 곧바로 돌아와야 해."

"알았어!" 사냥꾼이 대답했다.

14

뜻밖의 습격을 받다

갈라지는 점토질의 불모지는 바싹 말라서 사막 같았다. 여기 저기 카라반의 흔적이 남아 있고, 거의 백골이 된 사람이나 동물들의 시체가 이 땅에 묻혀 있었다.

케네디와 조는 30분쯤 걸어서 고무나무 숲으로 들어갔다. 주위에 신경을 쓰면서 손가락을 방아쇠에 댄 채 두 사람은 앞으로 나아갔다. 뭐가 튀어나올지 모른다. 전문가는 아니지만 조도 꽤 솜씨 좋게 총을 쏠 줄 알았다.

"걷는 건 기분 좋은 일이지만, 이곳은 아무래도 마땅찮은데요, 선생님." 땅바닥에 뒹굴고 있는 석영석에 발이 걸려 넘어질 듯 비틀거리면서 조가 말했다.

케네디는 조용히 하라는 신호를 하고 걸음을 세웠다. 조는 사냥개가 아니었다. 아무리 조가 재빠르다 해도 그레이하운드(사냥개) 같은 코는 갖고 있지 않았다.

열 마리쯤 되는 영양 떼가 바싹 마른 강바닥에 고인 물을 마

시고 있었다. 그 아름다운 동물은 위험을 냄새 맡고 불안한 듯
했다. 물을 한 모금 마실 때마다 고개를 쳐들고는 바람 속에서
사냥꾼의 냄새를 맡으려고 콧구멍을 벌름거렸다.

케네디는 덤불에서 덤불로 몸을 숨기며 다가갔다. 조는 그 자
리에 남았다. 사정거리에 들어갔다. 총이 불을 뿜었다. 영양 떼
는 눈 깜짝할 사이에 사라졌다. 수컷 한 마리가 어깨에 총을 맞
고 쓰러져 있었다. 케네디는 서둘러 영양 곁으로 달려갔다.

그것은 블루벅이라는 종류의 아주 커다란 동물이었다. 회색
모피에 연푸른색 줄무늬가 들어 있고, 배와 다리 안쪽은 눈처럼
하얗다.

"우와!" 사냥꾼이 외쳤다. "이건 아주 보기 드문 종류야. 모피
를 가져가고 싶군."

"뭐라고요? 선생님은 그런 생각을 하고 계십니까?"

"그럼. 이 멋진 털 색깔을 봐."

"하지만 박사님은 이런 짐을 싣는 것을 승낙하지 않으실 겁
니다."

"그렇겠지. 하지만 이 아름다운 동물을 죄다 버리고 가는 건
유감이야."

"죄다 버린다고요? 천만에요. 맛있는 고기는 전부 잘라서 가
져갈 겁니다. 허락하신다면 런던푸줏간조합의 임원한테도 뒤지
지 않을 만큼 멋들어지게 고기를 잘라보겠습니다."

"마음대로 해도 돼. 하지만 나도 사냥꾼이야. 사냥꾼은 사냥
감을 해체하거나 가죽을 벗기는 일도 잘한다네."

"물론 그렇겠죠. 그럼 돌을 모아서 화덕을 만들어주세요. 그
리고 마른 나뭇가지도 많이 주워오세요. 숯불만 준비되면 금방

영양 사냥.

끝납니다."

"그래, 그게 좋겠지." 케네디가 말했다.

그는 곧 화덕 만드는 일에 착수했다. 몇 분 뒤에는 화덕에서 불이 빨갛게 타오르고 있었다.

조도 짐승 몸뚱이에서 여남은 토막의 갈빗살과 등심살을 잘라냈다. 그것은 곧 먹음직스러운 불고기로 변했다.

"새뮤얼이 좋아하겠군." 사냥꾼이 말했다.

"선생님, 제가 무슨 생각을 하고 있는지 아시겠습니까?"

"지금 만들고 있는 거겠지. 스테이크 말이야."

"천만에요. 기구가 보이지 않으면 우리 두 사람이 어떤 얼굴을 할까 하는 생각을 하고 있었습니다."

"허어, 무슨 그런 생각을 하고 있나. 박사한테 버림받고 싶어?"

"아니요. 하지만 닻이 벗겨지거나 하면······."

"그런 일은 있을 리가 없어. 그리고 새뮤얼이라면 다시 내려와줄 거야. 그 친구가 조종한다면 걱정하지 않아도 돼."

"하지만 바람을 타버리면 우리 쪽으로 돌아올 수 없게 됩니다. 그렇게 되면 어떡하죠?"

"글쎄, 그런 생각은 그만둬. 즐거운 일은 아니니까."

"하지만 이 세상일은 당연히 일어날 만하니까 일어나는 겁니다. 어떤 일도 일어날 수 있어요. 그러니까 모든 경우를 예상하지 않으면······."

그때 한 발의 총소리가 울려 퍼졌다.

"아니!" 조가 외쳤다.

"내 카빈총이야. 소리를 들으면 알 수 있어."

"신호예요!"

"우리한테 위험이 닥쳐오고 있나?"

"박사님이 위험한 거 아닐까요?"

"돌아가세!"

사냥꾼들은 재빨리 수확물을 모았다. 그리고 돌아가는 길의 표시로 케네디가 잘라둔 나뭇가지를 더듬으며 길을 서둘렀다. 나무가 울창하게 우거져 있어서, 그렇게 멀지 않을 터인 '빅토리아'호가 좀처럼 보이지 않았다.

두 번째 총성이 들렸다.

"서두릅시다."

"좋아. 또 한 발 쏘았군."

"분명 무언가를 막고 있는 겁니다."

"서둘러!"

그들은 전속력으로 달렸다. 숲 가장자리까지 왔다. '빅토리아'호는 원래 있던 장소에 그대로 있었고 곤돌라 안에 박사도 보였다.

"무슨 일이지?" 케네디가 물었다.

"제기랄!" 조가 외쳤다.

"뭐가 보이나?"

"흑인들이 기구를 둘러싸고 있습니다."

실제로 3킬로미터쯤 떨어진 단풍나무 밑에서 서른 명 정도의 남자가 팔을 휘두르거나 개처럼 짖거나 펄쩍펄쩍 뛰어오르면서 웅성거리고 있었다. 몇 명은 나무를 타고 올라가 제일 높은 가지를 붙잡으려 하고 있었다. 잠시도 머뭇거릴 수 없었다.

"박사님이 보이지 않아요!" 조가 외쳤다.

"이봐, 조, 침착해. 잘 봐. 한 번에 네 명씩 저놈들을 쓰러뜨릴 수 있어. 자, 가세."

그들은 더 이상 빨리 달릴 수 없을 만큼 빠르게 1킬로미터를 달렸다. 그때 다시 총성이 들리고, 닻줄을 기어오르고 있던 커다란 녀석에게 총알이 명중했다. 생명을 잃은 몸뚱이는 나뭇가지에 부딪히면서 떨어져, 땅바닥에서 5, 6미터 위에 있는 가지에 걸렸다. 두 팔과 두 다리가 공중에서 흔들리고 있었다.

"어떻게 된 거죠?" 조가 멈춰 섰다. "저놈은 도대체 뭐가 가지에 걸린 거죠?"

"그런 건 아무래도 좋아!" 케네디가 대답했다. "어서 달려! 어서!"

"아아, 선생님." 조가 웃음을 터뜨렸다. "꼬리예요. 꼬리가 가지에 걸렸어요. 원숭이예요. 원숭이였어요."

"사람보다는 그래도 낫군." 케네디는 말하고, 마구 떠들어대고 있는 무리를 향해 걸음을 서둘렀다.

그것은 흉포하고 잔인한 동물, 보기에도 무서운 개 같은 콧등 때문에 '개코원숭이'라고 불리는 비비원숭이 무리였다. 하지만 몇 발의 사격으로 놈들은 동료 몇을 놓아두고 얼굴을 찡그리며 달아나기 시작했다.

곧 케네디는 사다리에 덤벼들었다. 조는 단풍나무를 타고 올라가서 닻을 벗겼다. 곤돌라가 그에게까지 내려왔다. 조는 가볍게 곤돌라로 뛰어들었다. 몇 분 뒤에 '빅토리아'호는 공중으로 날아올라 부드러운 바람에 떠밀려 동쪽으로 날아갔다.

"지독한 꼴을 당하셨군요." 조가 말했다.

"원주민한테 포위된 줄 알았지 뭐야." 케네디가 말했다.

"원숭이라서 다행이었지." 박사가 대답했다.

"멀리서 보면 사람과 똑같더군."

"옆에서 봐도 그렇던걸요."

"어쨌든……" 퍼거슨이 말을 이었다. "원숭이라고 느긋하게 있었다면 큰일 날 뻔했어. 나뭇가지를 마구 흔들어대서, 닻이 벗겨지기라도 하면 바람 부는 대로 날아가버릴 테니까 말이야."

"선생님, 아까 뭐라고 하셨죠?"

"자네 말이 옳았어, 자네가 말한 대로였어. 그런데 영양 스테이크는 어떻게 됐지? 아까 만든 거 말이야. 보고 있기만 해도 군침이 나왔는데."

"무리도 아니지." 박사가 대답했다. "영양 고기는 맛있으니까."

"자, 그걸 드셔보세요. 식사 준비가 끝났습니다."

"확실히 이 고기에는 야생의 향기가 있어. 좋군." 사냥꾼이 말했다.

"맛있는데요. 죽을 때까지 영양 고기를 계속 먹고 싶을 정도예요." 조가 입안 가득 고기를 넣고 우물거리면서 대답했다. "소화를 돕기 위해 그로그*가 한 잔만 있다면 더 바랄 게 없겠군요."

조는 그 음료를 만들었다. 그리고 조용히 맛을 음미했다.

"지금까지는 그럭저럭 괜찮았어요." 조가 말했다.

"쾌적했지." 케네디가 받았다.

"아니, 우리와 함께 온 것을 후회하지 않으세요?"

"나를 방해하는 놈이 있으면 어떤 놈인지 보고 싶었지." 케네디가 말했다.

---

* 럼주나 브랜디에 설탕을 넣고 뜨거운 물을 타서 희석한 음료.

벌써 오후 4시였다. '빅토리아'호는 빠른 기류를 탔다. 대지가 조금 높아진 것 같았다. 곧 기압계의 기둥이 해발 450미터를 가리켰다. 박사는 가스를 팽창시켜 기구의 고도를 올려야 했다. 버너는 계속 불을 내뿜었다.

7시쯤 '빅토리아'호는 카넴 분지를 지났다. 15킬로미터도 안 되는 개간지, 바오밥나무와 호리병박나무 밑에 보였다 사라졌다 하는 마을을 보고, 박사는 여기가 어딘지 금방 알았다. 이곳에는 우고고 지방의 추장 한 사람이 살고 있다. 이 지방에는 문명이 조금은 들어와 있어서 동족이나 친척을 매매하는 일은 극히 드물게 일어날 뿐이지만, 기둥을 사용하지 않아서 마른풀 더미와 비슷한 둥근 오두막에는 사람과 동물이 함께 살고 있었다.

카넴을 지나면 바싹 마른 돌이 많은 곳이 나온다. 하지만 한 시간만 날아가면 또다시 땅이 낮아지고 초록색이 세력을 되찾는다. 이제 음다부루가 멀지 않았다. 바람은 해가 저물면서 함께 잔잔해지고, 대기는 잠을 자고 있는 것 같았다. 박사는 고도를 올렸다 내렸다 하면서 기류를 찾았지만 허사였다. 바람 한 점 없는 대기 속에서 그는 공중에 뜬 채 밤을 보내기로 결정했다. 안전을 위해서 300미터 높이로 올라갔다. '빅토리아'호는 그곳 상공에 정지했다. 하늘에 무수한 별들이 아로새겨진 아름다운 밤은 쥐죽은 듯 조용했다.

케네디와 조는 담요에 편안히 누워 몸을 쭉 뻗고 깊은 잠에 빠져들었다. 박사가 먼저 불침번을 서고, 자정에 친구와 임무를 교대했다.

"조금이라도 이상한 일이 있으면 깨워." 박사가 말했다. "특히 기압계에서 눈을 떼지 마. 그게 우리의 나침반이니까."

밤은 추웠다. 낮 기온과 14도나 차이가 났다. 밤이 이슥해지자 동물들의 연주회가 시작되었다. 굶주림과 갈증이 은신처에서 그들을 몰아낸 것이다. 개구리들이 소프라노로 울었고, 거기에 자칼의 새된 목소리가 섞였고, 사자의 묵직한 베이스가 이 살아 있는 오케스트라의 저음부를 맡았다.

날이 밝자 자기 자리로 돌아온 퍼거슨 박사는 나침반을 조사했다. 풍향이 밤사이에 바뀌어 있었다. '빅토리아'호는 열두 시간쯤 전부터 북동쪽으로 50킬로미터쯤 날아가 있었다. 지금 '빅토리아'호는 마분구르 위를 날고 있다. 돌투성이 땅에 당나귀 등짝 같은 기복이 계속되고, 곳곳에 아름다운 광택을 내는 섬장암이 널려 있었다. 카르나크의 열석*과 비슷한 돌덩어리가 드루이드교†의 고인돌처럼 여기저기 서 있고, 물소나 코끼리의 백골이 뒹굴고 있었다. 나무는 거의 없었다. 동쪽에만 깊은 숲이 있어서 몇몇 마을을 감추어주고 있었다.

7시쯤, 커다란 거북등 같은 바위산이 보였다. 너비가 3킬로미터나 되는 둥근 암산이다.

"좋은 코스를 잡았군." 박사가 말했다. "저건 지후에 – 음코아 산이야. 저기 잠깐 멈춰서 팽창 장치에 필요한 물을 보급해야겠어. 어딘가에 닻을 걸어보세."

* 프랑스 브르타뉴 지방의 카르나크 마을에 있는 신석기시대의 거석기념물. 세 무리의 선돌이 3킬로미터에 걸쳐 줄지어 있다.
† 고대 갈리아·아일랜드·브리타니아 등지에 살던 켈트족의 종교. 이 다신교는 이름이 없었으나, 사제인 드루이드를 이 종교의 대표적 특징으로 보아 드루이드교라는 이름이 생겼다. 스톤헨지(영국 런던 남서부의 솔즈베리 평원에 있는 고대의 거석기념물)는 드루이드들이 만든 것이라는 설이 있었으나, 현재는 받아들여지지 않고 있다.

"나무가 없어." 사냥꾼이 대답했다.

"그래도 해봐. 조, 닻을 내려."

기구는 조금씩 상승력을 잃고 땅으로 다가갔다. 닻의 발톱 하나가 바위틈에 걸렸고 '빅토리아'호는 멈추었다.

멈춰 있는 동안에도 버너의 불을 끌 수는 없었다. 기구의 균형은 해발을 기준으로 계산되어 있다. 그런데 이 일대는 지면이 상당히 높아져 있어서, 지금 있는 곳은 해발 2000미터 내지 3000미터나 된다. 따라서 그냥 내버려두면 기구는 지면보다 아래로 내려가버린다. 그래서 가스를 팽창시켜 기구를 띄우지 않으면 안 되었다. 바람이 전혀 없고, 곤돌라를 땅바닥에 댄 경우에는 상당한 무게가 줄어들기 때문에 그때는 버너의 도움을 빌리지 않아도 기구가 공중에 떠 있었을 것이다.

지도에 따르면 지후에-음코아 산의 서쪽 비탈에 큰 늪이 있었다. 조는 물 40리터를 넣을 수 있는 물통을 들고 혼자 늪으로 갔다. 그는 인적 없는 작은 마을에서 그리 멀지 않은 그 늪을 금세 발견하고 물을 길었다. 그리고 45분도 지나기 전에 돌아왔다. 별로 이상한 것은 보지 못했지만, 코끼리를 잡는 커다란 덫이 몇 개 있었다. 조도 하마터면 그 덫에 걸릴 뻔했다. 그곳에는 무언지 알 수 없는 동물이 백골이 되어 누워 있었다.

조는 그 짧은 소풍에서 원숭이가 열심히 먹고 있던 모과 비슷한 열매도 갖고 돌아왔는데, 박사가 살펴보니 그것은 '음벤부' 열매였다. 지후에-음코아 산 서쪽에는 이 나무가 많이 자라고 있었다. 퍼거슨은 조를 기다리는 동안 걱정이 되어 견딜 수 없었다. 잠깐 멈추었을 뿐이지만, 외부인의 접근을 허락하지 않는 이곳에서는 무슨 일이 일어날지 알 수 없기 때문이다.

물을 싣는 것은 그리 어려운 일은 아니었다. 곤돌라를 지면에 거의 닿을 만큼 내렸기 때문이다. 조가 닻을 벗겼다. 그리고 가볍게 주인 옆에 올라탔다. 박사가 버너의 불을 키우자 '빅토리아'호는 다시 하늘로 올라갔다.

기구는 그때 카제에서 150킬로미터쯤 떨어진 곳에 있었다. 카제는 아프리카 내륙의 중요한 마을이다. 남동풍이 불고 있으니까 여행자들은 아마 그날 안으로 카제에 도착할 수 있을 터였다. 기구는 시속 20킬로미터로 날아갔다. 기구를 조종하기가 어려워졌다. 높이 날려면 가스를 강하게 팽창시켜야 하기 때문이다. 이 일대는 토지 자체의 평균 고도가 해발 1000미터나 된다. 그래서 박사는 되도록 수소를 팽창시키지 않고, 꼬불꼬불하고 가파른 비탈을 따라 교묘하게 기구를 이끌어갔다. 기구는 템보 마을과 투라웰스 마을을 스치고 날아갔다. 투라웰스는 우냠웨지 지방에 있는데, 이곳은 나무가 크게 자라는 곳으로 유명하다. 선인장도 거인처럼 자라는 놀랄 만한 지역이다.

2시쯤 '빅토리아'호는 희미한 바람의 살랑거림도 게걸스럽게 삼켜버리는 불타는 태양의 열기를 받으며 해안에서 550킬로미터 들어간 곳에 있는 카제의 상공에 떠 있었다. 하늘은 맑게 개어 있었다.

"우리는 그저께 오전 아홉 시에 잔지바르를 떠났어." 박사가 메모를 보면서 말했다. "그리고 바람에 실려 800킬로미터를 날아서 이틀 만에 여기까지 왔어. 버턴과 스피크 대위는 같은 길을 오는 데 넉 달이나 걸렸지."

지후에 – 음코아 산.

15
달 여신의 아들들

카제는 중앙아프리카의 요지이지만, 도시라고 하기에는 걸맞지 않다. 내륙에는 도시라는 게 없다고 해도 좋을 것이다. 카제는 여섯 개의 넓고 오목한 분지의 집합체에 불과하다. 그곳에 상인들의 오두막이나 노예들의 판잣집이 들어차 있다. 작은 안마당도 있고, 잘 경작된 채소밭에서는 양파, 고구마, 가지, 호박, 그리고 아주 맛있는 버섯이 자라고 있다.

우냠웨지라고 불리는 지역은 아프리카의 비옥하고 화려한 정원인 '달(月)' 나라에 속해 있는데, 그 한복판에 우냐넴베 지역이 있고, 카제는 그 안에 있다. 여기도 멋진 곳이고, 이곳에는 순수한 아랍인인 오마니족 몇 가족이 게으르게 살고 있다.

그들은 오랫동안 여기 살면서 아프리카 오지와 아라비아 사이의 무역에 종사하고 있다. 거래하는 물건은 고무와 상아, 목면, 노예 등이다. 그들의 카라반은 적도지대를 종횡으로 오가고, 주인인 부유한 상인들을 위해 사치스러운 기호품을 구하러 해안까지 간다. 부유한 상인들은 여자나 하인들에게 둘러싸인 채 이 매력적인 곳에서 담배를 피우거나 잠을 자거나 드러누워 있을 뿐, 몸을 움직이려고도 하지 않는 우아한 생활을 하고 있다.

이 오목한 분지 주변에 많은 집과 장이 서는 광장과 대마밭이 있다. 또한 보기 좋은 나무가 서늘한 그늘을 만들고 있다. 이곳이 카제다.

이곳은 카라반의 집합소이기도 하다. 남쪽에서 온 카라반은 노예와 상아를 싣고 오고, 서쪽에서 온 카라반은 대호수 지방의 부족을 위해 목면이나 유리 세공품을 가져온다.

이리하여 시장은 언제나 활기에 넘친다. 혼혈 짐꾼들의 외침 소리, 북이나 뿔피리 소리, 노새와 당나귀들의 울음소리, 여자들의 노랫소리, 아이들의 울음소리가 뒤섞여 무어라 말할 수 없을 만큼 시끄럽다. 이 전원 교향곡의 박자를 맞추듯 제마다르(카라반의 우두머리)의 채찍 소리가 들린다.

시장에는 질서가 없다. 아니, 무질서가 판치고, 오히려 그게 매력적이다. 화려한 옷감, 유리 세공품, 상아, 물소 뿔, 상어 이빨, 꿀, 담배, 목면이 진열되어 있다. 여기서는 어떤 물건이라도 살 사람이 나서지 않으면 가치가 없어지게 된다는 기묘하기 짝이 없는 장사가 이루어지고 있다.

이 활기찬 움직임과 시끄러운 소리가 갑자기 멈추었다. '빅토리아'호가 공중에 모습을 나타낸 것이다. 그리고 천천히 곧장 아래로 내려왔다. 남자도 여자도 아이들도 노예도 상인도 아랍인도 흑인도 모두 집이나 오두막으로 몸을 숨겼다.

"새뮤얼!" 케네디가 말했다. "이러고만 있으면 저 사람들과 장사는 언제 하지?"

"아주 간단하게 장사하는 방법이 있습니다." 조가 말했다.
"조용히 내려가서 질 좋은 물건만 말없이 받아오는 겁니다. 금방 부자가 될 수 있어요."

"그런가?" 박사가 말했다. "저 사람들도 처음엔 무서워하지만, 이제 곧 우리를 신으로 생각하고 조심조심 돌아올 거야."

"그럴까요?"

"이제 곧 알게 돼. 하지만 놈들한테 너무 접근하지 않는 게 좋아. '빅토리아'호는 갑옷도 입지 않고 투구도 쓰지 않았으니까. 총알이나 화살에는 강하지 않아."

"새뮤얼, 저 아프리카인들과 이야기를 해볼 작정이야?"

"할 수 있다면 이야기해서 나쁠 건 없겠지. 카제에는 그래도 조금은 말귀를 알아듣는 아랍 상인이 있을 거야. 버턴과 스피크는 이 도시 사람들한테 환대를 받았어. 그러니까 우리도 모험을 해보자고."

'빅토리아'호는 조용히 땅으로 접근하여 시장 광장 옆에 있는 나무에 닻을 걸었다.

그것을 보고 사람들은 오두막에서 다시 얼굴을 내밀었다. 조심하느라 머리만 내밀고 있다. 외뿔 모양의 조가비 목걸이를 걸고 있어서 '와강가'라는 것을 알 수 있는 몇 사람이 대담하게 앞으로 나섰다. 와강가는 이 지방의 주술사인데, 기름을 바른 검고 작은 호리병과 요란하지만 불결한 마법의 소도구를 허리띠에 매달고 있었다.

군중이 그들 곁으로 조금씩 다가왔다. 여자와 아이들이 주술사를 에워쌌다. 북들이 소리의 세기를 겨루듯 울리기 시작한 가운데 주술사는 두 손을 마주치고 그 손을 공중으로 내밀었다.

"저건 놈들이 무언가를 부탁할 때 하는 몸짓이야." 박사가 말했다. "내가 잘못 생각한 게 아니라면, 무언가 대단한 일을 해달라고 말하는 것 같아."

"그럼 해주세요, 박사님."

"네가 가서 해줘. 그러면 신이 될 수 있을 거야."

"그럼 신이 될까요? 저는 향냄새가 싫지 않으니까요."

그때 주술사 가운데 하나인 '미양가'가 손으로 신호를 했다. 사람들은 입을 딱 다물었다. 깊은 침묵 속에서 그는 여행자들에게 알아들을 수 없는 언어로 말했다.

박사는 말이 통하지 않았기 때문에 문득 생각이 떠올라서 아랍어를 말해보았다. 그러자 곧 아랍어로 대답이 돌아왔다.

주술사는 풍부한 몸짓과 함께 열정적인 연설을 시작했다. 박사가 귀를 기울여보니 그는 '빅토리아'호를 달 자체로 생각하고 있었다. "달의 여신께서는 고맙게도 세 아드님을 이 마을에 보내주셨다. 해님의 사랑을 받고 있는 이 나라에 이것은 결코 잊을 수 없는 명예다."

박사는 근엄한 태도로 달은 천 년에 한 번씩 이 지방을 둘러보러 온다고 대답했다. 숭배자들에게 좀 더 자세히 자신들을 설명해주는 편이 좋겠다고 생각했기 때문이다. 거리낄 필요는 없었다. 원하는 게 있으면 이 신성한 존재에게 말해보라고 그는 명령했다.

주술사는 '음와니'(대추장)가 몇 년 전부터 병에 시달리면서 하늘의 구원을 애타게 기다리고 있다고 대답했다. 그리고 달의 아드님들이 대추장한테 가줄 수 있겠느냐고 부탁했다.

박사는 동료들에게 이 초대를 전했다.

"그래서 자네는 흑인 왕한테 갈 거야?" 사냥꾼이 물었다.

"그럼. 저 사람들은 나한테 호의를 갖고 있는 모양이니까. 게다가 날씨가 화창해서 바람은 전혀 불지 않아. '빅토리아'호에 대해서는 걱정할 필요가 없어."

"하지만 가서 어떻게 할 건데?"

"걱정 마, 딕. 약을 좀 주고 돌아올게."

그러고는 군중 쪽을 향했다.

"달님은 우냠웨지 사람들의 존경하는 왕을 불쌍히 여겨 그 병을 치료하도록 우리를 보냈다. 우리를 받아들일 준비를 하도록 하라!"

환호성과 노랫소리가 터져 나왔다. 군중은 저마다 감사의 말을 외쳤다. 많은 얼굴이 일제히 춤을 추기 시작했다.

"그런데 자네들······" 박사가 두 동료에게 말했다. "어떤 일이 벌어질지 모르니까 만반의 준비를 해두는 게 좋을 거야. 급히 하늘로 날아올라야 할지도 몰라. 그러니 딕은 여기 남아서 버너에 불을 붙이고 언제라도 올라갈 수 있도록 해줘. 닻은 단단히 고정되어 있으니까 걱정할 거 없어. 나는 추장한테 갈게. 조는 나와 함께 내려가서 사다리 옆에서 기다려."

"뭐라고? 자네 혼자 가겠다고?" 케네디가 외쳤다.

"뭐라고요?" 조도 외쳤다. "박사님은 제가 어디까지나 따라가기를 바라지 않으세요?"

"아니야, 나 혼자서도 괜찮아. 놈들은 달의 여신이 자기들을 방문했다고 믿고 있어. 그렇게 생각하는 이상, 나한테 거친 짓을 하진 않을 거야. 걱정할 건 없어. 그러니 내 말대로 해줘."

"꼭 그래야 한다면." 사냥꾼이 대답했다.

"가스 팽창에 주의해줘."

"좋아, 알았어."

군중의 외침 소리가 더욱 커졌다. 그들은 하늘에서 온 사자에게 재촉하고 있었다.

"자, 기다려." 조가 말했다. "달의 여신과 그 고귀한 아드님께 좀 무례하군."

박사는 구급상자를 들고 조를 따라 지상으로 내려갔다. 조는 달님의 아들에게 어울리는 위엄 있는 태도로 사다리 밑에 아랍인처럼 책상다리를 하고 앉았다. 일부 군중이 존경스러운 눈빛으로 그를 에워쌌다.

한편 퍼거슨 박사는 종교적 검무대의 호위를 받으며 북소리를 따라 시내에서 꽤 멀리 떨어진 곳에 있는 '왕의 집'을 향해 천천히 걸어갔다. 3시경이었다. 태양은 밝게 빛나고 있었다. 이제 와서 도망칠 수는 없었다.

박사는 가슴을 펴고 걸었다. 주술사들이 그를 에워싸고 군중의 접근을 제지하고 있었다. 곧 퍼거슨에게 추장의 서자가 다가왔다. 이 늠름한 청년은 이 나라 관습에 따라 적자를 제치고 유일한 상속자가 되었다. 청년은 달의 아들 앞에 넙죽 엎드렸다. 달의 아들은 자애로운 태도로 그를 일으켜주었다.

45분 뒤, 열대의 나무가 무성하게 우거진 숲 속의 서늘한 길을 지나 이 열광한 무리는 추장 궁전에 도착했다. '이치테냐'라고 불리는 네모난 건물이 언덕 비탈에 서 있었는데, 초가지붕의 긴 처마를 조각이 새겨진 기둥이 떠받치고 있어서 꼭 베란다처럼 되어 있었다. 벽에는 불그스름한 점토로 인간이나 뱀의 형상이 그려져 있었다. 물론 인간보다 뱀 그림이 더 좋았다. 지붕과

벽 사이에는 틈이 있어서 바람이 통하도록 되어 있었다. 창문은 없고, 문이라고 말할 수 있는 것이 하나 있을 뿐이었다.

근위병, 궁정신하, 지체 높은 남자들, 중앙아프리카의 순수한 종족인 와냠웨지족이 퍼거슨 박사를 정중하게 맞이했다. 그들은 늠름하고 힘도 세고 웬만해서는 병에 걸리지 않는다. 머리카락은 모두 도투락댕기처럼 땋아서 어깨까지 늘어뜨리고 있었다. 관자놀이에서 입까지 검은색이나 푸른색 선으로 된 문신을 몇 줄이나 넣어서 볼을 줄무늬로 만들고 있었다. 귀는 엄청나게 크고, 나무 원반이나 수지를 굳힌 판을 귀고리처럼 매달고 있었다. 몸에 걸치고 있는 것은 아주 화려한 천이었다. 군인들은 창이나 활로 무장하고 있었는데, 화살촉에는 등대풀의 독액이 발라져 있었다. 단검이나 '시메'라고 불리는 톱날 같은 칼을 갖고 있는 사람도 있고, 손도끼를 들고 있는 사람도 있었다.

박사는 궁전 안으로 들어갔다. 추장이 병을 앓고 있다는데 술을 마시고 춤추고 노래하는 소동이 벌어지고 있었고, 그가 도착하자 소동은 점점 더 심해졌다. 토끼 꼬리와 얼룩말 갈기가 출입문 위의 가로대에 매달려 있었다. 마귀를 쫓는 부적인 모양이었다. 추장의 아내들이 마중을 나왔다. 구리로 만들어진 심벌즈 비슷한 '우파투'가 묘한 가락을 연주하고, 나무줄기를 도려내어 만든 1.5미터 높이의 큰북 '킬린도'를 두 악사가 주먹으로 두드려서 엄청난 소리를 냈다.

여자들은 대부분 아주 사랑스러웠다. 그들은 웃으면서 커다란 파이프로 담배나 대마초를 피우고 있었는데, 우아하게 주름이 잡힌 기다란 겉옷으로 아름다운 몸을 가리고 있고, 허리띠 주위에는 호리병박 섬유로 된 짧은 도롱이를 두르고 있었다.

그리고 다른 사람들한테서 조금 떨어진 곳에 여섯 명의 여자가 앉아 있었는데, 자신들을 기다리고 있는 무서운 형벌 따위에는 신경도 쓰지 않고 무리 속에서 가장 명랑하게 떠들고 있었다. 추장이 죽으면 이 여자들은 산 채로 묻혀서 추장의 영원한 고독을 달래도록 되어 있다.

퍼거슨 박사는 한 무리의 여자들에게 눈으로 인사를 하고, 추장이 누워 있는 침상으로 다가갔다. 그곳에는 건강에 좋지 않은 온갖 행위의 응보를 받은 마흔 살쯤 된 남자가 누워 있었다. 손을 쓸 수 없는 상태인 것은 한눈에 알 수 있었다. 몇 년 전부터 그는 병을 앓고 있었는데, 그것은 술을 너무 많이 마시는 것이었다. 완전한 알코올 중독이었다. 왕은 이제 거의 지각을 잃어서, 전 세계의 암모니아 냄새를 모두 맡게 해도 일어나지 못했을 것이다.

궁정신하와 여자들은 달의 아들이 장엄하게 왕을 방문하는 동안, 무릎을 꿇고 고개를 숙이고 있었다. 박사는 각성제를 두세 방울 떨어뜨려 그 쇠약한 몸을 잠시 되살렸다. 추장은 몸을 움직였다. 몇 시간 전부터 생존의 징후가 전혀 없는 시체 같았던 몸이 이렇게 꿈틀거리자 사람들은 큰 소리로 의사의 명예를 찬양했다.

그 외침 소리에 진절머리가 난 의사는 계속 감사의 뜻을 표하려는 숭배자들로부터 재빨리 몸을 빼어 궁전 밖으로 나왔다. 그는 서둘러 '빅토리아'호로 돌아갔다. 벌써 저녁 6시였다.

조는 박사가 없는 동안 사다리 밑에서 얌전히 기다리고 있었다. 군중은 그에게 더없는 경의를 표하고 있었지만, 달의 여신의 진정한 아들로서 그는 그들이 하는 대로 내버려두었다. 신이 되

아프리카 원주민 추장의 궁전.

기 위해 그는 한껏 진지한 표정을 짓고 있었다. 으스대면 안 된
다. 그를 싫증도 내지 않고 바라보는 아프리카 소녀에게는 친숙
한 얼굴도 보여야 한다. 게다가 그는 상냥하게 말도 걸어주었다.

"간절히 빌어, 아가씨들. 더 간절히 빌어. 나는 여신의 아들이
지만 사람을 아주 좋아해."

보통은 신의 처소인 '음지무'에 바쳐지는 속죄의 공물이 그의
앞에 놓였다. 그것은 보리 이삭과 '폼베'였는데, 조는 맥주와 비
슷한 이 술을 맛보아주지 않으면 실례가 될 거라고 생각했지만,
진과 위스키에 익숙한 그의 입도 이 독한 술은 참지 못했다. 그
는 차마 눈 뜨고 볼 수 없을 만큼 처참한 우거지상을 지었다. 하
지만 그를 둘러싼 군중은 그것을 신의 미소로 생각했다.

그 후 소녀들은 입을 모아 단조로운 가락의 노래를 부르면서
그의 주위에서 신에게 바치는 춤을 추기 시작했다.

"호오, 춤인가?" 그가 말했다. "좋아. 그럼 내가 추지 말라는
법은 없지. 우리나라 춤을 보여주자."

그는 놀랄 만큼 경쾌하게 춤을 추기 시작했다. 몸을 구부리고
팔다리를 뻗고 몸을 젖히며 발로 추고 무릎으로 추고 손으로 추
고, 과장되게 우스꽝스러운 몸짓을 하고 무리한 포즈를 취하거
나 얼굴을 잔뜩 찡그려 보이기도 했다. 그것을 본 군중은 달나
라 신들의 춤이 너무 기묘한 데 놀라서 눈을 똥그랗게 뜨고 있
었다.

그런데 아프리카인은 흉내를 잘 낸다. 군중은 당장 그의 춤을
흉내 내어 날듯이 뛰어오르거나 몸을 구부리기 시작했다. 그들
은 동작 하나도 놓치지 않았고 포즈 하나도 잊지 않았다. 군중
은 뒤죽박죽이 되어 미친 듯이 춤을 추었다. 뭐라고 해야 좋을

지 알 수 없을 정도의 소동과 혼란이었다. 이 축제 소동이 한창일 때 조는 박사를 보았다.

박사는 소리를 지르며 무아의 경지로 춤을 추고 있는 군중을 헤치고 서둘러 돌아왔다. 주술사와 추장으로 보이는 남자들이 무엇 때문인지 흥분하여 따라왔다. 그들은 박사를 둘러싸고 마구 밀어붙이며 위협하기 시작했다. 갑자기 상황이 달라진 모양이었다. 도대체 무슨 일일까? 하늘의 의사가 서툴러서 추장이 죽었을까?

케네디도 곤돌라 위에서 원인을 모른 채 위험을 알아차렸다. 기구의 가스가 팽창하여 금방이라도 날아오를 것처럼 밧줄을 팽팽하게 당기고 있었다.

박사는 겨우 사다리에 도착했다. 달의 아들에 대한 두려움 때문에 군중은 아직 박사에게 폭력을 가하지는 않은 상태였다. 박사는 재빨리 사다리를 올라갔다. 조도 바로 뒤를 따랐다.

"우물쭈물할 수 없어!" 박사가 조에게 말했다.

"닻은 벗기지 않아도 돼. 밧줄을 자르면 되니까. 어서 따라와!"

"왜요?" 곤돌라에 한쪽 발을 넣으면서 조가 물었다.

"무슨 일이 있었어?" 케네디도 카빈총을 집어들면서 물었다.

"저걸 봐." 박사가 지평선을 가리켰다.

"뭔데?" 사냥꾼이 물었다.

"아, 달이다!" 조가 외쳤다.

지평선에 붉고 커다란 달이 떠 있었다. 그것은 푸른 하늘 밑바닥에 떠 있는 불타는 공 같았다. 진짜 달은 저 달이다. 그러면 '빅토리아'호는?

두 달이 있을 리가 없다. 그렇다면 이 낯선 남자들은 사기꾼이고 가짜 신이다.

군중의 생각은 그랬다. 그래서 상황이 돌변한 것이다.

조는 저도 모르게 큰 소리로 웃음을 터뜨리고 말았다. 카제 사람들은 사냥감이 도망친 것을 알고 소리를 질렀다. 활과 머스킷 총이 기구를 겨냥했다.

하지만 주술사 하나가 신호를 했다. 무기는 일단 거두어졌다. 그러자 주술사가 나무를 기어오르기 시작했다. 닻줄을 잡아서 기구를 지상으로 끌어내릴 작정인 모양이었다.

조가 손도끼를 들고 몸을 내밀었다.

"자를까요?"

"기다려." 박사가 대답했다.

"하지만 저 흑인 놈이……."

"닻을 버리지 않아도 될 것 같아. 자르는 건 언제라도 할 수 있어."

주술사는 나무 위로 올라오더니 가지를 잘라서 닻을 벗기는 데 성공했다. 그 순간 닻은 기구로 휙 끌려가면서 주술사의 두 다리 사이에 끼었다. 그리고 그는 생각지도 않게 이 날개 달린 괴물을 타고 하늘 높은 곳으로 여행을 떠나게 된 것이다.

주술사가 하늘로 올라가는 것을 보고 군중은 깜짝 놀라버렸다.

"만세!" 조가 외쳤다.

'빅토리아'호는 강한 상승력으로 쑥쑥 올라갔다.

"놈은 꽉 잡고 있어." 케네디가 말했다. "잠깐 여행을 하는 것도 나쁘지는 않겠군."

"저 흑인을 떨어뜨리는 겁니까?" 조가 물었다.

주술사가 하늘로 올라가는 것을 보고……

"그래선 안 되지." 박사가 대답했다. "조용히 땅 위에 내려줘. 이런 모험을 하고 돌아가면, 모두 저 주술사의 마력을 우스울 만큼 신용하겠지."

"신으로 생각할지도 모르죠." 조가 말했다.

'빅토리아'호는 300미터 높이에 도달했다. 흑인은 필사적으로 밧줄에 매달려 있었다. 눈은 한 곳만 뚫어지게 바라보고, 목소리도 나오지 않았다. 놀라움과 두려움이 하나가 되어 있었다. 부드러운 서풍이 기구를 데리고 마을을 지났다.

30분 뒤, 박사는 아무도 없는 것을 확인하고 버너의 불을 약하게 한 뒤 지면으로 다가갔다. 지상에서 5미터나 되는 높이에서 흑인은 결심했다. 그는 과감하게 뛰어내렸다. 다행히 발부터 떨어지자 그는 뒤도 돌아보지 않고 카제 쪽으로 쏜살같이 달아났다. 갑자기 가벼워진 '빅토리아'호는 또다시 하늘로 날아올랐다.

16
폭풍으로 불타는 하늘

"달님의 허락도 받지 않고 아들이라고 말하니까 이렇게 된 겁니다." 조가 말했다. "저 달님한테 하마터면 짓궂은 장난을 당할 뻔했어요. 그런데 박사님의 의술로 달의 평판을 떨어뜨려버린 건 아니겠지요?"

"그래, 추장은 어떻게 됐나?" 사냥꾼이 물었다.

"죽어가고 있는 늙은 주정뱅이야." 박사가 대답했다. "그대로 조용히 죽어가겠지. 하지만 이 일로 한 가지 교훈을 얻었어. 영광은 찰나의 것이니, 영광을 구하지 말라는 교훈이야."

"정말 그렇습니다." 조도 말했다. "그 교훈은 저한테도 딱 들어맞아요. 사람들이 모두 저한테 공손히 절을 하니까 기분이 좋아져서 신을 흉내 내고 있었더니 공교롭게도 달이 뜬 겁니다. 그것도 새빨간 얼굴로. 달님은 화를 내고 있었을 거예요."

조가 달에 대한 새로운 설을 말하고 있는 동안 북쪽 하늘이 짙은 구름에 덮이기 시작했다. 불길한 비를 잔뜩 머금은 구름이었다. 세찬 바람이 지상 100미터에 몰려드는 바람에 '빅토리아' 호는 북동쪽으로 밀려갔다. 기구 위에는 맑고 푸른 천정이 있지만, 무거운 느낌이 들었다.

저녁 8시쯤 여행자들의 위치는 동경 32도 40분·남위 4도 17분이었다. 폭풍이 다가오고 있어서 그들은 시속 55킬로미터의 속도로 떠내려갔다. 아래를 내려다보니, 기복이 있고 풍요로운 음프토 들판이 뒤로 휙휙 날아가고 있었다. 멋진 전망이었다. 모두 넋을 잃고 그것을 바라보았다.

"'달' 나라의 한복판이야." 퍼거슨 박사가 말했다. "고대인이 그렇게 이름을 지었는데, 그건 어느 시대에나 달을 숭배했기 때문이겠지. 정말 멋지군. 이렇게 아름다운 숲은 보기 힘들어."

"이런 숲이 런던 주위에 있다면, 물론 꿈같은 얘기지만, 정말 기분이 좋을 겁니다." 조가 말했다. "하지만 왜 이런 아름다운 숲이 이 야만적인 나라에 있을까요?"

"언젠가는 이 일대가 문명의 중심이 되지 않는다고 누가 말할 수 있겠나?" 박사가 대답했다. "유럽이 주민을 먹여 살릴 수 없게 되면 미래 사람들은 분명 여기로 이주할 거야."

"그런가?" 케네디가 말했다.

"그래, 딕. 역사의 흐름을 생각해봐. 아시아는 세계 제일의 곡창지대였어. 무려 4천 년 동안이나 식량을 생산했지. 하지만 호메로스가 노래한 황금빛 수확이 있었던 땅에서 돌이 나오기 시작했을 때, 그 대지의 자식들은 말라서 쭈그러든 어머니의 젖가슴을 버렸지. 자네도 알다시피 그때 그들은 젊고 늠름한 유럽으로 이주를 했어. 그 후 벌써 2천 년이 지났지. 유럽 땅도 드디어 기력이 쇠하여 생산 능력이 날로 떨어지고 있어. 농작물은 지금까지 알려지지 않았던 병으로 해마다 피해를 입고, 수확은 줄어들고, 그것을 극복할 묘안도 없어. 그런 상황은 유럽의 활력이 떨어지고 있다는 것을 보여주는 증거야. 그래서 지금 사람들은 미국의 풍부한 젖가슴에 덤벼들고 있어. 아무리 퍼내도 마르지 않는 샘이라고 생각하기 때문이지. 하지만 언젠가는 그 신대륙도 늙게 마련이야. 그 처녀림도 산업의 도끼로 잘려나가고, 땅도 지나친 요구에 따라 지나친 생산을 거듭하면서 메말라가지. 이모작이 성행했던 곳이 일모작도 겨우 하게 돼. 아프리카가 수세기 동안이나 축적해온 보물을 새 세대에 주는 것은 바로 그때야. 건강에 해로운 풍토도 윤작이나 배수 설비로 개량되어가지. 여기저기 흐르고 있는 강물도 하나로 모여서 배가 다닐 수 있을 만큼 큰 강이 돼. 우리가 지금 날고 있는 이 나라, 어디보다 비옥하고 어디보다 풍요롭고 어디보다 활력이 넘치는 이 나라는 언젠가 강대한 왕국이 될 거야. 여기서 분명 증기나 전기보다 강력하고 놀라운 동력이 발명될 거라고 생각해."

"아아, 박사님, 그런 시대를 보고 싶어요."

"조, 너는 너무 일찍 태어났어."

"하지만······" 케네디가 말했다. "산업계가 자기네 이익을 위해 모든 것을 희생하는 시대는 정말 진저리가 날 거야. 여러 기계를 너무 많이 발명해서 인간이 기계에 먹혀버려. 나는 자주 생각하지만, 이 세상의 종말은 30억 기압이라는 엄청난 압력의 보일러가 과열하여 이 지구를 날려버리는 날이 아닐까?"

"그렇고말고요." 조가 말했다. "미국인보다 훨씬 더 기계를 만능으로 생각하는 인간이 태어날 겁니다."

"그래." 박사가 대답했다. "엄청나게 큰 보일러를 만드는 놈

154

들이 태어나겠지. 하지만 이야기는 이 정도로 하고, 달 지방의 전망을 즐기지 않겠나? 지금밖에 볼 수 없으니까 말이야."

피어오른 구름 덩어리 밑에 태양이 살짝 밀어 넣은 마지막 햇빛이 지상의 아무리 작은 기복도 황금빛 볏으로 장식하고 있었다. 거대한 나무도, 키 자란 풀도, 지면의 이끼도 이 빛의 선물을 받아 빛나고 있었다. 대지는 천천히 물결치고, 여기저기 원뿔 모양의 작은 언덕이 있었다. 어디를 둘러보아도 높은 산은 없었다. 광막한 밀림이 아무도 지나갈 수 없는 목책이 되고 울타리가 되어 이어져 있지만, 군데군데 빈터가 있고 거기에는 마을이 있었다. 그 주위를 거대한 등대풀이 관목의 산호 같은 나뭇가지와 서로 얽혀서, 마을을 둘러싸고 있는 자연의 요새를 이루고 있었다.

곧 탕가니카 호로 흘러드는 말라가자리 강이 초록빛 나뭇잎 아래를 구불구불 흐르고 있는 것이 보이기 시작했다. 범람할 때 넘쳐흐른 물의 흔적인지, 몇 줄기나 되는 물이 이 강으로 흘러들고 있었다. 점토질 땅에 생긴 웅덩이에서도 물이 흘러들고 있었다. 하늘에서 보면 그것은 이 지방의 서부 일대에 펼쳐진 물의 그물 같았다.

등에 커다란 혹이 있는 동물 무리가 무성한 초원에서 입을 움직이고 있었지만, 이윽고 키 자란 풀숲 속으로 사라졌다. 다양한 종류의 나무가 모인 숲이 폭신폭신한 초록빛 솜처럼 이어져 있었다. 하지만 이 솜 속에는 사자와 표범, 하이에나, 호랑이가 석양의 더위를 피해 숨어 있었다. 이따금 코끼리가 지나가고 숲의 우듬지가 흔들렸다. 상아에 꺾이는 나무들의 소리도 들려왔다.

"절호의 사냥터로군." 들뜬 목소리로 케네디가 외쳤다. "겨냥도 하지 않고 숲을 향해 마구 총을 쏘아도 무언가에 맞을 거야. 잠깐 시험해보면 안 될까?"

"안 돼, 딕. 이제 곧 밤이 돼. 그것도 무서운 폭풍의 밤이 될 거야. 이곳 폭풍은 정말로 굉장해. 지면 전체가 배터리처럼 되지."

"그래요, 박사님." 조가 말했다. "바람이 완전히 가라앉아서 몹시 더워졌어요. 무언가 한바탕 파란이 일 것 같은데요."

"대기 속에 전기가 가득 찼어." 박사가 대답했다. "모든 동물이 대자연의 맹위를 예고하는 전조인 이 정적을 민감하게 느끼고 있어. 솔직히 말하면 나도 그것을 이렇게 느낀 적은 없어."

"그렇다면 내려가는 게 좋지 않을까?" 사냥꾼이 물었다.

"아니, 그 반대야. 나라면 오히려 상승할 거야. 내가 두려워하는 것은 폭풍을 만나 진로에서 크게 벗어나는 거야."

"그럼 진로를 지금 빨리 바꾸면 어때?"

"가능하면 북쪽으로 곧장 7, 8도쯤 접근하고 싶어. 나일 강의 발원지가 있는 것 같다는 위도 쪽으로 올라가보세. 분명 스피크 대위의 흔적을 찾을 수 있을 거야. 호이글린의 탐험대도 만날 수 있을지 몰라. 내 계산이 맞다면 우리는 지금 동경 32도 40분에 있어. 단숨에 적도를 넘고 싶군."

"저것 봐." 친구의 말을 가로막으며 케네디가 외쳤다. "저것 좀 봐. 하마들이 늪에서 나왔어. 피 같은 색을 띠고 있어서 꼭 고깃덩어리 같군. 그리고 악어가 엄청난 콧숨을 내뿜고 있어."

"놈들은 더위에 맥을 못 추고 있어요." 조가 말했다. "여행을 한다는 것은 정말 멋지군요. 하지만 악어란 놈은 아무래도 좋아지지 않아요. 박사님! 저기 짐승들이 줄지어 달리고 있어요. 2백 마리는 되겠는데요. 늑대예요."

"저것 좀 봐. 하마들이 늪에서 나왔어."

"아니야, 조. 저건 승냥이야. 사자한테도 태연히 덤벼드는 대단한 녀석이지. 혼자 여행할 때는 저놈을 만나는 게 가장 두려워. 눈 깜짝할 사이에 갈기갈기 찢겨버리니까."

"아아, 살았다. 저놈들한테 입마개를 하는 것은 제가 할 일이 아니니까요." 사랑스러운 하인이 대답했다. "하지만 그게 타고난 성질이라면 승냥이를 원망해도 별 수 없죠."

폭풍이 다가오고 있기 때문인지 주위가 점점 조용해졌다. 끈적끈적한 공기가 소리를 차단해버리는 것 같았다. 대기가 솜으로 둘러싸여버린 듯한 느낌이다. 벽걸이를 벽에 댄 방처럼 모든 반향이 사라져버렸다. 물새도 관학(冠鶴)도, 붉은 어치나 푸른 어치도, 앵무새도 딱새도 큰 나무 속에 숨어버렸다. 모든 것이 조용해져서, 대변동의 내습이 다가온 것을 알려주었다.

밤 9시에 '빅토리아'호는 음세네 상공에서 멈춰버렸다. 어둠 속이라 확실치는 않지만, 많은 마을이 흩어져 있었다. 이따금 번개가 탁한 물에 반사하여, 그곳이 질서정연하게 파인 수로인 것을 보여주었다. 다시 번개가 빛나고, 야자나무나 타마린드나 단풍나무나 커다란 등대풀의 검은 그림자를 떠올렸다.

"숨이 막힐 것 같군." 케네디가 가슴 가득 탁한 공기를 들이마시고는 말했다. "전혀 움직이지 않아. 내려갈까?"

"하지만 폭풍이." 박사도 불안한 듯이 말했다.

"바람에 날려가는 것이 걱정이라면 내려갈 수밖에 없을 것 같은데?"

"오늘 밤에는 폭풍이 오지 않습니다." 조가 말했다. "구름이 아주 높으니까요."

"그래서 저 구름 위로 올라가는 것을 망설이고 있어. 아래가 보이지 않을 만큼 높이 올라가야 하고, 위로 올라가면 밤새도록 움직이거나 멈춰 있겠지. 움직인다 해도 어느 쪽으로 가고 있는지 모르니까."

"자네가 결정해, 새뮤얼. 서두르는 게 좋겠어."

"바람이 약해져서 곤란합니다. 바람이 있으면 폭풍에서 멀어질 수 있을 텐데." 조가 말했다.

"정말 곤란해. 저 구름은 아주 위험해. 저 구름에는 기류가 소용돌이치고 있어서 우리가 휘말려들 거야. 번개로 이 기구에 불이 붙을지도 몰라. 하지만 나무에 닻을 걸어놓아도 맹렬한 바람 때문에 땅바닥에 내동댕이쳐지겠지."

"어떡하면 좋지?"

"위로 올라가면 위험하고, 아래로 내려가도 위험해. 그러니까 '빅토리아'호를 한가운데 띄워두세. 버너용 물은 많이 있고, 모래주머니도 손을 대지 않은 채 고스란히 남아 있어. 필요하면 그걸 떨어뜨리자고."

"우리도 자네랑 함께 감시하고 있을게." 사냥꾼이 말했다.

"아니, 괜찮아. 식량이 젖지 않도록 천막 밑에 넣고 쉬어. 곤란할 때는 자네들을 깨울 테니까."

"박사님도 지금 쉬시는 게 좋을 겁니다. 지금은 아무 걱정도 없으니까요."

"고마워. 하지만 나는 망을 보고 있겠어. 기구는 전혀 움직이지 않아. 상황이 달라지지 않으면 내일이 되어도 지금과 같은 곳에 있을 거야."

"그럼 먼저 자겠습니다, 박사님."

"잘 자. 그게 가능하다면 말이지만."

케네디와 조는 담요 밑에서 몸을 쭉 뻗었다. 박사 혼자 무한한 하늘 속에 남았다.

그러는 동안 둥근 지붕 같은 구름이 눈에 띄게 내려왔다. 어둠은 점점 더 깊어졌다. 검은색을 띤 둥근 지붕이 지구 주위로 지구를 짓눌러 짜부라뜨릴 것처럼 다가오고 있었다.

갑자기 한 줄기 굵은 번개가 어둠을 날카롭게 갈랐다. 바로 뒤이어 무시무시한 우렛소리가 하늘을 뒤흔들었다.

"일어나!" 퍼거슨이 외쳤다.

자고 있던 두 사람은 무시무시한 소리에 벌떡 일어났다.

"내려가나?" 케네디가 물었다.

"아니야. 내려가도 안 돼. 이 구름이 물이 되어 녹기 전에, 바람이 쇠사슬을 끊고 날뛰기 전에 높이 올라가세."

그는 나선관을 향해 버너의 불을 크게 키웠다.

열대의 폭풍은 덮쳐왔다고 생각하자마자 무서운 기세로 휘몰아쳤다. 두 번째 번개가 검은 구름을 찢었다. 당장 스무 개나 되는 번개가 그 뒤를 이었다. 커다란 빗방울이 떨어지기 시작한 하늘을 전기의 움직임이 날카로운 소리와 함께 줄무늬 모양으로 물들였다.

"늦었어." 박사가 말했다. "이렇게 되면 인화성 가스가 가득 차 있는 기구지만, 이 불기둥 속을 돌파할 수밖에 없어."

"내려가세, 내려가." 케네디는 아직도 외치고 있었다.

"벼락에 맞을 위험은 어느 쪽이나 마찬가지야. 하지만 내려가면 눈 깜짝할 사이에 기구가 나뭇가지에 걸려서 찢어질 거야."

"그럼 올라갑시다, 박사님."

"서둘러. 좀 더 서둘러!"

아프리카 적도 지역에 폭풍이 일어나면, 1분 동안 번개가 서른 개 넘게 치는 일도 드물지 않다. 하늘은 문자 그대로 불길에 싸였고, 우렛소리가 끊이지 않았다.

바람은 사슬을 풀고 무서운 기세로 불타는 하늘을 휩쓸었다. 바람은 하얗게 가열된 구름을 비틀어 구부렸다. 거대한 송풍기가 화재를 부추기고 있는 것 같았다.

퍼거슨 박사는 버너의 불을 한껏 키웠다. 기구는 팽창하여 점점 상승했다. 케네디는 곤돌라 한가운데에 무릎을 꿇고 천막이 바람에 날아가지 않도록 누르고 있었다. 기구는 눈이 핑핑 돌 만큼 어지럽게 선회하고, 여행자들은 이 맹렬한 흔들림을 필사적으로 견뎠다. 기구의 공기주머니는 크게 우그러들고, 바람은 그곳을 노려 맹렬히 불어댔다. 태피터는 풍압을 견디다 못해 기분 나쁜 비명을 질러댔다. 격렬한 소리와 함께 우박 같은 것이 대기에 하얀 선을 그으며 '빅토리아'호를 때렸다. 하지만 기구는 계속 상승했다. 번개는 기구 주위에 불타는 접선을 그리고 있었다. 이제 기구는 불 한가운데에 있었다.

"신이여, 우리를 지켜주소서." 퍼거슨 박사가 말했다. "우리 목숨은 신의 손 안에 있어. 우리를 구해줄 수 있는 것은 신뿐이야. 어쨌든 어떤 일에도 대처할 수 있도록 마음의 준비를 해두세. 불이 나도 당황하면 안 돼. 추락 속도를 늦추는 거야."

박사의 큰 목소리도 동료들의 귀에 간신히 들릴 뿐이었다. 하지만 번갯불 속에서 그 온화한 얼굴은 또렷이 보였다. 박사는 기구의 그물 위를 달리는 '성 엘모의 불'*로 생기는 인광현상을

---

* 폭풍우가 치는 날 밤에 돛대나 비행기 날개 따위에 나타나는 방전 현상.

폭풍 속의 '빅토리아'호.

바라보고 있었다.

기구는 작게 돌거나 크게 돌거나 하면서도 여전히 상승을 계속했다. 그리고 15분 뒤에 드디어 폭풍 구름 위로 올라갔다. 전기는 이제 '빅토리아'호 밑에서 방사되고 있었다. 그것은 마치 곤돌라 밑에 커다란 꽃불 왕관을 매달고 있는 것 같았다.

그것은 자연이 인간에게 주는 가장 아름다운 광경의 하나였다. 아래를 보면 폭풍. 위에는 평화롭고 조용한 하늘, 별이 가득한 밤하늘이 있다. 달도 이 거친 구름에 평안의 빛을 던지고 있었다.

퍼거슨 박사는 기압계를 보았다. 3600미터나 올라와 있었다. 벌써 밤 11시였다.

"하늘의 도움으로 위험은 사라졌어. 이 높이에 있으면 걱정할 거 없어."

"정말 무서웠어." 케네디가 대답했다.

"아, 살았다!" 조도 말했다. "여행을 하면 별의별 일이 다 일어나는군요. 높은 곳에서 폭풍을 보는 것도 좋은데요. 정말 멋진 광경이에요!"

17
풀밭 위의 식사

월요일 아침 6시경, 지평선에 해가 떠올랐다. 상쾌한 바람이 아침의 첫 햇살을 부드럽게 해주고 있었다.

대지가 향기롭게 다시 여행자들의 눈앞에 나타났다. 기구는 역기류에 시달리면서도 그 자리에서 선회하고 있는 듯 거의 떠내려가지 않았다. 박사는 가스를 수축시키고, 북쪽으로 향하고 있는 기류를 타기 위해 아래로 내려갔다. 오랫동안 기류를 찾아보았지만 허사였다. 바람은 기구를 서쪽으로 실어갔다. 이윽고 달 지방의 유명한 산맥이 보이기 시작했다. 탕가니카 호의 북쪽 끝을 에워싸듯 반원을 그리고 있는 달 산맥은 기복이 별로 없이 푸른 수평선 위에 우뚝 솟아 있었다. 마치 중앙아프리카를 찾는 탐험가들을 저지하는 천연 요새 같았다. 고립된 봉우리 위에는 만년설이 덮여 있었다.

"드디어!" 박사가 말했다. "아직 탐사의 발길이 닿지 않은 곳에 왔군. 버턴 대위는 서쪽을 향해 꽤 멀리까지 나아갔지만, 이 유명한 산에는 다다르지 못했어. 그는 친구인 스피크가 단언한 이 산의 존재조차 부정했지. 그건 스피크의 상상에서 생겨난 산에 불과하다는 말까지 했다더군. 자네들은 어때?"

"저 산을 넘는 거야?" 케네디가 물었다.

"아니, 가능하면 넘고 싶지 않아. 남풍을 찾아서 적도 쪽으로 가고 싶어. 필요하다면 나는 기다릴 거야. 역풍이 불 때는 닻을 내리는 범선처럼 '빅토리아'호도 닻을 내리고 순풍을 기다릴 거야."

박사의 희망은 곧 실현되었다. 다양한 고도에서 시험해본 뒤 '빅토리아'호는 쾌적한 속도로 북동쪽을 향해 나아갔다.

"순조롭게 날고 있군." 그는 나침반을 보면서 말했다. "그리고 지상에서 겨우 60미터 높이야. 아무도 본 적이 없는 이 지역을 보기에는 딱 좋은 높이지. 스피크 대위가 우케레웨 호(빅토리아 호)를 발견했을 때는 훨씬 동쪽을, 카제에서 곧장 북쪽으로 올라갔지."

"계속 이런 식으로 날아갈 수 있을까?" 케네디가 물었다.

"아마 그럴 거야. 우리의 당면 목표는 나일 강의 발원지를 찾아내는 거야. 북쪽에서 온 탐험가들이 도달한 남단까지는 아직도 1000킬로미터나 날아가야 하지만 말이야."

"땅에 발을 딛게 해주실 수 없을까요, 박사님?" 조가 부탁했다. "다리가 마비되어버렸어요."

"그렇군. 그리고 식량도 마련해야 돼. 딕, 우리 모두를 위해 신선한 고기를 구해주겠나?"

"가라고 하면 지금 당장이라도 갈게."

"물도 보급해야 돼. 기구가 언제 우리를 사막지대로 데려갈지 모르니까. 조심하는 게 상책이지."

정오에 '빅토리아'호는 동경 29도 15분·남위 3도 15분에 있었다. 우케레웨 호 남쪽에 펼쳐진 우냠웨지 지방의 북쪽 끝에 있는 우요푸 마을을 지난 것이다. 아직 호수는 보이지 않았다.

적도와 가까운 곳의 원주민들은 꽤 문명화되어 있고, 비할 데 없이 강대한 권력을 가진 추장의 지배를 받고 있는데, 카라구아에는 이런 추장들이 한데 모여 살고 있었다.

적당한 곳이 보이면 착륙하자고 세 사람은 의견을 모았다. 이 번에는 휴식이 오래갈 것이다. 기구를 세밀히 점검해야 하기 때문이다.

버너의 불이 가늘어지고, 곤돌라에서 내던진 닻이 대초원의 키 큰 풀을 스치고 지나갔다. 하늘에서 보면 이 초원은 말끔히 깎인 잔디밭 같지만, 실제로 이 잔디는 두께가 2미터쯤 된다.

'빅토리아'호는 거대한 나비처럼 이 풀을 가볍게 쓰다듬으며 지나갔다. 눈길이 미치는 한 아무런 장애물도 없었다. 암초가 없는 초록빛 바다 같다.

"이런 식으로 어디까지나 끝없이 달려가야 할 모양이군." 케네디가 말했다. "닻이 걸릴 만한 나무는 전혀 없고, 사냥도 틀린 것 같아."

"기다려, 딕. 자네보다 키가 큰 이런 풀숲에서는 사냥도 할 수 없어. 이제 곧 좋은 곳이 발견될 거야."

정말로 이것은 기분 좋은 산책이었다. 초록빛 바다를 달리는 항해라고 해도 좋을 것이다. 바다는 거의 투명하고 산들바람에 잔물결도 일고 있었다. 곤돌라라는 이름은 이곳에 정말 잘 어울렸다. 그들의 곤돌라는 파도를 가르며 미끄러져갔다. 이따금 화려한 색깔의 새가 활기차게 지저귀면서 풀숲 속에서 날아올랐다. 닻은 이 꽃의 호수에 가라앉아 배의 항적처럼 한 줄기 흔적을 남기며 끌려왔다. 그것이 지나간 뒤에는 다시 아무 일도 없었던 것처럼 풀이 흔들리고 있었다.

갑자기 기구가 강한 충격을 받았다. 닻이 드넓은 잔디밭에 숨어 있던 바위의 갈라진 틈에 파고든 모양이다.

"걸렸다!" 조가 말했다.

"좋아. 사다리를 던져!" 사냥꾼이 외쳤다.

이 말이 끝나기도 전에 날카로운 외침 소리가 공중에 울려 퍼졌다. 그리고 깜짝 놀란 세 사람의 입에서 다음과 같은 말이 튀어나왔다.

"도대체 뭐지?"

"이상한 소리예요!"

"아니, 기구는 아직 움직이고 있어!"

"닻이 벗겨졌어!"

"아니, 벗겨지지 않았어요." 밧줄을 잡아당겨본 조가 말했다.

"움직이는 바위야!"

풀숲 속에서 무언가가 크게 흔들렸다. 그리고 곧 길고 구불구불한 것이 풀 위로 나왔다.

"뱀이다!" 조가 말했다.

"뱀이야!" 카빈총을 겨누면서 케네디도 외쳤다.

"아니야." 박사가 말했다. "코끼리의 코야."

"코끼리라고?" 이렇게 말하면서 케네디는 그 동물을 겨냥했다.

"잠깐만 기다려, 딕!"

"잘한다. 코끼리란 놈, 아주 잘 끌어당겨주는군."

"똑바로 해, 조. 똑바로 곧장."

코끼리는 상당히 빠른 속도로 나아갔다. 그리고 곧 빈터로 나와서 그 모습을 드러냈다. 거대한 덩치를 가진 멋진 수코끼리였다. 두 개의 하얀 상아가 멋진 원호를 그리고 있었다. 길이도 2미터는 될 것 같았다. 닻의 갈고리는 그 상아 사이에 단단히 파고들어가 있었다.

코끼리는 그 코로 곤돌라와 자기를 연결하고 있는 밧줄을 풀려고 필사적이었다.

"전진, 전진, 힘내라!" 조는 더없이 기뻐하며 곤돌라를 끌어당기는 그 기묘한 동물을 큰 소리로 격려하고 있었다. 이것은 새로운 여행 방식이었다.

"하지만 도대체 어디로 데려가려는 거지?" 땀이 밸 만큼 강하게 움켜쥔 카빈총을 머리 위로 번쩍 쳐들면서 케네디가 물었다.

"우리가 가고 싶은 쪽으로 데려가겠지. 상황을 좀 더 살펴보세."

동물은 전속력으로 달리기 시작했다. 코가 좌우로 휘둘렸다. 동물이 뛰어오를 때마다 곤돌라는 강한 충격을 받았다. 박사는 손에 도끼를 들고, 밧줄을 잘라야 할 때는 언제라도 밧줄을 자를 수 있도록 자세를 취하고 있었다.

"하지만 다급할 때가 아니면 닻을 벗기지 마." 박사는 침착했다.

코끼리에게 끌려가는 소풍은 한 시간 넘게 계속되었지만, 동물은 조금도 지친 기색을 보이지 않았다. 이 거대한 후피동물*은 쉬지 않고 상당히 먼 거리를 걸을 수 있다. 생각할 수도 없을

* 돼지 · 말 · 코끼리 · 코뿔소 · 하마 따위의 가죽이 두꺼운 동물.

코끼리는 전속력으로 달리기 시작했다.

만큼 먼 거리를 하루에 이동한다. 크기와 속도에서 코끼리와 견줄 수 있는 것은 고래 정도일 것이다.

"정말이지 이 기구는 포경선이나 마찬가지예요." 조가 말했다.

하지만 이윽고 지형이 변해서, 박사는 이 운송 방법을 바꾸지 않으면 안 되었다. 초원에서 북쪽으로 4, 5킬로미터 떨어진 곳에 밀림이 보이기 시작한 것이다. 이제 기구를 운전수한테서 떼어야 할 때였다.

케네디가 코끼리의 달리기를 멈추게 하는 역할을 맡았다. 하지만 코끼리를 한 방에 쏘아 죽이기에는 위치가 좋지 않았다. 첫 번째 총알은 머리에 맞았지만 철판에 맞은 것처럼 찌그러져 버렸다. 코끼리는 아무런 고통도 느끼지 않는 것 같았다. 총소리에 코끼리는 더욱 걸음을 빨리했다. 그리고 그 속도는 전속력으로 달리는 말과 같을 정도였다.

"제기랄!" 케네디가 말했다.

"머리가 정말 단단하군요!" 조도 말했다.

"어깻죽지를 노려서 끝이 뾰족한 총알을 쏘아볼게!" 신중하게 총알을 재면서 사냥꾼이 말했다. 총이 불을 뿜었다.

동물은 무서운 외침 소리를 질렀다. 그리고 더욱 빠른 속도로 계속 달렸다.

"저도 도와드리겠습니다." 또 한 자루의 총을 들고 조가 말했다. "해치우기가 꽤 어렵군요."

두 발의 총알이 동물의 옆구리에 박혔다.

코끼리는 걸음을 멈추고 코를 높이 쳐들었다. 그러고는 커다란 머리를 흔들면서 숲을 향해 전속력으로 달리기 시작했다. 피가 상처에서 왈칵 뿜어져 나왔다.

"계속 쏩시다, 선생님."

"멋지게 맞혀줘." 박사가 덧붙였다. "이제 숲까지 50미터밖에 남지 않았어."

계속해서 열 발의 총성이 울려 퍼졌다. 코끼리는 무서운 도약을 했다. 곤돌라와 기구가 부서지는 게 아닐까 싶을 만큼 삐걱거렸다. 그 충격으로 박사의 손에서 도끼가 떨어졌다.

큰일 났다. 닻줄은 단단히 고정되어 있어서 풀 수도 없고, 남아 있는 여행용 칼로는 자를 수도 없었다. 숲이 눈앞에 다가왔다. 동물이 고개를 들었다. 그때 총알이 눈에 맞았다. 무릎이 꺾였다. 그리고 옆구리를 사냥꾼에게 보였다.

"심장이다." 또 한 번 카빈총이 불을 뿜었다.

코끼리는 단말마의 고통으로 비명을 질렀다. 하지만 코를 휘둘러 다시 한 번 필사적으로 일어났다. 그리고 한쪽 상아 위에 모든 체중을 기대면서 머리부터 쓰러졌다. 상아가 뚝 부러졌다. 그들은 이렇게 해서 간신히 코끼리를 죽였다.

"상아가 부러졌어." 케네디가 외쳤다. "영국에 가져가면 상아는 100파운드나 나가."

"그보다 더 비싸요." 닻줄을 타고 내려가면서 조가 말했다.

"그런 말은 해봤자 별 수 없잖아." 퍼거슨 박사가 타일렀다. "우리는 상아 상인이 아니고, 돈을 벌러 온 것도 아니야."

조가 닻을 조사했다. 그것은 부러지지 않은 상아에 단단히 박혀 있었다. 박사와 사냥꾼도 땅 위로 뛰어내렸다. 반쯤 오므라든 기구가 동물의 몸 위에서 흔들리고 있었다.

"굉장하군." 케네디가 외쳤다. "정말 커. 인도에서도 이렇게 큰 코끼리는 보지 못했어."

"놀랄 정도는 아니야. 중앙아프리카의 코끼리는 가장 아름답지. 앤더슨이나 커밍 같은 코끼리 사냥꾼이 희망봉 부근에서 코끼리를 많이 죽였기 때문에 적도 쪽으로 이동해온 거야. 그래서 지금은 이 부근에서 많은 코끼리 떼와 마주치게 되지."

"우선은 이걸 좀 맛보고 싶군요." 조가 끼어들었다. "이 동물로 맛있는 요리를 만들어드릴게요. 선생님은 한두 시간 사냥을 하러 가시고, 박사님은 '빅토리아'호를 점검해주세요. 그동안 저는 요리를 만들겠습니다."

"그래, 좋을 대로 해." 박사가 대답했다.

"나도." 사냥꾼이 말했다. "조가 준 두 시간의 자유 시간을 고맙게 쓰도록 하겠네."

"다녀오게, 딕. 무모한 짓은 하지 마. 너무 멀리 가지도 말고."

"걱정 마."

케네디는 총을 들고 숲으로 들어갔다.

조는 일에 착수했다. 그는 우선 땅바닥에 50센티미터 깊이의 구덩이를 팠다. 그리고 마른 나뭇가지를 거기에 채웠다. 마른 나뭇가지는 숲 속의 코끼리 통로에 많이 있었다. 구덩이가 가득 채워지자, 이번에는 그 위에 장작을 50센티미터 높이로 수북이 쌓아 올리고, 거기에 불을 붙였다.

그렇게 해놓고 그는 죽은 코끼리에게 돌아갔다. 코끼리는 숲에서 겨우 20미터 떨어진 곳에 쓰러져 있었다. 그는 솜씨 좋게 코를 잘라냈다. 코가 머리에 붙어 있는 부분은 폭이 50센티미터 가까이 될 만큼 굵었다. 그는 코에서 가장 맛있는 부분을 골랐다. 그리고 해면처럼 부드러운 다리도 하나 잘라냈다. 이것이 코끼리의 몸에서 특별히 맛있는 부위다. 들소로 말하면 등에 난

혹, 곰으로 말하면 다리, 멧돼지로 말하면 머리에 해당한다.

장작도 안팎 모두 완전히 타버렸을 때, 구덩이 속은 재와 뜬 숯을 치워버려도 아주 높은 온도가 되어 있었다. 코끼리의 고기 토막은 향기 좋은 나뭇잎에 싸여 이 즉석 화덕 바닥에 놓이고 뜨거운 재로 덮였다. 그런 다음 조는 구덩이 위에 다시 한 번 장작을 쌓아 올렸다. 나무가 다 타버렸을 때 고기는 알맞게 구워져 있었다.

조는 이 커다란 화덕에서 맛있는 요리를 꺼냈다. 그리고 초록색 잎 위에 고기를 얹어서 초원 한복판에 늘어놓았다. 비스킷과 브랜디, 커피도 가져왔다. 가까운 개울에서 차갑고 맑은 물도 길어왔다.

이렇게 차려진 음식은 보는 것도 즐겁다. 그런데 조는 요리 솜씨를 자랑하는 건 아니지만, 보는 것보다는 먹는 것이 훨씬 즐거울 거라고 생각했다.

음식이 차려진 곳에서 그리 멀지 않은 곳에서는 퍼거슨 박사가 기구를 조사하고 있었다. 기구는 폭풍을 만나고도 아무렇지 않았던 모양이다. 태피터도 구타페르카(고무나무에서 나오는 천연수지)도 원래 그대로였다. 땅의 고도를 조사하고 기구의 상승력을 계산하고 수소의 양도 변함이 없는 것을 알고 박사는 만족했다. 기구는 전혀 새지 않았다.

잔지바르를 출발한 지 아직 닷새밖에 지나지 않았다. 페미컨은 아직 손도 대지 않았고, 비스킷도 보존용 고기도 앞으로의 긴 여행 동안 먹기에 충분했다. 물만 보급하면 된다.

파이프도 나선관도 이상이 없었다. 그 고무관절 덕분에 기구가 아무리 흔들려도 세 사람은 다치지 않는다.

검사가 끝나고 박사는 메모를 정리하기 시작했다. 그는 주위 경치를 솜씨 좋게 스케치했다. 시야 끝까지 펼쳐진 초원과 숲, 기구가 커다란 코끼리의 몸뚱이 위에 가만히 떠 있는 그림이다.

두 시간쯤 지나서 케네디가 메추라기와 오릭스를 갖고 돌아왔다. 오릭스는 영양의 일종인데, 영양들 중에서는 가장 민첩하다. 조가 그것을 요리하여 기구에 싣고 가기로 했다.

"식사가 준비되었습니다." 곧 그가 소중히 간직해두었던 미성으로 외쳤다.

세 여행자는 초록빛 초원에 앉으면 되었다. 코끼리의 코와 다리는 대호평을 받으며 배 속으로 들어갔다. 모두 여느 때처럼 영국식으로 술을 마셨고, 아바나* 커피의 달콤한 향기가 이 매력적인 나라에 처음으로 감돌았다.

케네디가 먹고 마시고 지껄이는 것은 볼만했다. 그는 거나해진 상태에서, 이 숲에 살지 않겠느냐, 나뭇가지와 나뭇잎으로 오두막을 짓고 아프리카에 로빈슨 일족의 왕조를 만들어보지 않겠냐고 박사에게 진지하게 제안했다.

프라이데이† 역할은 자기가 맡겠다고 조가 제의했지만, 이 제안은 받아들여지지 않았다.

주위는 조용하고 사람은 그림자도 보이지 않았기 때문에 오늘 밤은 여기서 보내기로 했다. 조는 불을 원형으로 피웠다. 맹수의 습격에 대비하여 필요한 바리케이드다. 하이에나, 퓨마, 승

---

* 쿠바의 수도.
† 소설 《로빈슨 크루소》에서 주인공이 표착한 무인도에서 식인종으로부터 구출하여 하인으로 삼은 원주민.

냥이가 코끼리 고기 냄새에 이끌려 주위를 어슬렁거리고 있었다. 케네디는 이런 대담한 방문객을 향해 몇 번이나 총을 쏘아야했다. 하지만 그리 대단한 사건도 일어나지 않고 날이 밝았다.

18
나일 강의 발원지

이튿날 아침에는 5시부터 출발 준비가 시작되었다. 조는 용케 찾아낸 도끼로 코끼리 상아를 잘라냈다. '빅토리아'호는 자유로워져서 시속 30킬로미터의 속도로 여행자들을 북동쪽으로 데려갔다.

전날 밤에 박사는 별의 높이를 보고 현재 위치를 확인했다. 남위 2도 40분이었다. 적도까지는 280킬로미터다. '빅토리아'호는 몇 개의 마을을 지나갔다. 주민들은 기구를 보고 소리를 질렀지만 여행자들은 신경도 쓰지 않았다. 박사는 간략한 지형도를 그렸다. 기구는 산비탈을 넘어 루벰헤로 향했다. 이 산은 우사가라 산맥의 봉우리들과 맞먹을 만큼 험했다. 그들은 곧 텡가 언저리에서 카라구아 산맥의 끝부분에 부딪혔다. 그런데 옛날 전설에는 이 산이 나일 강의 요람지로 되어 있지만, 이것은 사실과 그렇게 많이 다르지는 않다. 나일 강의 저수지로 추정되는 우케레웨 호 바로 근처에 이 산이 있기 때문이다.

이 일대의 상인들이 모여드는 카푸로까지 왔을 때, 저 멀리 지평선에 그렇게 찾고 있던 호수가 모습을 나타냈다. 스피크 대위가 1858년 8월 3일에 살짝 엿본 호수였다.

퍼거슨 박사는 가슴이 뜨거워지는 것을 느꼈다. 이제 곧 이번 탐험의 주요 목적지 가운데 하나에 도착하게 된다. 그는 눈에 망원경을 대고 이 신비로운 나라의 모든 것을 집어삼킬 듯 뚫어지게 바라보면서 아무것도 놓치지 않으려고 애썼다. 그의 눈 아래에 있는 땅은 대체로 메마른 편이어서, 경작되고 있는 것은 골짜기뿐이었다. 군데군데 그리 높지 않은 산이 있지만, 호수에 가까이 다가갈수록 지형은 평탄해졌다. 보리밭이 논으로 바뀌어갔다. 질경이도 자라고 있었는데, 이 나라에서는 질경이로 술을 담근다. 또한 커피 비슷한 것을 만들 수 있는 야생식물 '음와니'도 자라고 있었다. 노란색으로 빛나는 초가지붕의 둥근 오두막이 50채씩 모여 있었는데, 그곳이 카라구아의 수도였다.

누르스름한 갈색 피부의 종족이 깜짝 놀라 하늘을 쳐다보는 것이 손에 잡힐 듯이 보였다. 믿을 수 없을 만큼 뚱뚱한 여자들이 밭에서 천천히 걷고 있었다. 여기서는 여자들이 뚱뚱할수록 미인으로 간주된다. 이렇게 살이 찐 것은 요구르트를 날마다 강제로 먹기 때문이라는 박사의 설명에 두 길동무는 깜짝 놀랐다.

정오에 '빅토리아'호는 남위 1도 45분에 도달했다. 1시에는 바람이 기구를 호수 위로 밀어냈다.

스피크 대위는 이 호수를 '빅토리아 호'라고 이름 지었다. 스피크가 도달한 곳에서는 호수의 폭이 145킬로미터였다. 호수의 남쪽 끝에 한 무리의 섬이 있는데, 이 섬들을 스피크는 벵갈 제도라고 이름 지었다. 그는 다시 답사를 계속하여 호수 동쪽 연

퍼거슨 박사의 스케치.

안의 무안자까지 갔다. 추장은 그를 따뜻하게 환영해주었다. 그는 그 일대에서 삼각측량을 했다. 하지만 배를 구할 수 없었기 때문에 호수를 건너지는 못했고, 우케레웨 호의 큰 섬을 방문할 수도 없었다. 인구가 아주 많은 이 섬은 추장 세 명이 다스리고 있었다. 이 섬은 간조 때는 반도가 된다.

'빅토리아'호는 스피크가 도달한 지점보다 더 북쪽에서 호수로 들어갔다. 그것은 남쪽의 호수 모양을 볼 작정이었던 박사에게는 무척 유감스러운 일이었다. 가시나무와 덤불이 무성한 호숫가에는 갈색의 수많은 모기가 들끓고 있어서 물의 경계선도 확실히 보이지 않았다. 이 부근에는 사람이 살 수 없다. 실제로 아무도 살고 있지 않았다. 하마들이 풀숲 속을 돌아다니거나 호수의 탁한 물속에 숨는 것이 보일 뿐이었다.

기구 위에서 내려다보면 호수는 서쪽에서 바다처럼 넓은 수평선이 되어 펼쳐져 있다. 양쪽 연안의 거리는 너무 멀어서 호수를 건너는 것은 거의 불가능하다. 그리고 여기서는 폭풍이 자주 일어난다. 이런 고지에 있고 장애물이 아무것도 없는 호수에서는 바람이 맹위를 떨치는 법이다.

박사는 기구의 진로를 정하느라 고심하고 있었다. 바람이 기구를 동쪽으로 데려갈 우려가 있었기 때문이다.

하지만 다행히 정북 방향으로 부는 바람을 탈 수 있었다. 저녁 6시에 '빅토리아'호는 남위 0도 30분 · 동경 32도 52분, 호숫가에서 30킬로미터 떨어진 곳에 있는 작은 무인도로 내려갔다.

닻이 나무에 걸렸다. 저녁이 되자 바람은 가라앉고, 여행자들은 닻 위쪽에서 조용히 정지해 있었다. 호숫가와 마찬가지로 여기서도 상륙하는 것은 생각할 수도 없었다. 모기떼가 구름처럼 지면을 뒤덮고 있었기 때문이다. 조가 몸 여기저기를 모기한테 물린 채 나무에서 돌아왔다. 하지만 그는 별로 화를 내지도 않았다. 모기라면 무는 것이 당연하다고 생각했기 때문이다.

하지만 조만큼 낙천적이 아닌 박사는 불안한 술렁거림과 함께 올라오는 이 무자비한 벌레를 피하기 위해 닻줄을 최대한 길게 늘였다.

박사는 이 호수의 해발고도를 측정했다. 스피크 대위가 말했듯이 1125미터였다.

"이래도 섬인가요?" 조가 손목을 피가 날 만큼 긁으면서 말했다.

"금방 일주할 수 있어." 사냥꾼이 대답했다. "이 작은 벌레들 말고는 동물이 한 마리도 안 보이지만 말이야."

"호수에 섬이 아주 많지." 박사가 대답했다. "저건 봉우리가 수면 위로 튀어나와 있을 뿐이야. 하지만 어쨌든 기구를 세워둘 곳을 찾아서 다행이야. 호숫가에는 아주 사나운 부족이 살고 있거든. 하늘이 조용한 밤을 주셨어. 마음 편히 자면 돼."

"새뮤얼, 자네는 안 자나?"

"응, 나는 못 잘 거야. 이런저런 생각을 하고 있으면 눈이 말똥말똥해지니까. 내일도 바람은 우리한테 유리하게 불어주어서 우리는 북쪽으로 나아갈 거야. 그렇게 되면 내일은 틀림없이 나일 강의 발원지를 찾게 되겠지. 지금까지 알지 못했던 비밀이 밝혀지는 거야. 나일 강의 발원지를 보기 전에는 잠을 잘 수 없어."

케네디와 조는 학문적 관심이 그만큼 높지 않았기 때문에 당장 깊은 잠에 빠져들었다. 박사는 그것을 지켜보고 있었다.

4월 23일 수요일 오전 4시에 '빅토리아'호는 잿빛 하늘로 날아오르려 하고 있었다. 날은 아직 밝지 않고, 짙은 안개가 수면에 자욱하게 끼어 있었다. 하지만 곧 강한 바람이 불어서 이 안개를 몰아냈다. '빅토리아'호는 몇 분 동안 좌우로 방향을 바꾸었지만, 이윽고 곧장 북쪽을 향해 나아갔다.

퍼거슨 박사는 손뼉을 치며 환성을 질렀다.

"좋은 방향으로 가고 있어. 오늘이 아니더라도 언젠가는 반드시 나일 강을 보고야 말겠어. 지금 우리는 적도를 지났어. 이젠 북반구야."

"예?" 조가 외쳤다. "지금 적도를 지났다고요?"

"그래."

"그럼, 지장이 없으시다면 지금 당장 적도에 경의를 표하여 한잔하는 게 좋지 않을까요?"

"그로그를 한 잔씩 해도 좋겠지." 박사가 웃으면서 대답했다. "조, 너다운 방식으로 훌륭하게 우주학을 이해하고 있구나."

'빅토리아'호 선상에서 세 사람은 이렇게 적도 통과를 축하했다.

'빅토리아'호는 순조롭게 나아갔다. 서쪽에 별로 기복이 없는 낮은 언덕이 보였다. 그 저편에는 우간다와 우조가 고원이 이어져 있었다. 바람은 점점 강해져서 시속 50킬로미터 정도가 되었다.

호수의 물은 격렬하게 끓어오르고, 바다의 파도처럼 거품을 일으켰다. 바람이 잠시 멎어도 오랫동안 계속되는 물결을 보고, 박사는 호수가 상당히 깊은 것을 알았다. 수면에는 통나무배가 한두 척 보일 뿐이었다.

"이렇게 높은 곳에 있는 이 호수는 확실히 아프리카 동부를 흐르는 여러 강의 천연 저수지야. 강에서 흘러드는 물도 증발하는 물도 하늘은 비로 돌려주지. 나는 나일 강도 여기서 시작되는 게 분명하다고 생각해." 박사가 말했다.

"이제 곧 알게 되겠지." 케네디가 말했다.

9시쯤 호수의 서안이 가까워졌다. 그곳은 온통 숲이고, 사람은 살지 않는 것 같았다. 바람은 동풍에 가깝게 바뀌어 있었다. 그래서 호수의 동안도 멀리 아득하게 바라볼 수 있었다. 동안은 완만한 곡선을 그리다가 북위 2도 40분 언저리에서 큰 각도로 서안과 만나고 있었다. 거기에는 높은 산이 우뚝 솟아 있고, 바위로 된 봉우리가 튀어나와 있었다. 하지만 한 곳에 깊은 골짜기가 파여 있고, 급류가 거품을 내며 굽이쳐 흐르고 있었다.

기구를 조종하면서도 박사는 탐하는 듯한 눈으로 전망을 바라보았다.

"봐, 저걸 좀 봐!" 그가 외쳤다. "아랍인의 이야기는 정말이었어. 그들은 우케레웨 호에서 북쪽으로 흘러나가는 강에 대해 말했지. 그 강이 저거야. 저 강을 따라 내려가보세. 이 기구와 거의 같은 속도로 흐르고 있어! 저 강물은 결국 지중해의 파도와 섞일 게 분명해. 저건 나일 강이야."

"나일 강이다!" 박사의 열광이 전염되어 케네디도 외쳤다.

"나일 강 만세!" 기쁜 일이 있을 때 만세를 외치는 버릇이 있는 조도 소리를 질렀다.

거대한 바위가 이 강물의 흐름을 여기저기서 방해하고 있었다. 거품 이는 물은 급류가 되고 폭포가 되어 돌진하고 있었다. 이것으로 박사의 예상은 더욱 확고한 것이 되었다. 주위의 산들에서도 거품 이는 급류가 거기로 쏟아져 들어오고 있었다. 대충 보니 급류는 수백 개에 달했다. 또한 여기저기 지면에서도 물이 솟아나와 그것이 교차하고 모여서, 서로 속도를 겨루며 강으로 떨어져갔다. 갓 태어난 이 강은 그 물들을 들이마시고, 이윽고 큰 강이 되어갔다.

"분명 나일 강이야." 박사는 확신을 담아서 말했다. "학자들은 나일의 발원지를 찾는 데 정열을 불태웠지만, 어원 탐구에도 정열을 쏟았지. 그리스어에서 온 말이라고 주장한 학자도 있고 콥트어*에서 왔다는 학자도 있었어. 산스크리트어†에서 왔다는 학자도 있었지.‡ 하지만 지금은 아무래도 좋아. 이 강이 드디어 발원지의 비밀을 밝혀주었으니까."

"하지만 북쪽에서 내려온 탐험가가 본 강과 이 강이 같은 강이라고 어떻게 확인하지?" 사냥꾼이 물었다.

"누구나 납득하는 확실한 증거가 손에 들어올 거야." 퍼거슨이 대답했다. "바람이 한 시간만 더 이대로 계속 불어주기만 하면."

산들이 열리고, 많은 마을과 참깨밭이나 사탕수수밭이 보이기 시작했다. 이 지방에 사는 부족은 기구를 보고 흥분하여 적개심을 보이고 있었다. 주민들은 경의를 표하기는커녕 화가 난

---

* 함 어족의 고대 이집트어에서 파생한 언어. 기독교 콥트 교회의 교도들이 16세기 무렵까지 일상어로 사용했다.
† 고대 인도의 표준 문장어. 불경이나 고대 인도 문학은 이 언어로 기록되었다.
‡ [원주] 비잔티움의 학자는 네일로스(나일)를 산술적 표현이라고 생각했다. N은 50, E는 10, L은 30, O는 70, S는 200을 나타낸다고 한다. 이것을 합치면 1년의 날 수다.

것처럼 보였다. 신이 아니라 낯선 자들이라고 느끼는 모양이다. '빅토리아'호는 머스킷 총의 총알이 닿지 않는 곳까지 올라가야 했다.

"이 근처에 내려가기는 어렵겠군." 케네디가 말했다.

"조금도 겁나지 않아요." 조가 말했다. "주민한테는 안됐지만, 다툴 필요도 없이 그냥 쏘아버립시다."

"무슨 일이 있어도 아래로 내려가야 돼." 퍼거슨이 대답했다. "15분이라도 좋아. 그렇지 않으면 이 탐험의 성과를 확인할 수 없게 돼."

"꼭 그래야겠어?"

"그래. 우리는 내려갈 거야. 총을 쏘아대면서라도."

"그건 내가 맡을게!" 카빈총을 쓰다듬으면서 케네디가 대답했다.

"언제라도 좋습니다, 박사님." 조도 전투 준비를 했다.

"학문을 위해 무기를 들고 싸운 게 처음은 아니야." 박사가 말했다. "프랑스 학자가 스페인의 산중에서 자오선을 측량했을 때도 이런 일이 있었지."

"걱정 마, 새뮤얼. 우리 두 사람의 지원 사격을 믿으라고."

"박사님, 이 근처인가요?"

"아직은 아니야. 그 전에 이 일대의 정확한 지형을 알아두고 싶으니까 올라가세."

수소가 팽창했다. 그리고 10분도 지나기 전에 '빅토리아'호는 지상 800미터 높이로 올라갔다.

거기까지 올라오니 이 큰 강으로 흘러드는 수많은 작은 강들의 복잡한 흐름이 확실히 보였다. 작은 강은 서쪽에 많았다. 언덕 사이를 누비고 비옥한 들판을 지나 흘러오고 있었다.

"곤도코로까지 150킬로미터도 남지 않았군." 지도를 살펴보고 나서 박사가 말했다. "그러면 여기서 10킬로미터도 가기 전에 북쪽에서 내려온 탐험가가 도달한 지점이 있어. 조심해서 내려가자고."

'빅토리아'호는 600미터가 넘는 거리를 내려갔다.

"무슨 일이 일어날지 모르니까 정신 바짝 차려!"

"걱정 마."

"문제없어요."

"좋아."

'빅토리아'호는 30미터 정도의 높이로 강을 따라 나아갔다. 나일 강의 폭이 이 부근에서는 100미터쯤 되었다. 강 양쪽에 점점이 흩어져 있는 마을에서는 주민들이 시끄럽게 돌아다니고 있었다. 북위 2도 지점에서 강은 3미터 높이의 폭포가 되어 떨어지고 있었다. 강을 거슬러 올라온 사람은 넘을 수 없는 폭포였다.

"저게 데보노가 말한 폭포군!" 박사가 외쳤다.

그곳은 강폭이 그리 넓지 않고 섬이 많았다. 퍼거슨은 그 섬들을 집어삼킬 듯이 바라보고 있었다. 무언가 지표를 찾고 있는 것 같았다. 그것은 좀처럼 발견되지 않았다.

몇몇 흑인이 조각배를 타고 기구 아래까지 다가왔기 때문에 케네디는 총알을 한 방 먹여주었다. 총알이 맞지는 않았지만 그들은 황급히 강변으로 도망쳐 돌아갔다.

"제가 놈들이라면 두 번 다시 다가오지 않을 겁니다. 이건 마음먹은 대로 벼락을 내리는 괴물이니까요." 조가 말했다.

"저게 데보노가 말한 폭포군!" 박사가 외쳤다.

갑자기 박사가 망원경을 움켜잡더니, 강의 중간쯤에 누워 있는 섬 쪽으로 망원경을 돌렸다.

"봐, 저거야! 나무 네 그루야!" 그가 외쳤다.

정말로 나무 네 그루가 섬 끝에 서 있었다.

"벵가 섬! 저게 바로 그 섬이야!"

"어떻게 하지?" 케네디가 물었다.

"내려가봐야지."

"하지만 사람이 있는 것 같은데요."

"그래, 스무 명쯤 모여 있군."

"쫓아버리자고. 그렇게 어려운 일도 아닐 테니까." 퍼거슨이 대답했다.

"좋아!" 사냥꾼이 말했다.

해는 중천에 떠 있었다. '빅토리아'호는 섬으로 다가갔다.

마케도 부족에 속해 있는 이 흑인들은 환성을 질렀다. 그중 한 사람이 나무껍질로 만든 모자를 흔들고 있었다. 케네디는 그 모자를 겨누어 총을 쏘았다. 모자는 산산조각이 나서 흩어졌다.

흑인들은 당장 달아났고, 강물에 뛰어들어 맞은편 기슭을 향해 헤엄쳐갔다. 양쪽 강변에서는 총알과 화살이 싸라기눈처럼 날아왔다. 하지만 기구까지 닿을 염려는 없었다. 닻은 바위틈에 파고 들어갔고, 조가 지면으로 미끄러져 내려갔다.

"사다리!" 박사가 외쳤다. "딕, 나를 따라와줘."

"어떡하자는 거야?"

"아래로 내려가세. 증인이 필요해."

"알았어."

"조, 부탁해."

벵가 섬.

"걱정 마세요."

"가세, 딕!" 지면에 발을 댄 박사가 말했다. 그는 친구를 섬 끝에 있는 바위 쪽으로 데려갔다. 그리고 손에 피가 배어날 정도로 덤불을 헤치면서 무언가를 찾았다.

갑자기 박사가 친구의 팔을 잡아당겼다.

"봐!" 그가 말했다.

"글자다!" 케네디가 외쳤다.

실제로 커다란 바위에 새겨진 두 글자를 또렷이 읽을 수 있었다.

A. D.

"A. D. 안드레아 데보노. 나일 강을 가장 상류까지 올라온 여행가의 머리글자!" 박사가 말했다.

"이거면 확실하군."

"납득했나?"

"응, 확실히 나일 강이야."

박사는 다시 한 번 이 귀중한 머리글자를 보았다. 그리고 그 모양과 크기를 또렷이 머리에 집어넣었다.

"이제 그만 기구로 돌아갈까?"

"좋아, 서두르세. 흑인들이 강을 건너오고 있어."

"이젠 걱정 없어. 바람이 조금만 더 북쪽으로 불어주면 좋겠는데. 그러면 곤도코로에서 영국인과 악수를 할 수 있을 텐데."

10분 뒤 '빅토리아'호는 천천히 떠올랐다. 퍼거슨 박사는 성공의 표시로 기구에 영국 국기를 달았다. 바람에 국기가 펄럭였다.

19
흔들리는 산

"어느 쪽으로 가고 있나?" 나침반을 들여다보고 있는 친구를 보고 케네디가 물었다.

"북서쪽이야."

"뭐? 북쪽이 아니고?"

"응, 아무래도 곤도코로에 가기는 어렵겠어. 유감이지만 북쪽에서의 탐험에 동쪽에서의 탐험을 합류시켰으니까, 그걸로 만족해야겠지."

'빅토리아'호는 나일 강에서 점점 멀어졌다.

"어떤 대담한 여행가도 접근하지 못한 그 난공불락의 장소를 다시 한 번 보세." 박사가 말했다. "그곳에는 도저히 감당할 수 없는 부족이 있어. 거기에 대해서는 페테리크나 아르노, 특히 청년 탐험가인 르장이 보고하고 있지. 나일 강 상류 탐험에서 가장 큰 활약을 한 건 바로 르장이야."

"그런데 우리의 발견은 학자들의 추측과 일치했나?" 케네디

가 물었다.

"완전히 일치해. 나일 강의 발원지는 바다처럼 넓은 호수 안에 있었어. 거기서 나일 강이 태어나지. 이것으로 나일 강에 대한 낭만적인 생각도 사라질 거야. 강의 왕인 이 나일 강의 발원지는 하늘이라고 생각했던 사람이 많았으니까. 옛날 사람들은 이 강을 바다라고 불렀고, 태양에서 직접 흘러온다고 믿었지. 하지만 학자의 말도 때로는 에누리해서 듣지 않으면 안 돼. 학자의 말이 반드시 옳은 건 아니니까. 그리고 시인은 어느 세상에나 있는 법이지."

"또 폭포가 보이는데요." 조가 말했다.

"저건 북위 3도쯤에 있다는 마케도 폭포야. 정말 정확하군. 아아, 앞으로 몇 시간 동안 나일 강의 흐름을 따라가고 싶었는데."

"저쪽에, 저기 정면에 산이 보이는군." 사냥꾼이 말했다.

"저건 로그웨크 산이야. 아랍인이 말하는 '흔들리는 산'*이지. 이 일대는 데보노도 왔던 곳이야. 그는 라티프 에펜디라는 이름으로 돌아다녔지. 나일 강 근처에 사는 부족들은 서로 미워해서, 모두 죽고 죽이는 싸움을 하고 있어. 데보노가 얼마나 위험한 일을 당했는지 알겠지."

바람이 북서풍으로 바뀌었다. 로그웨크 산을 피하기 위해 좀 더 서쪽에서 오는 기류를 찾아야 했다.

"이제부터 진짜 아프리카 횡단이 시작되는 거야." 박사가 두 길동무에게 말했다. "지금까지는 선구자들의 발자취를 뒤따르듯 해왔지만, 앞으로는 미지의 땅에 뛰어들게 돼. 설마 무섭지는 않겠지?"

"천만에." "무섭다뇨?" 딕과 조가 한 목소리로 외쳤다.

"자, 전진이야. 하늘의 가호가 있기를!"

골짜기를 지나고 숲을 지나고 몇 개나 되는 마을을 지나 밤 10시에 여행자들은 '흔들리는 산' 중턱에 도착했다. 그리고 그 완만한 비탈을 따라 나아갔다.

이 기념할 만한 4월 23일, 그들은 순풍을 타고 15시간 동안 500킬로미터를 날았다.

하지만 세 사람은 날이 저문 뒤에는 왠지 서글픈 기분을 느끼고 있었다. 곤돌라는 깊은 침묵에 싸였다. 퍼거슨 박사는 그 발견의 기쁨을 음미하고 있었을까? 두 동료는 이제부터 시작될 낯선 곳으로의 여행을 생각하고 있었을까? 그리고 분명 멀리

* 〔원주〕 이슬람교도가 올라가려고 하면 이 산이 흔들린다는 전설이 있다.

떨어진 영국과 고향의 친구들도 그리워하고 있었을 것이다. 하지만 조는 고국이 거기에 없을 때는 생각해도 별 수 없다고 담박하게 생각하고 있었다. 그래도 새뮤얼 퍼거슨과 딕 케네디의 침묵에 경의를 표하여 조용히 입을 다물고 있었다.

밤 10시에 '빅토리아'호는 '흔들리는 산'의 중턱에 닻을 던졌다. 그리고 영양가 있는 식사를 한 뒤 불침번을 세우고 교대로 잠을 잤다.

이튿날 세 사람은 어제의 서글픈 기분을 말끔히 씻어내고 눈을 떴다. 멋진 날씨였고, 풍향도 좋았다. 아침식사가 끝나자 모두 상쾌한 기분이 되었다.

그날 비행하려는 지방은 광대했다. 달 산맥에서 다르푸르 산맥까지 끝없이 펼쳐져 있었다.

"아마 우리는 우조가 왕국이 있다는 곳을 가로지르게 될 거야." 박사가 말했다. "아프리카 중앙부는 넓은 범위에 걸쳐 토지가 침하되어 있고, 거기에 커다란 호수가 있다고 주장하는 지리학자가 있는데, 그 학설이 사실인지 아닌지 알게 되겠지."

"하지만 무슨 근거로 그런 말을 하고 있나?" 케네디가 물었다.

"아랍인의 이야기가 그 근거야. 그들은 수다스러워. 지나치게 수다스러운지도 몰라. 카제나 대호수 지방에 간 카라반은 중앙 아프리카에서 온 노예들을 만나는 경우가 있지. 그러면 그쪽 상황을 이것저것 물어보는 거야. 그 이야기를 종합해서 이런 말을 하고 있는데, 그런 이야기에는 언제나 어느 정도의 진실은 있어. 나일 강의 발원지도 그랬고 말이야."

"그래, 그것만큼 확실한 것도 없지." 케네디가 대답했다.

"지도가 점점 자세해져가는 것은 이런 자료를 토대로 하기 때문이야. 앞으로는 여기 있는 지도 한 장을 보면서 나아가보세.
그리고 정정해야 할 부분은 정정하자고."

"이 부근에도 사람이 살고 있습니까?" 조가 물었다.

"아마 그렇겠지. 하지만 많지는 않을 거야."

"그렇겠죠."

"이 일대에 흩어져 있는 부족은 모두 냠냠족이라는 이름으로
불리고 있어. 이건 의성어야. 무언가를 씹어 먹는 소리지."

"그렇군요." 조가 말했다. "냠냠인가요?"

"너는 지금 그 의성어를 흉내 냈는데, 사실을 알면 '과연 그렇
군요' 하고 말하지는 못할 거야."

"그게 무슨 말씀이세요?"

"그 부족은 식인종이니까."

"정말이에요?"

"그럼. 그리고 이 부족한테는 동물 같은 꼬리가 있다고 주장
하는 사람도 있었어. 하지만 그건 놈들이 동물 가죽을 걸치고
있기 때문이라는 걸 이윽고 알게 되었지."

"그건 유감이군요! 꼬리가 있었다면 모기를 쫓는 데 아주 편
리할 텐데."

"그럴지도 모르지. 하지만 그런 말은 절대 믿으면 안 돼. 브
룅-롤레라는 탐험가는 개 대가리를 가진 주민이 있다고 말하고
있으니까."

"개 대가리라고요? 짖기에는 편리하겠군요. 그리고 사람을
먹기에도!"

"유감이지만, 확실한 건 놈들이 아주 잔인하다는 거야. 사람
고기라면 사족을 못 쓰고, 사람 고기를 먹기 위해서라면 무슨

짓이든 한대."

"제 몸에는 정열을 불태우지 말았으면 좋겠군요."

"그건 모르지." 사냥꾼이 겁을 주었다.

"선생님, 언젠가 식량이 다 떨어져서 제가 먹히게 되면, 선생님과 박사님만 저를 먹어주세요. 놈들의 배 속에 들어가다니…… 생각만 해도 오싹합니다."

"알았어." 케네디가 말했다. "여차할 때는 자네만 믿고 있을게."

"그러세요."

"저 녀석, 우리가 자기를 좀 더 살찌워주기를 바라고 저런 말을 하는 거야."

"그렇습니다. 인간은 이기적인 동물이니까요." 조도 웃었다.

오후가 되자 땅에서 피어오르는 안개가 하늘에 자욱하여, 지상의 것이 잘 보이지 않게 되었다. 박사는 산에 부딪힐 것을 우려하여 5시쯤 정지 신호를 했다.

밤은 무사히 지나갔다. 하지만 캄캄했기 때문에 경계를 더욱 엄중히 할 필요가 있었다.

이튿날 오전에는 맹렬한 계절풍이 휘몰아쳤다. 기구 아래쪽의 움푹한 곳에 바람이 흘러들어 왔다. 통기구에서 나와 있는 팽창 파이프가 심하게 흔들려서, 밧줄로 파이프를 고정해야 했다. 그것은 몸이 가벼운 조의 역할이었다.

그는 일하는 김에 통기구가 단단히 조여져 있는지도 확인했다.

"통기구는 우리에게 이중으로 중요해." 박사가 말했다. "우선 귀중한 가스가 새나가는 것을 막아주고 있어. 그리고 이 인화성 가스를 우리한테서 차단해주고 있지. 가스가 새고 있으면 언제 불이 붙을지 모르니까 말이야."

"그것만이 걱정이에요." 조가 말했다.

"그렇게 되면 땅으로 추락하나?" 딕도 물었다.

"추락이라고? 아니, 가스는 조용히 타. 우리는 조금씩 천천히 내려갈 거야. 프랑스의 블랑샤르 부인*이 탄 기구에 이런 사고가 일어났었지. 기구에서 불꽃이 튀어 오르고 부인의 기구에 불이 붙었지만 부인은 추락하지 않았어. 곤돌라가 굴뚝에 부딪혀 부인이 땅바닥에 내동댕이쳐지지 않았다면, 부인은 죽지 않았을 거야."

"그렇게 되지 않도록 부탁할게." 사냥꾼이 말했다. "하지만 지금까지 비행하는 동안 위험한 일은 아무것도 없었어. 아프리카 횡단이 성공하지 못한다고는 도저히 생각할 수 없어."

"나도 그래. 사고는 언제나 탑승자의 부주의나 기구 자체의 결함 때문에 일어났지. 지금까지 기구는 수천 번이나 올라갔지만 인명이 희생된 사고는 20건도 안 돼. 가장 위험한 건 대개 착륙하거나 출발할 때야. 그러니까 그때는 최대한 조심해야 돼."

"벌써 식사 시간입니다." 조가 말했다. "케네디 선생님이 맛있는 고기를 장만해주실 때까진 보존육과 커피로 참아야겠어요."

---

* 조피 블랑샤르(1778~1819): 장-피에르 블랑샤르(1753~1809, 프랑스의 기구 조종사. 1785년에 기구를 타고 세계 최초로 도버 해협 횡단에 성공했다)의 부인. 남편이 죽은 뒤에도 기구 비행을 계속하여, 1819년 6월 티볼리 정원에서 시범 비행을 보이다 추락 사고로 사망했다.

20

원주민의 부족 전쟁

풍향이 확실치 않은 맹렬한 바람이 불기 시작했다. '빅토리아'호는 조금 나아갔나 싶으면 다시 방향을 바꾸었다. 북쪽으로 가고 있다가 다시 남쪽으로 간다. 일정한 방향으로 부는 바람은 만날 수 없었다.

"아주 빠르게 날고 있지만 거리는 별로 늘어나지 않는군." 자침이 흔들리는 것을 보면서 케네디가 말했다.

"시속 120킬로미터는 나오고 있어." 퍼거슨도 말했다. "아래를 봐. 들판이 뒤로 휙휙 날아가지? 저것 봐. 앞에 있는 숲이 이쪽으로 돌진해오고 있어."

"숲이 지나가고, 또 들판이 나왔군." 사냥꾼이 말했다.

"마을이 있어요." 잠시 후 조가 외쳤다. "흑인들이 깜짝 놀라고 있는데요."

"당연하지." 박사가 대답했다. "프랑스 농부도 기구를 처음 보았을 때는 하늘에 괴물이 나타난 줄 알고 총을 쏘았대. 그러니까 수단의 흑인이 놀라서 눈알이 튀어나왔다 해도 어쩔 수 없는 일이야."

"아, 참!" 어떤 마을을 120미터 높이에서 지나가고 있을 때 조가 말했다. "이 빈 병을 놈들에게 던져도 될까요? 병이 깨지지 않으면 놈들은 이 병을 숭배할 겁니다. 깨져도 이 유리조각을 부적으로 삼겠지요."

이렇게 말하고 그는 병을 던졌다. 병은 산산조각이 나서 흩어졌다. 주민들은 비명을 지르며 오두막으로 달아났다.

잠시 나아가다가 케네디가 외쳤다.

"저것 봐. 이상한 나무군. 위와 아래가 다른 나무야."

"정말 그러네요." 조가 말했다. "여기서는 나무 위에 또 나무가 나는군요."

"저건 그냥 무화과나무 줄기야." 박사가 대답했다. "그 위에 부식토가 생겼고, 어느 날 야자나무 씨가 바람을 타고 날아왔겠지. 그래서는 들판에 나는 것과 마찬가지로 저기에 난 거야."

"좋군요." 조가 말했다. "영국에 돌아가면 당장 시험해봐야겠어요. 런던 공원에 있으면 재미있겠는데요. 접목을 하는 것보다 과일이 더 많이 열릴지 어떨지는 모르지만요. 하지만 고층 정원이 생기는 겁니다. 정원이 좁은 집에서는 좋아하겠지요."

그때 '빅토리아'호는 높이가 100미터를 넘는 거목들이 우거진 숲을 피하기 위해 상승했다. 그것은 아주 오래된 무화과나무 숲이었다.

"굉장한 나무군." 케네디가 외쳤다. "이렇게 훌륭하고 아름다운 숲은 처음이야. 새뮤얼, 안 그래?"

"정말로 이 무화과나무의 높이는 굉장해. 하지만 딕, 신대륙

에는 이런 숲이 드물지 않아."

"이보다 더 큰 나무도 있나?"

"그럼. '매머드 트리'*라고 불리는 나무들 중에 이보다 더 큰 나무도 있지. 캘리포니아에서는 높이가 135미터나 되는 개잎갈나무가 발견되었는데, 영국 의사당의 탑이나 이집트에 있는 피라미드보다 높아. 밑동의 둘레는 36미터나 되었고, 나이테를 헤아려보았더니 4천 년이 넘은 나무였대."

"그럼 놀랄 것도 없네요. 인간도 4천 년이나 살면 엄청나게 커질걸요."

---

* 미국 캘리포니아 주의 '세쿼이아 국립공원' 안에 있는 '자이언트 숲' 속에는 자이언트 세쿼이아 나무가 군락을 이루고 있다.

박사와 조가 이런 말을 나누고 있는 동안 숲은 지나가고 마을이 보이기 시작했다. 주민들의 오두막이 광장을 둥글게 에워싸고 있었다. 그 한복판에 나무 한 그루가 서 있었는데, 그 나무를 보고 조가 소리를 질렀다.

　"4천 년이나 전부터 저 나무가 저런 꽃을 달고 있다면, 인사 따위는 절대로 해주지 않겠어요."

　그는 커다란 단풍나무를 가리켰다. 줄기에 해골이 잔뜩 매달려 있었다. 조가 꽃이라고 말한 것은 나무껍질에 꽂힌 단검에 매달린 인간의 목이었다.

　"식인종의 전쟁 나무야." 박사가 말했다. 인디언이라면 두피를 벗기지만, 아프리카인은 목을 잘라버린다.

　"별 게 다 있군요." 조가 말했다.

　하지만 피투성이 머리를 내건 마을도 곧 지평선 너머로 사라졌다. 잠시 나아가자, 그에 못지않게 역겨운 마을이 나타났다. 반쯤 먹다 남은 시체, 진흙투성이가 된 해골, 잘린 팔다리가 여기저기 뒹굴고 있고, 거기에 하이에나나 승냥이가 모여들어 있었다.

　"아마 죄인의 시체일 거야. 아비시니아에는 죄인을 맹수한테 먹이는 풍습이 있지. 맹수는 숨통을 물어 끊은 다음, 유유히 먹는다는군."

　"교수대 같은 거로군. 그렇게 잔인하다고 말할 수도 없겠어." 사냥꾼이 말했다. "하지만 불쾌해."

　"아프리카 남부에서는……" 박사가 말을 이었다. "죄인을 가축과 함께 오두막에 가두지. 가족도 함께 가둘지 몰라. 그리고 거기에 불을 질러. 그러면 전부 다 타버리지. 그것이야말로 잔

식인종의 전쟁 나무.

혹한 짓이야. 교수대는 잔인하지 않다는 자네의 의견에는 나도 동의하지만, 그것도 역시 야만이야."

조는 먼 곳을 아주 잘 본다. 그것은 전에도 무척 도움이 되었지만, 지금도 그 좋은 눈으로 맹금류 한 무리가 지평선 위에 떠돌고 있는 것을 발견했다.

"독수리다!" 망원경을 들여다본 케네디가 외쳤다. "이 기구보다 빨리 나는 굉장한 새야!"

"우리를 공격하지 말아주면 좋겠는데." 박사가 말했다. "우리한테는 저 새가 야수나 야만족보다 더 무서워."

"좋아." 사냥꾼이 대답했다. "총으로 쫓아버리지, 뭐."

"딕, 자네 솜씨에 의존하는 단계까지 가고 싶지 않아. 독수리 부리에 쪼이면 기구의 태피터는 잠시도 버티지 못하니까. 하지만 저 무서운 새는 우리 쪽으로 오기보다는 도망쳐버릴 게 분명해."

"아, 그렇지. 좋은 생각이 있어요." 조가 말했다. "오늘은 좋은 생각이 계속 솟아나는데요. 독수리를 산 채로 잡을 수 있다면, 그놈을 곤돌라에 묶어서 기구를 끌게 하는 건 어떨까요? 공중을 끌고 가는 거예요."

"그거 꽤 재미있겠군." 박사가 대답했다. "하지만 실현될 가망은 거의 없어. 독수리는 아주 고집불통이니까."

"잘하면 됩니다." 조가 말을 받았다. "재갈 대신 눈이 보이지 않도록 눈가리개를 하는 거예요. 오른쪽 눈을 열어주면 오른쪽으로 가고, 왼쪽 눈을 열어주면 왼쪽으로 가겠죠. 두 눈을 모두 막아버리면 멈추는 겁니다."

"이봐, 조. 나는 독수리한테 끌려가기보다는 순풍이 더 좋아.

바람이라면 먹일 걱정도 없고 안전하니까."

"그런가요? 하지만 이 생각을 버리기는 아까운데요."

정오였다. 조금 전부터 '빅토리아'호의 속도가 떨어져 있었다. 기구 아래의 경치는 이제 달려가지 않고 천천히 걸어가고 있었다.

갑자기 여행자들의 귀에 외침 소리와 휙휙 하는 소리가 들렸다. 세 사람은 몸을 내밀었다. 넓은 들판에 놀랄 만한 광경이 출현해 있었다.

원주민이 두 패로 나뉘어 필사적으로 싸우고 있었다. 화살이 윙윙 소리를 내면서 어지럽게 날고 있었다. 전사들은 서로 죽이는 데 열중하여 '빅토리아'호를 전혀 알아차리지 못하고 있었다. 두 파가 뒤섞여 벌이는 무시무시한 싸움이었다. 참가한 사람이 3백 명은 될까. 대부분은 부상자들의 피를 뒤집어써서 피투성이가 되어 있었다. 피바다를 뒹구는 모습은 차마 눈 뜨고 볼 수가 없었다.

기구를 보고 싸움이 잠시 중단되었다. 하지만 곧 아우성 소리는 더욱 커졌고, 화살 몇 개가 곤돌라를 향해 발사되었다. 한 개는 조가 손으로 쳐냈을 만큼 가까이까지 날아왔다.

"화살이 닿지 않는 곳까지 올라가야겠어." 박사가 외쳤다. "총을 쏘거나 하진 마. 우리가 나설 자리는 아니니까."

도끼나 투창을 이용한 학살이 곳곳에서 계속되고 있었다. 적이 쓰러진다. 상대하고 있던 남자가 곧 목을 자른다. 여자들도 이 소동에 가세하여 피투성이 머리를 주워서 전쟁터의 남쪽과 북쪽에 차곡차곡 쌓고 있다. 이 끔찍한 전리품을 손에 넣으려고 다투는 여자들도 있었다.

"정말 역겨운 광경이군." 케네디가 내뱉듯이 말했다.

"한심한 군대예요." 조도 말했다. "제복을 입으면 모두 훌륭한 전사로 보일 텐데."

"저런 싸움은 그만두게 하세." 사냥꾼이 카빈총을 휘두르며 말했다.

"내버려둬!" 박사가 강하게 말렸다. "상관없는 일에 끼어들지 마. 신을 흉내 내려 해도, 어느 쪽이 나쁜지 모르잖아. 이런 지독한 구경거리에서는 얼른 도망치는 게 상책이야. 이런 싸움을 계속해서 마지막에 한 추장이 이 지방을 차지하면, 결국에는 피와 약탈에 대한 취미가 사라지겠지."

이 야만인 무리의 우두머리는 격투기 선수 같은 체격만이 아니라 그 괴력으로도 눈에 띄는 존재였다. 한 손에 든 창을 두세 명의 적을 겨냥하여 밀어냈다. 또 한 손은 손도끼를 휘둘러 거기에 돌파구를 만들었다. 그런가 하면 그 창을 던져서 멀리 있는 적을 쓰러뜨렸다. 그리고 다친 상대에게 돌진하여 단번에 팔을 잘라내고는, 큰 입을 벌리고 거기에 달려들었다.

"아아." 케네디가 외쳤다. "저게 도대체 무슨 짓이야? 이젠 더 이상 참을 수 없어!"

전사는 이마에 총알을 맞고 벌렁 나자빠졌다.

우두머리가 쓰러진 것을 보고 부하들은 어안이 벙벙해져버렸다. 이 초자연적인 죽음은 그들을 겁먹게 했고, 반면에 적들은 사기가 올랐다. 당장 전사의 절반이 전쟁터를 버리고 달아났다.

"더 높이 올라가서 기류를 찾아보세." 박사가 말했다. "언제까지나 보고 있으면 구역질이 나."

이렇게 말하는 동안에도 승리를 얻은 부족은 죽은 자나 부상한 자에게 덤벼들어 아직 따뜻한 고기를 다투어 먹고 있었다.

"으악! 도저히 참을 수 없어요." 조도 외쳤다.

'빅토리아'호는 겨우 팽창하여 상승하기 시작했다. 흥분한 야만인들의 외침 소리가 한동안 기구까지 들려왔다. '빅토리아'호는 북쪽을 향해 이 학살의 향연에서 멀어져갔다.

대지는 계속 변화가 풍부한 기복을 보이고 있었다. 많은 강이 동쪽을 향해 흐르고 있었다. 아마 누 호수에서 흘러나오는 강이나 가젤 강의 지류로 흘러들고 있을 것이다. 이 가젤 강에 대해서는 기욤 르장이 흥미로운 보고를 하고 있다.

밤이 되어 '빅토리아'호는 동경 27도 · 북위 4도 27분 지점에 닻을 내렸다. 240킬로미터를 비행한 셈이다.

21
"살려줘! 살려줘!"

밤은 어두웠다. 주위를 둘러보아도 어두워서 아무것도 보이지 않았다. 기구는 아주 높은 나무에 닻을 걸고 있었다. 어둠 속에 그 나무가 어렴풋이 보일 뿐이었다.

여느 때처럼 박사는 9시부터 불침번을 섰다. 한밤중에 딕과 교대했다.

"잘 감시해, 딕. 정신 차려!"

"무슨 일이 일어날 것 같나?"

"아니. 하지만 아래쪽에서 이상한 소리가 난 것 같은 기분이 들었어. 바람에 실려온 여기가 어디쯤인지 잘 모르니까 조심하는 게 상책이지."

"짐승이 으르렁거리는 소리라도 들었겠지."

"아니야, 짐승 소리는 아닌 것 같았어. 조금이라도 이상한 일이 있으면 당장 깨워."

"알았어. 맡겨둬."

박사는 다시 한 번 주의 깊게 귀를 기울여보았지만 아무 소리
도 들리지 않았다. 그는 담요 속으로 기어들어가 잠이 들었다.

하늘은 두꺼운 구름에 덮여 있었다. 하지만 바람은 한 점도
불지 않았다. 닻줄만으로 정지되어 있는 '빅토리아'호도 전혀
흔들리지 않았다.

케네디는 불이 켜져 있는 버너를 감시할 수 있도록 곤돌라에
팔꿈치를 괴고 그 어두운 정적을 바라보고 있었다. 그는 지평선
을 뚫어지게 바라보았다. 박사의 말을 듣고 역시 불안을 느꼈는
지, 그의 눈에 이따금 어렴풋한 불빛이 비치는 듯한 기분이 들
었다.

한번은 2백 걸음쯤 떨어진 곳에서 그 빛이 분명히 반짝였다.
하지만 그것은 번갯불이었던 모양이다. 그 후로는 아무것도 보
이지 않았다.

어둠 속을 가만히 바라보고 있으면 무언가가 빛나는 듯한 기
분이 들 때가 있었다. 아까 그것은 분명 그런 눈의 착각이었을
것이다.

케네디는 안심하고, 이 막연한 어둠을 다시 뚫어지게 바라보
았다. 그때 날카로운 소리가 밤하늘을 꿰뚫었다.

짐승의 외침 소리일까, 밤새의 울음소리일까. 아니면 인간의
입에서 나온 소리일까. 어느 쪽이든 아직 멀리 있다고 생각한
그는 우선 무기를 확인했다. 그리고 야간 망원경을 집어 들고
다시 어둠을 뚫어지게 바라보았다.

잠시 후, 뭔지는 모르지만 무언가가 나무 쪽으로 조용히 다가
오는 것이 어렴풋이 보였다. 그때 구름 사이로 번갯불처럼 새어
나온 달빛이 어둠 속에서 꿈틀거리는 한 무리의 그림자를 또렷

이 떠올렸다. 개 대가리를 갖고 있다는 주민들의 마을에서 아까 보았던 백골이 생각났다. 그는 박사의 어깨에 손을 댔다.

박사는 곧 일어났다.

"쉿! 소리를 죽여서 말해."

"무슨 일이 있었어?"

"응, 조도 깨우세."

조도 눈을 떴다. 사냥꾼은 자기가 본 것을 이야기했다.

"또 그놈의 원숭이들인가요?" 조가 말했다.

"그럴지도 몰라. 어쨌든 조심하자고."

"조와 내가 사다리를 타고 나무로 내려갈게." 케네디가 말했다.

"부탁해." 박사가 대답했다. "나는 언제라도 날아오를 수 있도록 준비해둘게."

"좋아. 알았어."

"내려갑시다." 조가 말했다.

"긴급할 때가 아니면 총은 쓰지 마." 박사가 덧붙여 말했다. "여기에 우리가 있다는 것을 알려줄 필요는 없으니까."

딕과 조는 고개를 끄덕였다. 그들은 소리도 내지 않고 나무 쪽으로 미끄러져 내려갔다. 그리고 닻이 걸려 있는 굵은 나뭇가지가 두 갈래로 갈라진 곳에 걸터앉았다.

몇 분 동안 그들은 그렇게 나뭇잎 그늘에 앉아서 꼼짝도 않고 귀를 기울였다. 아래쪽에서 바스락거리는 소리가 났다. 조는 케네디의 손을 잡았다.

"들리세요?"

"응, 오고 있군."

"뱀일까요? 선생님이 들었다는 소리는 뱀이 쉭쉭거리는 소리가 아니었나요?"

"아니야, 그건 분명히 사람 소리였어."

"나한테는 야만인이 차라리 나아. 그놈의 파충류는 아무래도 마음에 안 들어." 조가 혼잣말로 중얼거렸다.

"소리가 커졌어." 잠시 후 케네디가 말했다.

"올라오고 있어요."

"그쪽을 감시해. 나는 이쪽을 감시할 테니까."

"알았어요."

두 사람은 커다란 바오밥나무의 굵은 가지에 따로따로 앉아 있었다. 나뭇잎에 둘러싸여 어둠은 더욱더 깊어졌다. 조는 케네디의 귀까지 몸을 뻗어 나무 아래쪽을 가리켰다.

"흑인들입니다."

낮은 소리로 이야기하는 목소리가 두 사람에게도 들려왔다.

조는 총을 쏠 태세를 갖추었다.

"기다려." 케네디가 말렸다.

야만인들은 바오밥나무를 상당히 높이 올라와 있었다. 파충류처럼 나뭇가지 위를 기어서, 느리지만 확실히 사방에서 올라왔다. 기름을 바른 몸에서 나는 악취로 그들이 있는 곳을 알 수 있었다.

곧 케네디와 조가 앉아 있는 나뭇가지와 같은 높이에 머리 두 개가 나타났다.

"조심해!" 케네디가 외쳤다. "쏘아!"

두 발의 총성이 우레처럼 울리고, 고통스러운 비명 속으로 사라졌다. 눈 깜짝할 사이에 도적 떼는 모습을 감추었다.

하지만 공포에 질린 놈들의 외침 속에 기묘한 외침 소리가 섞여 있었다. 생각지도 않은 소리, 도저히 있을 수 없는 소리였다. 분명히 사람 목소리가 프랑스어로 이렇게 말한 것이다. "살려줘! 살려줘!"

케네디와 조는 깜짝 놀라서 급히 곤돌라로 돌아갔다.

"들었나?" 박사가 말했다.

"들었어. 예삿일이 아니야. '살려줘, 살려줘'라니!"

"프랑스인이 원주민한테 잡혀 있어."

"여행자일까?"

"신부가 아닐까?"

"불쌍하게도 살해될 거야." 사냥꾼이 외쳤다. "순교자가 될 거라고."

박사는 필사적으로 냉정해지려고 애쓰고 있었다.

"그 프랑스인은 야만인한테 붙잡혀 있는 게 분명해. 무슨 수를 써서라도 출발하기 전에 그 사람을 구출해보자고. 아마 그 사람은 총소리를 듣고, 신의 은총처럼 뜻밖의 구원의 손길이 뻗어온 것을 알아차렸을 거야. 그 희망을 저버릴 수는 없어. 해줄 거지?"

"당연하지. 뭐든 시키기만 해. 자네 말대로 할 테니까." 사냥꾼이 대답했다.

"작전을 생각해보세. 아침이 되면 그 사람을 구하는 거야."

"하지만 우선 그 흑인 놈들을 어떻게 쫓아버리느냐가 문제야."

"놈들은 아까 도망쳤잖아. 그렇게 하면 돼. 분명히 총이라는 것을 모르는 놈들이야. 그때 놈들은 겁을 먹었어. 그걸 이용하세. 하지만 새벽까지 기다리지 않으면 행동할 수 없어. 지형을

두 발의 총성이 우레처럼 울리고……

조사한 뒤에 구출 방법을 결정하자고."

"그 사람은 그렇게 멀리 있지 않습니다. 그도 그럴 것이⋯⋯." 조가 말했다.

"살려줘! 살려줘!" 희미한 목소리가 또다시 들려왔다.

"야만인 놈들!" 조가 주먹을 부르쥐면서 외쳤다. "하지만 오늘 밤에 살해되면⋯⋯."

"그럴 가능성은 거의 없어. 놈들은 낮이 아니면 포로를 죽이지 않아. 놈들에게는 태양이 필요해."

"이 어둠을 틈타서 저 불행한 남자한테 가보세." 케네디가 말했다.

"저도 함께 가겠습니다, 선생님."

"기다려. 둘 다 기다려!" 박사가 말했다. "그렇게 하면 자네들의 용기와 기분은 만족할지 모르지만, 자네들 덕분에 우리 모두 위험해져. 그리고 우리가 구출하려고 하는 사람에게도 나쁜 결과가 돼."

"그건 왜?" 케네디가 되물었다. "놈들은 무서워서 도망쳤어. 돌아오거나 하진 않아."

"딕, 제발 부탁이야. 내 말대로 해줘. 나는 만사가 잘되기를 바라고 있어. 만약 자네가 습격이라도 당하면 모든 게 엉망이 돼."

"하지만 그 사람도 기다리고 있어. 구조될 거라고 생각하고 있으니까. 하지만 반응이 없어. 구조하러 와주는 사람도 없어. 분명 자기가 착각했다고 생각할 거야. 아무 소리도 듣지 못했다고⋯⋯."

"안심시켜줄 수는 있지." 퍼거슨이 말했다.

그는 자리에서 일어났다. 그러고는 손을 확성기처럼 만들어 어둠을 향해 그 사람의 모국어로 외쳤다.

"누군지는 모르지만 안심하세요. 세 친구가 가까이에 있습니다!"

거기에 대한 대답은 고통스러운 듯한 신음 소리였다. 아마 대답하려는데 입이 틀어막혔을 것이다.

"목을 조르고 있어." 케네디가 외쳤다. "우물쭈물하고 있으면 오히려 처형 시간이 빨라져. 지금 당장 해치우자고."

"하지만 어떻게? 이 어둠 속에서 어떻게 할 셈인데?"

"간단해, 새뮤얼." 사냥꾼이 대답했다. "내려가서 놈들을 총으로 쫓아버리는 거야."

"조, 너라면 어떻게 할래?" 박사가 물었다.

"저라면 좀 더 신중하게 할 겁니다. 이쪽으로 도망쳐오라고, 붙잡혀 있는 사람한테 우선 말할 거예요."

"그걸 어떻게 전하지?"

"요전에 날아온 화살을 잡아둔 게 있으니까 그 화살을 이용합시다. 거기에 편지를 묶어서 보내는 겁니다. 좀 더 간단히 큰 소리로 말해도 됩니다. 흑인들은 우리말을 모르니까요."

"둘 다 안 돼. 실행할 수 없어. 가장 어려운 건 놈들의 눈을 속여서 무사히 도망치는 거야. 딕, 자네 생각은 아주 대담하고, 총에 대한 공포를 이용하는 점은 상당히 좋아. 잘될지도 모르지. 하지만 만약 실패하면 자네도 붙잡히게 돼. 그러면 한 사람이 아니라 두 사람을 구조해야 돼. 그러면 안 돼. 우리로서는 무슨 일이 있어도 성공하지 않으면 안 돼. 그러니까 다시 방법을 써야 해."

"하지만 당장 해야 돼!" 사냥꾼이 대꾸했다.

"그래." 퍼거슨도 강하게 대답했다.

"박사님이라면 이런 어둠을 흩뜨릴 수 있을 겁니다."

"아마 그럴 거야."

"그럴 수 있다면 박사님은 가장 위대한 학자십니다."

박사는 입을 다물었다. 생각하고 있는 것이다. 두 동료는 숨을 죽이고 그를 지켜보고 있었다. 둘 다 이 이상한 상황에 흥분해 있었다. 곧 퍼거슨 박사가 입을 열었다.

"내 생각은 이래. 이 기구에는 90킬로그램의 모래주머니가 남아 있어. 기구에 실은 모래주머니에는 아직 손을 대지 않았으니까. 붙잡혀 있는 저 사람은 고문을 당하고 지쳐 있으니까 몸무게는 기껏해야 우리 정도일 거야. 그러면 급상승하려고 할 때, 아직 30킬로그램의 모래주머니는 남아 있는 셈이지."

"그래서 어떻게 하려고?" 케네디가 물었다.

"저 사람이 있는 곳까지 가서 그의 몸무게만큼의 모래주머니를 던지는 거야. 그러면 기구의 평형은 변하지 않아. 알겠나? 그때 급상승하여 흑인 무리에서 도망치려면 버너의 불을 최대한 키워야 돼. 하지만 그때 남은 모래주머니를 버리면 엄청난 속도로 상승할 수 있어."

"응, 그래!"

"하지만 곤란한 문제가 하나 있는데, 모래주머니를 버리면 다음에 내려갈 때는 그 버린 모래주머니와 맞먹는 양의 수소를 줄여야 돼. 가스는 아주 귀중하지만, 유감스러워하는 건 그만두세. 한 사람의 목숨이 달려 있으니까 말이야."

"자네 말이 옳아, 새뮤얼. 그 사람을 구하기 위해 모든 것을 희생하자고."

"그럼 행동해야지. 이 모래주머니를 곤돌라 가장자리에 쌓아 줘. 언제라도 떨어뜨릴 수 있도록."

"하지만 이렇게 어두우면……."

"어두우니까 무슨 짓을 해도 보이지 않아."

"준비가 끝나면 날이 밝을 거야. 모든 무기를 손 닿는 곳에 놓아둬. 아마 총도 쏘아야 할 거야. 카빈총으로 한 발, 소총 두 자루로 네 발, 권총 두 자루로 열두 발, 모두 열일곱 발을 15초에 쏠 수 있어. 하지만 전부 쏠 필요도 없을 거야. 준비됐나?"

"됐습니다." 조가 대답했다.

모래주머니가 늘어 놓이고 무기도 가까이 놓였다.

"좋아." 박사가 말했다. "잘 보고 있어. 조는 모래주머니를 떨어뜨리는 일을 맡고, 딕은 포로를 끌어 올리는 일을 맡아. 하지만 내가 하라고 할 때까지는 하면 안 돼. 조, 닻을 벗기고 와. 빨리 돌아와야 돼."

조는 밧줄을 타고 내려갔다. 그리고 곧 돌아왔다. 자유로워진 '빅토리아'호는 움직이지도 않고 공중에 떠 있었다.

한편 박사는 필요에 따라 버너의 불을 강하게 하기 위해 혼합 탱크에 가스가 가득 있는지를 확인했다. 한동안은 분젠 전지의 도움을 빌리지 않아도 될 것 같았다. 그는 물을 분해하는 데 쓰고 있는, 완전히 절연된 전선 두 개를 끌어냈다. 그리고 트렁크를 뒤져서 끝이 뾰족한 카본 막대를 두 개 꺼내 전선 끝에 묶었다.

딕과 조는 박사가 무엇을 하고 있는지 모른 채 말없이 보고 있었다. 그 일을 마치자 박사는 곤돌라 중앙에 섰다. 그리고 두 손에 카본을 들고 그 끝을 서로 가까이 가져갔다.

그 순간 갑자기 눈부시게 밝은 빛이 두 개의 카본 사이에서 번득였다. 똑바로 쳐다볼 수도 없을 만큼 밝았다. 커다란 전기 불빛 묶음이 밤의 어둠을 문자 그대로 쳐부수었다.

"아아, 박사님!" 조가 외쳤다.

"조용히 해!" 박사가 말했다.

22

라자로회 신부 구출 작전

퍼거슨은 그 강한 빛을 공간 여기저기에 비추다가 어느 한 점에서 멈추었다. 공포의 외침 소리가 일어났다. 두 길동무는 거기에 뜨거운 눈길을 던졌다.

'빅토리아'호는 거의 움직이지 않은 채 바오밥나무 위에 떠 있었고, 그 나무는 빈터 한복판에 서 있었다. 참깨밭과 사탕수수밭 사이에 끼여 있는 둥글고 낮은 오두막이 쉰 채쯤 보였다. 그 주위를 많은 주민들이 돌아다니고 있었다. 기구 아래 30미터쯤 되는 곳에 말뚝 하나가 세워져 있고, 거기에 한 사람이 기대어 있었다. 기껏해야 서른 살쯤 된 젊은이인데, 길게 기른 검은 머리는 헝클어지고 비쩍 마른 반라의 몸은 상처투성이에 피범벅이 되어 있었다. 머리는 십자가의 예수처럼 가슴 쪽으로 기울어져 있었다. 정수리의 짧은 머리카락은 분명히 삭발이 이루어졌음을 보여주고 있었다.

"선교사다! 신부님이에요!" 조가 외쳤다.

"불쌍하게시리." 사냥꾼이 말했다.

"구출하세, 딕. 구출해."

원주민들은 빛나는 불빛을 꼬리처럼 끌고 있는 거대한 혜성 같은 기구를 보고 당연히 공포에 사로잡혔다. 그들의 외침 소리를 듣고 사로잡힌 남자가 고개를 들었다. 그의 눈은 희망에 불타고 있었다. 무슨 일이 일어나고 있는지 잘 모른 채 그는 이 생각지도 않은 구세주에게 손을 내밀었다.

"살아 있어!" 퍼거슨이 외쳤다. "다행이야. 놈들은 정말로 겁에 질려 있어. 자, 구출하자. 준비 됐나!"

"오케이!"

"조, 버너를 꺼!"

박사의 명령이 실행되자 '빅토리아'호는 조금씩 고도를 낮추면서, 있는지 없는지 모를 정도의 바람을 타고 원주민에게 붙잡혀 있는 남자 쪽으로 흘러갔다. 10분쯤 기구는 빛의 파도 속에서 떠돌았다. 퍼거슨은 군중을 향해 번득이는 빛을 비추었다. 그것은 어두운 땅바닥 곳곳에 눈부신 빛의 무대를 만들었다. 원주민들은 형언할 수 없는 공포에 사로잡혀 차츰 오두막 안으로 달아나 모습을 감추었고, 결국 말뚝 주위에는 아무도 보이지 않게 되었다. 박사가 캄캄한 어둠 속에 햇빛을 던지는 환상적인 '빅토리아'호를 생각해낸 것은 대성공이었다.

곤돌라는 지면으로 다가갔다. 하지만 흑인들 가운데 대담한 두세 명이 자기네 산 제물이 약탈당할 것 같은 낌새를 채고는 소리를 지르며 돌아왔다. 케네디는 소총을 움켜잡았다. 하지만 박사는 쏘지 말라고 말했다.

신부는 서 있을 기력도 없는지 무릎을 꿇은 채였다. 그는 말

전기 불빛.

뚝에 묶여 있지도 않았다. 너무 쇠약해져 있어서 묶어둘 필요가 없었던 것이다. 곤돌라가 땅바닥에 거의 닿을 만큼 내려가자 케네디는 무기를 버리고 두 팔로 신부를 안아서 곤돌라 안으로 끌어들였다. 그 순간 조가 모래주머니를 내던졌다.

박사는 기구가 급상승하기를 기대하고 있었다. 하지만 예상과는 달리 기구는 지면에서 1미터쯤 올라간 뒤 멈추어버렸다.

"누군가가 붙잡고 있어." 박사가 깜짝 놀란 목소리로 외쳤다.

흑인들이 사납게 고함을 지르면서 달려왔다.

"앗!" 밖으로 몸을 내밀고 있던 조가 외쳤다. "흑인 한 놈이 곤돌라 밑에 매달려 있습니다! 거머리 같은 놈이에요!"

"딕, 물통!"

딕은 친구의 생각을 간파했다. 그리고 40킬로그램이 넘는 물통을 들어 올려 곤돌라 밖으로 떨어뜨렸다.

가벼워진 '빅토리아'호는 단숨에 100미터나 날아올랐다. 눈부신 불빛 속에서 포로를 빼앗긴 원주민들은 큰 소리로 울부짖었다.

"만세!" 박사의 두 동료가 외쳤다.

기구가 다시 날아올랐다. 300미터가 넘는 높이까지 쑥쑥 올라갔다.

"무슨 일이지?" 하마터면 쓰러질 뻔한 케네디가 물었다.

"아무것도 아니야! 아까 그 설치던 녀석이 곤돌라에서 손을 떼었을 뿐이야." 퍼거슨이 천천히 대답했다.

조는 서둘러 몸을 내밀었다. 흑인이 두 팔을 벌린 채 빙글빙글 돌면서 떨어져갔다. 그리고 곧 땅바닥에 내동댕이쳐졌다. 박사는 전선 두 가닥을 떼었다. 갑자기 주위가 캄캄해졌다. 벌써

오전 1시였다.

기절해 있던 프랑스인이 겨우 눈을 떴다.

"살았습니다." 박사가 말했다.

"살았다고요?" 그는 슬픈 미소를 띠며 영어로 대답했다. "끔찍한 죽음은 면했군요. 형제들이여, 감사합니다. 하지만 내가 앞으로 며칠이나 더 살 수 있을지는 알고 있습니다. 시간으로 세는 편이 좋을지도 몰라요. 이제 나는 오래 살 수 없어요."

이렇게만 말하고 신부는 지쳐서 다시 잠들었다.

"죽어가고 있어." 케네디가 외쳤다.

"아니야." 퍼거슨이 그를 들여다보며 대답했다. "하지만 몹시 쇠약해져 있군. 천막 밑에 누이세."

그들은 아직도 피가 흘러나오고 있는 상처로 뒤덮인 그 불쌍하고 비쩍 마른 몸을 조용히 담요 위에 눕혔다. 원주민들은 그를 몽둥이로 때리고 인두로 지졌을 것이다. 몸에는 고통스러운 상처가 스무 군데나 있었다. 박사는 상처를 씻어준 뒤 손수건을 찢어서 상처에 댔다. 그런 일을 그는 의사처럼 능숙하게 해냈다. 그리고 구급상자에서 각성제를 꺼내 신부의 입술에 몇 방울 떨어뜨렸다.

신부의 입술이 힘없이 움직이더니, 간신히 "고맙습니다, 고맙습니다" 하고 말했다.

그에게는 절대 안정이 필요했다. 박사는 천막의 커튼을 내리고, 기구의 상태를 살펴보기 위해 그 자리를 떠났다.

기구는 버린 짐에서 새 손님의 몸무게를 빼면 약 80킬로그램쯤 가벼워진 셈이다. 그래서 지금은 버너의 도움을 빌리지 않고도 공중에 떠 있었다. 아침의 첫 햇살이 비쳤을 때 바람은 기구를 조용히 서북서 쪽으로 데려가고 있었다. 퍼거슨은 한동안 신부의 잠든 얼굴을 바라보았다.

"하늘이 보내주신 이 사람과 언제까지나 함께 있고 싶군." 사냥꾼이 말했다. "그럴 가망은 있나?"

"있지. 치료해주면. 공기는 이렇게 맑고 깨끗하니까."

"무척 괴로웠을 겁니다." 조도 감동하고 있었다. "이런 곳에 혼자 오다니, 우리보다 훨씬 대담한데요."

"정말 그래." 사냥꾼이 대답했다.

그날 온종일 박사는 이 불행한 남자의 잠을 방해하지 않으려고 신경을 썼다. 그것은 정말로 긴 잠이었다. 이따금 괴로운 듯 신음 소리를 냈고, 그때마다 퍼거슨은 흠칫 놀라곤 했다.

밤이 되어 '빅토리아'호는 어둠 속에 정지했다. 그날 밤 조와 딕은 환자 옆에서 교대로 간호를 했다. 퍼거슨은 모두의 안전을 위해 밤새도록 불침번을 섰다.

이튿날 아침이 되자 '빅토리아'호는 서쪽으로 조금 떠내려가 있었다. 그날은 날씨가 좋을 것 같았다. 병자도 조금은 기운을 차린 목소리로 새 친구들을 부를 수 있었다. 천막의 커튼이 올라가자 그는 신선한 아침 공기를 행복한 듯 가슴 가득 들이마셨다.

"어떻습니까?" 퍼거슨이 물었다.

"꽤 좋아진 것 같군요." 그가 대답했다. "하지만 여러분, 아직도 여러분과 꿈속에서 만나고 있는 듯한 기분입니다. 하지만 이제 겨우 무슨 일이 일어났는지 알게 되었어요. 여러분은 누구시죠? 내 마지막 기도에 여러분의 이름을 넣고 싶습니다."

"우리는 영국인 여행자들입니다." 박사가 대답했다. "기구를 타고 아프리카를 횡단하고 있지요. 그런데 도중에 당신을 구하는 행운을 얻은 겁니다."

"과학은 영웅을 낳지요." 신부가 말했다.

"하지만 종교는 순교자를……." 케네디가 대답했다.

"선교사세요?" 박사가 물었다.

"나는 라자로회*의 선교 신부입니다. 하느님은 당신들을 나에게 보내주셨습니다. 오, 하느님, 찬양받으소서! 나는 이제 곧 죽을 겁니다. 여러분은 유럽에서 오셨지요? 유럽에 대해, 프랑스에 대해 말해주세요. 5년 동안 아무것도 모르고 지냈습니다."

"5년이나 혼자서 이 야만인들 속에 있었다니!" 케네디가 외

---

* 프랑스의 가톨릭 사제인 뱅상 드 폴(1581~1660)이 1625년에 설립한 선교 수도회.

쳤다.

"죄를 속죄해야 할 사람들입니다." 젊은 신부가 말했다. "무지하고 야만적인 형제들이죠. 그들을 교육하고 교화할 수 있는 것은 종교뿐입니다."

새뮤얼 퍼거슨은 신부의 희망에 따라 프랑스에 대해 자세히 말해주었다.

신부는 탐하듯 이야기에 귀를 기울였다. 그의 눈에서 눈물이 흘러내렸다. 불쌍한 젊은이는 열이 나서 뜨거워진 손으로 케네디와 조의 손을 잡았다. 박사는 몇 잔이나 홍차를 권했다. 신부는 맛있게 마셨다. 그러자 몸을 일으킬 기력이 생겼고, 자기가 맑게 갠 하늘을 날고 있다는 것을 알아차리고는 미소를 지었다.

"여러분은 용감한 탐험가로군요." 그가 말했다. "이 대담한 계획은 분명 성공할 겁니다. 가족과 친구들과 고국을 다시 볼 수 있겠지요. 여러분은……."

젊은 신부는 몹시 피곤한 것 같았다. 박사는 그를 다시 눕혔다. 몇 시간 동안 그는 죽은 듯 힘없이 퍼거슨에게 안겨 있었다. 퍼거슨은 가슴이 미어지는 듯한 기분이었다. 두 손 사이로 생명이 빠져나가는 듯한 느낌이 들었다. 박사가 할 수 있는 일은 순교자의 무참한 상처를 치료해주는 것뿐이었다. 그는 곤돌라에 실려 있는 물을 아낌없이 써서 신부의 뜨거운 몸을 식혀주었다. 생각나는 치료법은 모두 정성스럽게 시도해보았다. 병자는 그의 품안에서 조금씩 되살아났다. 그리고 생명은 어떤지 모르지만 감정은 되돌아왔다.

박사는 단편적인 말을 모아서 신부의 이야기를 짜 맞추었다.

"모국어로 말씀하세요." 박사가 말했다. "나는 프랑스어를 압니다. 그래야 피로가 덜할 거예요."

　신부는 브르타뉴의 모르비앙 현에 있는 아라동 마을의 젊은 이였다. 그는 어릴 때부터 성직을 동경하고 이었다. 그리고 자기희생적인 생활에 다시 위험한 생활을 덧붙이려고 했다. 이리하여 그는 성 뱅상 드 폴이 창설한 수도회에 들어갔다. 스무 살 때 그는 조국을 떠나 아프리카의 냉혹한 해안으로 향했다. 그리고 거기에서 걸어서 내륙으로 들어갔다. 기도하면서 수많은 장애를 극복하고 약탈을 견디며 가까스로 나일 강 상류 지역에 사는 부족 속으로 들어갔다. 2년 동안 그의 종교는 배척당했다. 정열은 무시당하고, 자애는 이해되지 않았다. 남바라의 가장 잔혹한 부족에게 붙잡혀 핍박을 받은 적도 있었다. 그래도 그는 설교하고 교육하고 기도했다. 계속되는 부족 간 싸움에 패한 이 부족은 뿔뿔이 흩어졌고, 그는 죽은 줄 알고 내버려졌다. 그는 고국으로 돌아가는 대신 복음 여행을 계속했다. 그에게 가장 평화로웠던 때는 미친 사람으로 여겨졌을 때였다. 이 지방 말에 익숙한 그는 계속 교리를 가르쳤다. 그 후 2년 동안이나 그는 신에게 받는 초인적인 힘의 격려를 받으며 이 야만적인 지방을 돌아다녔다. 1년 전부터 그는 냠냠족의 바라프리라고 불리는 부족 속에서 살고 있었다. 아프리카에서도 가장 야만적인 부족으로 알려진 부족이다. 그 추장이 며칠 전에 뜻밖에 죽자, 그것이 그의 탓이라고 믿고 그를 제물로 바치기로 결정했다. 40시간이나 모진 고문이 계속되었다. 박사가 예상했듯이 그는 정오의 태양 아래에서 죽기로 되어 있었다. 총성을 들었을 때 그는 저도 모르게 "살려줘! 살려줘!" 하고 외쳤다. 하늘에서 위로의 말이 던져졌을 때 그는 꿈을 꾼 줄 알았다.

"이제 곧 끝날 이 생을 나는 후회하지 않습니다. 내 인생은 하느님의 것이었어요."

"좀 더 희망을 가지세요." 박사가 대답했다. "당신 옆에는 우리가 있습니다. 당신을 고문에서 구했듯이 죽음에서도 구해드리겠습니다."

"나는 하느님께 그런 것까지 바라지 않습니다." 모든 것을 체념하고 있는 신부가 대답했다. "죽기 전에 친구의 손을 잡고 모국어를 듣는 기쁨을 주신 것을 주님께 감사드립니다."

신부는 다시 잠들었다. 그날은 이렇게 희망과 불안 속에서 지나갔다. 케네디는 생각에 잠겼고, 조는 그늘에서 눈물을 훔치고 있었다.

'빅토리아'호는 거의 앞으로 나아가지 않았다. 그 귀중한 짐을 바람도 친절하게 돌보고 있는 것 같았다.

저녁때쯤 조는 서쪽이 희미하게 빛나고 있는 것을 알아차렸다. 좀 더 높은 위도를 날고 있었다면 커다란 오로라라고 생각했을 것이다. 하늘이 불타고 있는 것 같았다. 박사는 이 현상을 주의 깊게 조사했다.

"단순한 활화산이야." 그가 말했다.

"하지만 바람이 저쪽으로 불고 있어." 케네디가 말했다.

"좋아. 안전한 높이로 올라가서 저걸 넘어가세."

세 시간 뒤에 '빅토리아'호는 산지 한복판에 있었다. 정확한 위치는 동경 24도 15분·북위 4도 42분이었다. 눈앞에서 새빨간 분화구가 곤죽 같은 용암을 토해내고, 커다란 화산탄을 하늘 높이 쏘아 올리고 있었다. 불타는 액체는 눈부신 폭포가 되어 흘러내리고 있었다. 아름답지만 위험한 광경이었다. 바람이 여

화산의 분출.

전히 이 불과 불타는 대기 쪽으로 기구를 데려가고 있었기 때문이다.

우회할 수 없는 이상, 이 장애물을 넘을 수밖에 없었다. 버너의 불을 최대한으로 키워서 '빅토리아'호는 1800미터 높이에 이르렀다. 화산과 기구는 600미터 이상 떨어져 있으니까 걱정 없다.

빈사 상태에서 괴로워하는 신부도 자리에 누운 채, 굉음과 함께 눈부신 불기둥을 뿜어내는 분화구를 볼 수 있었다.

"얼마나 아름다운 광경입니까." 그가 말했다. "하느님의 힘은 가장 무서운 형태로 발현될 때에도 역시 무한하군요."

작열하는 용암이 산중턱으로 흘러내리는 광경은 마치 불꽃 융단을 깔아놓은 것 같았다. 기구의 아래쪽 절반은 어둠 속에서 빛나고 있었다. 열기가 곤돌라까지 올라왔다. 퍼거슨은 이 위험한 곳에서 서둘러 달아났다.

밤 10시, 화산은 지평선의 붉은 점에 불과하게 되었다. '빅토리아'호는 고도를 내려, 무사히 비행을 계속했다.

23
금덩이를 버리다

지상에는 멋진 밤이 펼쳐져 있었다. 신부는 쇠약하여 꼼짝도 하지 않은 채 자고 있었다.

"낫지 않을까요?" 조가 말했다. "불쌍하게도 이제 겨우 서른 살이 되었을 뿐인데."

"우리 품에 안겨 편안히 죽을 수 있다는 게 그나마 위안이야." 절망한 박사가 말했다. "호흡이 또 약해졌어. 나도 이젠 어쩔 수 없어."

"그 역겨운 자식들!" 갑자기 솟아오르는 분노를 억누르지 못하고 조가 외쳤다. "이 훌륭한 신부님은 아직도 네놈들을 불쌍히 여기고, 죄를 미워하기는커녕 용서해주고 있어!"

"조, 하느님은 이분에게 이렇게 아름다운 밤을 주셨어. 아마 이분에게는 마지막 밤이겠지. 더 이상 고통스러워할 필요도 없어. 이분에게 죽음은 차라리 편안한 잠이야."

죽어가는 신부가 띄엄띄엄 뭐라고 말했다. 박사가 다가갔다.

신부는 숨을 쉬기도 괴로워 보였다. 그는 공기가 필요했다. 커튼을 전부 올렸다. 그는 이 투명한 밤의 산들바람을 맛있게 들이마셨다. 별들은 떨리는 빛을 던지고, 달은 그 하얀 빛의 수의로 그를 감쌌다.

"여러분, 이제 작별입니다." 그가 힘없는 목소리로 말했다. "하느님께서 부디 여러분을 항구로 데려가주시기를. 내 감사의 뜻을 주님께서 대신 표해주시기를!"

"힘내세요!" 케네디가 눈물을 참으며 말했다. "기력이 떨어졌을 뿐이에요. 죽을 리가 없어요. 이렇게 아름다운 여름밤에 사람이 죽다니, 그게 있을 수 있는 일입니까?"

"죽음은 바로 저기까지 와 있습니다." 신부가 말했다. "나는 압니다. 죽음을 의연히 바라보게 해주십시오. 죽음으로 이 세상의 고통이 끝나고 영원이 시작되는 것입니다. 형제들이여, 내가 무릎을 꿇게 해주세요. 부탁입니다."

케네디가 그를 일으켜주었다. 힘을 잃은 다리가 몸무게를 지탱하지 못하고 꺾였다. 차마 똑바로 바라볼 수 없는 안쓰러운 모습이었다.

"하느님!" 빈사 상태의 신부가 꺼져드는 목소리로 외쳤다. "저를 불쌍히 여기소서."

그의 얼굴이 빛났다. 일찍이 기쁨을 맛본 적도 없었던 지상에서 멀리 떠나 부드러운 빛을 던져주는 밤 속을 기적의 승천처럼 하늘로 올라가면서, 그는 지금 새로운 삶을 얻은 것 같았다.

신부는 마지막 몸짓으로 만난 지 하루밖에 안 된 친구들에게 지상의 축복을 보냈다. 그러고는 케네디의 품안에서 고꾸라졌다. 케네디의 눈에서 커다란 눈물방울이 떨어졌다.

"가셨어!" 신부 위에 몸을 숙인 박사가 중얼거렸다. "돌아가셨어!"

누가 말한 것도 아닌데 세 사람은 무릎을 꿇고 말없이 기도를 드렸다.

"내일 아침에……" 박사가 겨우 입을 열었다. "신부의 피가 흐른 아프리카의 이 땅에 묻어드리세."

그날 밤에는 박사와 케네디와 조가 번갈아 유해를 지켜보았다. 단 한 마디도 이 죽음의 정적을 어지럽히지 않았다. 모두 울고 있었다.

이튿날은 남풍이 불었다. '빅토리아'호는 천천히 드넓은 고원 위를 날아갔다. 여기저기에 휴화산의 분화구가 있는 돌투성이 골짜기가 보였다. 이곳에는 물기가 한 방울도 없었다. 바위는 서로 겹쳐 있고, 미아석이 흩어져 있고, 흰빛을 띤 이회암이 보였다. 요컨대 완전한 불모지였다.

정오 무렵, 박사는 신부의 유해를 매장하기 위해 태곳적에 생긴 심성암으로 둘러싸인 골짜기로 내려가기로 했다. 닻을 걸 만한 나무가 한 그루도 없었기 때문에 바람이 닿지 않는 골짜기를 골라 곤돌라를 직접 지면에 착륙시켜야 했다.

신부를 구출할 때 모래주머니를 내버렸기 때문에, 그때 박사가 케네디에게 설명했듯이 기구는 그 무게만큼 가스를 방출하지 않으면 내려갈 수가 없었다. 박사는 기구의 바깥쪽 밸브를 열어 수소를 내보냈다. '빅토리아'호는 조용히 골짜기로 내려갔다.

곤돌라가 대지에 닿았을 때 박사는 밸브를 닫았다. 조가 곤돌라의 가장자리를 왼손으로 짚으면서 뛰어내렸다. 그러고는 오른손으로 재빨리 돌멩이를 모아 곤돌라에 넣었다. 곧 돌멩이는 그의 체중과 같은 무게가 되었다. 그러자 이번에는 두 손을 사용하여 130킬로그램이 넘는 돌멩이를 곤돌라에 쌓아 올렸다. 이리하여 박사와 케네디도 땅바닥에 발을 디뎠다. '빅토리아'호의 균형이 잡힌 것이다. 지금의 기구에는 날아오를 만한 상승력은 없었다.

그런데 돌멩이를 그렇게 많이 싣지 않아도 되었던 모양이다. 조가 모은 돌은 묘하게 무거웠다. 퍼거슨은 잠시 돌멩이를 바라보았다. 주위에는 석영과 분암이 흩어져 있었다.

'이거 참 재미난 발견이군.' 박사는 속으로 중얼거렸다.

그 사이에 케네디와 조는 구덩이를 파기에 적당한 곳을 찾기 위해 조금 앞서서 걷고 있었다. 정오의 태양이 뜨거운 햇살을 수직으로 쏟아붓는 이 좁은 골짜기는 화덕처럼 더웠다.

우선 지표면의 바위 부스러기를 치워서 땅을 파기 쉽게 만들 필요가 있었다. 그런 다음 깊은 구덩이를 팠다. 들짐승이 유해를 훼손하지 못하게 하기 위해서였다.

순교자의 유해는 조용히 구덩이 바닥에 안장되었다.

흙이 다시 덮이고, 그 위에 큰 돌 몇 개가 묘표처럼 쌓였다.

그동안 박사는 꼼짝도 않은 채 깊은 생각에 잠겨 있었다. 길동무들이 부르는 소리도 들리지 않는 것 같았고, 두 사람과 함께 더위를 피해 그늘로 들어가려고도 하지 않았다.

"새뮤얼, 무슨 생각을 하고 있나?"

"세상이 너무나 기묘한 대조를 보이고 있다는 생각을 하고 있었어. 우연이란 건 정말 이상한 거야. 모든 것을 희생한 남자, 마음은 상냥했지만 돈은 풍족하지 못했던 이 사람이 묻힌 곳이 어떤 곳인지 아나?"

선교사 매장.

"무슨 소리야?" 케네디가 물었다.

"가난하게 살기로 결심한 이 신부가 지금은 금광 속에서 쉬고 있어."

"금광이라고?" 케네디와 조가 외쳤다.

"그래, 금광. 자네들이 지금 밟고 있는 돌멩이, 평범한 돌멩이인 줄 알고 있는 그 돌멩이가 사실은 아주 순도 높은 금광석이라네."

"정말요? 그게 정말입니까?" 조가 거듭해서 물었다.

"이 근처에서 편암 틈새를 조사해봐. 천연 금덩이가 금방 발견될 거야."

조는 흩어져 있는 돌멩이에 무턱대고 덤벼들었다. 케네디도 지지 않았다.

"침착해, 조." 박사가 말했다.

"박사님은 아주 느긋하시네요."

"하하하, 그러고도 철학자야?"

"이렇게 되면 철학이 문제가 아니죠."

"잘 생각해봐. 그렇게 부자가 되면 무슨 소용이지? 가져갈 수도 없는데."

"가져갈 수 없다고요? 그게 무슨 소립니까?"

"곤돌라에 싣기에는 너무 무거워. 나는 이 발견을 말할까 말까 망설였어. 어차피 가져갈 수도 없으니까."

"세상에!" 조가 외쳤다. "이 보물을 버리고 간단 말예요?"

"정신 차려, 조. 벌써 금덩이에 마음이 들떴나? 네가 방금 매장한 신부는 인간으로서 뭐가 중요한지를 가르쳐주지 않았나?"

"박사님 말씀이 옳아요. 하지만 역시 금은 아깝네요. 케네디

234

선생님, 평생 먹고살기에 곤란하지 않을 만큼만 금을 모아봅시다."

"그래봤자 별 수 없어." 사냥꾼이 싱글싱글 웃으면서 말했다. "우리는 한밑천 잡으려고 온 게 아니야. 그런 건 갖고 돌아가면 안 돼."

"평생 먹고살기에 곤란하지 않을 만한 금은 너무 무거워." 박사가 말을 이었다. "주머니에 다 들어가지 않아."

"그럼, 모래주머니라 치고 모래 대신 금을 싣고 가면 안 될까요?"

"그거야 괜찮겠지." 퍼거슨이 말했다. "하지만 수천 파운드나 되는 큰돈을 버려야 할 때가 와도 너무 슬픈 얼굴은 하지 마."

"수천 파운드라고요?" 조가 외쳤다. "그럼 이게 전부 금이란 말예요?"

"그래. 여기는 자연이 수세기에 걸쳐 보물을 모아둔 저장고야. 이곳에는 몇 개나 되는 나라를 풍요롭게 해줄 만한 부가 축적되어 있지. 이 사막 밑에 오스트레일리아와 캘리포니아의 금광을 합친 정도의 금이 매장되어 있어."

"그런데 그게 아무 쓸모도 없는 무용지물이라는 겁니까?"

"아마 그렇겠지. 하지만 너를 위로하기 위해……."

"위로하려고 해도 안 됩니다." 조는 진심으로 안타까운 표정을 지었다.

"들어봐. 나는 이곳의 정확한 위치를 측정해서 너한테 가르쳐줄게. 영국에 돌아가면 그것을 사람들에게 알리면 돼. 돈이 사람을 행복하게 해준다고 생각한다면 말이야."

"알았습니다. 박사님 말씀이 옳아요. 체념하겠습니다. 체념할 수밖에 없으니까요. 자, 곤돌라에 이 귀중한 돌을 실읍시다. 여행이 끝날 때까지 남아 있으면 그만큼 이익이죠."

조는 일에 착수했다. 그는 아주 열심히 일했다. 곧 500킬로그램 가까운 무게의 석영이 실렸다. 이 단단한 돌멩이 속에 금이 갇혀 있었다.

박사는 미소를 지으면서 조를 바라보고 있었다. 이윽고 그는 높직한 언덕 위에 올라가 신부의 무덤 위치를 측정했다. 동경 22도 23분 · 북위 4도 5분이었다.

그런 다음 불쌍한 프랑스인의 휴식처에 쌓아 올린 돌멩이에 마지막 눈길을 던진 뒤 곤돌라로 돌아왔다.

그는 아프리카의 사막 한복판에 버려진 이 돌무덤에 볼품없어도 좋으니까 십자가를 세워주고 싶었다. 하지만 주위에는 나무가 한 그루도 없었다.

"신에게는 보이겠지." 그는 중얼거렸다.

퍼거슨의 마음에는 커다란 걱정거리가 또 하나 있었다. 조금이라도 물이 발견된다면 그는 여기 있는 금을 얼마든지 주었을 것이다. 흑인이 곤돌라를 붙잡고 올라왔을 때 물통을 내던져버린 것이 못내 아쉬웠다. 바싹 마른 이곳에서 물을 찾는 것은 불가능했다. 박사는 불안했다. 버너의 불은 꺼지면 안 되었고, 갈증을 달랠 물도 부족했다. 그는 물을 보급할 수만 있다면 어떤 기회도 놓치지 않기로 결심했다.

곤돌라로 돌아와 보니 욕심꾸러기 조가 돌멩이를 넘칠 만큼 잔뜩 싣고 있었다. 박사는 아무 말도 하지 않고 곤돌라에 올라탔다. 케네디도 여느 때와 같은 자리에 앉았다. 조는 골짜기에 뒹굴고 있는 보물에 아쉬운 눈길을 던지면서 두 사람을 따라 곤돌라에 올라탔다.

박사는 버너에 불을 붙였다. 나선관이 따뜻해지고, 몇 분 뒤에는 수소가 흐르기 시작하고 가스가 팽창했다. 하지만 기구는 움직이지 않았다.

조는 불안한 듯 박사를 바라보고 있었지만, 아무 말도 하지 않았다.

"조!" 박사가 외쳤다.

조는 잠자코 있었다.

"조, 안 들려?"

조는 들리기는 하지만 듣고 싶지 않다는 표정을 지었다.

"광석을 계속 버리는 건 꽤 즐거운 일이야."

"하지만 박사님은 약속하셨……."

"약속은 했지. 모래주머니 대신이라고…… 그것뿐이야."

"하지만……."

"그럼 언제까지나 이 사막에 있겠다는 거야?"

조는 케네디에게 도움을 청하는 눈길을 던졌다. 하지만 케네디는 상관없다는 표정을 짓고 있었다.

"어때, 조?"

"버너가 고장 난 거 아닙니까?" 조가 우겼다.

"버너에는 불이 켜져 있어. 보이지? 하지만 네가 좀 더 짐을 버리지 않으면 기구는 올라가지 않아."

조는 귀를 긁었다. 그리고 석영을 하나, 그것도 제일 작은 것을 집어서 손으로 무게를 쟀다. 그리고 손바닥 안에서 그것을 통통 던져보았다. 2킬로그램 정도의 무게였다. 그는 그것을 버렸다.

"어떻습니까? 아직도 올라가지 않나요?" 그가 물었다.

"아직?" 박사가 대답했다. "더 버려!"

케네디는 웃고 있었다. 조는 다시 5킬로그램 정도를 버렸다. 기구는 여전히 꼼짝도 하지 않았다. 조의 안색이 창백해졌다.

"우리 세 사람의 몸무게가 180킬로그램 정도였지? 그렇다면 그 무게만큼 버리지 않으면 안 돼. 우리 대신 돌을 실었으니까."

"180킬로그램이나 버려요?" 참담한 목소리가 외쳤다.

"상승하기 위해서야. 자, 기운을 내!"

이 귀여운 청년은 한숨을 크게 내쉬고 짐을 내리기 시작했다. 그는 이따금 손을 멈추고 물었다.

"올라가고 있나요?"

"더 버려!" 여전히 같은 대답이 돌아왔다.

"보세요. 움직이고 있어요." 잠시 후 조가 기쁜 듯이 말했다.

"더 버려!" 퍼거슨은 이 말을 되풀이할 뿐이었다.

"올라가고 있다고요."

"계속 버려." 케네디까지 부추겼다.

체념한 조는 큰 돌멩이를 집어 들어 곤돌라 밖으로 내던졌다. '빅토리아'호는 30미터쯤 상승했다. 그리고 버너의 도움을 빌려 곧 가까운 봉우리보다 높이 올라갔다.

"그런데 조." 박사가 말했다. "너한테는 아직도 훌륭한 재산이 있잖아. 여행이 끝날 때까지 그게 남아 있으면 여생을 부자로 살 수 있어."

조는 아무 대답도 하지 않고 작은 돌멩이밖에 남지 않은 바닥에 벌렁 드러누웠다.

"보았나, 딕?" 박사가 말을 이었다. "세상에서 가장 영리한 청년에게도 돈의 힘이 어떤 것인지 말이야. 이곳에 금광이 있다는 게 알려지면 어떤 사태가 벌어질까. 꼴사나운 다툼이나 범죄가 일어나겠지. 슬픈 일이야."

저녁이 되었을 때 '빅토리아'호는 150킬로미터 서쪽에 가 있었다. 직선거리로 치면 잔지바르에서 2250킬로미터를 날아온 셈이다.

24
불타는 대지 위에서

'빅토리아'호는 말라 죽어가고 있는 나무 한 그루를 겨우 발견하여 닻을 내렸다. 소리 하나 나지 않는 밤이었다. 여행자들은 잠이 필요했다. 하지만 그 잠을 조금밖에 맛볼 수 없었다. 지난 며칠 동안 일어난 사건이 그들의 마음에 슬픈 추억이 되어 깃들어 있었기 때문이다.

아침이 된 하늘은 또다시 밝은 청징함과 더위를 되찾았다. 기구는 하늘로 올라갔다. 몇 번이나 헛된 시도를 거듭한 뒤에야 겨우 기류를 발견했지만, 그것도 있을까 말까 한 바람이 북서쪽으로 미미하게 흐르고 있을 뿐이었다.

"거의 나아가지 않아." 박사가 말했다. "내 계산이 틀림없다면 우리는 열흘 동안 대략 여정의 절반을 끝냈어. 하지만 지금과 같은 속도로 전진하면 여행이 끝나는 데 한 달은 걸릴 텐데, 그렇게 되면 물이 부족해질 것 같아서 걱정이야."

"물은 찾을 수 있어." 케네디가 대답했다. "이렇게 넓은 나라니까 강이나 연못 정도는 금방 만나게 될 거야."

"그랬으면 좋겠군."

"이렇게 전진이 느린 것은 조의 짐 때문이 아닐까?"

케네디는 그 귀여운 젊은이를 놀리듯이 말했다. 조가 좇고 있는 꿈을 케네디도 한번은 마음에 그려보았지만, 그런 기색은 조금도 보이지 않고 금 따위는 신경 쓰지 않는다는 얼굴로 웃고 있었다.

조는 울상 지은 얼굴로 케네디를 힐끗 바라보았다. 박사는 아무 말도 하지 않았다. 그는 남모를 공포를 품고, 죽음의 세계인 광대한 사하라 사막을 생각하고 있었다. 거기서는 카라반들이 목을 축일 우물을 만나지 못해 몇 주 동안이나 헤매곤 한다. 그래서 그는 땅이 조금이라도 가까워지면 세심한 주의를 기울여 조사했다.

물 걱정과 종전의 금광 사건은 세 여행자의 기분을 바꾸어버렸다. 세 사람은 별로 입을 열지 않고 각자의 생각에 잠겨 있었다.

활기찼던 조도 황금의 바다를 보았을 때부터 달라졌다. 그는 입을 다문 채 곤돌라에 실린 돌멩이, 지금은 가치가 없지만 내일이 되면 엄청난 부로 변할 돌멩이를 안타까운 눈으로 바라보고 있었다.

눈 아래에 펼쳐진 광경은 황량하기 그지없었다. 차츰 사막의 양상으로 변하고 있었다. 이제 마을은 없었다. 오두막 몇 채가 모여 있는 곳도 없었다. 나무라는 것이 아예 존재하지 않았다. 군데군데 스코틀랜드의 고원지대처럼 제대로 자라지 못한 풀이 나 있을 뿐이었다. 모래는 태양 아래에서 흰빛을 띠고, 돌은 반짝반짝 빛을 반사하고, 유향과 가시나무 덤불이 그 풍경에 약간

사막의 양상으로 변하고 있었다.

의 변화를 주고 있었다. 이 불모지에서는 날카롭게 부서진 바위들이 지구의 태곳적 모습을 그대로 보여주고 있었다. 너무나 메마른 풍경을 보고 퍼거슨 박사는 생각에 잠겼다.

카라반이 이 사막지대에 들어온 흔적은 전혀 없었다. 그들이 들어왔다면 야영한 흔적이나 사람과 짐승의 백골이 남아 있을 텐데, 그런 게 하나도 보이지 않았다. 그리고 이제 곧 이 황량한 대지는 모래가 끝없이 펼쳐진 사막으로 바뀔 것이다.

하지만 후퇴할 수는 없었다. 전진할 수밖에 없다. 박사가 바라는 것은 폭풍이 일어나 기구를 이 황무지 밖으로 데려가주는 것뿐이다. 날이 저물 때까지 '빅토리아'호는 50킬로미터도 나아가지 못했다.

물만 부족하지 않다면! 하지만 물은 15리터 정도밖에 남아 있지 않았다. 50도를 오르내리는 더위 속에서 견디기 어려운 갈증을 달래기 위해 박사는 5리터의 물을 따로 나눠놓았다. 따라서 버너를 태우기 위한 물은 10리터가 남았을 뿐이다. 이걸로는 약 13.5입방미터의 가스밖에 만들 수 없다. 버너는 한 시간에 약 0.25입방미터의 가스를 태운다. 그렇다면 기구는 앞으로 54시간밖에 날 수 없다.

이것은 엄밀한 계산의 결과다.

"54시간밖에 버틸 수 없어." 그는 친구에게 말했다. "앞으로는 낮에만 날기로 하세. 밤에는 강이나 샘이나 늪을 못 보고 놓치게 되니까 말이야. 그러면 사흘 반을 날 수 있는 셈인데, 그동안 무슨 일이 있어도 물을 찾아야 해. 사태가 심각해진 것을 자네들도 알아두는 게 좋겠다고 생각했어. 마실 물은 5리터밖에 남아 있지 않아. 앞으로는 하루에 쓰는 물의 양을 엄격하게 제

한할 거야."

"좋아, 알았어." 사냥꾼이 고개를 끄덕였다. "하지만 아직 절망하기는 일러. 사흘 동안은 괜찮으니까."

"그래, 딕."

"사흘이 지난 뒤에 마음을 정하면 돼. 그때까지는 끙끙대며 고민해봤자 별 수 없어. 눈을 크게 뜨고 물을 찾아보자고."

저녁을 먹을 때 물은 엄격하게 제한되었다. 그로그에 들어가는 브랜디의 비율이 높아졌다. 하지만 마시면 시원해지기는커녕 몸만 화끈 달아오르게 하는 이 술은 조심해서 마시지 않으면 안 되었다.

밤이 되자 곤돌라는 넓은 모래언덕 위에서 쉬었다. 이 일대는 저지대여서 모래언덕의 높이도 해발 250미터밖에 안 되었다. 박사는 희미한 희망을 품었다. 아프리카의 중앙부에는 넓은 호수가 있다는 지리학자들의 추론을 생각해낸 것이다. 하지만 그 호수가 있다면 벌써 도착해 있을 터였다. 바람의 살랑거림도 없는 하늘 끝에도 별다른 것은 전혀 보이지 않았다.

하늘 가득 별이 아로새겨진 온화한 밤이 지나고 여전히 타는 듯이 뜨거운 햇살이 내리쬐는 아침이 왔다. 해가 좀 높아졌나 했더니 벌써 날씨는 푹푹 찌고 있었다. 오전 5시에 박사가 출발 신호를 했다. 하지만 상당히 오랫동안 '빅토리아'호는 납처럼 고여 있는 대기 속에 뜬 채 꼼짝도 하지 않았다.

좀 더 상공으로 올라가면 이 더위를 피할 수도 있었을 것이다. 하지만 그러려면 물을 많이 써야 한다. 그것은 불가능한 일이었다. 박사는 지상 30미터 높이에 기구를 띄우는 것으로 만족했다. 약한 서풍이 겨우 기구를 밀기 시작했다.

아침식사는 약간의 육포와 페미컨으로 때웠다. 정오가 되어도 '빅토리아'호는 겨우 몇 킬로미터를 나아갔을 뿐이다.

"이 이상 더 빨리 갈 수는 없어." 박사가 말했다. "우리는 더 이상 통제할 수 있는 위치에 있지 않아. 그저 고분고분 상황에 따라야 돼."

"새뮤얼." 사냥꾼이 말했다. "이럴 때는 프로펠러를 경멸하면 안 돼."

"그래, 딕. 움직이는 데 물이 필요 없다는 점에서는 그렇지. 하지만 그런 말을 꺼내도 별 수 없어. 쓸 만한 프로펠러는 아직 발명되지 않았으니까. 지금의 기구는 증기기관이 발명되기 전의 배나 마찬가지야. 어쨌든 스크루나 외륜선의 물갈퀴를 생각해내는 데 6천 년이나 걸렸으니까. 그래서 지금은 오로지 프로펠러가 완성되기를 기다릴 뿐이야."

"정말 덥네요." 조가 이마에 흐르는 땀을 훔치면서 말했다.

"물이 있다면 이 더위도 나쁘지 않아. 더위로 기구의 수소가 팽창하기 때문에 나선관의 불을 그렇게 강하게 하지 않아도 되니까. 아, 그런가. 물이 있다면 물을 절약할 필요는 없었겠군. 아아, 그 야만인 놈들! 그 귀중한 물통을 버리게 하다니."

"새뮤얼, 이미 엎질러진 물이야."

"후회하진 않아. 그 불행한 신부를 끔찍한 죽음에서 구해주었는걸. 하지만 그때 버린 물은 아까워. 그게 있으면 열흘은 괜찮았을 텐데. 그랬다면 이런 사막쯤은 유유히 건널 수 있었는데."

"이제 여행의 절반은 끝났겠죠?" 조가 물었다.

"거리로 말하면 그렇지. 하지만 바람이 도와주지 않으면 시간적으로는 아직도 멀었어. 아무래도 바람은 점점 불지 않게 될 모양이야."

"박사님." 조가 말을 이었다. "걱정은 그만둡시다. 지금까지
도 어떻게든 해왔잖아요. 앞으로 무슨 일이 일어나든 저는 절
망하지 않습니다. 물은 틀림없이 발견될 거예요. 제가 보증합
니다."

기구가 1킬로미터를 나아가면 대지는 그만큼 더 삭막해졌다.
황금 산맥의 물결도 마침내 평원으로 가라앉았다. 신이 대지를
만들었을 때 여기서 지쳐버려서 나머지는 그냥 평평하게 만들
어버린 것 같았다. 동해안의 멋진 수목 대신 풀이 드문드문 나
있을 뿐이었다. 초록빛 풀숲이 갈색으로 변하면서도 필사적으
로 모래의 침공과 맞서 싸우고 있었다. 아득히 먼 산에서 굴러
떨어진 커다란 바위들이 도중에 부서져서 뾰족한 돌멩이가 되
어 흩어져 있었다. 이것도 곧 굵은 모래가 되고, 언젠가는 바슬
바슬한 잔모래가 되어갈 것이다.

"조, 이거야말로 네가 생각하고 있던 아프리카일 거야. 참고
기다리라고 내가 말한 대로지?"

"그렇습니다, 박사님. 이 더위, 이 모래, 이게 당연합니다. 이
나라에 와서 다른 것을 찾는 것 자체가 이상하죠. 그리고……"
그는 웃으면서 덧붙였다. "박사님은 아프리카에 숲과 초원이 있
다고 하셨지만 저는 믿지 않았어요. 얼른 이해가 되지 않았으
니까요. 영국과 같은 풍경을 보려고 이렇게 멀리까지 올 필요는
없잖아요? 어쨌든 이제야 저는 아프리카에 왔다는 실감이 납니
다. 아프리카를 조금 맛보는 것도 나쁘지는 않은데요."

저녁이 되어 박사가 조사해보니 '빅토리아'호는 삭신이 늘어
질 만큼 더운 이날 하루 동안 30킬로미터도 채 나아가지 못했

다. 일직선으로 또렷이 보이는 지평선 너머로 태양이 가라앉자 뜨겁게 달구어진 어둠이 그 위를 덮었다.

이튿날은 5월 1일 목요일이었다. 하루하루가 절망적일 만큼 단조롭게 되풀이되었다. 아침은 전날 아침과 똑같았다. 낮은 낮대로 여전히 뜨거운 햇빛을 쏟아부었다. 밤은 흩어진 더위를 어둠 속에 농축시켰다. 이튿날은 그 더위를 다시 밤에 넘겨줄 것이다. 희미하게 피부에 느껴지는 바람은 살랑거림이라기보다 오히려 한숨이라고 말하는 편이 어울렸다. 그리고 이 한숨조차 사라질 때를 예감할 수 있었다.

박사는 이 참담한 상황에 필사적으로 맞서고 있었다. 역경에 익숙한 남자답게 침착하고 냉정한 태도로 한 손에 망원경을 들고 지평선 여기저기를 살펴보았다. 어느새 언덕도 사라지고 식물도 모습을 감추어버렸다. 박사 앞에는 끝없는 사막이 펼쳐져 있었다.

그런 기색은 절대 보이지 않았지만, 박사는 이렇게 된 책임을 강하게 느끼고 있었다. 케네디와 조는 둘 다 그의 친구였다. 이 두 사람을 이렇게 먼 곳에 데려온 것은 그였다. 그들이 따라온 것은 우정 때문일까, 의무감 때문일까? 내가 한 일은 옳았을까? 해서는 안 될 일을 해버린 건 아닐까? 이 여행은 불가능에 도전하는 엉뚱한 짓은 아니었을까? 신은 이 불친절한 대륙의 조사를 좀 더 후세에 맡기고 싶었던 게 아닐까?

박사는 용기도 꺾여서, 계속 이런 생각을 하고 있었다. 온갖 생각이 차례로 마음에 떠올라, 논리나 이치로는 어떻게도 할 수 없는 데까지 와버렸다. 아프리카 같은 곳에 오는 게 아니었다고 생각한 뒤, 그는 지금 해야 할 일을 찾아보았다. 돌아갈 수는 없

지평선 너머로 태양이 가라앉자……

을까? 좀 더 상공으로 올라가보면 이렇게 메마르지 않은 대지 쪽으로 데려다줄 바람을 만나게 되지 않을까? 지나온 곳이라면 자신이 있지만, 앞으로 어떤 나라가 기다리고 있을지는 그도 모른다. 여러 가지를 생각해보고 그는 친구들과 솔직하게 의논하기로 마음먹었다. 그래서 두 사람에게 상황을 정확히 설명했다. 어떤 사태가 되었는지, 그리고 취해야 할 수단은 무엇인지를 두 사람에게 보여주었다. 최악의 경우에는 돌아가자. 적어도 돌아가려고 노력해보자. 두 사람의 의견은 어떤가?

"박사님 의견과 다른 생각 따위는 갖고 있지 않습니다." 이것이 조의 대답이었다. "박사님이 참으신다면 저도 참겠습니다. 박사님이 가는 곳이라면 어디든 따라가겠습니다."

"그러면 딕, 자네는?"

"나? 나는 절망을 모르는 남자야. 나만큼 이 계획의 위험을 알고 있었던 사람은 없었어. 하지만 자네가 용감하게 그 위험과 맞서기로 결심한 순간부터 나는 그 위험을 보고 싶지 않았지. 그러니까 내 몸도 마음도 자네 거야. 현재 상황에서는 그저 참고 견뎌야 한다는 게 내 생각이야. 끝까지 해내는 거야. 돌아가려 해도 위험이 큰 건 마찬가지야. 전진이야, 새뮤얼. 우리가 함께 있잖아."

"고마워. 자네들은 훌륭해." 박사는 진심으로 감동하여 대답했다. "그렇게 말해줄 줄 알았어. 하지만 그 말을 확실히 듣고 싶었어. 다시 한 번 고마워."

세 남자는 굳게 손을 맞잡았다.

"들어봐." 박사가 말을 이었다. "내가 조사한 바로는 기니 만까지 앞으로 500킬로미터쯤 남았어. 사막이 끝없이 계속되고

있는 건 아니야. 기니 만 해안에는 사람이 살고 있고, 그 언저리
는 상당히 깊숙한 곳까지도 알려져 있으니까 말이야. 풍향이 바
뀌면 기니 만 쪽으로 가세. 오아시스는 반드시 있을 거야. 물을
보급할 수 있는 우물도 있어. 지금 가장 필요한 건 바람이야. 바
람이 없으니까 이렇게 공중에 그냥 떠 있는 거야."

"신의 뜻이야. 기다리자고." 사냥꾼이 말했다.

하지만 그들은 그 길고 피곤한 낮 동안 부질없이 주위를 둘러
보며 제각기 시간을 보냈다. 희망으로 연결되는 어떤 것도 나타
나지 않았다. 미미하게 움직이고 있던 대지도 해가 저물 무렵에
는 정지해버렸다. 석양은 이 끝없는 대지에 기다란 불꽃 선을
뻗었다. 사막의 일몰이었다.

그날 여행자들은 25킬로미터도 나아가지 못했다. 하지만 전
날과 마찬가지로 버너의 불 때문에 3.5입방미터의 가스를 소비
하고, 타는 목을 축이기 위해 물 5리터 가운데 1.5리터를 소비
했다.

밤은 조용히, 너무나도 조용히 지나갔다. 박사는 잠을 이루지
못했다.

25

신기루의 장난

이튿날도 하늘은 끝없이 맑았고 바람은 전혀 불지 않았다. '빅토리아'호는 150미터 높이까지 상승했다. 거기까지 올라가자 겨우 조금씩이나마 서쪽으로 흘러가기 시작했다.

"사막의 한복판이야." 박사가 말했다. "보이는 건 온통 모래뿐이군. 정말 기묘한 광경이야. 이 무슨 자연의 장난인가! 동쪽에서는 초록빛 초목이 싫증날 만큼 무성했는데, 여기는 싫증이 날 만큼 메말라 있어. 같은 위도에서 같은 햇빛을 받고 있는데 이렇게 다르다니!"

"그런 말을 해봤자 별 수 없어, 새뮤얼. 나는 왜 이럴까 하는 이유보다, 이런 사실이 있다는 것 자체가 흥미로워. 사막이 있다는 것, 그게 중요해."

"하하하, 철학자가 나셨군. 그것도 좋겠지."

"철학을 해볼까? 할 일도 없으니까, 하다못해 철학 놀이라도 하는 게 어때? 나아가고 있다 해도 힘겨운 듯 기신기신 나아가고 있어. 바람이 숨쉬기를 두려워하고 있는 것 같아. 아예 자고 있어."

"잠만 자는 것도 아닐 겁니다." 조가 말했다. "저기 동쪽에 구름 같은 게 보이는데요."

"정말 그렇군." 박사가 대답했다.

"저 구름과 용케 만날 수 있을까? 기분 좋은 비와 바람이 얼굴에 맞아줄까?"

"이제 곧 알게 되겠지. 이제 곧."

"하지만 박사님, 오늘은 금요일입니다. 금요일은 아무래도 싫은데요."

"그래? 그 미신을 네가 앞으로는 믿지 않게 되었으면 좋겠다."

"저도 그렇습니다, 박사님." 조가 얼굴을 닦으면서 말했다. "어이구, 겨울이라면 더운 것도 좋지만, 여름에는 적당히 더웠으면 좋겠어요."

"이렇게 더워도 기구에는 영향이 없나?" 케네디가 박사에게 물었다.

"그건 괜찮아. 태피터에 발라둔 구타페르카는 아주 높은 고온에도 견딜 수 있거든. 나선관을 통해 안으로 들어가는 열이 때로는 70도나 돼. 하지만 기구는 아무렇지도 않은 것 같아."

"아, 구름이다. 진짜 구름이에요!" 그때 어떤 망원경과도 겨룰 수 있는 예리한 시력을 가진 조가 외쳤다.

실제로 두꺼운 구름 떼가 지평선에 서서히 솟아오르고 있는 것이 또렷이 보였다. 그 구름은 차례로 나타나 점점 부풀어 올랐다. 처음 나타난 형태를 무너뜨리지 않고 그대로 유지하고 있는 조각구름들의 모임이었다. 그래서 박사는 그 구름 속에 들어가도 바람은 전혀 없다고 결론지었다.

　이 밀집한 구름은 아침 8시쯤 나타났다. 그리고 11시쯤에야 겨우 둥근 태양에 도달했다. 태양은 이 두꺼운 장막 뒤에 완전히 숨어버렸다. 그때는 이미 이 구름 떼의 꼬리가 지평선에서 떨어져 있었다. 지평선은 다시 눈부실 만큼 밝게 빛나기 시작했다.

　"이제 저 구름은 끊어져버렸어." 박사가 말했다. "기대는 할 수 없어. 저것 봐, 딕. 모양이 아직도 오늘 아침과 똑같잖아."

　"정말 그렇군. 비도 내리지 않고 바람도 불지 않아. 적어도 우리가 있는 곳에는."

　"유감이야. 구름이 너무 높아."

　"그래, 새뮤얼. 저 구름이 머리 위까지 와도 날씨가 궂어질 것 같진 않지만, 우리가 저기까지 올라가면……."

　"그래도 별로 도움이 되진 않을 거야. 가스를 쓰지 않으면 안 되고, 그러면 물도 점점 줄어들어. 하지만 이렇게 된 이상, 뭐든지 해봐야겠지. 올라가세."

　박사는 버너의 불꽃을 최대한 키웠다. 열이 강해지자, 곧 팽창한 수소의 작용으로 기구는 상승했다.

　지상에서 약 450미터 높이에서 기구는 불투명한 구름 덩어리를 만나, 그 고도를 유지하면서 짙은 안개 속으로 들어갔다. 하지만 이곳에서도 바람은 전혀 찾을 수 없었다. 안개에도 습기가 느껴지지 않았다. 그리고 기구도 눅눅해졌다고 말할 수 있을 정도밖에 젖지 않았다. '빅토리아'호는 이 증기에 둘러싸여 아마 조금은 움직였을 것이다. 하지만 얻을 수 있었던 것은 그게 전부였다.

박사는 결과가 예상대로 끝난 것을 슬프게 확인했다. 그때 조가 깜짝 놀란 목소리로 외쳤다.

"아니, 저게 뭐지!"

"왜 그래?"

"박사님! 선생님! 이상해요!"

"뭐가 있나?"

"여기 하늘에 떠 있는 게 우리만이 아니에요. 주위에 나쁜 놈들이 있어요. 놈들이 우리 발명품을 훔쳤습니다."

"자네 미쳤나?" 케네디가 물었다.

조는 너무나 불가사의한 광경에 놀라서 동상처럼 몸이 굳어 버렸다. 그는 꼼짝도 하지 않았다.

"불쌍해라. 드디어 태양에 당했나?" 조를 돌아보면서 박사가 말했다. "머지않아……."

"보세요, 박사님." 조가 하늘의 한 점을 가리켰다.

"성 패트릭에게 맹세코……" 케네디도 외쳤다. "믿을 수가 없군. 새뮤얼, 보았나?"

"봤어." 박사는 태연히 대답했다.

"기구가 또 하나 있어! 여행자도 우리와 똑같아!"

정말로 50미터쯤 떨어진 곳에 또 하나의 기구가 곤돌라에 여행자들을 태우고 공중에 떠 있었다. 그것은 '빅토리아'호와 똑같이 움직였다.

"좋아." 박사가 말했다. "이렇게 되면 저쪽에 신호를 보내주자. 딕, 깃발을 가져와. 깃발의 색깔을 보여주세."

저쪽 기구의 여행자들도 동시에 같은 생각을 한 모양이다. 손이 똑같이 움직여 똑같은 깃발로 똑같은 인사를 동시에 되풀이

"기구가 또 하나 있어!"

했다.

"어떻게 된 거지?" 사냥꾼이 물었다.

"원숭이 같은 놈들!" 조가 외쳤다. "우리를 놀리고 있어요."

"이건……" 퍼거슨이 웃으면서 말했다. "자네가 자네한테 신호를 보내고 있군, 딕. 저쪽 곤돌라에 있는 건 우리라는 뜻이야. 저 기구는 바로 이 '빅토리아'호야."

"실례지만 그런 말은 믿을 수 없는데요."

"곤돌라 가장자리에 올라가서 팔을 움직여봐. 그러면 알겠지."

조는 그대로 해보았다. 그의 동작이 동시에 그대로 재생되었다.

"신기루의 장난이야." 박사가 말했다. "그것뿐이야. 단순한 빛의 현상이야. 공기층의 밀도 차이로 일어나는 현상이지. 단순한 거야."

"굉장하네요." 그런 이치를 모르는 조는 팔을 휘두르면서 되풀이했다.

"재미있군!" 케네디가 말을 이었다. "'빅토리아'호의 멋진 모습이 보이는 건 나쁘지 않아. 꽤 훌륭하고 당당한걸."

"선생님이 말씀하시는 대로지만, 그래도 역시 이상해요."

하지만 이 환상도 곧 보이지 않게 되었다. 구름은 '빅토리아'호를 버리고 높이 올라가버렸다. '빅토리아'호도 이제 구름을 따라가려 하지 않았다. 한 시간 뒤에 구름은 높은 하늘로 사라졌다.

조금이나마 불고 있던 바람도 점점 약해졌다. 박사는 체념하고 지면 가까이로 내려갔다.

실낱같은 희망도 잃어버린 여행자들은 타는 듯한 더위에 시달려 기력을 잃고, 다시 슬픈 생각에 잠겼다.

4시쯤 조는 거대한 모래언덕에 돋을새김되어 있는 무언가를 발견했다. 그는 곧 멀지 않은 곳에 야자나무 두 그루가 솟아 있다고 단언했다.

"야자나무라고?" 퍼거슨이 말했다. "그럼 샘이나 우물이 있지 않을까?"

그는 망원경을 집어 들고 조의 눈이 틀림없다는 것을 확인했다.

"드디어 물을 찾았어. 물이야. 살았어! 기구는 조금도 전진하지 않는 것 같지만, 그래도 조금씩은 앞으로 가고 있어. 이제 곧 도착할 거야."

"박사님, 이젠 물을 마셔도 되겠지요? 숨이 막힐 것 같아요."

"좋아. 마셔."

모두 대찬성이었다. 그들은 반 리터의 물을 들이켰다. 이제 남은 물은 2.5리터로 줄어들었다.

"아, 좋다." 조가 말했다. "맛있어요. 퍼킨스* 맥주도 이렇게 맛있다고 생각한 적은 없는데……."

"배가 고프면 뭐든지 맛있는 법이야." 박사가 대답했다.

"하지만 그런 건 역시 시시해." 사냥꾼이 말했다. "물을 마시는 즐거움 같은 건 모르는 게 나아. 하지만 물이 있기만 하다면, 배가 고프면 뭐든지 다 맛있다는 의견에는 나도 찬성이야."

6시에 '빅토리아'호는 야자나무 위에 이르렀다.

그것은 바싹 말라버린 야자나무 두 그루였다. 살아 있다기보다 죽어버린, 잎도 없는 나무 유령이었다. 퍼거슨은 무서운 것

---

* 패트릭 퍼킨스(1838~1901): 오스트레일리아의 정치가·양조업자. 1866년에 퀸 즐랜드 주에 설립한 맥주 회사는 지금도 운영되고 있다.

이라도 본 것처럼 그 나무를 바라보았다.

그 나무 아래 허물어진 우물의 경계석이 있었다. 열기로 흐슬부슬해진 그 돌들은 이제 모래 자체가 되어 있었다. 습기 따위는 어디에도 없었다. 퍼거슨은 가슴이 옥죄는 것 같았다. 그는 동료들에게 그 공포를 알리려고 했다. 그때 동료의 외침 소리가 그의 주의를 끌었다.

서쪽에 백골이 끝없이 이어져 있었다. 샘 주위에도 뼈가 흩어져 있었다. 카라반이 여기까지 온 것이다. 기다란 뼈 무더기가 그 대열이었다. 약한 사람부터 차례로 모래 위에 쓰러졌고, 강한 사람이 그토록 갈망했던 샘에 당도했지만, 샘 근처에서 무서운 죽음을 발견한 것이다.

일행은 창백해진 얼굴로 마주 보았다.

"내려가지 말고 그냥 가세." 케네디가 말했다. "저 꺼림칙한 광경에서 도망치자고. 물은 한 방울도 없어."

"그렇게 단정할 수는 없어. 확인해보세. 여기서 오늘 밤을 보내든 다른 곳으로 가든 마찬가지야. 저 우물을 밑바닥까지 파보는 거야. 여기에는 샘이 있었어. 어쩌면 흔적 정도는 남아 있을지 몰라."

'빅토리아'호는 착륙했다. 조와 케네디는 곤돌라에 자신들과 같은 무게의 모래를 넣었다. 그런 다음 우물까지 달려갔다. 그리고 허물어져버린 계단을 통해 안으로 내려갔다. 샘은 벌써 오래전에 말라버린 것 같았다. 이렇게 습기가 없는 모래도 드물만큼 바슬바슬 말라버린 모래였다. 그들은 그 모래를 팠다. 아무리 파도 물기는 없었다.

박사는 두 사람이 머리카락을 헝클어뜨리고 온몸이 모래투성이와 땀투성이가 된 채 절망을 참고 견디면서도 맥 풀린 표정을 지으며 사막으로 올라오는 것을 보았다.

헛수고였다는 것을 알았지만, 각오하고 있었기 때문에 아무 말도 하지 않았다. 지금이야말로 세 사람을 위해 용기를 갖고 분발해야 한다고 그는 생각했다.

조는 딱딱해진 가죽 주머니 조각을 주워왔지만, 그것을 뼈가 흩어져 있는 먼 곳으로 힘껏 던져버렸다.

저녁을 먹는 동안 그들은 한마디도 나누지 않았다. 그들은 내키지 않는 식사를 했다.

하지만 그들은 아직 목마른 고통을 실제로 견디고 있는 것은 아니었다. 단지 미래에 대해 절망하고 있을 뿐이었다.

26
사막의 한복판에서

전날 '빅토리아'호가 나아간 거리는 15킬로미터를 넘지 않았다. 하지만 그 비행을 위해 5입방미터의 가스를 소비했다.

토요일 아침, 박사는 출발 신호를 했다.

"버너의 불은 앞으로 여섯 시간밖에 버티지 못해. 그 시간 안에 우물이나 샘물을 발견하지 못하면 우리가 어떻게 될지는 하느님만이 아시겠지."

"오늘 아침에도 바람이 없군요." 조가 말했다. 그러고는 박사가 슬픈 기색을 감추지 못하는 것을 보고 덧붙였다. "하지만 바람은 틀림없이 불 겁니다."

부질없는 희망. 대기는 잔잔했다. 열대 바다에서 배를 집요하게 붙잡는 바로 그 잔잔한 대기였다. 더위는 견디기 어려웠다. 천막 아래의 그늘에서도 온도계는 45도를 가리켰다.

조와 케네디는 나란히 누워서, 잠이 든 것은 아니지만 마비 상태에 빠져 현재 상황을 잊으려 애쓰고 있었다. 움직이려 해도 움직일 수가 없는 그들은 슬프게도 남아도는 시간을 주체하지 못했다. 일을 하거나 몸을 써서 생각을 잘라버릴 수 없는 남자는 마땅히 슬퍼해야 한다. 하지만 여기서는 망을 볼 필요도 없고, 무엇이든 해보려 해도 할 일이 없었다. 이런 상황을 개선하지도 못한 채 그저 견딜 뿐이었다.

갈증의 고통이 드디어 그 잔혹한 정체를 드러냈다. 브랜디는 이 긴급한 요구를 달래주기는커녕 오히려 더욱 심한 갈증을 부추길 뿐이다. 아프리카 원주민이 거기에 붙인 '호랑이 젖'이라는 이름이 딱 어울렸다. 이제는 뜨거워진 물이 1리터밖에 남아 있지 않았다. 세 사람은 이 귀중한 액체를 집어삼킬 듯이 바라보고 있었다. 하지만 아무도 거기에 입을 대려고는 하지 않았다. 사막의 한복판에서 물이 1리터밖에 없다니!

그때 퍼거슨 박사는 자기가 취한 행동에 대해 반성하고 있었다. 공중에 떠 있기 위해 분해해버린 그 물은 남겨두는 편이 좋지 않았을까? 물론 조금은 전진했지만 목적지에 조금이라도 더 가까워졌을까? 100킬로미터를 전진했다 해도 거기서 물이 떨어져버리면 마찬가지가 아닌가? 바람이 분다면 여기도 거기와 마찬가지로 불 것이다. 이 부근에서는 바람이 동쪽에서 분다 해도 그렇게 강한 바람은 아니다. 하지만 박사는 낙관하고 전진했다. 헛되이 써버린 그 9리터의 물이 있었다면, 이 사막에서 9일 동안 충분히 지낼 수 있었다. 아흐레라면, 그동안 어떤 변화라도 일어날 수 있었을 것이다. 그 물은 남겨두고 모래주머니를 버려서 상승해야 하지 않았을까. 하강할 때 가스를 버릴 각오를 하면 되었다. 하지만 기구에 가스는 피와 생명이나 마찬가지다!

이런 생각들이 손바닥으로 감싸 쥔 그의 머릿속에서 서로 부덮쳤다. 그는 몇 시간 동안이나 머리를 들려고 하지 않았다.

'마지막 노력을 해보자.' 오전 10시경, 그는 그렇게 결심했다. '마지막으로 다시 한 번 우리를 데려가줄 기류를 찾아보자. 마지막 남은 자본을 투자해보는 거야.'

길동무들은 꾸벅꾸벅 졸고 있었다. 그는 기구의 수소 온도를 고온으로 올렸다. 기구는 가스의 팽창으로 둥글게 부풀어 올라, 태양에서 수직으로 떨어지는 햇빛 속을 곧장 위로 올라갔다. 박사는 30미터에서 시작하여 1500미터 높이까지 올라오면서 바람을 찾았다. 하지만 아무리 올라가도 출발점은 바로 기구 아래에 있었다. 숨을 쉴 수 있는 한계 높이까지 정지된 공기덩어리가 눌러앉아 있는 것 같았다.

드디어 물이 바닥났다. 버너는 가스가 떨어져서 완전히 타버렸다. 분젠 전지도 기능이 정지되었다. '빅토리아'호는 수축한 채, 출발할 때와 같은 장소, 곤돌라의 무게로 움푹 패어 있는 모래 위에 조용히 내려앉았다.

정오였다. 기구의 위치는 동경 19도 35분 · 북위 6도 51분이었다. 차드 호에서 약 800킬로미터 떨어진 지점이다. 아프리카 서해안까지는 650킬로미터가 조금 넘는다.

곤돌라가 지면에 내려가자 케네디와 조는 무겁게 덮쳐누르는 마비 상태에서 눈을 떴다.

"멈춰 있군." 케네디가 말했다.

"멈춰 있을 수밖에 없어." 퍼거슨이 엄숙하게 말했다.

동료들은 그의 말을 이해했다. 이 부근은 지형이 낮은 듯, 고도가 해수면과 같았다. 따라서 기구는 완전히 균형을 유지한 채 전혀 움직이지 않았다.

여행자들의 몸무게를 대신할 모래를 곤돌라에 채웠다. 그리고 세 사람은 땅에 내려가 각자 생각에 잠겼다. 몇 시간 동안이나 그들은 입을 열지 않았다. 조는 비스킷과 페미컨으로 저녁식사를 준비했다. 모두 마지못해 음식에 손을 댔다. 한 모금의 뜨거운 물이 이 슬픈 식사의 마지막이었다.

밤이 되어도, 이제는 아무도 불침번을 서지 않았다. 하지만 자는 사람도 없었다. 숨 막히는 더위였다. 이튿날 물은 이제 4분의 1리터밖에 없었다. 박사는 그것을 잘 간직했다. 한계점에 다다랐을 때가 아니면 거기에 손을 대지 않기로 결심했다.

"숨이 막혀요." 이윽고 조가 외쳤다. "점점 더워져요. 그럴 만도 하군요. 60도예요." 온도계를 보고 조가 말했다.

"화덕에서 꺼낸 모래처럼 뜨겁군." 사냥꾼이 대답했다. "하늘도 타고 있어서 구름 한 점 없어. 미칠 것 같아."

"절망하기는 일러." 박사가 말했다. "이 위도에서는 이런 더위 다음에 반드시 폭풍이 와. 폭풍은 전격적으로 다가오지. 하늘이 싫증날 만큼 맑아도 한 시간도 지나기 전에 날씨가 궂어지는 경우도 있어."

"하지만 그럴 때는 역시 그럴 듯한 조짐이 있겠지?"

"응, 기압계가 조금 내려간다더군."

"새뮤얼, 하늘에 자네 목소리가 들렸을까? 우리는 날개를 다친 작은 새처럼 여기 못 박혔어."

"그래, 딕. 하지만 우리 날개는 멀쩡해. 날개가 또다시 도움이 되어주기를 바랄 뿐이야."

"아아, 바람, 바람이 필요해." 조가 외쳤다. "개울이든 우물이든 좋아. 거기로 데려다줄 바람이 필요해. 바람만 있으면 부족

사막의 밤.

한 건 아무것도 없어. 음식은 충분히 있어. 물이 있으면 한 달도 태연히 기다릴 수 있어. 하지만 목이 마른 건 지독한 고통이야."

갈증도 그렇지만, 눈앞에 보이는 것이 사막뿐이라는 것도 정신을 지치게 했다. 사막에는 아무 기복도 없다. 모래언덕도 없다. 시선을 붙잡는 작은 돌멩이도 없다. 이렇게 지나친 평탄함은 구역질을 불러일으키고, 사막병이라고 불리는 불쾌감을 안겨준다. 움직이지 않는 하늘의 메마른 푸른색과 끝없이 펼쳐진 모래의 노란색, 그것은 결국 정신을 미치게 할 것이다. 타는 듯한 대기 속에서 더위는 뜨겁게 달구어진 난로 위처럼 흔들리고 있었다. 이 광대한 정적은 정신을 절망케 한다. 광대함은 무한의 일종이다. 이 광경을 보고 있으면 끝이 있다고는 도저히 믿을 수 없기 때문이다.

뜨거운 기온 아래 물도 없는 불행한 남자들에게 환각 같은 것이 나타나기 시작했다. 눈은 커지고 초점이 흐려졌다.

밤이 왔을 때 박사는 이리저리 돌아다니는 방법으로 이 우려할 만한 정신 상태와 싸우기로 결심했다. 몇 시간 동안 이 모래 평원을 돌아다니려고 했다. 무언가를 찾기 위해서가 아니라, 그저 걷기 위해 걷는 것이다.

"가자." 그가 동료들에게 말했다. "내 말을 믿어줘. 걸으면 기분이 좋아져."

"걸을 수가 없어. 여기서 한 발짝도 움직일 수 없어." 케네디가 대답했다.

"저는 그냥 누워 있을래요." 조도 말했다.

"잠을 자거나 쉬는 건 죽음과 직결돼. 자, 기운을 내서 움직여봐. 어서 가자."

그들은 아무 대답도 하지 않았다. 박사는 혼자 투명한 밤의 별빛 속으로 나갔다.

걷기 시작했을 때는 괴로웠다. 몹시 쇠약해져서 걷는 데 익숙지 않은 남자의 걸음걸이였다. 하지만 이윽고 운동이 몸에 좋다는 것을 알았다. 그는 서쪽으로 몇 킬로미터를 나아갔다. 그의 정신은 다시 기력을 되찾았다. 갑자기 현기증이 그를 덮쳤다. 심연으로 떨어지는 듯한 느낌이었다. 무릎이 푹 꺾이면서 몸이 무너져 내렸다. 이 넓은 사막에 혼자 있다는 공포감이 그를 떨게 했다. 그는 무한한 원주의 중심, 수학적인 한 점에 불과했다. 이것은 아무것도 없는 '무'와 같다. '빅토리아'호의 모습은 어둠 속으로 완전히 사라졌다. 박사는 억누를 수 없는 공포에 사로잡혔다. 어떤 일에도 동요하지 않는 대담한 탐험가인 박사가 이제 두려움을 억누를 수 없었다. 왔던 길을 되돌아가려고 했지만 몸이 움직이지 않았다. 그는 소리를 질렀다. 응답하는 메아리도 없었다. 그 목소리는 바닥없는 늪에 던져진 돌멩이처럼 공간으로 빨려 들어가버렸다. 그는 정신을 잃고 모래 위에 쓰러졌다. 사막의 더없는 정적 속에 혼자서.

한밤중에 그는 충실한 조의 품안에서 의식을 되찾았다. 주인이 좀처럼 돌아오지 않아서 불안해진 그는 평원에 또렷이 남아 있는 발자국을 더듬어 여기까지 왔다. 그리고 기절한 박사를 발견한 것이다.

"어떻게 된 겁니까, 박사님?"

"아무것도 아니야. 고맙다, 조. 내 몸이 좀 약해졌어. 아무것도 아니야."

"분명 그럴 겁니다. 자, 일어나세요. 저를 잡으세요. '빅토리

아'호로 돌아갑시다."

박사는 조의 부축을 받으며 왔던 길을 되짚어갔다.

"위험합니다. 이런 짓을 하시면 안 돼요, 박사님. 노상강도한
테 습격당하는 거 아닙니까?" 그는 웃으면서 덧붙였다. "자, 박
사님, 앞으로 어떻게 할지 진지하게 의논합시다."

"얘기해봐. 듣고 있어."

"결심할 때가 왔어요. 이런 상태로는 2, 3일도 버티지 못해요.
바람이 불지 않으면 우리는 끝장입니다."

박사는 대답하지 않았다.

"그렇습니다. 누군가가 모두를 위해 희생해야 합니다. 물론
그 누군가는 바로 접니다."

"무슨 소리야? 무슨 생각을 하고 있는 거지?"

"간단합니다. 먹을 것을 갖고 계속 걸어가는 거예요. 그러면 어딘가에 닿겠죠. 꼭 해야 할 일입니다. 그동안 하늘이 두 분에게 순풍을 주면 저를 기다리실 필요는 없습니다. 저는 어딘가의 마을에 닿으면 박사님이 써주실 아랍어 편지를 보여주고 상황을 알리겠습니다. 그리고 구조대를 데려오겠습니다. 그러지 않으면 제 가죽을 거기에 남기겠습니다. 제 계획이 어떻습니까?"

"무모해. 용감한 네가 생각할 법한 일이지만, 안 돼, 조. 우리 곁을 떠나면 안 돼."

"하지만 뭔가를 해보지 않으면 안 됩니다. 박사님께 곤란할 건 아무것도 없잖습니까? 다시 한 번 말씀드리는데, 박사님은 저를 기다릴 필요가 없습니다. 저는 해낼 겁니다."

"안 돼, 조. 안 돼. 흩어지면 안 돼. 네가 없어지면 남은 두 사람이 오히려 괴롭게 돼. 이렇게 될 건 처음부터 정해져 있었어. 조금만 지나면 반드시 상황이 달라질 거야. 그러니까 지금은 그저 기다려야 돼."

"알았습니다, 박사님. 하지만 한 가지만 말씀드려두겠는데, 하루만 박사님 말씀대로 하겠습니다. 그 이상은 기다리지 않겠어요. 오늘은 일요일이지요. 벌써 월요일이 되었나요? 이제 오전 한 시네요. 화요일이 되어도 이 상태 그대로면 저는 해보겠습니다. 이건 결정된 겁니다."

박사는 대답하지 않았다. 그는 곧 곤돌라로 돌아가 케네디 옆에 앉았다. 케네디는 완전한 침묵 속에서 누워 있었다. 자고 있는 것 같지는 않았다.

27
구사일생

이튿날 아침, 박사는 맨 먼저 기압계를 보았다. 수은주는 내려갔다고 말하면 그렇게 말할 수 있을지도 모를 정도의 변화밖에 보이지 않았다.

'틀렸군. 다 틀렸어!' 그는 속으로 말했다.

그는 곤돌라에서 나와 하늘을 살펴보았다. 여전한 더위, 여전히 맑은 하늘. 요컨대 전날과 조금도 달라지지 않았다.

"단념하라는 거야?" 그는 하늘을 향해 외쳤다.

그 계획을 다듬고 있는지, 조는 생각에 열중하여 입을 열지 않았다.

케네디는 비틀거리며 일어났다. 이상하게 흥분해 있는 것 같아서 불안했다. 그는 갈증에 몹시 시달리고 있었다. 혀도 입술도 퉁퉁 붓고, 한 마디씩 끊지 않고는 말을 할 수가 없었다.

곤돌라에는 아직 조금이나마 물이 남아 있었다. 모두 그것을 알고 있었다. 모두 그것을 생각하고 있었다. 모두의 마음이 거기에 끌리고 있었다. 하지만 거기에 손을 뻗으려는 사람은 아무도 없었다.

이들 세 친구, 세 길동무는 번득이는 눈으로 짐승처럼 탐욕스럽게 서로를 바라보고 있었다. 케네디의 모습이 가장 무시무시했다. 그의 늠름한 몸은 누구보다 먼저 이 견디기 어려운 갈증에 항복해버렸다. 그날 온종일 그는 착란상태였다. 여기저기 돌아다니거나 목쉰 소리로 고함을 지르거나 혈관을 열어서 피를 마시려는 것처럼 주먹을 이로 물어뜯었다.

"아아, 갈증의 나라야. 절망의 나라라고 말하는 편이 낫겠어."

이렇게 외치고는 쓰러졌다. 물에 굶주린 입술 사이로 쌕쌕거리는 숨소리가 들렸다.

저녁 무렵, 이번에는 조가 착란을 일으키기 시작했다. 드넓은 모래밭이 그에게는 맑은 물이 가득한 연못처럼 보이는 모양이었다. 몇 번이나 그는 그 물을 마시려고 불타는 대지로 뛰어들었다. 그러고는 입이 모래투성이가 되어 다시 일어나곤 했다.

"제기랄." 그는 화를 냈다. "짠물밖에 없잖아."

퍼거슨과 케네디는 꼼짝도 않고 누워 있었다. 갑자기 조는 남아 있는 물을 마시고 싶다는 억누를 수 없는 충동에 사로잡혔다. 그 충동은 그의 자제심보다 강했다. 그는 무릎을 꿇은 채 곤돌라 쪽으로 다가갔다. 그리고 물이 들어 있는 병을 골똘히 생각에 잠긴 눈으로 바라보았다. 번득이는 눈이었다. 그는 물병을 잡고 입으로 가져갔다.

그 순간 쥐어짜는 듯한 목소리가 들렸다.

"물! 물!"

조의 옆까지 기어온 케네디였다. 그 모습은 비참했다. 그는

270

무릎을 꿇은 채 손을 뻗고 있었다.

그는 울고 있었다. 조도 울면서 물병을 건네주었다. 케네디는 병에 남아 있던 물을 마지막 한 방울까지 다 마셔버렸다.

"고마워." 그가 말했다.

하지만 조에게는 그 말이 들리지 않았다. 그도 케네디처럼 모래 위에 쓰러졌다.

그 무서운 밤에 무슨 일이 일어났는지는 아무도 모른다. 하지만 화요일 아침, 태양에서 쏟아지는 뜨거운 햇살을 받고, 불행한 남자들은 몸에서 조금씩 수분이 사라져가는 것을 느끼고 있었다. 조는 일어나려고 했지만 그것조차 불가능했다. 그는 계획을 실행할 수 없었다.

그는 주위를 둘러보았다. 곤돌라에서는 쇠약해진 박사가 가슴팍 위에서 두 손을 맞잡고, 바보처럼 공간의 한 점을 언제까지나 바라보고 있었다. 케네디는 무참했다. 우리 속에 갇힌 맹수처럼 좌우로 머리를 흔들고 있었다.

갑자기 사냥꾼의 눈이 곤돌라에서 튀어나와 있는 카빈총의 총구에 멈추었다.

"아아!" 그는 있는 힘을 다 짜내어 벌떡 일어났다.

이미 미쳐버린 그는 무기에 달려들어 총구를 입에 댔다.

"선생님, 선생님!" 조가 덤벼들었다.

"내버려둬!" 케네디는 숨을 헐떡거리면서 외쳤다.

필사적인 싸움이 시작되었다.

"이거 놔! 놓지 않으면 너를 죽여버리겠어!" 케네디가 소리쳤다.

하지만 조는 있는 힘을 다해 그를 끌어안았다. 그들은 이렇게 싸웠다. 박사는 그런 두 사람을 알아차리지도 못하는 것 같았다. 드잡이는 1분이나 계속되었을까. 갑자기 카빈총이 폭발했다. 박사는 그 소리에 유령처럼 비틀거리며 일어섰다. 그는 주위를 둘러보았다. 갑자기 그의 눈이 생기를 띠었다.

그는 지평선을 가리키며 인간의 것이라고는 생각할 수 없는 목소리로 외쳤다.

"저기, 저기, 저기다!"

조와 케네디도 저도 모르게 몸을 떼고 그쪽을 보았다.

평원이 폭풍 부는 날 미친 듯이 날뛰는 바다처럼 요동치고 있었다. 온통 노란색을 띤 바다에서 모래 파도가 차례로 부서지고 있었다. 커다란 용오름이 무서운 속도로 회오리 치면서 남동쪽에서 다가왔다. 태양은 그 불투명한 구름 뒤에 숨고, 그 용오름의 기다란 그림자는 '빅토리아'호까지 뻗어 있었다. 작은 모래 알갱이가 물방울처럼 가볍게 날아왔다.

퍼거슨의 눈이 넘치는 희망으로 빛났다.

"모래 폭풍이다!" 그가 외쳤다.

"모래 폭풍이다!" 영문도 모른 채 조가 주인의 말을 되풀이했다.

"잘됐어." 절망으로 미쳐버린 케네디가 외쳤다. "잘됐어! 이젠 우리 죽을 거야!"

"정말 잘됐어!" 박사가 외쳤다. "이젠 우리 살았어!"

그는 곤돌라에 실려 있던 모래를 서둘러 버리기 시작했다.

동료들도 그제야 그의 말을 이해했다. 그들은 그와 함께 모래를 버리고 박사의 양쪽에 앉았다.

"조, 이번에는 너의 광석을 20킬로그램만 버려!" 박사가 말했다.

조는 망설이지 않았다. 하지만 순간 찌르는 듯한 슬픔이 그의 마음을 꿰뚫었다. 기구는 위로 올라갔다.

"늦지 않았어!" 박사가 외쳤다.

모래 폭풍은 번개처럼 빠른 속도로 다가왔다. 하마터면 '빅토리아'호는 모래 폭풍에 짓눌려 갈기갈기 찢어져서 사라져버릴 뻔했다. 거대한 용오름이 쫓아왔다. 기구는 모래 우박으로 뒤덮였다.

"더 버려!" 박사가 조에게 외쳤다.

"네." 조는 커다란 석영을 내버렸다.

'빅토리아'호는 급상승하여 용오름 위로 올라갔다. 그리고 광범위하게 이동하는 공기에 싸인 채 이 거품 이는 바다 위를 무서운 속도로 날아갔다.

퍼거슨도 케네디도 조도 입을 열지 않았다. 그들은 가만히 지켜보고 있었다. 이 회오리바람을 맞아 시원해진 세 사람에게 희망이 되살아났다.

3시에 폭풍이 가라앉았다. 모래는 다시 지상으로 떨어져 곳곳에 모래언덕을 만들었다. 하늘도 다시 아까처럼 조용해졌다.

하지만 움직이지 않게 된 '빅토리아'호의 앞쪽에, 이 드넓은 바다에 초록빛 섬처럼 떠 있는 오아시스가 보였다.

"물이다! 물이 있다!" 박사가 외쳤다.

바로 위쪽 밸브가 열리고 수소가 방출되었다. 그리고 기구는 오아시스에서 2백 걸음 떨어진 곳으로 조용히 내려갔다.

여행자들은 폭풍에 실려 네 시간 만에 380킬로미터의 거리를 날아온 것이다.

곤돌라에 모래를 실어놓고, 케네디에 이어 조가 땅으로 뛰어 내렸다.

"총!" 박사가 외쳤다. "총을 가져가. 조심해."

케네디는 카빈총에 덤벼들었고, 조도 소총을 들었다. 그들은 서둘러 나무숲으로 다가갔다. 그리고 풍부한 샘이 넘쳐흐르고 있음을 보여주는 시원한 초록빛 나뭇잎 아래로 들어갔다. 두 사람은 주위의 풀이 짓밟혀 있는 것에도, 축축한 흙 여기저기 찍혀 있는 갓 생긴 발자국에도 주의를 기울이지 않았다.

갑자기 낮게 으르렁거리는 소리가 스무 걸음쯤 떨어진 곳에서 울려 퍼졌다.

"사자다!" 조가 말했다.

"좋아!" 훼방꾼에게 화가 난 사냥꾼이 외쳤다. "해치우자. 나는 싸울 때는 강해."

"조심하세요. 한 사람의 목숨은 우리 모두의 목숨입니다."

하지만 케네디는 듣는 체도 하지 않았다. 그는 카빈총을 겨누고 눈을 번득이며 무모할 만큼 대담하게 전진했다. 야자나무 밑에서 검은 갈기를 가진 거대한 사자가 공격 자세를 취한 채 이쪽을 살피고 있었다. 사자는 사냥꾼을 보자마자 뛰어올랐다. 하지만 지상에는 내려오지 못했다. 심장에 총알이 명중한 것이다.

"해냈다! 해냈어!" 조가 외쳤다.

케네디는 우물 쪽으로 달려갔다. 젖은 계단에 미끄러져 구르면서 맑은 샘물 앞에 납작 엎드려 얼굴을 통째로 물속에 담갔다. 조도 그것을 흉내 냈다. 갈증을 달래는 동물의 혓소리보다 더욱 격렬한 소리가 났다.

"조심하세요, 선생님." 숨을 쉬기 위해 얼굴을 든 조가 말했다. "물을 너무 마시지 않도록 조심하세요."

하지만 케네디는 대답도 하지 않고 계속 물을 마셨다. 그는 얼굴과 손을 이 은혜로운 물에 담그고 있었다. 그는 자신을 잊었다.

"박사님은?" 조가 말했다.

이 한 마디에 케네디는 제정신을 차렸다. 그는 가져온 병을 가득 채웠다. 그리고 우물 계단 쪽으로 달려갔다.

하지만 얼마나 놀라운 일인가! 거대한 회색 몸뚱이가 입구를 막고 있었다. 케네디를 뒤따라온 조도 함께 뒷걸음치지 않으면 안 되었다.

"막혔어요!"

"설마! 도대체 이건⋯⋯."

케네디의 말이 끝나기도 전에 무시무시한 포효 소리가 들렸다. 그들은 어떤 적에 직면해 있는지를 깨달았다.

"다른 사자예요!" 조가 외쳤다.

"아니, 암사자야. 좋아." 사냥꾼이 재빨리 카빈총에 총알을 재면서 말했다.

잠시 후 그는 총을 발사했다. 하지만 그때는 벌써 동물의 모습이 사라진 뒤였다.

"가자!" 그가 외쳤다.

"안 됩니다. 아직 안 죽었어요. 죽었다면 여기까지 굴러올 겁니다. 그놈은 맨 먼저 나온 사람한테 덤벼들려 하고 있습니다. 덤벼들면 끝장이에요."

"하지만 어떡하면 좋지? 가지 않으면 안 돼. 새뮤얼이 기다리고 있어."

무시무시한 포효 소리가 들렸다.

"저놈을 꾀어냅시다. 제 총을 가지시고 카빈총을 빌려주세요."

"어떻게 하려고?"

"보고 계세요."

조는 상의를 벗어 그것을 총구에 걸고 입구 쪽에 미끼처럼 내밀었다. 분노에 불타는 맹수는 거기에 덤벼들었다. 케네디는 그 순간을 기다리고 있었다. 단번에 그는 사자의 어깨를 꿰뚫었다. 암사자는 무시무시한 신음 소리와 함께 계단을 굴러떨어져 조 위에 포개졌다. 조는 동물의 거대한 발톱에 제 몸이 걸렸다고 생각했다. 그때 두 번째 총성이 울려 퍼지고, 퍼거슨 박사가 아직 연기가 피어오르고 있는 총을 한 손에 들고 입구에 나타났다. 조는 재빨리 일어나서 동물의 몸을 뛰어넘어 주인에게 물이 든 병을 건네주었다.

병을 입으로 가져가서 반쯤 비우는 일을 퍼거슨은 순식간에 해치웠다. 그리고 세 남자는 그들을 기적적으로 구해준 신에게 진심으로 감사했다.

28

제임스 브루스 이야기

그날 저녁은 근사했다. 피가 되고 살이 되는 식사, 차도 술도 마음껏 마셨다. 그리고 서늘한 미모사 그늘에서 휴식을 취했다.

케네디는 이 작은 영토를 구석구석 돌아다녔다. 그리고 덤불 속까지 들여다보고 다녔다. 이 지상 낙원에서 움직이는 것은 여행자들뿐이었다. 그들은 담요 위에 느긋하게 누워서 지금까지 겪은 고통을 잊게 해주는 편안한 밤을 보냈다.

이튿날인 5월 7일, 태양은 눈부시게 쨍쨍 내리쬐고 있었다. 하지만 그 강한 햇살도 두꺼운 나뭇잎 커튼을 뚫지는 못했다. 식량은 충분히 있었기 때문에 퍼거슨 박사는 여기서 순풍이 올 때까지 기다리기로 했다.

조는 오아시스로 부엌살림을 갖다놓고, 아낌없이 물을 써서 다양한 요리를 만들었다.

"슬픔 뒤에 낙이라! 묘한 일이군." 케네디가 외쳤다. "부족했던 게 이제 이렇게 많이 있다니! 빈곤에 이어지는 이 풍요! 아아, 나는 하마터면 미칠 뻔했어."

"딕." 박사가 말했다. "조가 없었다면 그런 식으로 이 세상의 부조리에 대해 말할 수는 없었어."

"정말 그래." 케네디는 조에게 손을 내밀었다.

"고맙습니다." 조가 대답했다. "피차 마찬가지예요. 하지만 두 번 다시는 그렇게 되고 싶지 않습니다."

"사람의 마음은 가련한 거야." 퍼거슨이 말을 이었다. "그런 하찮은 것 때문에 죽을 생각을 하다니."

"그런 하찮은 물이라고 말하고 싶겠죠? 하지만 물은 생명에 반드시 필요합니다."

"맞아, 조. 먹을 게 없어도 물만 있으면 버틸 수 있지."

"그야 그렇죠. 그렇게 되면 마주치는 건 뭐든지 먹어버리면 됩니다. 사람을 먹는 것도 괜찮아요. 하지만 그런 식사를 하면 언제까지나 괴로워하겠죠."

"야만인이라면 태연하겠지만." 케네디가 말했다.

"그래요. 그런 짓을 할 수 있는 건 역시 야만인뿐이에요. 놈들은 날고기를 먹는 데 익숙해져 있으니까요. 하지만 소름끼치는 습관이에요."

"정말로 오싹해." 박사가 말을 이었다. "아프리카를 처음 탐험한 사람들의 이야기를 아무도 믿지 않았을 정도야. 탐험가들은 몇몇 부족이 날고기를 먹는다고 보고했지만, 대다수 사람들은 그 사실을 인정하려고 하지 않았지. 제임스 브루스가 아주 기묘한 모험을 한 건 바로 그런 상황에서였다네."

"말해주세요. 시간은 충분히 있으니까요." 상쾌한 풀밭 위에 기분 좋게 누워 뒹굴면서 조가 말했다.

"제임스 브루스는 스털링 주 출신 스코틀랜드인인데, 1768년부터 1772년까지 나일 강의 발원지를 찾아 아비시니아를 돌아다니다가 타나 호까지 갔지. 그러고 나서 영국으로 돌아왔지만, 1790년이 되어서야 여행기를 출간했어. 아무도 그의 이야기를 믿지 않았지. 하기야 사람들은 우리가 쓸 여행기도 믿지 않겠지만 말이야. 어쨌든 아비시니아인의 습관이 우리 영국인의 풍습과 너무나 달랐기 때문에 아무도 그것을 믿으려 하지 않았지. 제임스 브루스는 여러 가지 이야기를 썼지만, 그 가운데 동부 아프리카의 주민들은 날고기를 먹는다는 이야기가 있어. 바로 이 이야기가 문제를 일으켰지. 아무도 그걸 확인하러 갈 수 없으니까 무슨 말이든 제멋대로 할 수 있다는 거야. 브루스는 용감하지만 화를 잘 내는 남자였어. 아무도 믿어주지 않으니까 펄펄 뛰며 화를 냈지. 어느 날 에든버러의 사교계에서 어떤 스코틀랜드 신사가 그의 면전에서 그 이야기를 꺼내 그를 놀렸어. 그리고 날고기 이야기에 대해서는, 그건 있을 수 없는 일이니까 거짓말이라고 단정했지. 브루스는 아무 말도 않고 나갔지만, 잠시 후 아프리카식으로 날고기에 소금과 후추를 뿌린 스테이크를 갖고 돌아왔어. 그리고 그 신사한테 말했지. '당신은 내가 쓴 글을 의심하고 있는데, 그건 나에 대한 모욕이다. 그런 일은 있을 수 없다고 믿고 있는 당신은 아무래도 착각을 하고 있는 것 같다. 그걸 여러분에게 증명하기 위해 날고기로 만든 이 스테이크를 이 자리에서 먹어보라. 그게 싫다면 무슨 근거로 그런 말을 했는지 설명해달라.' 신사는 겁을 먹었어. 그래서 눈을 희번덕거리며 브루스가 시킨 대로 스테이크를 먹었지. 그러자 제임스 브루스는 차갑기 이를 데 없는 태도로 이렇게 말했다는군.

'어때요? 설령 그게 사실이 아니라 해도, 최소한 그게 불가능하다고 단정할 수는 없겠지요?' 하고 말이야."

"멋진 반격이군요." 조가 말했다. "그 신사가 배탈이 나서 설사를 했어도 그건 당연한 응보예요. 우리가 영국으로 돌아갔을 때 남들이 우리 여행을 의심한다면……."

"그래, 어떻게 할 거야?"

"믿지 않는 놈들한테 '빅토리아'호에서 떼어낸 조각이라도 먹여주겠습니다. 소금도 후추도 뿌리지 않고."

모두 조의 생각에 배꼽이 빠지게 웃었다. 그날은 이런 식으로 유쾌하게 저물었다. 체력과 함께 희망이 돌아왔고, 희망과 함께 용기도 돌아왔다. 신의 뜻으로 과거는 미래 앞에서 당장 사라졌다.

조는 이 멋진 은신처를 떠나고 싶지 않았다. 그것은 그가 꿈꾸던 왕국이었다. 그는 자기 집에 있는 것처럼 느긋했다. 주인은 위치를 정확히 측정하라고 그에게 엄격하게 명령하지 않으면 안 되었다. 조는 면구스러워하면서 여행 일지에 위치를 기입했다. 동경 15도 3분·북위 8도 32분이었다.

케네디에게는 유감스러운 점이 하나 있었다. 이 작은 숲에서는 사냥을 할 수가 없었기 때문이다. 이곳은 쾌적하긴 하지만 맹수가 없는 게 유감이라고 그는 말했다.

"하지만 딕." 박사가 말했다. "자네는 건망증이 너무 심하군. 사자 두 마리가 있었잖아?"

"아, 그거?" 그 정도는 아무것도 아니라는 듯, 그는 경멸하는 투로 말했다. "그놈들이 이 오아시스에 있었기 때문에 그리 멀지 않은 곳에 동물이 많이 있다는 걸 알 수 있지."

오아시스의 풀밭 위에서.

"글쎄, 그건 어떨까. 그런 짐승은 굶주림과 갈증에 떠밀려 상당한 거리를 달려올 때도 있어. 그러니 오늘 밤에는 불을 피우고 상당히 조심해서 경계를 서는 게 좋을 것 같아."

"이렇게 더운데 말입니까?" 조가 말했다. "하지만 필요하다면 불은 피우겠습니다. 그래도 이렇게 멋진 숲을 태우는 건 아깝군요. 이 나무는 우리한테 아주 소중합니다."

"숲을 태우지 않도록 조심해." 박사가 대답했다. "언젠가 누군가가 사막 한복판에 있는 이 피난처를 찾을지도 모르니까."

"조심할게요. 하지만 이 오아시스는 이미 알려져 있을까요?"

"물론이지. 여긴 아프리카 중앙부를 왕래하는 카라반의 휴식처야. 너는 놈들이 오는 게 마음에 안 들겠지만."

"이 부근에도 그 무서운 냠냠족이 있나요?"

"아마 있겠지. 냠냠족은 이 부근에 사는 부족들을 총칭하는 말이야. 같은 풍토에 사는 같은 종족이라면 비슷한 짓을 할 게 뻔해."

"야아, 정말 견딜 재간이 없군요. 하지만 당연하다면 당연한 일이에요. 야만인이 신사의 취미를 갖고 있다면, 그건 야만인이 아니라 신사죠. 스코틀랜드인한테 날고기 스테이크를 먹으라는 말을 듣고 당장 먹어버리는 사람도 있는걸요. 그도 역시 스코틀랜드인이었지만요."

꽤 대단한 의견을 말한 뒤 조는 짐승을 막는 모닥불을 피우기 위해 장작을 쌓으러 갔다. 장작은 타기 쉽도록 최대한 가늘게 쪼갰다. 하지만 그런 걱정은 기우로 끝났다. 밤새 아무 일도 없었고, 세 사람은 교대로 숙면을 취할 수 있었다.

이튿날에도 날씨는 변함이 없었다. 진절머리가 날 만큼 맑은 날씨가 계속되었다. 기구는 흔들리지도 않았다. 바람이 없다는 증거다.

박사는 또다시 불안해졌다. 여행을 이렇게 오래 끌면 식량도 부족해질 것이다. 갈증의 고통에서는 간신히 벗어났지만, 이번 에는 굶어 죽을 위기에 몰리게 된다.

하지만 기압계의 수은이 분명히 내려가 있는 것을 보고 그는 안심했다. 이제 곧 날씨가 바뀔 징조였다. 그 기회를 놓치지 않 도록 그는 출발 준비를 하기로 결정했다. 열장치용 탱크와 음료 수용 탱크에 물을 가득 채웠다.

이어서 박사는 기구의 균형을 잡았다. 조는 또다시 귀중한 광 석을 상당히 희생해야 했다. 체력이 회복되면서 은밀한 야망도 돌아왔다. 주인의 말에 따르기 전에 그는 노골적으로 싫은 얼 굴을 했다. 하지만 주인은 이렇게 무거운 건 들어 올릴 수 없다, 물을 선택할래 아니면 금을 선택할래 하면서 그를 압박했다. 그 런 말을 듣자 조도 망설이지 않고 귀중한 돌의 대부분을 모래 위에 던졌다.

"우리 뒤에 올 사람들한테 줍시다." 조가 말했다. "이런 곳에 서 큰 재산을 발견하고 깜짝 놀랄 겁니다."

"그래." 케네디가 말했다. "학자 탐험가가 와서 이걸 발견하 면……."

"물론 놀라겠지요. 그리고 그 놀라움을 보고서에 척척 써 내 려갈 거예요. 아프리카의 모래 속에는 커다란 금광이 있다고, 누군가가 언젠가는 반드시 말할 겁니다."

"그 장본인이 바로 조야."

학자를 속일 생각을 하는 이 귀여운 젊은이는 그 말에 위로를

받고 겨우 미소를 지었다.

날이 저물 때까지 박사는 날씨가 변하기를 기다렸다. 그러나 기온은 더욱 올라갔다. 오아시스의 나무 그늘에 있지 않았다면 높은 온도를 견디기 어려웠을 것이다. 온도계가 직사광선 밑에서는 69도를 가리켰다. 뜨거운 불이 비처럼 내리고 있었다. 이 것이 지금까지 경험한 최고의 더위였다.

조는 전날 밤과 마찬가지로 곤돌라 밖에서 밤을 보낼 준비를 갖추었다. 박사와 케네디가 경계를 보고 있는 동안은 아무 사건도 일어나지 않았다.

하지만 오전 3시경, 조가 불침번을 서고 있을 때 기온이 갑자기 내려갔다. 하늘은 구름에 덮여, 주위가 더한층 어두워졌다.

"빨리요!" 조는 두 동료를 깨웠다. "서두르세요! 바람이 와요!"

"드디어 폭풍이 왔군." 박사가 하늘을 쳐다보고 말했다. "어서 기구에 타!"

뛰어서 올라타지 않았다면 늦을 뻔했다. '빅토리아'호는 강풍을 받고 비스듬히 기울어진 채 곤돌라를 벌써 질질 끌고 있었다. 그 자국이 모래 위에 또렷이 남아 있었다. 어쩌다 모래주머니가 떨어지기라도 했다면 기구는 휙 날아올라 멀리 가버렸을 것이고, 그랬다면 기구를 찾을 희망은 영영 사라져버렸을 것이다.

하지만 발 빠른 조가 필사적으로 달려가서 곤돌라를 세웠다. 기구는 모래를 거의 스칠 만큼 기울어져 있어서 자칫 터질 위험까지 있었다. 박사는 여느 때와 같은 자리에 앉아서 버너에 불을 붙였다. 그리고 여분의 모래주머니를 밖으로 내던졌다.

여행자들은 폭풍 속에서 활처럼 휜 나무들에 작별을 고했다. 기구는 이윽고 지상 60미터 높이에서 동풍을 가득 받고 밤의 어둠 속으로 사라졌다.

29
멘디프 산을 넘다

여행자들은 일단 날아오른 뒤에는 엄청난 속도로 전진했다. 그들도 죽을 곳이 될 수도 있었던 이 사막에서 한시라도 빨리 벗어나고 싶었다.

오전 9시 16분경, 식물이 군데군데 보이기 시작했다. 모래 바다에 풀이 떠다니기 시작한 것이다. 크리스토퍼 콜럼버스처럼 그들도 육지가 가깝다고 느꼈다. 초록빛 새싹이 돌 틈에서 조심조심 얼굴을 내밀고 있었다. 사막을 바다에 비유한다면, 이 돌은 바다의 바위다.

낮은 언덕이 지평선에서 파도치기 시작했다. 안개가 끼어서 어렴풋이 보였다. 풍경의 단조로움이 사라졌다.

박사는 기쁨에 넘쳐 이 새로운 지방에 인사를 보냈다. 망꾼 선원처럼 "육지다! 육지다!" 하고 외치고 싶은 심정이었다.

한 시간 뒤에는 사막이 아닌 대지가 눈 아래 펼쳐져 있었다. 아직 황량한 풍경이었지만, 이제는 평탄하지도 않고 헐벗지도 않았다. 잿빛 하늘을 배경으로 나무도 몇 그루 서 있었다.

"드디어 문명국에 들어왔나?" 사냥꾼이 말했다.

"문명이라고요? 그건 과장이에요. 아직 사람 모습이 안 보이잖아요?"

"이 속도라면 이제 곧 보일 거야." 퍼거슨이 대답했다.

"어디까지 가도 흑인 나라입니까?"

"그래, 조. 그다음에는 아랍인의 나라지."

"아랍인이라고요? 낙타를 타고 있는 진짜 아랍인인가요?"

"아니, 낙타에는 타지 않아. 낙타가 이 지방에 없다고는 말하지 않겠지만, 아주 드문 모양이야. 낙타를 만나려면 위도로 몇 도쯤 북쪽으로 올라가야 돼."

"그건 유감이군요."

"왜 유감이라는 거지?"

"풍향이 반대로 바뀌면 낙타가 도움이 될 테니까요."

"어떻게?"

"문득 떠오른 생각이지만, 곤돌라에 낙타를 묶는 겁니다. 그리고 곤돌라를 끌게 하는 거죠. 어떻습니까?"

"안됐군. 그건 다른 사람이 너보다 먼저 생각해낸 거야. 아주 재치 있는 소설을 쓴 프랑스 작가 메리*가 생각해냈지. 물론 소설 속에서지만. 정말이야. 여행자들은 기구를 타고 그걸 낙타한테 끌게 하지. 그때 사자가 와서 낙타를 먹어버려. 기구를 끄는 동물을 배 속에 넣어버렸기 때문에 이번에는 사자가 낙타 대신

---

* 프랑수아 조제프 메리(1797~1866): 프랑스의 소설가 · 시인 · 극작가. 풍자적이고 환상적인 작품을 많이 썼다.

기구를 끌게 돼. 이런 식으로 이어지는 소설인데, 멋진 공상으로 가득 찬 이야기야. 우리 비행과는 전혀 다르지만."

조는 다른 사람이 자기를 앞질러 그런 생각을 했다는 데 상당한 굴욕감을 느끼고, 다음에 사자를 잡아먹은 동물은 어떤 동물일까를 생각해보았다. 하지만 아무리 생각해도 알 수 없었기 때문에 그는 이 나라를 관찰하기 시작했다.

산이라고 불릴 권리가 없는 언덕들이 그렇게 크지 않은 호수를 원형극장처럼 둘러싸고 있었다. 그 호수에서는 수량이 풍부한 많은 강물이 뱀처럼 구불구불 흘러나오고, 온갖 종류의 나무가 울창하게 우거져 있고, 가시로 덮인 줄기 꼭대기에 길이가 4, 5미터나 되는 잎을 매단 아프리카 종려나무가 더욱 높이 솟아 있었다. 그 밖에 손바닥 모양의 파파야, 수단 호두가 열리는 오동나무, 바오밥나무, 바나나나무가 이 열대지방의 풍요로운 숲을 장식하고 있었다.

"멋진 곳이군요." 조가 말했다. "사람을 만날 수 있는 날도 멀지 않은 것 같은데요."

"아, 코끼리다!" 케네디가 외쳤다. "잠깐 사냥을 할 수는 없나?"

"이렇게 바람이 강하게 불고 있는데 어떻게 멈출 수 있겠나? 사냥은 무리야. 탄탈로스*의 고통을 맛보는 것도 나쁘지는 않아. 나중에 벌충하면 돼."

---

* 그리스 신화에 나오는 왕. 대단한 부자였으나 너무 오만한 탓에 지옥으로 떨어져 목이 말라도 물을 마시지 못하고 배가 고파도 음식을 먹을 수 없는 형벌을 받았다고 한다.

  실제로 이곳은 사냥꾼의 상상을 부추기는 지방이었다. 케네디의 심장은 가슴 속에서 세차게 고동치고 있었다. 그의 손가락은 카빈총의 개머리판을 쓰다듬으며 애를 태우고 있었다.

  이 나라는 동물도 식물과 마찬가지로 풍부했다. 들소들은 무성한 풀에 완전히 파묻혀 뒹굴고 있었다. 회색이나 검은색이나 노란색을 띤 커다란 코끼리 무리가 나뭇가지를 꺾거나 나뭇잎을 먹고, 온갖 약탈을 저지르며 숲 속을 회오리처럼 지나갔다. 그 짐승들이 지나간 자리에는 완전히 황폐해진 통로가 생기곤 했다. 폭포가 있는 강이 언덕 비탈의 숲을 누비며 북쪽으로 흐르고 있었다. 하마가 큰 소리를 내며 목욕을 하고 있고, 길이가 3미터나 되는 물고기 같은 몸매의 매너티가 넘쳐흐를 것처럼 둥근 유방을 하늘로 향한 채 물가에 누워 있었다.

  그것은 멋진 환경의 보기 드문 동물원이었다. 날개 빛깔이 다른 수많은 새들이 나무 사이에 가려 보였다 안 보였다 하면서 선명한 색채를 보이고 있었다.

이 윤택한 자연을 보고 박사는 여기가 아다모바 왕국이라는 것을 알았다.

"최근에 발견된 나라야. 그러니까 우리는 탐험가들이 가보지 못한 곳을 지나온 거야. 운이 좋았지. 이걸로 우리는 버턴과 스피크 대위가 탐험한 곳과 바르트 박사가 탐험한 곳을 연결할 수 있게 됐어. 영국인이 걸은 곳에서 독일인이 걸은 곳까지 온 셈인데, 우리는 머지않아 그 대담한 학자가 도달한 극점에 도착하게 될 거야."

"두 탐험가가 걸은 곳은 아주 멀리 떨어져 있겠지?" 케네디가 말했다. "우리가 날아온 느낌으로는 그런 것 같아."

"계산은 간단해. 지도를 가져와봐. 스피크가 도달한 우케레웨 호 남단의 경도는 몇 도지?"

"대충 37도야."

"오늘 밤쯤 도착하겠지만, 욜라라는 도시는 어디쯤일까. 바르트는 거기까지 왔어."

"동경 12도야."

"그렇다면 25도 남았지? 경도 1도의 거리는 95킬로미터니까 약 2400킬로미터 떨어져 있는 거야."

"두 발로 걷는 사람한테는 엄청난 거리겠군요." 조가 말했다.

"그렇겠지. 하지만 리빙스턴과 모펫은 지금 내륙을 향해 나아가고 있어. 그들이 발견한 니아사 왕국은 버턴이 발견한 탕가니카 호에서 그리 멀지 않아. 금세기가 끝나기 전에 이 광대한 대륙은 속속들이 탐사될 게 분명해. 그런데……" 박사는 나침반을 살펴보면서 덧붙였다. "유감이지만 우리는 훨씬 서쪽으로 떠내려왔어. 좀 더 북쪽으로 가고 싶었는데……."

열두 시간을 날아서 '빅토리아'호는 니그리티아 지방*으로 들어갔다. 여기서 처음 만난 주민은 추아족 아랍인이었는데, 이리저리 돌아다니는 양 떼에게 풀을 먹이고 있었다. 아틀란티카 산맥의 커다란 봉우리들이 지평선에 보이기 시작했다. 유럽인은 발을 들여놓은 적이 없는 산이고, 높이는 2600미터 정도인 것으로 되어 있다. 이 지방의 모든 강은 서쪽 비탈에서 시작되어 대서양으로 흘러든다.

　　드디어 강다운 강이 여행자들의 눈에 들어왔다. 양쪽 연안에 있는 수많은 개미탑을 보고 박사는 그것이 베누에 강이라는 것을 알았다. 니제르 강의 큰 지류 가운데 하나이고, 원주민들이 '물의 원천'이라고 부르는 강이다.

　　"이 강은 언젠가는 니그리티아의 오지와 해안을 잇는 천연 통로가 될 거야. 우리 영국의 '플라이어드'호라는 증기선이 이 강을 욜라까지 거슬러 올라간 적이 있지. 여기는 미지의 나라가 아니야."

　　많은 남자들이 소르고밭에서 열심히 일하고 있었다. 소르고는 그들의 주식인 조의 일종이다. 유성처럼 날아가는 '빅토리아'호를 보고 모두 입을 딱 벌린 채 하늘을 쳐다보고 있었다. 저녁에 기구는 욜라에서 65킬로미터 떨어진 곳에 멈추었다. 앞쪽으로 저 멀리 멘디프 산의 뾰족한 봉우리 두 개가 우뚝 솟아 있었다.

* 사하라 사막 남쪽에 니제르 강 유역을 따라 차드 호에서 서해안까지 길게 이어진 지역. 오늘날의 니제르·말리·세네갈에 해당한다. '흑인의 땅'이라는 뜻으로, 인종 차별적 어휘여서 지금은 쓰이지 않는다.

박사는 닻을 던지게 했다. 닻은 높은 나무 꼭대기에 걸렸지만, 바람이 너무 강해서 '빅토리아'호는 격렬하게 흔들리다가 지면에 거의 닿을 만큼 쓰러지기도 했다. 그럴 때는 곤돌라도 기울어져, 타고 있는 것이 매우 위험해졌다. 그날 밤에 퍼거슨은 눈을 감을 수가 없었다. 밧줄을 끊고 줄행랑을 치려고 생각했을 만큼 강한 폭풍이었다. 겨우 폭풍도 가라앉고, 기구도 이제는 불안을 느낄 만큼 흔들리지는 않았다.

이튿날 바람은 더 약해졌다. 하지만 여행자들은 욜라에서 멀어져갔다. 이 도시는 풀라니족이 최근에 새로 건설했기 때문에 퍼거슨은 호기심이 동했지만, 동쪽으로 치우쳐 북쪽으로 흘러가는 기구를 따를 수밖에 없었다.

케네디는 사냥하기 좋은 이곳에 내려가보자고 제안했다. 조도 신선한 고기가 필요하다고 말했다. 하지만 이 지방의 야만적인 식인 풍습, 원주민들의 사나운 태도, '빅토리아'호를 노리고 발사된 몇 발의 총알, 그런 것 때문에 박사는 여행을 계속하기로 했다. '빅토리아'호는 지금 학살과 방화의 무대인 지방을 가로지르고 있었다. 여기서는 전쟁이 끊임없이 일어났고, 추장들은 가장 잔학한 살육으로 힘을 겨루고 있었다.

인구가 꽤 많은 마을들이 그 길쭉한 오두막과 함께 대초원에 잇따라 나타났다. 무성한 풀 사이에 보라색 꽃이 점점이 피어 있었다. 벌통 비슷한 오두막은 높은 울타리 뒤에 숨어 있었다. 언덕의 거친 경사면은 하일랜드의 협곡을 연상시켰다. 케네디는 고국의 풍광을 보는 것 같아 반가웠다.

박사의 노력에도 불구하고 기구는 이제 북동쪽을 향해 나아가고 있었다. 그것은 구름에 가려진 멘디프 산이 있는 방향이었다. 이 산이 니제르 강과 차드 호의 분수령이 되어 있었다.

곧 바젤레 산이 나타났다. 어미 새가 새끼를 품듯 그 산중턱에 열여덟 개의 마을을 품고 있는 산이다. 이곳의 조망도 훌륭했다. 골짜기는 온통 논과 낙화생 밭이었다.

3시에 '빅토리아'호는 멘디프 산의 코앞에 왔다. 피하려 해도 피할 수가 없었다. 싫어도 그 산을 넘어야 했다. 박사는 가스 온도를 100도까지 올려, 기구에 700킬로그램에 가까운 상승력을 주었다. 기구의 고도는 2300미터를 넘었다. 이번 여행 중에 가장 높이 올라간 기록이었지만, 기온은 내려가서 박사와 길동무들은 담요를 뒤집어써야 했다.

퍼거슨은 서둘러 하강했다. 기구가 금방이라도 터질 것처럼 부풀어 올랐기 때문이다. 하지만 이 산이 화산이라는 것을 확인할 시간은 있었다. 그 분화구에 연기는 없었지만, 깊은 구멍이 입을 벌리고 있었다. 멘디프 산 표면의 바위에는 온통 새똥이 쌓여 있어서 마치 석회석처럼 보였다. 그것은 영국 전역에 비료를 주기에 충분한 양이었다.

5시에 '빅토리아'호는 남풍을 받지 않고 산비탈을 천천히 내려가고 있었다. 그리고 인가에서 멀리 떨어진 넓은 빈터에 정지했다. 착륙한 뒤, 기구가 갑자기 날아오르지 않도록 기구를 단단히 고정시켰다. 케네디는 총을 한 손에 들고 비탈진 들판으로 뛰어나갔다. 그리고 곧 대여섯 마리의 오리와 도요새를 잡아서 돌아왔다. 조가 솜씨를 발휘하여 만든 요리는 맛있었다. 밤은 깊은 휴식 속에서 지나갔다.

멘디프 산의 분화구.

30
비둘기 불화살

이튿날인 5월 11일, '빅토리아'호는 다시 모험 여행을 계속했다. 뱃사람이 배를 신뢰하듯 탑승자들도 '빅토리아'호를 신뢰하고 있었다.

거센 바람, 열대의 더위, 위험한 출발, 더 위험한 강하—이런 장애들을 기구는 언제 어디서나 재수 좋게 헤쳐 나왔다. 퍼거슨은 뜻대로 기구를 조종했다. 도착점이 어디가 될지는 모르지만, 여행 결과에 대해서는 이제 걱정하지 않았다. 하지만 그는 이 야만인과 광신자들의 나라에서는 더없이 주의 깊은 경계 태세를 취했다. 동료들에게도 항상 방심하지 말라고 말했다.

바람은 그들을 더욱 북쪽으로 데려갔다. 9시쯤 더 큰 도시인 모스페이아가 보이기 시작했다. 높고 험한 두 산맥 사이에 낀 고원에 있는 도시다. 이 도시는 천연의 요해지여서, 늪과 숲 사이를 지나는 좁은 길로만 접근할 수 있었다.

마침 그때 원색 옷차림에 말을 탄 아랍인 족장이 이 도시로 들어왔다. 수행원을 많이 거느리고 있었다. 선두에 선 자가 나뭇가지를 벌리고, 이어서 나팔 부대가 지나갔다.

박사는 이 원주민들을 좀 더 가까이에서 보려고 아래로 내려갔다. 하지만 조그맣게 보이던 기구가 커다랗게 다가오자 원주민들은 당장 공포에 사로잡혀 허둥지둥 달아나버렸다.

족장만 움직이지 않았다. 그는 기다란 머스킷 총을 꺼내 그것을 겨누고 기다렸다. 박사는 50미터쯤 떨어진 곳까지 접근하여 쩌렁쩌렁 울리는 목소리로 아랍어 인사를 건넸다.

하늘에서 들려온 이 인사에 놀란 족장은 말에서 뛰어내려 길바닥 모래 먼지 속에 넙죽 엎드렸다. 박사는 엉너리치는 말로 족장을 일으켜 세우려 했지만 실패했다.

"무슨 수를 써도 우리를 인간으로 대해주지는 않을 것 같아. 이곳에 유럽인이 처음 왔을 때 원주민들은 인간이 아닌 족속이 왔다고 생각했지. 이 족장도 우리에 대해 이야기할 때는 그들 나름의 상상력을 한껏 발휘하여 온갖 거짓말을 늘어놓을 게 뻔해. 우리에 대해 어떤 전설이 생겨날지 궁금하군."

"문명의 견지에서 보면 그건 대단히 유감스러운 일이야." 사냥꾼이 말했다. "단순한 인간으로 봐주는 게 낫지. 그래야 유럽의 힘에 대해서도 생각할 테니까."

"맞아. 하지만 어떻게 하면 되지? 이 나라 학자들한테 기구의 메커니즘에 대해 강의를 할까? 그래도 이해해주지 않을 거야. 여전히 인간이 만든 거라고는 생각하지 않을걸."

"박사님은 아까 이 나라를 처음 찾아온 유럽인에 대해 말씀하셨는데, 그건 도대체 누굽니까?" 조가 물었다.

"우리는 지금 데넘 소령이 왔던 곳에 와 있어. 모스페이아에서 그는 만다라 왕과 싸웠지. 그는 보르누를 떠나 펠라타족과 싸우러 가는 족장의 원정대와 동행했어. 그는 이 도시에 대한 공격에 가담했지만, 이 도시는 오로지 활만 가지고 아랍인의 총알과 싸워서 족장의 군대를 패주시켰지. 이 모든 것은 살육과 습격과 약탈의 구실일 뿐이었어. 소령은 완전히 약탈당하고 알몸이 되어버렸지. 인디언 기수의 기술로 말의 뱃구레에 매달려 야만적인 추적자들한테서 간신히 도망쳤지만, 말이 없었다면 그는 두 번 다시 보르누의 수도인 쿠카로 돌아가지 못했을 거야."

"그 데넘 소령은 어떤 사람이었나요?"

"1822년부터 1824년까지 탐험대를 지휘하여 클래퍼턴 대위와 오드니 박사와 함께 보르누에 들어간 대담무쌍한 영국인이지. 탐험대는 3월에 트리폴리를 출발하여 페잔의 수도 무르주크에 도착했어. 그리고 나중에 바르트 박사가 유럽으로 돌아가기 위해 지나간 길을 따라 1823년 2월 16일 차드 호 근처에 있는 쿠카에 도착했지. 데넘은 보르누와 만다라와 차드 호의 동안 일대를 답사했어. 한편 클래퍼턴 대위와 오드니 박사는 1823년 12월 15일 수단에 들어가 소코토까지 나아갔는데, 오드니는 뮈르뮈르 시에서 피로와 탈진으로 죽고 말았지."

"아프리카의 이 언저리에서는 정말로 많은 사람이 학문을 위해 죽었군." 케네디가 말했다.

"그래. 여기는 불길한 곳이야. 우리는 지금 바르기미 왕국 쪽으로 곧장 나아가고 있는데, 행방불명된 포겔도 1856년에 이곳을 지나 와다이로 갔어. 이 23세의 젊은이는 바르트 박사와 협력하도록 파견되었는데, 1854년 12월 1일 박사와 합류했지. 그 후 포겔도 이 나라를 탐사하기 시작했지만, 1856년에 유럽인은 들어간 적이 없는 와다이 왕국에 가겠다는 연락을 보내왔어. 그게 마지막 편지가 되었지. 그는 수도인 와라까지 간 모양이야. 그리고 부근에 있는 신성한 산에 올라가려고 했기 때문에, 어떤 정보에 따르면 포로가 되었고 다른 정보에 따르면 처형당했다는군. 하지만 죽었다는 소식은 곧이곧대로 믿으면 안 돼. 죽은 것으로 하면 수색대를 보낼 필요가 없으니까 말이야. 바르트 박사도 몇 번이나 죽었다고 발표됐어. 당연히 박사는 그때마다 화를 냈지. 포겔이 와다이의 추장에게 붙잡혔을 가능성은 충분히 있어. 몸값을 요구할 수 있으니까. 네이만스 남작도 와다이에 가려다가 1855년에 카이로에서 죽었지. 지금은 호이글린이 라이프치히에서 파견된 탐험대에 가담하여 포겔의 발자취를 더듬고 있을 거야. 그러니까 이 청년 탐험가의 흥미로운 운명도 이제 곧 밝혀지겠지."*

모스페이아는 벌써 지평선 너머로 사라지고 있었다. 아카시아 숲과, 면화와 쪽을 심은 초록빛 밭이 풍요로워 보이는 만다라 땅이 여행자들의 눈 아래 펼쳐져 있었다. 130킬로미터를 흘러와서 차드 호로 들어가고 있는 샤리 강이 거품을 내며 세차게 흐르고 있었다.

박사는 동료들에게 이 강의 흐름과 바르트가 만든 지도의 흐름을 비교해보라고 말했다.

---

* 〔원주〕 퍼거슨 박사가 출발한 뒤 배달된 베르너 문칭거(스위스의 탐험가)가 엘오베이드(오늘날 수단 중부에 있는 도시)에서 보낸 편지에 따르면, 불행히도 포겔의 죽음은 의심할 여지가 없다는 것이었다.

"이 학자가 한 일은 아주 정확했어. 우리는 지금 로굼 지역으로 곧장 가고 있는데, 아마 그 수도인 케르나크 쪽으로 가고 있을 거야. 가엾은 툴이 겨우 스물두 살의 나이에 죽은 것은 바로 거기였지. 툴은 몇 주 전에 데넘 소령과 합류한 제80연대의 기수였는데, 그로부터 얼마 후 죽음의 신을 만난 거야. 이 넓은 대륙은 유럽인의 묘지라고 불러도 좋을 거야."

길이가 15미터쯤 되는 통나무배 몇 척이 샤리 강의 흐름을 따라 내려가고 있었다. 지상에서 300미터쯤 되는 곳에 떠 있는 '빅토리아'호를 원주민들은 알아차리지 못하는 것 같았다. 그때까지 상당히 강하게 불고 있던 바람이 점점 약해졌다.

"또 바람이 멎어버렸나?" 박사가 말했다.

"괜찮습니다, 박사님. 물도 부족하지 않고, 무서운 사막도 없으니까요."

"그건 그래. 하지만 더 무서운 놈들이 있어."

"저기 도시 같은 게 있는데요." 조가 말했다.

"케르나크야. 아까 그 바람 덕분에 여기까지 와버렸군. 잘되면 정확한 지도를 만들 수 있겠어."

"좀 더 가까이 가보지 않을래?" 케네디가 말했다.

"그거야 쉽지. 우리는 도시 바로 위에 있으니까. 버너의 마개를 조금 돌릴게. 이제 곧 내려가기 시작할 거야."

'빅토리아'호는 30분 뒤에 지상에서 60미터쯤 떨어진 곳에 멈추었다.

"여기서는 세인트폴 대성당* 꼭대기에서 런던을 보는 것보다

* 영국 런던에 있는 영국 국교회의 성당.

훨씬 가깝게 케르나크가 보이는군. 천천히 구경하자고."

"저쪽에서 들리는 망치 소리는 뭘까요?" 조가 말하면서 그쪽을 뚫어지게 바라보았다. 야외에서 많은 직공이 커다란 나무줄기 위에 펼쳐놓은 천을 두드리는 소리였다.

지도를 펴놓은 것처럼 전체를 바라볼 수 있는 케르나크는 집들이 일직선으로 늘어서 있고 길도 넓었다. 이 정도면 도시라고 부를 만했다. 큰 광장 한복판에는 노예를 사려는 사람들이 많이 모여 있었다. 손발이 작은 만다라 여자는 수요가 많아서 구매자가 몰려든다.

그들이 '빅토리아'호를 보자, 지금까지 종종 있었던 일이 또 일어났다. 우선 외침 소리, 그리고 놀란 얼굴들이 하늘을 향한다. 거래는 뒷전으로 밀려나고 일도 중단되었다. 나무망치 소리도 그쳤다. 여행자들의 눈 아래에서 모든 움직임이 멈추었다. 기구는 지상 20미터 높이까지 내려갔다.

그때 로굼의 군주가 초록색 깃발을 펄럭이며 궁전에서 나왔다. 악대도 따라와서 소뿔로 만든 피리를 불어댔다. 그러자 군중이 그 주위에 모여들었다. 퍼거슨 박사는 자신들이 온 이유를 알리려고 했지만 실패했다.

넓은 이마에 곱슬머리와 매부리코를 가진 이곳 주민들은 자부심이 강하고 현명해 보였지만, '빅토리아'호의 출현은 대소동을 일으켰다. 말 탄 남자들이 사방으로 흩어졌다. 그러는 동안 군대가 이 해괴한 적과 싸우기 위해 소집된 것이 확실해졌다. 조는 온갖 색깔의 손수건을 흔들어보았지만 허사였다. 아무 반응도 없었다.

이윽고 신하들을 거느린 왕이 정숙을 명령하고 연설을 시작

로굼의 군주.

했다. 유감이지만 박사는 한 마디도 알아들을 수가 없었다. 하지만 몸짓이라는 만국 공통의 언어로 당장 떠나라고 말하는 듯하다는 것만은 알 수 있었다. 박사도 그럴 작정이었지만 바람이 없어서 떠날 수가 없었다. 기구가 여전히 움직이지 않자 왕은 격분했다. 그러자 신하들은 괴물을 쫓으려고 큰 소리로 아우성치기 시작했다.

이 신하들이 또 이상했다. 여러 가지 색깔의 셔츠를 대여섯 장이나 껴입고 있는 것이다. 모두 배가 불룩 나와 있었지만, 옷 속에 무언가를 채워 넣은 것처럼 보이는 사람도 몇 명 있었다. 왕을 모시는 사람은 이렇게 하는 법이라는 말을 박사에게 듣고 두 사람은 놀랐다. 복부 비만은 백성의 신망을 보여준다는 것이다. 이 뚱뚱한 남자들은 팔다리를 휘두르거나 소리를 지르고 있었다. 그중 한 사람이 가장 시끄러웠는데, 여기서는 뚱뚱할수록 지위가 높은 사람이라면, 그 남자는 수상이 분명했다. 군중들도 원숭이 같은 몸짓을 되풀이하면서 신하들의 외침 소리에 맞추어 아우성치고 있었다. 만 개의 팔이 동시에 같은 동작을 되풀이하는 광경은 그야말로 장관이었다.

이런 위협으로는 아직 부족하다고 생각했는지, 더욱 무서운 위협이 추가되었다. 활과 화살을 손에 쥔 병사들이 전투 대형으로 늘어섰다. 하지만 그때 이미 '빅토리아'호는 가스를 팽창시켜 화살의 사정거리 밖으로 천천히 올라가고 있었다. 그러자 왕은 머스킷 총으로 기구를 겨냥했다. 하지만 그것을 본 케네디가 카빈총을 쏘아 왕의 무기를 파괴해버렸다.

이 예상 밖의 일격에 그들은 모두 달아났고, 허둥지둥 오두막으로 돌아갔다. 그날은 아무도 시내에 모습을 나타내지 않았다.

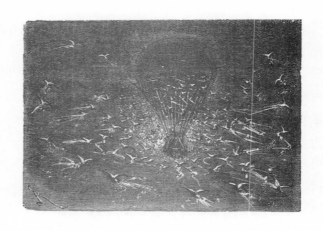

　밤이 왔다. 하지만 바람은 불지 않았다. 기구는 지상 100미터 높이에 가만히 머물러 있을 수밖에 없었다. 어둠 속에서 타오르는 불은 하나도 없었다. 죽음 같은 정적이 사방을 지배하고 있었다. 박사는 경계를 엄중히 했다. 이 정적 속에는 함정이 숨어 있을지도 모르기 때문이다.

　퍼거슨은 밤새 경계를 계속했는데, 과연 그 예감은 틀리지 않았다. 자정 무렵 시내 전체가 갑자기 불타는 것처럼 밝아진 것이다. 불꽃이 흩날리듯 수백 개나 되는 불화살이 교차했다.

　"이상한 게 날아오는군." 박사가 말했다.

　"마치 불이 올라와서 이쪽으로 다가오는 것 같아." 케네디가 말했다.

　실제로 무서운 외침 소리와 총성과 함께 불덩이가 '빅토리아' 호 쪽으로 올라오고 있었다. 조는 언제라도 모래주머니를 던질 수 있도록 준비하고 있었다. 퍼거슨은 당장 이 현상을 꿰뚫어보았다.

수백 마리나 되는 비둘기 꼬리에 불타는 것을 매달고 '빅토리아'호를 향해 풀어놓은 것이다. 비둘기 떼는 미친 듯이 어둠 속에 불꽃을 그리며 올라왔다. 케네디는 있는 무기를 다 동원하여 비둘기 떼를 쏘아댔다. 그러나 비둘기 떼는 어느새 곤돌라와 기구 주위를 선회하기 시작했다. 이 불빛에 반사하여 기구는 불그물에 싸인 것처럼 보였다.

  박사는 추호의 망설임도 없이 커다란 석영을 버렸다. 기구는 위험한 새들의 습격이 미치지 않는 곳으로 올라갔다. 두 시간 동안 어둠 속을 이리저리 날아다니는 비둘기가 보였다. 그 후 조금씩 그 수가 줄어들더니 이윽고 원래의 어둠으로 돌아갔다.

  "이제야 겨우 잠을 잘 수 있겠군." 박사가 말했다.

  "그렇다 해도 좋은 발상이었어요." 조가 말했다.

  "그래, 놈들은 적을 공격할 때도 이런 수법을 쓰지. 비둘기를 이용해서 마을의 초가지붕에다 불을 붙이는 거야. 하지만 이번에는 우리 기구가 비둘기보다 높이 날 수 있었지."

  "그래, 우리 기구는 어떤 적도 두렵지 않아." 케네디가 말했다.

  "아니, 무서운 적이 있어." 박사가 대답했다.

  "어떤 적인데?"

  "곤돌라에 타고 있는 부주의한 사람이지. 그러니까 언제 어디서나 경계를 게을리하지 마."

31

아아, 차드 호!

오전 3시경, 불침번을 서고 있던 조는 겨우 도시가 움직이기 시작한 것을 보았다. '빅토리아'호가 나아가기 시작한 것이다. 박사와 케네디도 눈을 떴다.

박사는 나침반을 보았다. 그리고 바람이 북동쪽으로 그들을 데려가고 있는 것을 알고 만족했다.

"좋아. 만사가 잘 되어가고 있어. 오늘이라도 차드 호가 보일 거야."

"큰 호수야?" 케네디가 물었다.

"상당히 크지. 폭이 가장 넓은 곳은 200킬로미터나 돼."

"물 위를 나는 것도 변화가 있어서 좋겠군."

"하지만 이 여행을 불평할 수는 없을 것 같은데? 아주 변화가 풍부하고, 최상의 컨디션으로 여행을 하고 있잖아."

"그건 그래. 사막에서 물이 떨어졌을 때 말고는 정말로 곤란했던 적은 없으니까."

"이 귀여운 '빅토리아'가 언제나 훌륭하게 움직여주었기 때문이지. 오늘은 5월 12일이야. 출발한 게 4월 18일. 벌써 25일을 날아온 셈이군. 이제 열흘만 지나면 도착이야."

"어디에?"

"그건 몰라. 하지만 어디라도 좋잖아?"

"하긴 그래. 지금과 같은 바람이 불고 우리 모두 건강할 수 있도록 신에게 맡기자고. 누구의 얼굴을 봐도 세계에서 가장 위험한 곳을 지나온 사람처럼 보이진 않아."

"우리는 상승할 수 있었어. 그 덕분이야."

"하늘의 여행자 만세!" 조가 외쳤다. "25일이나 지났는데도 팔팔하고 휴양도 충분해요. 휴양이 좀 지나치게 많을 정도예요. 다리가 느른해져버렸어요. 50킬로미터쯤 걸어서 발이 저리는 것을 풀어도 나쁘지 않겠어요."

"런던에 돌아가면 그렇게 해. 그런데 우리도 데넘과 클래퍼턴과 오페르베크처럼, 그리고 바르트와 리처드슨과 포겔처럼 세 명이 출발했어. 하지만 그 삼인조들보다 훨씬 운이 좋아. 셋이 함께 있을 수 있으니까 말이야. 뿔뿔이 흩어지면 안 된다는 것, 그게 중요해. 세 사람 가운데 하나가 지상에 있을 때 갑자기 위험이 닥쳐서 '빅토리아'가 급히 상승할 수밖에 없었다면, 다시 만날 수 있을지 어떨지 몰라. 딕에게 당부해두겠는데, 사냥을 할 때 멀리 가면 안 돼."

"하지만 이제 슬슬 사냥을 좀 해도 되겠지? 식량을 비축해두는 건 나쁘지 않으니까 말이야. 그리고 출발하기 전에 자네는 나한테 아프리카 사냥이 얼마나 대단한지 말해주었잖아. 지금까지 나는 저 유명한 수렵가인 앤더슨이나 커밍만큼 과감한 사냥은 하지 못했어."

"좀 기다려, 딕. 자네는 건망증이 심하군. 아니면 너무 겸손해서 공을 잊어버렸나? 작은 사냥감은 별도로 하고, 자네는 영양 한 마리와 코끼리 한 마리 그리고 사자를 두 마리 해치웠을 텐데."

"그야 그렇지만, 아프리카에 온 사냥꾼한테 그 정도는 아무 것도 아니야. 눈앞을 온갖 짐승들이 지나가고 있으니까 말이야. 저것 봐. 저 기린 떼를."

"저게 기린입니까?" 조가 물었다. "주먹만 한 크기로밖에 안 보이는데요."

"그건 우리가 300미터 상공에 있기 때문이야. 더 가까이 있었다면 네 키의 세 배나 된다는 걸 알았을 텐데."

"저것 봐. 이번에는 가젤 무리야!" 케네디가 말을 이었다. "저 쪽에서는 타조가 바람처럼 달아나고 있어."

"저게 타조군요!" 조가 말했다. "꼭 닭 같은데요. 큰 닭 정도 예요."

"새뮤얼, 좀 더 가까이 갈 수 없나?"

"가까이 갈 수 있지. 하지만 착륙은 안 할 거야. 아무 쓸모도 없는 짐승을 쏘아봤자 별 수 없어. 사자나 퓨마나 하이에나라면 그래도 이해가 가. 어차피 위험한 동물이니까. 하지만 가젤이라면 크든 작든 사냥꾼 본능을 충족시킬 뿐이잖아. 그런 사냥이라면 하지 않아도 돼. 30미터 높이로 전진할 테니까, 맹수가 보이거든 심장을 한 방에 명중시키는 멋진 솜씨를 보여줘봐."

'빅토리아'호는 조금씩 내려갔다. 하지만 안전한 높이는 유지했다. 원주민이 많이 살고 있는 이 지방에서는 생각지도 않은 위난에 언제나 주의해야 했다.

여행자들은 샤리 강의 흐름을 따라 곧바로 나아갔다. 그 멋진 양쪽 연안은 온갖 색깔의 나뭇잎 그늘에 숨어 있었다. 담쟁이와 덩굴식물이 도처에 뱀처럼 얽혀서 배색의 매력을 보여주고 있었다. 강의 흐름을 막는 수많은 초록빛 섬들의 가장자리에는 악어가 떼를 지어 모여서 장난을 치고 있었다.

오전 9시, 퍼거슨 박사와 친구들은 드디어 차드 호 남쪽 연안에 도착했다.

오랫동안 그 존재가 전설의 안개 속에서 희미해져 있었던 내륙의 바다. 그것은 아프리카의 카스피 해*였다. 이곳에 갈 수 있었던 사람은 데넘과 바르트가 이끈 두 탐험대뿐이다.

박사는 차드 호의 현재 윤곽을 그리려고 했다. 1847년의 지도와는 많이 달랐다. 하지만 이 호수의 정확한 윤곽을 더듬는 것은 거의 불가능하다. 그것은 이 호수가 밑바닥 없는 늪에 둘러싸여 있기 때문이다. 바르트가 죽음의 위험에 빠진 것도 이 늪이었다. 4, 5미터 높이의 갈대와 파피루스에 덮인 이 늪은 해마다 호수가 되어간다. 때로는 호숫가의 마을도 1856년의 응고르누처럼 수몰되는 경우가 있다. 일찍이 보르누 지방 특유의 인가가 있었던 곳에 지금은 하마나 악어가 느긋하게 물장구를 치고 있었다.

태양은 눈부신 빛을 이 잔잔한 물에 쏟아붓고 있었다. 북쪽에는 물과 하늘이 하나의 선으로 녹아들어 있었다.

박사는 수질을 조사하려고 했다. 이 호수의 물은 오랫동안 짠

---

* 러시아 남부에서 이란 북부에 걸쳐 있는 세계에서 가장 큰 호수.

물로 여겨졌다. 호수 표면에 다가갔지만 아무런 위험도 없었다. 곤돌라는 새처럼 수면에서 1, 2미터 되는 곳을 스치며 날았다.

조가 끈으로 묶은 유리병을 내려 물이 반쯤 찼을 때 끌어 올렸다. 세 사람은 그 물을 맛보았다. 음용수로는 적합하지 않은 물이었다. 탄산 맛이 너무 강하다.

박사가 그 결과를 노트에 적고 있을 때, 그의 옆에서 총소리가 울려 퍼졌다. 케네디가 거대한 하마에게 아무래도 총알을 한 방 먹여주고 싶어진 것이다. 느긋하게 숨을 쉬고 있던 하마는 그 총성에 놀라 모습을 감추었다. 사냥꾼의 원뿔형 탄환이 하마에게는 아무런 타격도 주지 못한 모양이었다.

"작살을 박는 편이 낫겠어요." 조가 말했다.

"작살이 없잖아?"

"닻을 쓰는 겁니다. 저렇게 거대한 동물에게는 마침 좋은 낚싯바늘이죠."

"과연 좋은 생각이야." 케네디가 말했다.

"제발 그만둬." 박사가 끼어들었다. "저 거대한 하마가 끌어당기면 어떻게 할 수도 없게 돼."

"차드 호의 수질도 알았으니까, 물에 들어갈 필요는 없습니다. 그런데 박사님, 저 물고기는 먹을 수 있나요?"

"너는 물고기라고 말하지만, 하마는 포유류인 후피동물이야. 고기는 맛있다더군. 그래서 호수 연안의 부족들 사이에서는 인기가 좋아서 서로 차지하려고 다투는 상품이야."

"정말요? 케네디 선생님이 쏘아 죽이지 않은 게 유감이군요."

"저놈을 죽이려면 뱃구레와 넓적다리 안쪽을 쏠 수밖에 없는데, 딕의 총알은 박히지도 않았을 거야. 그건 그렇고, 좋은 곳이 보이면 호수 북안에서 정지할게. 딕은 동물원에 있는 거나 마찬가지야. 지금까지 사냥 못한 벌충으로, 이제 실컷 총을 쏠 수 있을 거야."

"그거 잘됐네요." 조가 말했다. "선생님, 하마를 총으로 쏘아서 죽여주세요. 저 양서류의 고기를 좀 맛보고 싶군요. 아프리카 한복판까지 왔는데 도요새나 자고새만 먹고 있을 수는 없잖아요."

32
조의 살신성인

차드 호에 도착한 뒤 '빅토리아'호는 서쪽으로 부는 바람을 탔다. 구름 몇 조각이 햇빛을 가로막고 있는 덕분에, 넓게 펼쳐진 이 호수 위에 있으면 서늘함이 느껴졌다. 하지만 1시쯤 기구는 호수를 비스듬히 가로질러 육지로 10여 킬로미터쯤 들어갔다.

박사가 처음에는 이 방향을 몹시 유감스러워했지만, 보르누 왕국의 수도 쿠카가 보이기 시작하자 그의 감정은 기쁨으로 변했다. 그는 잠깐 이 도시를 볼 수 있었다. 하얀 진흙으로 지은 성벽에 둘러싸여 있었고, 주사위처럼 생긴 많은 아랍식 주택들 위로 몇 개의 커다란 모스크(이슬람 사원)가 우뚝 솟아 있었다. 집의 안뜰과 광장에는 지름이 30미터나 되는 잎사귀로 된 둥근 지붕을 뒤집어쓴 야자나무와 고무나무가 있었다. 조에 따르면 잎이 이렇게 큰 양산처럼 된 것은 강렬한 햇빛으로부터 인간을 지키기 위해서라는 것이다. 그리고 그는 거기서 신의 위대함을 찬양하는 결론을 끌어냈다.

보르누 왕국의 수도 쿠카.

쿠카는 따로 떨어진 두 개의 도시로 이루어져 있었는데, 두 구역을 나누고 있는 것은 '덴달'이라고 불리는 기다란 가로수 길이었다. 길이가 600미터쯤 되는 이 길은 그때도 길을 걷는 사람과 말이나 낙타를 탄 사람들로 넘쳐흐르고 있었다. 한쪽은 통풍이 잘 되는 높은 건물들이 질서정연하게 늘어서 있는 부자들의 도시였고, 또 한쪽은 가난한 사람들이 사는 원뿔 모양의 낮은 집들이 북적거리고 있는 가난한 도시였다. 쿠카는 상업 도시도 아니고 이렇다 할 산업도 없어서 가난한 사람이 많았다.

케네디는 이 도시와 에든버러에서 몇 가지 유사점을 찾아냈다. 에든버러도 평야에 있고, 완전히 두 개의 도시로 나뉘어져 있었다.

하지만 여행자들은 이런 조망을 보았나 했더니, 갑자기 역풍에 붙잡혀 호숫가에서 60킬로미터나 들어간 차드 호 위로 떠밀려가버렸다. 바람이 계속 바뀌는 것은 이 지방의 특징이었다.

호수 위도 새로운 광경이었다. 많은 섬이 떠 있었고, 그곳에는 비디오마흐족이 살고 있었다. 그들은 아주 잔인한 해적이고, 사하라의 투아레그족과 마찬가지로 공포의 대상이었다. 이 야만인들은 용감하게도 화살이나 돌멩이로 '빅토리아'호를 요격하려고 했다. 하지만 기구는 눈 깜짝할 사이에 이 섬들 위를 지나쳤다. 섬사람들의 눈에는 기구가 가볍게 날아가는 커다란 황금충처럼 보였을 것이다.

그때 수평선을 보고 있던 조가 케네디에게 말을 걸었다.

"아, 선생님, 자나 깨나 사냥을 생각하고 계신 선생님이 나설 차례입니다."

"뭐지?"

"이번에는 박사님도 총을 쏘는 데 반대하지 않을 겁니다."

"왜?"

"저기, 저쪽에 새 떼가 있잖아요. 커다란 새예요. 이쪽으로 오고 있습니다."

"새라고?" 박사가 망원경을 잡았다.

"보여. 적어도 열두 마리는 되겠는걸." 케네디도 말했다.

"죄송하지만 열네 마리입니다." 조가 대답했다.

"아무쪼록 저 새들은 마음 착한 새뮤얼이 죽이는 것을 반대하지 않을 만큼 나쁜 새이기를!"

"반대하지 않겠어." 퍼거슨이 대답했다. "하지만 저런 새는 멀리서 보고 싶군."

"박사님은 저 새가 무서우세요?" 조가 물었다.

"저건 수염수리야. 새 중에서 가장 큰 새지. 저런 새가 습격해 오면……."

"우리도 방어하면 돼. 탄약고에 탄약은 충분히 있어. 그렇게 무서워할 필요는 없을 것 같은데."

"글쎄, 어떨까?"

10분 뒤에 새 떼는 거의 사정거리 안에 들어왔다. 이 열네 마리의 새는 새된 목소리로 공기를 진동시키면서, '빅토리아'호의 존재를 두려워한다기보다 거기에 짜증을 내면서 다가왔다.

"정말 잘도 울어대는군요." 조가 말했다. "너무 시끄러워요! 자기네 영역을 침범당해서 불만이겠지요. 그리고 이 이상한 물체가 자기네처럼 날 수 있는 것도 화가 날 겁니다."

"정말로 무서운 몰골이군." 사냥꾼이 말했다. "놈들이 카빈총을 갖고 있었다면 나도 무서웠을 거야."

"저 새는 총 같은 건 필요로 하지 않아." 박사가 이제는 진지한 표정으로 대답했다.

수염수리는 커다란 원을 그리며 날고 있었다. '빅토리아'호를 중심으로 하는 그 궤도가 점점 작아졌다. 새들은 굉장한 속도로, 때로는 포탄 같은 속도로 하늘에 선을 그리며 돌진하고, 그 선을 갑자기 대담한 각도로 절단하곤 했다.

불안해진 박사는 이 위험한 사태에서 달아나기 위해 더 위로 올라가기로 결정했다. 그는 수소를 팽창시켰고, 기구는 곧 상승하기 시작했다.

하지만 수염수리도 함께 올라왔다. 눈감아주지 않을 모양이었다.

"우리한테 원한을 품고 있는 것 같은데?" 카빈총을 겨누면서 케네디가 말했다.

실제로 새는 점점 더 가까이 다가왔다. 케네디의 무기에 도전이라도 하듯 15미터 거리까지 바싹 다가오는 녀석도 있었다.

"쏘고 싶은데, 쏘아도 돼?" 케네디가 말했다.

"안 돼, 딕! 안 돼. 놈들을 공연히 화나게 하지 마. 쏘면 반드시 공격해올 거야."

"하지만 간단히 해치울 수 있어."

"안 그래, 딕."

"우리는 각자 한 발씩 쏠 수 있어."

"새가 이 기구 위에 오면 어떻게 쏘지? 여기가 지상이라면 사자한테 둘러싸여 있는 셈이야. 바다라면 상어한테 둘러싸여 있는 셈이고. 지금은 아주 위험해."

"정말이야?"

"그래, 딕."

"그럼 기다릴게."

"기다려줘. 공격하거든 그때 쏘아. 하지만 명령 없이 쏘면 안 돼!"

새들은 기구 바로 옆에 모여 있었다. 힘주어 울 때마다 부풀어 오르는 털 없는 목과 분노로 곤두세운 보라색 볏도 또렷이 보였다. 그것은 수염수리 중에서도 가장 억센 종류였다. 몸길이는 1미터가 훨씬 넘을 것이다. 깃털 안쪽은 흰색이고, 그것이 햇빛에 빛나고 있었다. 날개 달린 상어라고 말할 수 있었다. 그만큼 모습이 비슷했다.

"끝까지 쫓아오는군." 기구와 함께 올라오는 수염수리를 보고 박사가 말했다. "아무리 올라가도 소용없겠어. 새가 우리보다 높이 올라갈 수 있으니까."

"어떡하지?" 케네디가 물었다.

박사는 대답하지 않았다.

"들어봐, 새뮤얼." 사냥꾼이 말을 이었다. "수염수리는 모두 열네 마리야. 무기를 모두 사용하면 열일곱 발은 쏠 수 있어. 새를 떨어뜨리거나 쫓는 방법은 없을까? 나 혼자서도 꽤 많이 죽일 수 있는데."

"딕, 자네 솜씨는 알아. 사정거리 안에 들어오는 새는 모두 죽은 거나 마찬가지지. 하지만 다시 한 번 말하겠는데, 수염수리가 기구 위쪽을 공격하면 자네는 새들을 볼 수 없어. 수염수리가 이 기구를 찢어버리기라도 하면 그땐 어떡할 거야? 우리는 지금 900미터 상공에 떠 있다고."

그때 사나운 새 한 마리가 '빅토리아'호를 향해 곧장 날아왔다. 부리와 발톱을 딱 벌리고 기구를 물어뜯거나 찢을 태세였다.

"쏘아! 쏘아!" 박사가 외쳤다.

그 말이 끝나기가 무섭게 새는 총에 맞고 빙글빙글 돌면서 떨어져갔다.

케네디는 2연발총을 움켜잡았다. 조도 2연발총을 겨누고 있었다.

총소리에 놀란 수염수리 무리는 순간 멀어졌다. 하지만 곧 다시 미친 듯 화가 나서 태세를 정비하여 습격해왔다. 케네디가 쏜 총알은 가장 가까이 다가온 녀석의 목을 꿰뚫었다. 조도 한 녀석의 날개를 쏘았다.

"이제 열한 마리 남았어요." 조가 외쳤다.

하지만 새들은 작전을 바꾸었다. 일제히 '빅토리아'호 위로 날아오른 것이다. 케네디는 박사를 보았다.

어떤 일에도 동요하지 않는 박사도 얼굴이 창백해졌다. 순간 무서운 침묵이 흘렀다. 이어서 태피터를 찢는 듯한 불쾌한 소리가 들렸다. 곤돌라가 세 사람의 발밑에서 가라앉기 시작했다.

"당했어." 쑥쑥 올라가는 기압계를 보면서 박사가 외쳤다.

"모래주머니를 버려. 모래주머니를!"

남아 있던 석영이 전부 버려졌다.

"아직도 떨어지고 있어…… 물탱크를 비워…… 조, 알았지? 호수로 떨어지고 있다고!"

조는 시키는 대로 했다. 박사는 아래를 내려다보았다. 호수가 밀물처럼 다가왔다. 지상의 사물이 커졌다. 곤돌라에서 차드 호의 수면까지는 50미터도 안 되었다.

"식량! 식량!" 박사가 외쳤다.

식량 상자가 곤돌라 밖으로 던져졌다.

추락 속도는 많이 느려졌다. 하지만 불행한 남자들은 여전히 추락하고 있었다.

"버려! 더 버려!" 박사가 외쳤다.

"이젠 아무것도 없어!" 케네디가 외쳤다.

"아직 있습니다!" 조가 자기를 가리켰다.

그렇게 말하자마자 그의 모습은 벌써 곤돌라 밖으로 사라지고 있었다.

"조! 조!" 박사가 비통한 목소리로 외쳤다.

하지만 조에게는 그 목소리가 들리지 않았을 것이다. '빅토리아'호는 가벼워져서 다시 올라가기 시작했다. 그리고 공중 300미터까지 올라갔다. 우그러든 공기주머니에 바람이 들어가서 기구는 호수의 북쪽 연안으로 흘러갔다.

"안 보여!" 사냥꾼이 절망의 몸짓을 하며 말했다.

"우리를 살리려고!" 박사가 대답했다.

대담한 두 사람의 눈에서 커다란 눈물이 흘러내렸다. 그들은 가엾은 조의 흔적을 찾았다.

"어떡하지?" 케네디가 물었다.

"내릴 수 있는 곳이 있으면 내려가야지. 그리고 기다리는 거야."

100킬로미터를 날아간 뒤 '빅토리아'호는 호수 북쪽의 인적 없는 연안에 내렸다. 닻은 그리 높지 않은 나무에 걸렸고, 사냥꾼이 그것을 단단히 고정시켰다.

밤이 왔다. 하지만 퍼거슨과 케네디는 한숨도 자지 못했다.

조의 추락.

33

조를 찾아서

이튿날인 5월 13일, 박사와 사냥꾼은 날이 밝자마자 자신들이 어디에 있는지를 조사했다. 그곳은 넓은 늪지대 안에 섬처럼 떠 있는 단단한 땅이었다. 이 마른 땅 주변에는 유럽의 나무만큼 키가 큰 갈대가 끝이 보이지 않을 만큼 멀리까지 우거져 있었다.

건널 수 없는 이 늪지대 덕분에 '빅토리아'호는 안전했다. 호수 쪽만 경계하면 되기 때문이다. 물은 특히 동쪽으로 끝없이 뻗어 있었고, 수평선에는 육지도 섬도 보이지 않았다.

두 친구는 그 불운한 길동무에 대해 아직 말하려 하지 않았다. 먼저 말을 꺼낸 것은 케네디였다. 그는 자신이 추측한 바를 박사에게 털어놓았다.

"조는 죽지 않았어. 녀석은 끈질기고, 보기 드물 만큼 수영을 잘해. 에든버러의 포스 강 하구를 횡단한 녀석이야. 언제 어디서 만날지는 말할 수 없지만, 반드시 만날 수 있어. 우리도 가능한 한 조를 찾아보자고."

"자네 말이 맞았으면 좋겠군." 박사는 침통한 목소리로 대답했다. "조를 찾기 위해 최선을 다하세. 우선 날아올라야 돼. 하지만 그 전에 '빅토리아'호의 바깥쪽 공기주머니를 떼어내세. 이젠 쓸모가 없어졌으니까. 그걸 떼어내면 300킬로그램 정도는 가벼워져. 그러면 큰 도움이 되지."

박사와 케네디는 작업에 착수했다. 그것은 아주 어려운 작업이었다. 우선 그 질긴 태피터를 대충 찢고, 다음에는 그물눈에서 꺼내기 위해 잘게 찢어야 했다. 맹금류의 부리는 태피터를 수십 센티미터나 찢어놓았다.

네 시간 뒤에야 겨우 안쪽 공기주머니가 모습을 드러냈다. 다행히 거기에는 상처가 전혀 없는 것 같았다. '빅토리아'호는 크기가 원래의 5분의 4로 줄어들어버렸다. 케네디는 작아져버린 기구를 보고 놀랐다.

"괜찮을까?"

"걱정하지 않아도 돼. 잘 떠오르게 할 테니까. 조가 돌아오면, 조도 태우고 다시 날 수 있어."

"추락했을 때 분명히 섬이 보였어. 그 섬에 내린 편이 좋지 않았을까?"

"나도 기억하고 있어. 하지만 그 섬도 차드 호 안의 섬이니까 분명 해적이나 악당들이 살고 있을 거야. 그 야만인들은 우리를 보고 있었을 게 분명해. 조가 놈들한테 붙잡혔다면 어떻게 될까? 미신을 믿는 놈들이 조를 신으로 생각해주지 않는다면……."

"조는 약삭빠른 녀석이야. 걱정하지 마. 나는 조의 기지와 지혜를 믿고 있어."

"정말 그랬으면 좋겠군. 딕, 가서 사냥감을 잡아와. 하지만 너무 멀리 가지는 마. 식량을 거의 다 내버렸기 때문에 다시 구해야 돼."

"알았어. 곧 돌아올게."

케네디는 연발총을 들고 갈대숲으로 갔다. 총성이 자주 울려서 사냥이 잘 되고 있다는 것을 박사에게 알려주었다.

그동안 박사는 곤돌라에 남아 있는 물품의 목록을 만들었다. 그리고 두 번째 기구의 평형을 계산했다. 페미컨 15킬로그램, 홍차와 커피 약간, 브랜디 5리터, 그리고 완전히 빈 물통이 남아 있을 뿐이었다. 말린 고기는 전부 내버렸다.

첫 번째 공기주머니의 수소가 없어졌기 때문에, 이제 기구의 상승력은 거의 400킬로그램이나 줄어들었다. 그것을 토대로 박사는 기구의 평형을 재구성해야 했다. 새 '빅토리아'호의 부피는 1950입방미터, 거기에 수소는 950입방미터가 들어 있었다. 팽창 장치는 이상이 없고, 전지도 나선관도 손상되지 않은 것 같았다.

따라서 그 중량을 빼면 기구가 들어 올릴 수 있는 무게는 약 1350킬로그램이었다. 팽창 장치, 사람, 물, 곤돌라, 부속품의 무게에다 장치용 물 200리터와 날고기 45킬로그램을 더하면 모두 1285킬로그램이 되었다. 따라서 비상시에 대비하여 모래주머니를 65킬로그램 실을 수 있었다. 그러면 기구는 주위의 공기와 균형을 유지할 수 있다.

그 계산에 따라 모든 것이 실렸다. 조의 몸무게 대신 그에 상응하는 모래주머니를 실었다. 이런 준비를 위해서 박사는 그날 하루를 모두 소비했다. 케네디가 돌아왔을 때에는 일이 겨우 끝나가고 있었다. 케네디의 사냥은 성과가 대단했다. 거위, 오리, 도요새, 쇠오리, 물떼새 등이었다. 케네디는 그것들을 요리하여 훈제로 만들었다. 고기 토막을 꼬챙이에 꿰고 생나무를 태운 연기에 쐬는 것이다. 이 작업은 이런 일에 정통한 케네디가 맡았다. 새고기를 불 위에 걸었을 때 곤돌라에는 필요한 것이 모두 실려 있었다.

이튿날에도 케네디는 훈제를 계속해야 할 만큼 수확물이 많았다.

저녁이 되었을 때도 케네디는 여전히 새고기를 훈제하느라 바빴다. 저녁식사는 페미컨과 비스킷과 홍차였다. 피곤해서 배가 고팠고, 음식을 먹자 졸음이 밀려왔다. 교대로 불침번을 서고 있을 때 그들은 조의 목소리가 들린 것 같아 몇 번이나 어둠을 향해 소리쳐보았다. 하지만 그 목소리의 주인, 그들이 그렇게도 듣고 싶었던 목소리의 주인은 너무 멀리 있었다.

아침의 첫 햇살이 비쳤을 때 박사가 케네디를 깨웠다.

"조를 찾으려면 어떻게 하는 게 좋을까 생각해봤는데……."

"무엇이든 다 할 테니 말해봐."

"무엇보다 조에게 기구를 보여주는 게 중요하겠어."

"그래, 맞아. 녀석한테는 우리가 그를 버리지 않는다는 걸 보여줄 필요가 있어."

"조는 우리를 잘 알고 있어. 우리가 자기를 버릴 거라고는 꿈에도 생각지 않을 거야. 하지만 우리가 어디 있는지는 알려주는 게 좋아."

"어떻게 하지?"

케네디의 사냥은 성과가 대단했다.

"곤돌라를 타고 올라가는 거야."

"하지만 바람에 날려가면?"

"그건 걱정 안 해도 돼. 마침 산들바람이 호수 쪽으로 불고 있으니까. 어제는 풍향이 좋지 않았지만 오늘은 괜찮아. 오늘 하루는 어떻게 해서라도 이 호수 위를 날아다녀야 돼. 조는 반드시 우리를 발견할 거야. 녀석도 우리를 열심히 찾고 있겠지. 분명 자기가 숨어 있는 곳을 알려줄 거야."

"붙잡히지 않았다면 틀림없이 알려주겠지."

"붙잡혔다 해도 알려줄 거야." 박사가 말했다. "원주민들은 포로를 가두어두지 않아. 우리를 발견하면 조는 우리가 왜 날고 있는지 알아줄 거야."

"하지만……" 케네디도 말을 이었다. "모든 경우를 예상해두는 편이 좋아. 아무것도 발견하지 못하면, 조가 지나간 흔적도 찾지 못하면 어떻게 하는 게 좋을까?"

"그러면 다시 호수 북쪽의 여기로 돌아와야지. 어디서라도 우리가 보이도록 하늘을 날면서. 그리고 기다리는 거야. 호숫가를 수색하고 호수 주위를 돌아봐야겠지. 조는 아마 벌써 호숫가에 도착해 있을 거야. 조를 찾기 위해 모든 방법을 써보기 전에는 이 자리를 떠날 수 없어."

"좋아. 그럼 떠나세." 사냥꾼이 말했다.

박사는 이제 날아오르려는 이 단단한 지면의 정확한 위치를 측정했다. 지도로 보면 차드 호 북쪽 연안의 라리라는 도시와 잉게미니라는 마을의 중간쯤 되는 위치라는 것을 알 수 있었다.

이것은 둘 다 데넘 소령이 방문한 적이 있는 곳이다. 케네디도 날고기 훈제를 마무리했다. 부근 늪에는 물소와 매너티, 하마의 발자국이 있었지만, 이런 큰 동물은 한 마리도 보이지 않았다.

오전 7시, 한참 고생한 끝에 겨우 닻을 나무에서 벗겨냈다. 조가 있었다면 훨씬 잘 벗겨낼 수 있었을 것이다. 가스는 팽창했고, '빅토리아'호는 50미터 상공으로 떠올랐다. 처음 얼마 동안은 빙글빙글 선회하면서 바람을 찾았다. 이윽고 상당히 강한 바람을 타고, 곧 시속 30킬로미터의 속도로 실려 갔다.

박사는 50미터에서 150미터 사이의 고도를 유지했다. 케네디는 이따금 카빈총을 발사하여 조에게 위치를 알렸다. 섬 위에 이르면 대담하게 여겨질 만큼 낮게 내려가서 눈을 부릅뜨고 나무나 덤불이나 숲, 요컨대 조가 숨어 있을 만한 곳을 찾아보았다. 호수를 오가는 통나무배 옆으로 내려가 보기도 했다. 물고기를 잡고 있던 남자들은 기구를 보고는 물속으로 뛰어들어 섬으로 헤엄쳐 달아났다.

"아무것도 안 보여." 두 시간 동안 수색한 뒤 케네디가 말했다.

"포기하면 안 돼, 딕. 힘내자고. 조가 뛰어내린 곳에서 멀리 떠날 수는 없어."

11시까지 '빅토리아'호는 150킬로미터를 날았다. 그 후 새로운 기류를 만나 직각 방향인 동쪽으로 100킬로미터쯤 밀려갔다. 상당히 크고 많은 사람이 살고 있는 섬의 상공을 지났다. 비디오마흐족의 수도인 파람 섬일 거라고 박사는 생각했다. 어느 덤불에서 박사님, 박사님 하고 외치면서 조가 튀어나오지 않을까 하는 생각에 박사는 열심히 조의 모습을 찾았다. 조가 붙잡히지 않았다면 그를 기구로 끌어 올리는 것은 그리 어려운 일도 아니다. 붙잡혀 있다 해도 선교사를 구출할 때 썼던 방법을 쓰면 조를 다시 데려올 수 있을 터였다. 하지만 튀어나오는 것은 아무것도 없었고, 움직이는 것도 없었다. 절망적이었다.

'빅토리아'호는 2시 반에 탕갈리아가 보이는 곳까지 왔다. 탕갈리아는 차드 호 동쪽 연안에 있는 마을이고, 데넘이 탐험할 때 도달한 극점이었다.

바람이 이 방향으로 계속 부는 것 때문에 박사는 불안해졌다. 동쪽으로 떠밀려가 아프리카 중앙부의 끝없는 사막 쪽으로 가게 될지도 모르기 때문이었다.

"아무래도 멈춰야겠어. 착륙하는 게 좋겠어. 조 때문에 호수로 돌아가야 돼. 하지만 그 전에 서쪽으로 부는 바람을 찾아보세."

한 시간이 넘도록 박사는 상승과 하강을 되풀이하면서 바람을 찾았다. '빅토리아'호는 여전히 육지를 향해 밀려갔다. 하지만 다행히 300미터 상공에서 강한 기류가 기구를 다시 북서쪽으로 데려갔다.

아무래도 조는 호수에 점점이 떠 있는 섬에 붙잡혀 있지는 않은 것 같았다. 섬에 있다면 어떻게든 자신의 존재를 알렸을 것이다. 분명 그는 호숫가로 끌려갔을 것이다. 차드 호의 북안이 보일 무렵 박사는 이런 식으로 생각하고 있었다.

조가 익사했다고는 도저히 생각할 수 없었다. 박사와 케네디가 두려워한 것은 이 호수의 여울에 우글거리는 악어였다. 그러나 둘 다 이 걱정을 입 밖에 내어 말할 용기는 나지 않았다. 하지만 그 생각은 끈질기게 그들을 따라다니고 있었기 때문에, 박사가 갑자기 이런 식으로 말을 꺼냈어도 케네디는 전혀 이상하게 생각지 않았다.

"악어는 섬에서도 호수에서도 물가에만 있어. 조만큼 수영을 잘하는 사람이라면 쉽게 피할 수 있지. 그리고 악어는 그렇게 위험한 것도 아니야. 원주민들은 악어가 있는 곳에서도 태연히 미역을 감지만, 별로 습격당하거나 하진 않아."

케네디는 대답하지 않았다. 독특하게 꽉 짜인 튼튼한 울타리 속에 갈대를 엮어서 지은 오두막이 있었고, 그 오두막 앞에서 주민들이 목화를 따고 있었다. 쉰 채쯤 되는 오두막은 낮은 산들 사이에 펼쳐진 우묵한 골짜기에 있었다. 바람이 강해서, 박사가 내려가려고 했던 곳보다 훨씬 멀리까지 기구가 밀려온 것이다. 하지만 다시 풍향이 바뀌어, 다행히 박사와 케네디가 전날 밤을 보낸 섬의 출발점으로 돌아갈 수 있었다. 닳은 나뭇가지에 걸리지 않고 늪지대의 진흙에 쓰러져 얽혀 있는 갈대 속으로 파고들었다. 이것도 상당히 튼튼했다.

바람이 강해서 기구가 날아가버리지 않도록 박사는 고심했다. 하지만 어둠과 함께 바람도 잦아들었다. 두 사람은 함께 계속 망을 보았지만, 속으로는 거의 절망하고 있었다.

34
모래 폭풍 속에서

오전 3시경, 바람은 더욱 심해져서 '빅토리아'호는 땅 가까이 정지해 있는 것이 위험해졌다. 공기주머니가 갈대에 스쳐서 찢어질 염려가 있었다.

"출발해야 돼, 딕." 박사가 말했다. "이런 바람 속에서는 정지해 있으면 안 돼."

"조는 어떡하고?"

"물론 조를 버리진 않아. 폭풍에 밀려 200킬로미터나 북쪽으로 날아가도 반드시 돌아올 거야. 하지만 여기 있으면 위험해."

"조를 구하지 못하고 떠나야 하다니!" 케네디가 비통한 목소리로 외쳤다.

"나도 자네와 마찬가지로 피를 토하는 듯한 심정이야. 그럼 자네는 출발하지 말라는 거야?"

"그래, 출발하자고." 사냥꾼도 대답했다.

그렇게 말하긴 했지만, 출발하는 것 자체가 더없이 어려운 작업이었다. 깊이 파고든 닻은 아무리 애를 써도 벗겨지지 않았고, 기구는 반대 방향으로 닻을 잡아당겨서 줄이 더욱 팽팽해졌다. 아무리 애를 써도 케네디는 닻을 잡을 수가 없었다. 그리고 이렇게 강한 바람 속에서는 닻을 푸는 것도 아주 위험했다. 닻이 벗겨진 순간 케네디를 놓아둔 채 날아가버릴 우려가 있었다.

박사는 그런 위험까지 무릅쓰고 싶지는 않았다. 그래서 케네디를 곤돌라로 돌아오게 한 뒤 닻줄을 끊었다. '빅토리아'호는 당장 100미터나 솟아올라 곧장 북쪽으로 날아갔다.

퍼거슨도 이 폭풍에는 따를 수밖에 없었다. 그는 팔짱을 끼고 슬픈 추억에 잠겨 있었다.

한동안 깊은 침묵이 흐른 뒤 케네디에게 짤막하게 말했다.

"우리는 분명 신을 시험했어. 신은 이런 여행을 계획하는 사람을 지켜주지 않았어."

고뇌의 한숨이 그의 가슴에서 새어 나왔다.

"위험에서 벗어난 것을 함께 기뻐한 지 얼마 되지도 않았잖아." 사냥꾼이 대답했다. "반드시 또 셋이서 손을 맞잡을 수 있을 거야."

"불쌍한 조! 정말 좋은 녀석이었지. 용감하고 똑똑한 녀석이었어. 부자가 되어서 한동안 기뻐서 어쩔 줄을 몰랐지만, 아낌없이 보물을 버려주었지. 그런 조가 지금 멀리 떨어져 있어. 바람은 우리를 점점 멀리 데려가고 있어!"

"기운을 내, 새뮤얼. 조가 원주민한테 붙잡혔다 해도, 전에 그 부족을 방문한 데넘이나 바르트처럼 잘 해나갈 거야. 그 두 사람은 조국으로 돌아갈 수 있었잖아?"

"그래, 딕. 하지만 조는 그 부족의 언어를 한 마디도 몰라. 조는 혼자고, 값나가는 물건도 갖고 있지 않아. 자네가 말하는 탐험가들은 만반의 준비를 갖추고 무장도 하고 수행원도 거느리고 추장에게 많은 선물을 주면서 전진했어. 그런데도 심한 고생을 겪었고 큰 어려움에 부닥쳤지. 자네는 조가 어떻게 하고 있을 거라고 생각하나? 생각만 해도 겁이 나! 이런 고통은 나에게는 처음이야."

"하지만 우리는 돌아올 거지? 안 그래, 새뮤얼?"

"돌아오고말고! '빅토리아'를 버리고 걸어서라도 다시 올 거야. 보르누의 추장과 교섭하겠어! 이곳 아랍인들은 최초의 유럽인한테 나쁜 기억을 갖고 있지는 않으니까."

"나도 끝까지 자네를 따라가겠어." 사냥꾼은 힘주어 대답했다. "내가 옆에 있어. 이런 여행 따위는 아무래도 좋아. 조는 우리를 위해 목숨을 바쳤어. 조를 위해 우리도 목숨을 버리자고."

이렇게 결심하자 두 남자에게는 다시 힘이 되살아났다. 둘 다 같은 생각을 하고 있었다. 퍼거슨은 그들을 차드 호로 다시 데려다줄 역풍을 필사적으로 찾고 있었다. 하지만 소용이 없었다. 아래는 나무도 없는 벌거벗은 땅, 이렇게 맹렬한 바람 속에서는 내려가려 해도 내려갈 수가 없었다.

'빅토리아'호는 이렇게 티부족의 나라를 지나갔다. 수단의 국경을 이루는 선인장의 사막도 지났다. 그리고 카라반이 지나간 흔적이 길게 이어져 있는 사막으로 다시 들어갔다. 이 지방에서 가장 큰 오아시스를 지나자마자 초록빛 선이 남쪽 지평선으로 사라졌다. 이 오아시스는 쉰 개나 되는 우물이 아름다운 수목에 덮여 있었다. 하지만 내려갈 수는 없었다. 아랍인 카라반이 쉬고 있는 듯 줄무늬 텐트가 늘어서 있고, 낙타 몇 마리가 모래 위에 목을 길게 내뻗고 있었다. 이것이 사람의 그림자도 보이지 않는 사막에서 유일한 생존의 표시였다. '빅토리아'호는 유성처럼 날아, 겨우 세 시간 만에 100킬로미터나 흘러갔다. 퍼거슨이 아무리 발버둥쳐도 어떻게 해볼 도리가 없었다.

"멈출 수도 없고 내려갈 수도 없어. 나무가 한 그루도 없고, 지면도 평탄해. 이대로 사하라 사막을 넘어버릴까? 하늘은 우리 편이 아니야!" 그가 절망과 분노에 찬 목소리로 말했다.

그때였다. 사막의 모래가 북쪽에서 누런 먼지 속으로 말려 올라가 역풍과 부딪힌 뒤 소용돌이치기 시작하는 게 보였다.

오아시스에 있던 카라반은 이 회오리바람에 말려들어 모래의 흐름 속으로 당장 모습을 감추었다. 낙타들은 미친 듯이 뛰어다니고, 슬픈 듯이 낮은 소리로 울어댔다. 외침 소리와 고함 소리가 숨도 쉴 수 없는 안개 속에서 들려왔다. 이따금 여러 가지 색깔의 옷가지가 혼돈 속에 그 선명한 원색을 떠올렸다. 거센 바람 소리가 그 처참한 파괴의 정경 위에 울려 퍼지고 있었다.

곧 모래는 두꺼운 퇴적이 되어 겹쳐 쌓이고, 조금 전까지만 해도 평탄한 들판이 펼쳐져 있던 곳은 언덕이 움직이면서 모래에 파묻힌 카라반의 묘지가 되어버렸다.

박사와 케네디는 창백해진 얼굴로 이 무서운 광경을 지켜보고 있었다. 그들도 이제는 기구를 조작할 수 없었다. 기구는 역풍 속에 휘말려, 아무리 가스를 팽창시켜도 빠져나갈 수가 없었다. 기구는 이 공기의 소용돌이에 단단히 붙잡힌 채 눈이 핑핑 도는 속도로 맴돌고 있었다. 곤돌라는 진자처럼 크게 흔들리고, 천막 아래에 매달린 관측기구는 서로 부딪혀 금방이라도 깨질 것 같았다. 나선관 파이프도 부러질 것처럼 휘었고, 물탱크는

이리저리 돌아다니며 서로 부딪쳤다. 한 뼘도 떨어져 있지 않은데도 두 친구는 상대의 목소리를 알아들을 수 없었다. 한 손으로 밧줄을 꽉 움켜잡고, 두 사람은 이 격렬한 폭풍에 날려가지 않으려고 필사적으로 버텼다.

케네디는 머리카락을 헝클어뜨린 채 입을 꽉 다물고 있었다. 박사는 이 위난 속에서 원래의 담대함을 되찾았다. 그의 얼굴에는 마음의 동요가 전혀 드러나 있지 않았다. 마지막으로 기구가 선회하고, 생각지도 않은 정적 속에서 '빅토리아'호가 갑자기 멈추었을 때에도 그는 태연했다. 북풍이 강해진 것이다. 그 후 바람은 기구를 반대 방향으로 내몰았다. 아침에 왔을 때와 거의 같은 속도로 바람에 밀려갔다.

"이번에는 어디로 갈 거야?" 케네디가 외쳤다.

"신에게 맡기자고. 신을 의심한 것은 잘못이었어. 어떻게 하면 좋을지는 신이 우리보다 잘 아셔."

아침에는 평탄하고 단조로웠던 대지가 지금은 폭풍 뒤의 바다처럼 거칠어져 있었다. 갓 생긴 작은 언덕들이 사막에 점점이 이어져 있었다. '빅토리아'호는 거센 바람 속에서 하늘을 가르며 나아갔다.

바람이 여행자들을 데려간 방향은 아침에 그들이 온 길과는 조금 달랐다. 그래서 9시가 되어도 차드 호의 연안은 보이지 않고, 그들 앞에는 아직도 모래가 펼쳐져 있었다.

케네디가 그것을 박사에게 말했다.

"괜찮아." 박사가 대답했다. "중요한 건 남쪽으로 돌아가는 거야. 이대로 가면 우디나 쿠카, 어쨌든 보르누의 도시를 만나게 될 거야. 그러면 바로 거기로 내려가는 거야."

"자네가 괜찮다면 나도 괜찮아." 사냥꾼이 대답했다. "하지만 사막을 건너고 싶진 않군. 그 불운한 아랍인들처럼 되고 싶진 않으니까 말이야. 정말 무서운 걸 보았어."

"이따금 있는 일이야. 사막 횡단은 바다를 횡단하는 것과는 다르지만 역시 위험해. 사막에는 바다에 있는 위험이 모두 존재해. 침몰할 가능성에 견딜 수 없는 피로도 있고, 물이나 식량이 떨어지는 일도 있고……."

"아무래도 바람이 약해진 모양이야." 케네디가 말했다. "모래먼지가 옅어졌고 사막의 기복도 줄어들었어. 하늘도 점점 맑아지고 있어."

"잘됐군. 이제 망원경을 주의 깊게 들여다보면서 무엇 하나 놓치지 않도록 조심해야 돼."

"알았어! 나무가 한 그루라도 보이면 자네가 알아차리기 전에 반드시 말할게."

케네디는 망원경을 들고 곤돌라 앞쪽에 자리를 잡았다.

35

위기에 빠진 조

이렇게 두 친구가 수색을 계속하고 있는 동안 조는 어떻게 하고 있었을까?

호수로 뛰어내렸을 때, 수면에 떠오른 그가 맨 처음 한 일은 하늘로 눈길을 돌린 것이었다. 벌써 호수 위로 높이 떠올라 있던 '빅토리아'호가 점점 상승하여 작아져가는 것을 보았다. 이윽고 기구는 강풍을 타고 북쪽으로 사라져갔다. 그의 주인도 그 친구도 살아난 것이다.

'차드 호에 뛰어내릴 생각을 하길 잘했어.' 그는 생각했다. '케네디 선생님도 그렇게 생각했을 게 분명해. 그분도 나와 마찬가지로 망설이지 않았을 거야. 두 사람을 구하기 위해 한 사람이 희생하는 건 당연한 일이니까.'

주인들이 살아난 것에 일단 안심한 조는 이번에는 자신의 문제를 생각하기 시작했다.

그는 잔인할 게 분명한 미지의 주민에게 둘러싸인 채 넓은 호

차드 호 한복판에 떨어진 조.

수 한복판에 있었다. 이 난관을 헤쳐 나가는 데 믿을 것은 자신밖에 없었다. 하지만 그는 별로 무섭다고도 생각지 않았다.

맹금류가 공격해오기 전에 그는 수평선에 섬 하나가 있는 것을 보았다. 그는 그 섬 쪽으로 가기로 결심했다. 그리고 방해가 되는 옷을 벗은 뒤 수영 기술을 구사하기 시작했다. 10킬로미터 정도의 수영이라면 자신이 있었다. 그래서 호수 한복판에 있는 이상, 지금은 힘차게 일직선으로 헤엄치는 것밖에는 생각지 않았다.

한 시간이 넘게 헤엄치자 섬과의 거리도 많이 좁혀졌다.

하지만 섬에 다가갈수록 어떤 생각이 떠올랐고, 이윽고 그것이 형태를 갖추어 그의 마음에 파고들었다. 호숫가에는 거대한 악어가 있다는 것이 생각난 것이다. 이 동물이 얼마나 탐욕스러운지도 생각났다.

이 대단한 젊은이에게는 세상에서 일어나는 일은 뭐든지 당연하다고 생각하는 버릇이 있었지만, 이번만은 정말 곤란해졌다. 그는 백인의 고기가 악어 입맛에 특히 잘 맞는 게 아닐까 하고 우려했다. 그래서 그는 주의 깊게 주위를 살피면서 나아갔다. 그는 초록빛 나무로 덮인 호숫가로부터 150미터를 남겨둔 곳까지 왔다. 바로 그때 강렬한 사향 냄새가 코를 찔렀다.

'걱정했던 대로군. 악어야! 멀지 않아.' 그는 이렇게 생각하고 급히 잠수했다. 하지만 그 거대한 덩치를 피하기에는 충분치 않았던 모양이다. 앞으로 나아가자 비늘로 덮인 가죽이 그의 몸을 스쳐서 살갗이 벗겨졌다. 그는 당황했다. 그래서 필사적인 속도로 헤엄치기 시작했다. 그는 수면 위로 올라가 숨을 크게 내쉬고 다시 잠수했다. 뭐라고 표현하기 어려운 고뇌의 시간이 15분쯤 계속되었다. 그의 낙천적인 철학으로도 이 고민을 억제할 수는 없었다. 악어가 뒤에서 자기를 노리고 턱을 딱 벌리는 소리를 들은 듯한 기분까지 들었다. 그래서 최대한 조용히 물속을 전진했다. 갑자기 그는 한쪽 팔을, 이어서 몸통을 잡혔다.

불쌍한 조! 순간, 주인의 얼굴이 눈앞에 떠올랐다. 그리고 그는 절망적인 싸움을 시작했다. 하지만 악어는 사냥감을 먹을 때 호수 바닥으로 끌고 들어가지만, 그는 오히려 수면으로 끌어 올려졌다.

그는 겨우 숨을 쉴 수가 있었다. 눈을 떴다. 그러자 흑단처럼 새까만 두 흑인 사이에 끼어 있는 게 아닌가! 이 아프리카인들은 그를 힘껏 누른 채 기묘한 소리로 외치고 있었다.

"아니, 악어가 아니라 흑인인가?" 조는 무심코 말해버렸다. "이쪽이 훨씬 낫군. 하지만 왜 이놈들은 이런 곳에서 미역을 감고 있었지?"

흑인은 대부분 그렇지만, 차드 호의 섬에 사는 주민들이 악어가 있는 곳에서도 태연히 물속에 들어가고 악어한테 습격당하는 일도 별로 없다는 것, 그리고 이 호수의 악어는 사람을 공격하지 않는 파충류로 특히 유명하다는 것을 조는 미처 알지 못했다.

하지만 조는 한 가지 위험은 피했지만 또 다른 위험에 빠진 꼴이었다. 그는 달리 어떻게 할 수도 없었기 때문에, 일이 되어가는 대로 따르기로 마음먹었다. 그리고 두려워하는 기색도 없이 호숫가로 끌려갔다.

'분명히……' 하고 그는 생각했다. '이놈들은 하늘의 괴물 같은 '빅토리아'호가 수면에 닿을 만큼 내려오는 것을 보았을 거야. 내가 떨어지는 것도 멀리서 보고 있었겠지. 그렇다면 나를 하늘에서 내려온 남자로 존경하고 있을지도 몰라. 좋아, 어떻게

되는지 잠자코 지켜보자.'

여기까지 생각했을 때 조는 시끄럽게 떠들어대는 군중에게 둘러싸였다. 남자도 여자도 아이들도 노인들도 있었다. 하지만 피부색은 모두 같았다. 그는 멋진 검은색 피부를 가진 비디오마 흐족의 한복판에 있었다. 옷이 가볍다고 얼굴을 붉힐 필요는 없었다. 그는 이 나라의 최신 유행대로 '옷을 입지 않고' 있었기 때문이다.

어떤 대우를 받을지는 모르지만, 존경의 대상이 되어 있는 것은 확실한 듯했다. 그는 카제에서 일어난 사건을 생각했지만, 일단 안심했다.

'아무래도 나는 신이 될 모양이야. 또 달의 아들이군. 뭐 좋겠지. 직업을 택할 수 없다면, 신이든 다른 직업이든 마찬가지야. 어쨌든 시간을 벌어야 돼. '빅토리아'호가 돌아오면 나는 신으로서 숭배자들에게 기적의 승천을 하는 장면을 보여주자.'

조가 이런 생각을 하고 있는 동안 군중은 그를 둘러싼 고리를 점점 좁혀왔다. 군중은 넙죽 엎드린 채 뭐라고 말하면서 그의 몸을 만졌다. 그들은 허물이 없었다. 하지만 역시 조를 신으로 생각하고 있는 듯 호화로운 음식을 대접해주었다. 시큼한 우유와, 벌꿀에 쌀가루를 섞은 것—이 용감한 젊은이는 어떤 일에도 놀라지 않기로 굳게 결심하고 있었기 때문에, 평생 먹어본 음식 가운데 가장 맛 좋은 이 식사를 사양하지 않고 먹었다. 주민들은 신들도 필요한 경우에는 과식을 하는구나 하고 감탄했을 것이다.

저녁이 왔을 때 주술사들이 공손히 그의 손을 잡고 오두막으로 데려갔다. 그 오두막은 마귀를 쫓는 부적으로 둘러싸여 있었는데, 그곳에 들어가기 전에 조는 이 신전 주위에 산더미처럼 쌓여 있는 백골에 불안한 눈길을 던졌다. 오두막에 갇힌 뒤, 그는 자신의 처지에 대해 생각해볼 시간이 충분히 있었다.

저녁부터 밤까지 축제의 노래가 들려왔다. 큰북이 울리고 쇠붙이가 철거덕거리는 소리가 울려 퍼졌다. 그것이 아프리카인의 귀에는 기분 좋게 들리는 모양이었다. 이 신성한 오두막 주위에서는 으르렁거리는 듯한 합창 소리에 맞추어 몸을 흔들거나 얼굴을 찡그리는 댄스가 끝없이 계속되었다.

조는 오두막의 재료인 진흙과 갈대를 통해 이 시끄러운 소리를 듣고 있었다. 다른 환경에 있었다면 아마 그는 이 기묘한 의식에 기쁨까지 느꼈을 것이다. 하지만 곧 불쾌하기 이를 데 없는 생각이 그를 줄곧 따라다니게 되었다. 매사에 밝은 면만 보려고 하는 조였지만, 지금 이 야만적인 나라의 이런 주민들 한복판에 떨어진 자기는 바보 멍청이였다고 조금 슬픈 마음으로 생각했다. 아프리카 탐험가들 가운데 살아서 조국을 다시 본 사람은 손가락으로 꼽을 정도밖에 안 된다. 하물며 이 언저리까지 온 탐험가들은……. 하지만 나는 숭배받고 있는 거잖아? 좀 더 자신감을 가져도 좋지 않을까? 하지만 인간의 위대함 같은 건 덧없어. 숭배받는 것도 덧없는 일이야. 이 나라에서는 숭배한다는 건 숭배하는 사람을 먹는 게 아닐까 하고 그는 속으로 묻고 있었다.

이런 재미없는 상상에도 불구하고, 두세 시간 동안 생각하다 보니 피로가 우울한 생각을 이겼다. 조는 깊은 잠에 빠져들었다. 뜻밖의 냉기가 자고 있는 그를 깨우지 않았다면 이 잠은 아마 새벽까지 계속되었을 것이다.

그 냉기는 물이었다. 그리고 이 물은 조의 몸이 절반이나 잠길 만큼 올라와 있었다.

'아니, 이건 뭐지?' 그는 속으로 외쳤다. '홍수인가? 용오름인가? 혹인의 새로운 고문 방법인가? 목까지 물이 올라오기를 느긋하게 기다리고 있을 때가 아니야!'

그는 어깨로 벽을 부수었다. 그곳은 어디였는가? 호수 한복판이었다. 섬 같은 건 어디에도 없었다. 밤사이에 섬이 가라앉아버린 것이다. 섬이 있었던 곳에는 차드 호의 물이 끝없이 펼쳐져 있었다.

'슬픈 나라에 살고 있는 놈들이군.' 조는 생각했다. 그리고 그는 힘차게 수영 훈련을 재개했다.

조는 차드 호에 종종 일어나는 현상 덕분에 구조된 것이다. 이렇게 바위처럼 단단해 보이던 섬들이 사라져가고, 호숫가에 사는 사람들은 그때마다 무서운 파국에서 탈출한 사람들을 물 위로 끌어 올려주어야 했다.

조는 차드 호 특유의 이 현상을 알지 못했다. 하지만 그것을 이용하지 않을 만큼 바보는 아니었다. 그는 표류하고 있는 통나무배를 발견하고 다가갔다. 그것은 커다란 나무줄기의 속을 파내어 만든 작은 배였다. 다행히 노도 두 개 있었다. 조는 상당히 빠른 흐름을 타고 그 자리를 떠났다.

'자, 전진이다!' 그는 속으로 말했다. '언제나 모든 사람에게 북쪽으로 가는 길을 알려주는 저 북극성이 이제 나에게 길을 알려주겠지.'

물의 흐름이 차드 호 북쪽 연안으로 향하고 있는 것을 알고 조는 만족했다. 그는 그대로 떠내려갔다. 오전 2시경에 그는 어느 곳에 상륙했다. 그곳에는 낙관적인 철학자들도 성가시게 생각할 만큼 갈대가 빽빽이 우거져 있었다. 하지만 다행히 나무

한 그루가 마치 그에게 잠자리를 제공하듯 가지를 뻗은 채 우뚝 서 있었다. 조는 몸의 안전을 위해 거기로 올라가 꾸벅꾸벅 졸면서 아침 햇살을 기다렸다.

아침은 적도 특유의 속도로 다가왔다. 조는 밤새 그를 지켜준 나무를 둘러보고 생각지도 못한 광경에 기겁을 했다. 가지마다 온갖 뱀들이 문자 그대로 빽빽하게 얽혀 있었다. 나뭇잎도 보이지 않을 정도였다. 마치 파충류가 열매처럼 열리는 신종 나무 같았다. 아침 햇살을 받아 그 파충류들이 쉭쉭 소리를 내면서 기어 다니고 가지에 몸을 친친 감고 있었다. 그는 오싹한 공포를 느끼고 땅으로 뛰어내렸다.

'이런 건 아무도 믿지 않을 거야.' 그는 중얼거렸다.

포겔 박사가 마지막 편지에서 차드 호반에는 세계 어디보다도 파충류가 많다고 쓴 것을 그는 물론 알지 못했다. 이런 일이 있은 뒤 그는 앞으로 더욱 조심하기로 마음먹었다. 그리고 태양으로 방향을 정하고 북동쪽을 향해 걷기 시작했다. 그는 세심한 주의를 기울여 집이나 오두막은 낡아빠진 폐가든 다 쓰러져가는 집이든 인간이 살 수 있을 만한 곳은 모두 피해서 지나갔다.

그는 몇 번이나 시선을 하늘로 향했을까. 그는 한시라도 빨리 '빅토리아'호를 보고 싶었다. 그날은 아무리 걸어도, 아무리 하늘을 쳐다보아도, 기구의 모습이 보이지 않았다. 하지만 주인에 대한 그의 신뢰는 조금도 흔들리지 않았다. 이런 상황에 있어도 이런 기분일 수 있는 것은 조의 정신이 상당히 강인하다는 증거였다. 피로에 시장기가 겹쳐왔다. 나무뿌리나 '멜레' 같은 식물의 껍질 안쪽에 있는 하얀 부분, 종려나무 열매를 먹어도 원기는 회복되지 않았다. 하지만 그는 직감을 믿고 서쪽으로 50킬로

파충류가 열린 나무.

미터쯤 걸어갔다. 몸은 호수의 갈대, 아카시아, 미모사 가시에 긁혀 온통 상처투성이였다. 발에서도 피가 배어 나와 걷기가 너무 괴로웠다. 하지만 그는 이 고통을 견뎌냈다. 저녁이 왔다. 오늘 밤에는 차드 호 근처에서 보내기로 했다.

거기서도 그는 수많은 벌레에 물어뜯겼다. 파리, 모기, 그리고 땅바닥도 1센티미터가 넘는 커다란 개미로 덮여 있었다. 두 시간 뒤에는 조의 몸을 가리는 것은 넝마조각 하나도 남아 있지 않았다. 벌레가 모두 먹어버린 것이다. 무서운 밤이었다. 지친 여행자는 한 시간도 계속해서 자지 못했다. 그동안 줄곧 멧돼지, 물소, 매너티의 일종인 아주브가 덤불이나 물속에서 날뛰고 있었다. 짐승들의 합주가 밤의 어둠 속에 울려 퍼졌다. 조는 움직이고 싶어도 움직일 수가 없었다. 그것은 그의 인내력과 달관으로도 견디기 어려운 고통이었다.

드디어 아침이 왔다. 조는 서둘러 일어났다. 그리고 기분 나쁜 두꺼비와 잠자리를 같이하고 있었던 것을 알았을 때 그가 얼마나 몸서리를 쳤을지 상상해보라. 게다가 그 두꺼비는 몸길이가 한 뼘이나 되었다. 그 징그러운 두꺼비는 크고 둥근 눈으로 그를 빤히 바라보고 있었다. 조는 구역질이 나는 것을 느꼈다. 다리가 오그라드는 듯한 느낌이었지만, 그는 단숨에 호수까지 달려가서 물속으로 뛰어들었다. 이 목욕으로 몸이 근질거리는 것도 상당히 가라앉았다. 그는 나뭇잎을 몇 장 씹어 먹고, 스스로도 이해할 수 없는 불굴의 고집으로 다시 출발했다. 그는 자신의 행동을 이제 자각하고 있지 않았다. 하지만 절망을 이기는 힘을 마음속에 느끼고 있었다.

그는 무서운 굶주림에 시달리고 있었다. 그의 위는 주인만큼 체념하고 있지 않았기 때문에 불평만 하고 있었다. 그는 덩굴로 허리를 단단히 졸라매고 배고픔을 참았다. 다행히 갈증은 언제라도 달랠 수 있었다. 사막에서 겪은 고통을 생각하면, 죽음보다 무서운 그 고통이 없는 것만으로도 다행이었다.

'"빅토리아'호는 도대체 어디로 간 거지?' 그는 안타깝게 생각했다. '아니, 바람이 북쪽에서 불고 있군! 그러면 분명 호수로 돌아올 거야! 박사님이라면 기구를 잘 고쳤을 거야. 하지만 어제 하루는 꼬박 그 일에 소비했을 거야. 그렇다면 오늘쯤은…… 하지만 '빅토리아'호를 만날 수 있을 거라고는 생각지 않는 편이 좋아. 어쨌든 호수 근처의 큰 도시로 가자. 그러면 박사님이 말해준 탐험가와 같아지는 거야. 내가 탐험가처럼 잘하지 못할 이유가 어디 있어? 차드 호에서 돌아온 탐험가도 있어! 자, 기운을 내!' 그는 이런 식으로 마음을 다잡으면서 걷고 또 걸었다. 대담한 조는 야만인들이 모여 있는 숲 속으로 들어가버렸다. 다행히 도중에 멈춰 섰기 때문에 들키지는 않았다. 흑인들은 화살촉에 등대풀 독액을 바르고 있는 중이었다. 이 지방 주민에게 이것은 일종의 엄숙한 의식 같은 작업이었다.

조는 숨을 죽이고 덤불에 숨어 있었다. 그때 문득 나뭇잎 사이로 하늘을 쳐다본 그의 눈에 '빅토리아'호가 뛰어들어왔다. 그것은 정말로 '빅토리아'호였다. 기구는 겨우 30미터 상공에서 호수 쪽으로 날아가고 있었다. 하지만 소리칠 수도 없었다. 뛰쳐나갈 수도 없었다.

그의 눈에 눈물이 고였다. 절망의 눈물이 아니라 감사의 눈물이었다. 박사님이 나를 찾으러 와주었구나! 박사님은 나를 버리지 않았어! 그는 흑인들이 떠나기를 기다린 뒤에야 은신처에서 나와 차드 호 쪽으로 쏜살같이 달려갔다.

하지만 그때 '빅토리아'호는 이미 하늘 저편으로 멀어져가고 있었다. 기다리자고 조는 결심했다. 반드시 다시 돌아온다. 실제로 기구는 다시 돌아왔다. 하지만 훨씬 동쪽이었다. 조는 달렸다. 손을 흔들었다. 외쳤다……. 하지만 모두 허사였다. 강한 바람이 어떻게 해볼 도리도 없이 기구를 데려가버렸다.

물에 떨어진 이후 처음으로 조는 어깨를 떨어뜨리고 고개를 숙였다. 이제 틀렸다고 생각했다. 주인은 이제 돌아오지 않을 거라고 생각했다. 그는 아무것도 생각지 않으려고 했다. 생각하고 싶지 않았다.

그저 무턱대고 걸었다. 그날 온종일 손이 피투성이가 되고 몸이 상처투성이가 될 때까지 걸었고, 밤이 되어도 계속 걸었다. 때로는 무릎으로, 때로는 손바닥으로 걸었다. 이제는 무언가를 할 힘도 없어졌다. 이제 곧 죽는다고 생각했다.

이렇게 걸어서 겨우 어느 늪가에 다다랐다. 물론 그때는 늪인 줄도 몰랐다. 벌써 몇 시간 전부터 주위는 캄캄해져 있었기 때문이다. 그는 뜻밖에 진득거리는 늪 속에 빠졌다. 아무리 발버둥 쳐도, 필사적으로 몸부림쳐도 몸은 조금씩 진창 속으로 가라앉았다. 몇 분 뒤에는 몸의 절반이 진창에 묻혀버렸다.

그는 마구 몸부림쳤다. 하지만 그럴수록 자기가 판 무덤 속에 파묻히게 되었다. 붙잡을 나뭇가지 하나 없고, 매달릴 갈대 하나 없었다. 다 끝났다는 것을 그는 깨달았다. 그는 눈을 감았다.

"박사님! 박사님! 살려주세요!"

벌써 숨이 막히기 시작한 가슴에서 쥐어짜낸 이 절망의 외침 소리도 헛되이 어둠 속으로 사라져갔다.

"박사님! 박사님! 살려주세요!"

36
조를 구출하다

곤돌라 앞쪽에 다시 자리를 잡은 케네디는 지평선을 계속 주시했다.

얼마 후 그는 박사를 돌아보았다.

"저쪽에서 무언가가 한 무리가 되어 움직이고 있어. 사람인지 동물인지는 모르겠지만. 아직 분간이 가지 않아. 어쨌든 굉장한 기세로 달리고 있어. 모래 먼지가 피어오르고 있으니까."

"또 역풍이 불기 시작한 게 아닐까?" 박사가 말했다. "용오름이 일어나서 다시 북쪽으로 떠밀려가지 않을까?"

그는 그것을 보려고 일어섰다.

"아니야, 새뮤얼." 케네디가 대답했다. "영양이나 들소 무리일 거야."

"아마 그렇겠지. 망원경으로 보아도 아무것도 알 수 없는 걸 보면 4, 5킬로미터는 떨어져 있어."

"어쨌든 망원경을 들여다보고 있어. 좀 마음에 걸리는 게 있으니까. 이따금 기병 훈련 같은 걸 하는데…… 그래, 틀림없어. 저건 기병이야. 봐!"

박사는 그 무리를 주의 깊게 보았다.

"자네 말이 맞아. 저건 아랍인이나 티부족 부대야. 기구와 같은 방향으로 도망쳐가는군. 하지만 우리가 더 빠르니까 쉽게 따라잡을 수 있어. 30분만 지나면 또렷이 보일 거야. 무엇을 하려고 하는지도 곧 알게 돼."

케네디는 또다시 망원경을 잡고 주의 깊게 지켜보았다. 기병대가 점점 확실히 보였다. 그 무리에서 뛰쳐나오거나 뒤처지는 사람들도 있었다.

"분명히 훈련이나 사냥을 하고 있어." 케네디가 말을 이었다. "무언가를 뒤쫓고 있는 것 같아. 도대체 뭘까?"

"그렇게 서두르지 마. 이제 곧 따라잡아서 앞질러버릴 테니까. 기구는 지금 시속 35킬로미터로 날고 있는데, 이런 속도로 계속 달릴 수 있는 말은 없어."

케네디는 관찰을 계속했다. 몇 분 뒤에 그가 말했다.

"아랍인들이 전속력으로 달리고 있어. 분명히 보여. 쉰 명 정도야. 망토가 바람에 펄럭이고 있는 것도 보여. 기병 훈련이야. 대장이 백 걸음쯤 앞에 있어. 그 뒤를 따라 달리고 있어."

"놈들이 누구든 두렵지는 않지만, 일단 상승할까?"

"잠깐만. 잠깐만 기다려, 새뮤얼! 이상해." 다시 한 번 망원경을 들여다본 케네디가 말했다. "알 수 없는 게 있어. 저 달리는 모습, 저 흐트러진 대열. 저건 대장을 따라서 달리는 게 아니라, 앞선 사람을 쫓아가고 있는 것 같아."

"정말?"

"확실해. 틀림없어! 저건 사냥을 하고 있는 거야. 인간 사냥. 앞에 가는 사람은 대장이 아니라 탈주병이야!"

"탈주병이라고?"

"그래."

"그 남자를 잘 봐. 이대로 계속 추적해!"

빠른 속도로 달리는 기병대를 쫓는 동안 5, 6킬로미터는 눈 깜짝할 사이에 지나갔다.

"새뮤얼! 새뮤얼!" 케네디가 떨리는 목소리로 외쳤다.

"왜 그래, 딕?"

"꿈인가? 이런 일도 있나?"

"무슨 일인데?"

"기다려!"

사냥꾼은 망원경 렌즈를 서둘러 닦았다. 그리고 다시 보았다.

"어때?" 박사가 물었다.

"그 녀석이야, 새뮤얼!"

"그 녀석?" 박사가 외쳤다.

'그 녀석'으로 모든 게 통했다. 굳이 이름을 말할 필요는 없었다.

"말을 타고 있어! 그리고 적들보다 백 걸음밖에 앞서 있지 않아!"

"조!" 창백해진 얼굴로 박사가 외쳤다.

"도망치고 있어. 우리를 알아차리지 못하고 있어."

"이제 곧 알아차릴 거야." 박사가 버너의 불을 줄이면서 대답했다.

"5분만 지나면 기구는 지상 15미터까지 내려가. 15분 뒤면 조의 머리 위에 있게 될 거야."

"총을 쏘아서 알리는 게 좋겠어."

"안 돼. 돌아오려 해도, 뒤에 적이 있어."

"그럼 어떡하지?"

"기다려!"

"기다리라고? 그럼 저 아랍인들은?"

"이제 곧 놈들을 따라잡고 앞지를 거야. 앞으로 3킬로미터도 안 남았어. 조가 탄 말은 어때?"

"아, 저런!"

"왜?"

케네디가 절망의 외침 소리를 질렀다. 조가 땅바닥에 내동댕이쳐진 것이다. 너무 혹사당한 말이 기진맥진하여 쓰러졌기 때문이다.

"우리를 봤어!" 박사가 외쳤다. "일어날 때 손을 흔들었어!"

"하지만 왜 멍청히 서 있는 거지? 힘내! 이봐, 조!" 참을 수 없게 된 사냥꾼이 소리를 질렀다.

조는 넘어졌나 했더니 곧 일어났다. 그리고 선두에 선 기병이 그쪽으로 돌진해오는 것을 표범처럼 옆으로 몸을 날려 피하고, 그 말의 엉덩이에 뛰어올라 아랍인의 목을 그 억센 손으로 졸랐다. 아랍인은 모랫바닥에 굴러떨어졌고, 조는 다시 숨 막히는 경주를 시작했다.

아랍인들이 외치는 소리가 하늘까지 올라왔다. 하지만 모두 추적에 열중한 나머지 5백 걸음쯤 뒤에 접근한 '빅토리아'호를 알아차리지 못했다. 그리고 '빅토리아'호가 지상 10미터 높이까지 내려왔을 때에는 아랍인들도 도망자로부터 겨우 스무 마신

(馬身)* 떨어진 곳까지 바싹 접근해 있었다.

그들 가운데 하나가 순식간에 조와의 거리를 좁히면서 창을 던지려고 했다. 그 순간 케네디는 총을 겨누고 기도하는 심정으로 발사했다. 사내는 말에서 굴러떨어졌다.

조는 총소리에도 뒤를 돌아보지 않았다. '빅토리아'호를 알아차린 놈들은 경주를 그만두고 말에서 뛰어내려 모래 먼지 속에 얼굴을 묻었다. 하지만 다른 놈들은 여전히 추적을 멈추지 않았다.

"조는 뭘 하고 있는 거지?" 케네디가 외쳤다. "멈추지 않아."

"그게 나아. 조가 무슨 생각을 하는지 알았어. 저것 봐, 기구가 나아가는 쪽으로 가고 있잖아. 조는 우리를 믿고 있어. 똑똑한 녀석이야. 아랍인들의 코앞에서 끌어 올려주자고. 앞으로 2백 걸음이야."

"어떻게 하면 되지?"

"총은 놔둬!"

"알았어." 사냥꾼은 무기를 내려놓았다.

"60킬로그램짜리 모래주머니를 갖고 있지?"

"더 많이 갖고 있어."

"그걸로 충분해."

박사는 모래주머니를 케네디의 팔에 쌓아 올렸다.

"이걸 곤돌라 뒤쪽으로 가져가. 언제라도 던질 수 있도록. 하지만 내가 신호하기 전에는 던지지 마."

---

* 경마에서 말과 말 사이의 거리를 나타내는 단위로, 말의 코끝에서 궁둥이까지의 길이.

"알았어."

"그러지 않으면 조를 구할 수 없게 돼."

"맡겨둬!"

'빅토리아'호는 조를 뒤쫓아 달리는 기병들의 바로 위에 있었다. 박사는 곤돌라 앞쪽으로 줄사다리를 가져가서, 언제라도 던질 수 있도록 준비를 갖추었다. 조와 추격대의 거리는 여전히 쉰 걸음 정도였다. '빅토리아'호는 기병대를 추월했다.

"준비됐나?" 박사가 케네디에게 말했다.

"그래!"

"조! 정신 차려!" 줄사다리를 던지면서 박사가 쩌렁쩌렁 울리는 목소리로 외쳤다. 줄사다리의 끝이 모래 먼지를 일으켰다.

박사가 부르는 소리에 조는 말을 세우지 않은 채 뒤를 돌아보았다. 사다리가 그의 바로 옆에 있었다. 그는 사다리에 덤벼들었다.

"던져!" 박사가 케네디에게 외쳤다.

"오케이!"

조의 몸무게보다 무거운 것을 던지자 '빅토리아'호는 단숨에 40미터쯤 상승했다.

줄사다리가 크게 흔들리고 있는 동안 조는 거기에 매달려 있었다. 그리고 아랍인들을 향해 조롱하는 몸짓을 하고, 곡예사처럼 잽싸게 동료들이 있는 곳으로 올라왔다. 동료들은 그를 끌어안았다.

아랍인들은 놀라움과 분노의 외침 소리를 질렀다. 도주자를 하늘에서 낚아채버린 것이다. '빅토리아'호는 당장 그들에게서 멀어졌다.

조는 줄사다리에 매달렸다.

"박사님! 선생님!" 조는 이렇게 말하고, 기쁨과 피로에 겨워 정신을 잃어버렸다.

케네디는 기뻐서 어찌할 바를 모른 채 "살았어! 살았어!" 하는 말만 되풀이하고 있었다.

"잘했어." 벌써 평정을 되찾은 박사는 그렇게만 말했을 뿐이었다.

조는 거의 알몸이었다. 팔은 피투성이였고, 몸도 온통 상처투성이였다. 그것은 모두 그가 겪은 고난을 말해주고 있었다. 박사는 상처를 치료하고 그를 천막 아래에 눕혔다.

조는 곧 깨어났다. 그리고 브랜디를 한 잔 달라고 청했다. 그 정도는 마시게 해도 좋다고 박사도 생각했다. 조가 보통 사람은 아니었기 때문이다. 술을 다 마신 조는 두 길동무의 손을 잡았다. 그리고 지금까지 있었던 일을 이야기하려고 했다.

하지만 두 사람은 조가 말하는 것을 허락하지 않았다. 젊은이는 다시 깊은 잠에 빠져들었다. 그에게는 잠이 필요했다.

'빅토리아'호는 서쪽을 향해 비스듬히 날고 있었다. 바람이 아주 강했기 때문에 사막 언저리까지 떠밀려가고 말았다. 폭풍으로 야자나무까지 휘거나 쓰러져 있었다. 기구는 조를 구한 뒤 20킬로미터 가까이 날아서, 어스름이 다가올 무렵 동경 10도선을 넘었다.

37

조의 모험담

밤이 되자, 낮에는 그토록 맹렬했던 바람도 잔잔해졌다. '빅토리아'호는 커다란 단풍나무 위에 조용히 멈춰 있었다. 박사와 케네디가 교대를 불침번을 섰고, 조는 아직도 깊은 잠에 빠져 있었다. 그는 24시간 동안 계속 잠을 잤다.

"무엇보다 좋은 약이야." 퍼거슨이 말했다. "잠을 자면 자연히 낫게 돼."

날이 밝자 바람이 다시 강해졌다. 하지만 변덕스러운 바람이어서 북쪽으로 부는가 하면 다시 남쪽으로 불었다. 하지만 결국 '빅토리아'호는 서쪽을 향해 나아갔다.

박사는 지도를 한 손에 들고 지금 날고 있는 곳이 다메르구 왕국이라는 것을 확인했다. 완만하게 물결치는 초록빛 대지, 덩굴풀과 긴 갈대를 엮어서 지은 오두막들이 모여 있는 마을. 경작된 밭에는 발판이 짜여져 있고, 쥐와 흰개미의 침입을 막기 위해 수확물은 그 발판 위에 수북이 쌓여 있었다.

기구는 곧 진더라는 도시에 이르렀다. 넓은 처형장을 보고 진더라는 것을 알았다. 처형장 한복판에는 죽음의 나무가 서 있고, 사형집행인이 그 밑에서 감시하고 있었다. 그 나무 아래를 지난 사람은 모두 즉석에서 목이 매달린다!

케네디는 나침반을 보았다. 그리고 저도 모르게 말했다.

"또 북쪽으로 가고 있나?"

"상관없어. 이대로 팀북투까지 가주기만 하면 우리는 불평할 게 없지. 이렇게 아름다운 전망을 즐기면서 이만큼 쾌적한 여행을 한 사람은 없을 거야."

"이만큼 기운찬 여행을 한 사람도 없을 겁니다." 상쾌한 얼굴을 천막 사이로 내밀면서 조가 말했다.

"오, 우리의 용사!" 케네디가 외쳤다.

"우리의 구세주! 기분은 어때?"

"괜찮습니다. 아주 괜찮아요. 지금처럼 건강했던 적도 없는 것 같은데요. 그리고 차드 호에서 몸을 씻고 느긋하게 여행하고 있는 남자는 청결 그 자체예요. 안 그렇습니까, 박사님?"

"대단한 녀석이야." 퍼거슨이 조의 손을 움켜잡고 대답했다. "우리를 얼마나 걱정시켰는지 알아?"

"저도 그랬어요! 박사님과 선생님이 어떻게 되었는지, 얼마나 걱정했는데요. 저를 그렇게 걱정시키다니 너무하십니다."

"네가 그런 식으로 나오면 우리는 절대 의견 일치를 보지 못할 거야."

"물에 빠졌어도 억지를 부리는 건 여전한 모양이군." 케네디가 웃으면서 말했다.

"조, 너의 희생정신에는 진심으로 감사하고 있어. 덕분에 우리는 살았어. '빅토리아'호가 호수에 떨어졌다면 무슨 짓을 해도 빠져나올 수 없었을 거야."

"희생정신이라고요? 부끄럽군요. 그냥 공중제비를 돌았을 뿐이에요. 그게 두 분을 살렸다고 말씀하신다면 저야말로 두 분 덕분에 살았습니다. 우리 셋이 모두 팔팔하게 살아 있잖아요? 그러니까 입씨름을 할 필요는 없습니다."

"아무래도 이 친구와는 말이 안 통해." 사냥꾼이 유쾌한 듯이 말했다.

"말이 통하려면……" 조가 말을 받았다. "이제 그런 이야기는 하지 맙시다. 다 끝난 일이에요. 지난 일은 좋든 나쁘든 돌이킬 수 없으니까요."

"너는 참 고집불통이야." 박사도 웃으면서 말했다. "하지만 무용담은 털어놓고 싶겠지?"

"듣고 싶으시다면요. 하지만 그 전에 이 살찐 거위를 요리해 버립시다. 선생님은 시간을 낭비하지 않은 모양이군요."

"그래, 조."

"좋아요. 그럼 이 아프리카의 사냥감이 유럽인의 위장에 어떻게 작용하는지 봅시다."

거위는 곧 꼬챙이에 꿰어져 버너의 불에 구워졌고, 그들은 거위 고기를 모두 먹어치웠다. 조는 며칠 동안 아무것도 먹지 않았다는 이유로 가장 많은 몫을 나누어 받았다. 홍차와 그로그를 마신 뒤 그는 자신의 모험을 이야기하기 시작했다. 그는 평소의 낙관적인 태도로 마치 남의 일을 말하듯 사건을 이야기했다. 이 훌륭한 하인은 자신을 살리는 것보다 주인이 사는 것을 더 걱정하고 있었던 모양이다. 그런 마음이 한 마디 한 마디에 엿보여서 박사는 저도 모르게 몇 번이나 조의 손을 움켜잡곤 했다. 비디오마흐족의 섬이 하루아침에 수몰된 장면에서 박사는 차드 호에 흔히 있는 현상이라고 가르쳐주었다.

이야기는 진전되어 드디어 조가 늪에 빠져 마지막 절망의 외침 소리를 지른 장면까지 왔다.

"이제 틀렸다고 생각했지요. 저는 박사님을 생각했습니다. 저는 몸부림쳤어요. 어떻게 몸부림을 쳤느냐고요? 뭐, 그거야 아무래도 좋잖습니까. 저는 잠자코 물러나기는 싫었어요. 그때 바로 옆에서 발견했습니다. 뭘 발견했냐고요? 갓 잘린 밧줄 끝이었어요. 저는 마지막 노력을 했습니다. 어떻게든 그 밧줄을 잡았지요. 그걸 잡아당겨 보았더니 반응이 있더군요. 그 밧줄을 더듬어서 겨우 단단한 지면으로 올라올 수 있었습니다. 밧줄 끝에는 닻이 달려 있더군요. 이렇게 말해도 괜찮다면, 저에게는 그야말로 생명줄이었지요. 저는 알았습니다. 그건 '빅토리아'호의 닻이었어요. 두 분이 여기 착륙했었구나 생각했지요. 그래서 저는 밧줄이 이어져 있는 방향으로 나아갔습니다. 두 분은 그쪽으로 갔을 테니까요. 그리고 고생 끝에 간신히 늪지대에서 빠져나왔지요. 저는 밤이 된 뒤에도 계속 걸어서 호수를 떠났습니다. 간신히 큰 숲 변두리에 도착했는데, 그곳에 울타리가 있고 말이 한가롭게 풀을 뜯고 있더군요. 그래서 저는 별로 생각해보지도 않고 말에 뛰어올라 북쪽을 향해 전속력으로 달렸지요. 도시에 대해서는 말씀드릴 수 없습니다. 보지도 않았으니까요. 마을에 대해서도 말씀드릴 수 없습니다. 마을을 피해서 지나갔으니까요. 저는 밭을 가로지르고 덤불을 뛰어넘고 울타리도 뛰어넘었습니다. 말을 채찍질하여 오로지 달리기만 했지요. 저는 밭

의 변두리까지 왔습니다. 거기서부터는 사막입니다. 그게 좋아
요. 앞이 훤히 보이니까요. 저를 기다리며 날아다닐 '빅토리아'
를 조금이라도 빨리 발견하고 싶었습니다. 하지만 아무것도 보
이지 않더군요. 저는 세 시간을 계속 달려서, 바보처럼 아랍인
야영지로 들어가버린 거예요. 지독한 사냥이었죠! 케네디 선생
님, 사냥꾼도 사냥이 어떤 것인지는 모릅니다. 사냥을 당해본
적이 없으니까요. 하지만 그럴 기회가 있다 해도, 미리 충고를
드리겠는데 해보지 않는 편이 낫습니다. 제 말은 지쳐서 쓰러졌
습니다. 추격대는 바로 뒤에 바싹 다가와 있었고요. 저도 쓰러
졌지요. 하지만 일어나서 아랍인 뒤에 올라탔습니다. 그 남자를
해칠 생각은 없었어요. 그러니 목을 졸랐다고 나한테 너무 원
한을 품지 않았으면 좋겠어요. 그때 두 분이 보였습니다. 그리
고 그다음은 아시는 바와 같습니다. '빅토리아'가 뒤에서 따라
오고, 박사님과 선생님은 서커스에서 말을 탄 곡예사가 달리면
서 기둥에 매달린 쇠고리를 낚아채듯 하늘을 날면서 저를 들어
올려줄 거라고 생각했지요. 박사님을 왜 믿었느냐고요? 그거야
간단하죠. 박사님도 아시잖아요. 세상에 그보다 당연한 일은 없
을 테니까요! 박사님한테 조금이라도 도움이 된다면 저는 다시
또 시작할 각오가 되어 있습니다. 하지만 아까도 말씀드렸듯이
그건 말할 가치가 없어요."

"고마워, 조!" 박사가 감동을 얼굴에 드러내며 말했다. "너의
지혜와 솜씨를 믿은 건 옳았어."

"천만에요, 박사님. 일이 일어나는 대로 그냥 따라가다 보면
항상 곤경에서 빠져나갈 수 있답니다. 가장 확실하고 안전한 방
법은 일을 그대로 받아들이는 거예요."

조가 그동안 겪은 일을 이야기하는 동안 기구는 넓은 대지 위를 쾌속으로 날아갔다. 곧 케네디가 지평선에 두리 져 있는 오두막들을 가리켰다. 그곳은 도시처럼 보였다. 박사는 지도를 조사했다. 다메르구 지방의 타겔렐 마을이었다.

"여기서 또 바르트가 지나간 곳을 만났군. 바르트가 리처드슨과 오페르베크와 헤어진 게 여기었어. 리처드슨은 진더 루트를 따라갔고 오페르베크는 마라디 루트를 따라갔지. 기억하고 있겠지만, 그 세 사람 가운데 살아서 유럽 땅을 밟은 건 바르트뿐이었어."

"그렇다면……" 하고 사냥꾼이 '빅토리아'호의 방향을 지도로 더듬으면서 말했다. "우리는 북쪽으로 곧장 올라가고 있군?"

"그래, 딕."

"그래도 괜찮나?"

"왜?"

"이대로 가면 트리폴리가 나오고, 그 거대한 사막을 건너야 하지 않을까?"

"그렇게 멀리까지 가진 않을 거야. 물론 희망적인 관측이지만 말이야."

"어디서 멈출 작정인데?"

"딕, 팀북투*를 보고 싶지 않나?"

"팀북투?"

---

* 말리의 중앙부에 위치한 도시. 13세기부터 16세기까지 서아프리카 지방의 종교적 · 문화적 · 경제적 중심지 역할을 했다. 14~15세기에 지어진 유명한 이슬람 사원들이 오늘날까지 남아 있으며, 1998년 유네스코에 의해 세계유산으로 지정되었다.

"보고 싶은데요." 조가 말했다. "팀북투를 보지 않고 아프리카 여행을 말하지 말라는 말도 있으니까요."

"너는 그 신비의 도시를 방문하는 대여섯 번째 유럽인이 될 거야."

"좋아. 팀북투에 가보세."

"그러면 북위 17도와 18도 사이로 가서, 거기서 서쪽으로 우리를 데려다줄 바람을 찾아보세."

"좋아." 사냥꾼은 고개를 끄덕였다. "그런데 아직도 한참 북쪽으로 날아가나?"

"250킬로미터 정도야."

"그럼 한숨 잘까?"

"주무세요, 어서." 조가 대답했다. "박사님도 함께 주무세요. 두 분께는 휴식이 필요합니다. 두 분께만 불침번을 서게 해버렸으니까요."

사냥꾼은 천막 밑에 드러누웠다. 하지만 박사는 거의 피로를 느끼지 않았기 때문에, 늘 있는 곳에서 관찰을 계속했다.

세 시간 뒤에 '빅토리아'호는 화강암 민둥산이 늘어서 있고 작은 돌이 많은 땅 위를 빠른 속도로 넘어갔다. 1200미터에 이르는 봉우리도 몇 개 있었다. 기린과 영양과 타조가 아카시아, 미모사, 야자나무로 이루어진 숲 속을 경쾌하게 뛰어다니고 있었다. 황량한 사막을 지난 뒤, 이곳은 식물의 제국이었다. 이곳은 위험한 이웃인 투아레그족과 마찬가지로 얼굴을 무명 띠로 감추고 있는 카일루아족의 나라였다.

밤 10시에 '빅토리아'호는 400킬로미터를 보기 좋게 날아서 상당히 큰 도시 위에 멈추었다. 반쯤 허물어진 그 도시를 달빛

기린과 영양과 타조가 숲 속을 뛰어다니고 있었다.

이 비추고 있었다. 모스크의 첨탑들이 하얀 달빛을 받으며 여기 저기에 솟아 있었다. 별의 위치로 보아 여기가 아가데스라는 것을 알았다.

이 도시는 과거에는 무역의 중심지로 번영을 누렸지만, 바르트 박사가 방문했을 때는 벌써 폐허가 되어 있었다.

'빅토리아'호는 어둠 속에 모습을 감추고 아가데스에서 북쪽으로 3킬로미터 떨어진 넓은 조밭에 착륙했다. 조용한 밤도 아침 5시에는 모습을 감추었다. 산들바람이 기구를 서쪽으로, 또는 약간 남쪽으로 데려가려고 했다.

박사는 이 행운을 놓치지 않으려고 서둘렀다. 그는 곧 상승하여, 비스듬히 비치는 아침 햇살을 받으면서 날아갔다.

38

니제르강

5월 17일 낮 동안은 온화했고, 특별히 언급할 만한 일도 없었다. 사막이 또 시작되었다. 기분 좋은 바람이 '빅토리아'호를 남서쪽으로 데려갔다. 기구의 그림자는 오른쪽으로도 왼쪽으로도 흐르지 않고 사막 위를 일직선으로 달렸다.

출발하기 전에 박사는 충분히 신경을 써서 물을 가득 보급했다. 투아레그족이 출몰하는 이 일대에서는 착륙하지 못할 우려도 있었기 때문이다. 해발 540미터의 고원이 남쪽을 향해 낮아지고 있었다. 기구는 이따금 낙타가 지나가는 아가데스에서 무르주크에 이르는 길을 가로질러, 저녁에는 북위 16도·동경 4도 5분 지점에 이르렀다. 단조롭고 긴 280킬로미터였다.

그날 조는 도요새를 아주 맛있는 꼬치구이로 요리하여 저녁 식사로 내놓았다. 이 새는 케네디가 사냥한 뒤 간단히 손을 봐서 보존해둔 수확물이었다. 바람이 기분 좋게 불었다. 보름달이 밝았기 때문에 박사는 밤에도 계속 날기로 결정했다. '빅토리아'호는 150미터 높이로 올라갔다. 밤사이에 약 100킬로미터를 날았지만, 조용한 여행이어서 어린아이의 얕은 잠도 방해하지 않았을 것이다.

일요일 아침에는 풍향이 또 바뀌어 기구는 북동쪽으로 날아갔다. 까마귀가 몇 마리 날고 있었다. 지평선에 독수리의 모습이 보였지만, 다행히 아주 멀었다.

독수리를 본 조는 '빅토리아'호가 이중 구조인 것을 생각해내고, 그 훌륭함을 새삼 찬탄했다.

"공기주머니가 하나라면 어떻게 될까요? 이 두 번째 기구는 이를테면 군함에 실려 있는 론치(모터가 달린 대형 보트) 같은 걸까요? 침몰했을 때 모두 거기에 타고 구조되는……."

"그래. 다만 우리의 론치는 좀 불안해. 배만큼 튼튼하지 않으니까."

"그건 또 무슨 소리야?" 케네디가 물었다.

"지금의 '빅토리아'는 전만큼 튼튼하지 않아. 태피터도 많이 손상되었고, 구타페르카도 나선관의 열로 녹고 있어. 그 때문인지 가스가 새고 있어. 지금까지는 별일 없이 끝났지만, 가스가 줄어들어서 조금씩 기구가 내려가고 있어. 그래서 고도를 유지하기 위해 언제나 수소를 팽창시키지 않으면 안 돼."

"정말이야?" 놀란 케네디가 말했다. "묘책은 없나?"

"없어, 딕. 그래서 밤에도 멈추지 말고 서두르는 편이 좋아."

"해안까지는 아직 멀었나요?" 조가 물었다.

"어느 해안을 말하는 거지? 바람이 우리를 어디로 데려갈지 몰라. 내가 지금 말할 수 있는 건 팀북투가 아직도 서쪽으로 650킬로미터쯤 떨어진 곳에 있다는 것뿐이야."

"거기까지는 얼마나 걸립니까?"

"바람 때문에 다른 방향으로 빗나가지 않는다면 화요일 저녁에는 도착하겠지."

"그러면 저 카라반보다는 빨리 도착하겠군요." 조는 사막을 이리저리로 나아가는 동물과 사람의 긴 행렬을 가리키며 말했다.

퍼거슨과 케네디도 몸을 내밀었다. 어른과 아이, 남자와 여자 등 다양한 사람들이 많이 있었다. 낙타도 150마리가 넘어 보였다. 이것은 12무트칼(125프랑)에 고용되어 저마다 250킬로그램의 짐을 지고 팀북투에서 타필레까지 가는 낙타 무리였다. 게다가 모두 꼬리에 작은 대변 주머니를 달고 있었는데, 사막에서는 낙타 똥이 유일한 연료였다.

이 투아레그족의 낙타는 낙타 중에서도 가장 뛰어난 낙타로 알려져 있었다. 물을 마시지 않고도 사흘 내지 일주일은 끄떡없고, 아무것도 먹지 않고 이틀은 버틸 수 있었다. 걸음은 말보다 빠르고, 카비르(카라반의 길잡이)의 말을 알아들을 만큼 영리했다. 이 일대에서는 '메하리'라는 이름으로 알려져 있었다.

그런데 아랍인들은 어떻게 사막에서도 방향을 알까. 이 드넓은 모래벌판 속에 흩어져 있는 우물을 어떻게 찾아낼까. 조는 이상해서 물어보았다.

"아랍인은 길을 냄새 맡는 훌륭한 본능을 타고났어." 박사가 대답했다. "유럽인이라면 길을 잃어버릴 곳에서도 그들은 망설이지 않아. 작은 돌멩이나 자갈 하나, 풀숲, 모래 색깔의 차이…… 그런 것에 의지하여 자신 있게 나아가지. 밤에는 북극성이 길잡이가 돼. 그들은 한 시간에 3킬로미터 이상은 전진하지 않아. 낮에 한창 더울 때는 쉬지. 이렇게 사하라를 횡단하는 시간을 생각해봐. 500킬로미터가 넘는 사막이야."

'빅토리아'호는 놀라서 하늘을 쳐다보는 아랍인들의 눈에서 당장 사라져버렸다. 그들은 분명 그 빠른 속도를 부러워했을 것이다. 저녁에 기구는 동경 2도 20분*을 넘었다. 그리고 밤사이에 다시 경도 1도가 넘는 거리를 날아갔다.

월요일, 날씨는 완전히 바뀌어버렸다. 폭우가 내리기 시작한 것이다. 이런 비는 기구와 곤돌라의 무게를 늘리기 때문에 조심할 필요가 있었다. 폭우가 계속되는 탓일까, 이 부근은 늪과 습지뿐이었다. 미모사, 바오밥나무, 타마린드가 다시 나타나기 시작했다.

그래서 손레이 지방의 집들은 비를 막기 위해 아르메니아인†의 빵모자처럼 지붕이 컸다. 높은 산은 없지만 언덕이 있어서 골짜기와 연못이 생겨나 있었다. 그 위를 뿔닭과 도요새가 날아다녔다. 여기저기서 급류 때문에 길이 끊기고, 원주민들이 나무 사이에 쳐놓은 덩굴에 매달려 그 급류를 건너고 있었다. 숲이라기보다는 밀림이 우거져 있었고, 그곳에는 악어와 하마와 물소가 우글거리고 있었다.

"니제르 강이 얼마 남지 않은 모양이군." 박사가 말했다. "경치를 보니 강이 가까운 것 같아. 니제르 강은 강이라기보다 움직이는 길이라고 말하는 편이 좋을지도 몰라. 이 강은 우선 그 흐름과 함께 식물을 실어왔지. 그리고 문명도 실어왔어. 그렇게

---

* 〔원주〕 프랑스 파리를 지나는 경도선.
† 캅카스 산맥 남쪽의 아르메니아를 중심으로 러시아 각지와 서아시아 전역에 흩어져 사는 민족.

해서 4000킬로미터에 이르는 물줄기 양쪽에 아프리카에서 가장 중요한 도시를 몇 개나 갖고 있지."

정오에 '빅토리아'호는 초라한 오두막이 늘어서 있는 작은 도시 위에 이르렀다. 가오였다. 과거에는 큰 도시였던 곳이다.

"여기야. 바르트가 팀북투에서 돌아올 때 여기서 니제르 강을 건넜지." 박사가 말했다. "저것 봐. 저게 이교도들이 하늘에서 내려온다고 믿었던, 나일 강의 라이벌로 고대부터 유명한 강이야. 그래서 나일 강과 마찬가지로 니제르 강도 어느 시대에나 지리학자의 주의를 끌었지. 그리고 나일 강처럼, 아니 그 이상으로 니제르 강의 탐험은 많은 희생자를 냈어."

니제르 강은 넓게 떨어진 양쪽 연안 사이를 상당히 맹렬한 기세로 남쪽을 향해 흐르고 있었다. 하지만 바람에 실려 가는 여행자들에게는 그 구불구불한 물줄기가 보였을 뿐이다.

"이 강에 대해 이야기해줄게." 박사가 말했다. "벌써 거리가 멀리 떨어져버렸군. 이 강은 디울레바, 마요, 에기레우, 쿠오라, 그 밖에도 여러 가지 이름으로 불리고, 아주 넓은 지역을 흐를 뿐만 아니라 길이에서도 나일 강과 어깨를 나란히 할 정도야. 이런 이름은 모두 '강'이라는 뜻이고, 니제르 강이 흐르는 지방의 방언에 따라 이름이 달라지지."

"바르트 박사가 택한 것도 이 루트인가?" 케네디가 물었다.

"아니야, 딕. 바르트는 차드 호를 떠난 뒤에는 보르누의 주요 도시를 지나 가오보다 4도 남쪽에 있는 세이에서 니제르 강을 건넜어. 그리고 니제르가 그 팔꿈치로 감추고 있는 이곳, 그때까지 탐사된 적이 없는 이 근처까지 들어왔지. 그리고 여덟 달이나 걸려서 팀북투에 기진맥진한 상태로 도착했어. 바람만 제

니제르 강.

대로 불어주면 우리가 사흘이면 갈 수 있는 곳인데."

"니제르 강의 발원지는 발견됐나요?" 조가 물었다.

"그건 오래전에 발견됐어." 박사가 대답했다. "니제르 강과 그 지류는 수많은 탐험가를 끌어들였는데, 거기에 대해 대충 말해줄까? 가장 오래된 것으로는 1749년부터 1753년까지 애덤슨이 이 강을 발견하고 고레를 방문했어. 1785년부터 1788년까지는 골베리와 조프루아가 세네감비아의 사막지대를 돌아다니다가 무어인*의 나라까지 들어갔지. 무어인에게 살해된 탐험가는 소니에, 브리송, 애덤, 릴레이, 코슐레, 그 밖에도 많아. 그리고 유명한 뭉고 파크가 등장하지. 월터 스콧의 친구이고 역시 스코틀랜드 사람인데, 1795년에 런던의 아프리카 협회에서 파견되어 우선 밤바라에 도착해서 니제르 강을 보았어. 그리고 노예 상인과 함께 800킬로미터나 떨어진 감비아 강까지 갔다가 1797년에 영국으로 돌아갔지. 1805년 1월 30일 그는 처남인 앤더슨과 화가인 스콧, 그리고 일꾼들을 데리고 다시 출발했어. 고레에 도착한 뒤 병사 35명으로 이루어진 분견대와 합류했고, 8월 9일에 니제르 강을 보았지만, 그때는 누적된 피로와 식량 부족, 질병, 혹독한 날씨 따위가 원인이 되어, 마흔 명의 유럽인 가운데 생존자는 열한 명뿐이었어. 11월 16일 아내에게 보낸 편지가 뭉고 파크의 마지막 편지가 되었지. 1년 뒤, 그 나라의 무역상이 말한 바에 따르면 이 불행한 여행자는 12월 23일 니제르 강연안에 있는 붓사에 도착했지만, 거기서 그가 타고 있던 보트가 뒤집히는 바람에 현지인에게 붙잡혀서 학살당했다는 거야."

* 북서 아프리카에 사는 이슬람교도를 부르는 말.

"그런 끔찍한 죽음을 알고도 탐험가들은 계속 찾아왔단 말이야?"

"그래, 딕. 강도 탐험했지만, 뭉고 파크의 기록을 찾는 게 중요해졌지. 1816년에 그레이 소령이 참가한 탐험대가 런던에서 조직되었어. 탐험대는 세네갈에 도착하여 푸타잘롱 산맥으로 뚫고 들어갔고, 풀라니족과 만딩고족을 방문했지만 아무 성과도 얻지 못하고 영국으로 돌아갔지. 1822년에는 레잉 소령이 영국 영토에 인접한 서아프리카 지방을 모두 탐험했어. 니제르 강의 발원지에 가장 먼저 도달한 사람은 레잉 소령이야. 그의 기록에 따르면 이 큰 하천도 발원지에서는 너비가 50센티미터밖에 안 된다는군."

"간단히 뛰어넘을 수 있겠군요." 조가 말했다.

"그래, 간단하지. 하지만 전해오는 말에 따르면, 그 발원지를 뛰어넘으려는 사람은 당장 물속으로 끌려들어가고, 물을 길으려는 사람은 보이지 않는 손이 밀어내는 것을 느꼈대."

"그런 말은 믿지 않아도 되잖아요?" 조가 물었다.

"물론이지. 하지만 레잉 소령은 5년 뒤에 사하라를 넘어 팀북투까지 들어갔지만, 거기서 몇 킬로미터 전진한 곳에서 그를 이슬람교로 개종시키려 한 풀라니족에게 목이 졸려 죽고 말았어."

"또 희생자가 나왔나!" 사냥꾼이 말했다.

"그 무렵이었어. 어느 용감한 청년이 얼마 안 되는 자금으로 놀랄 만한 여행을 계획하고, 그것을 보기 좋게 해치웠지. 그게 프랑스의 르네 카이에야. 1819년과 1824년에 사전 답사를 한 뒤, 1827년 4월 19일 드디어 누네스 강에서 출발했지. 8월 3일에 이 청년은 병에 걸린 몸으로 티에메에 도착했지만, 6개월이나 요양해야 할 만큼 쇠약해져 있었어. 1828년 1월 그는 동양인 같은 모습으로 카라반에 합류하여 3월 10일 니제르 강에 도착했고, 젠네라는 도시에 들어가 거기서 배를 타고 팀북투까지 내려갔지. 팀북투에 도착한 건 4월 20일이었어. 이 흥미로운 도시를 1670년에는 프랑스인인 앙베르가, 1810년에는 영국인인 로버트 애덤스가 방문한 모양이지만, 그 도시에 대해 처음으로 정확한 보고를 갖고 돌아온 유럽인은 바로 르네 카이에였어. 5월 4일에 그는 사막의 여왕이라고 불리는 이 도시를 떠나 9일에 레잉 소령이 살해된 곳을 발견했지. 19일에는 엘아라우안에 도착했고, 상업이 번성한 이 도시를 떠난 뒤 온갖 고난을 견디면서 수단과 아프리카 북부 사이에 펼쳐져 있는 광대한 무인지대를 돌파하여 간신히 탕헤르*에 도착했고, 9월 28일에 거기서 툴롱†을 향해 귀로에 오를 수 있었어. 19개월이나 걸렸고 도중에 180일 동안이나 병을 앓았는데도 그는 주저앉지 않고 아프리카를 서쪽에서 북쪽으로 종단한 거야. 카이에가 영국에서 태어났다면 뭉고 파크에 못지않은 위대한 탐험가로 평가받았겠지만, 묘하게도 프랑스에서는 그의 위대함이 별로 평가받지 못하고 있지."

"대담한 사람이군." 사냥꾼이 말했다. "그 후 그 사람은 어떻게 됐나?"

"피로가 가시지 않았는지, 서른아홉 살에 죽었어. 1828년에는 지리학회가 그의 공적을 찬양하여 상을 주었지만, 최대의

---

* 아프리카 서북쪽 끝 지브롤터 해협에 면해 있는 모로코의 항구도시.
† 프랑스의 남동부 지중해에 면해 있는 항구도시.

명예는 영국에서 받았지. 그런데 그가 이 여행을 한창 하고 있을 때, 한 영국인이 같은 계획을 세우고 실행에 옮기고 있었어. 하지만 그는 카이에만큼 운이 좋지 않았지. 그가 바로 데넘의 동료인 클래퍼턴 대위야. 그는 1829년에 아프리카 서해안의 베냉 만에 또 와서, 거기서부터 뭉고 파크의 발자취를 더듬어갔고, 붓사에서 뭉고 파크의 죽음과 관련된 자료를 발견했어. 8월 20일 소코토에 도착했지만, 거기서 포로가 되어 충실한 수행원인 리처드 랜더의 품에서 숨을 거두었지."

"그 랜더라는 사람은 어떻게 됐습니까?" 조가 기세 좋게 물었다.

"랜더는 어떻게든 해안으로 돌아왔어. 그리고 대위의 서류와 자신의 보고서를 런던으로 갖고 돌아왔지. 그 후 그는 니제르 강에 대한 정부 조사에 협력하게 되었어. 콘월*의 가난한 집안에서 태어난 랜더는 동생인 존과 함께 1829년부터 1831년에 걸쳐 붓사에서 니제르 강 하구까지 마을에서 마을로 1킬로미터씩 정확하게 강의 모양을 기록하면서 내려갔지."

"그럼 그 형제는 그때까지의 탐험대가 겪은 운명을 면한 셈이군."

"그래, 이 탐험을 하는 동안은 그랬지. 리처드는 1833년에 니제르 강을 세 번째로 여행할 계획을 세웠어. 하지만 하구 근처에서 어디선가 날아온 총알에 맞아 죽었지. 알겠어? 지금 우리가 날고 있는 이곳은 고귀한 희생의 증인이야. 그 희생의 대가로 받은 것은 대부분의 경우 죽음뿐이었지만……."

* 영국 잉글랜드 서남부의 콘월 반도에 있는 지방.

39

팀북투

이 음울한 월요일, 박사는 지금 가로지른 지방에 대한 여러 가지 지식을 자진해서 말해주었다. 땅은 평평하여, 기구 비행에 장해가 될 만한 것은 아무것도 없었다. 박사에게 단 한 가지 걱정은 거센 북동풍이었다. 이 저주스러운 바람 때문에 기구는 팀북투의 위도에서 멀어져가고 있었다.

니제르 강은 팀북투까지는 북쪽으로 올라가지만, 거대한 분수처럼 이 도시에서 둥글게 휘어 큰 원호를 그리며 대서양 쪽으로 떨어진다. 그 만곡부 안에 있는 지역은 아주 변화가 풍부해서, 어떤 곳에는 수목이 무성한가 하면 또 어떤 곳은 황량한 불모지가 되어 있었다. 경작되지 않은 평야가 옥수수밭에 이어지고, 그것이 다시 금작화로 뒤덮인 넓은 평원으로 바뀐다. 온갖 종류의 물새, 펠리컨, 쇠오리, 물총새 따위가 무리를 이룬 채, 급류나 모래 속으로 사라져가는 지류 언저리에 살고 있었다.

이따금 투아레그족의 가죽 천막이 보였다. 아낙들이 밖에 나

와서 낙타 젖을 짜거나 곰방대로 담배를 피우고 있었다.

'빅토리아'호는 밤 8시까지 서쪽으로 320킬로미터가 넘는 거리를 날았다. 그때 여행자들은 장엄한 광경을 보았다.

구름 사이로 새어 나오는 달빛이 기다란 빗줄기 사이로 미끄러져 들어와 홈보리 산맥의 능선을 비추었다. 현무암으로 이루어져 있는 이 봉우리들만큼 기묘한 형태의 봉우리는 없다. 그것은 어두운 하늘을 배경으로 환상적인 실루엣을 보이고 있었다. 전설에 나오는 중세 도시의 폐허라고 말하면 좋을까. 아니면 남빙양의 어두운 밤에 갑자기 나타난 거대한 부빙(떠다니는 얼음)이라고 말하면 좋을까.

"이건 《우돌포의 비밀》*에 나오는 풍경 같군." 박사가 말했다. "하지만 작가인 앤 래드클리프도 그 소설 속에 나오는 산을

* 영국의 여류 작가 앤 래드클리프(1764~1823)의 고딕소설.

이렇게까지 무시무시한 모습으로 묘사하진 않았어."

"정말 무서운데요." 조가 대꾸했다. "저도 이런 도깨비 나라를 밤중에 혼자 돌아다니는 건 사양하겠습니다. 하지만 그렇게 무겁지 않다면 이 풍경을 스코틀랜드로 고스란히 가져가고 싶군요. 로몬드 호수* 옆에 두면 아주 돋보일 겁니다. 관광객이 몰려들 거예요."

"그 착상은 좋지만, 유감스럽게도 기구는 그렇게 크지 않아. 아니, 잠깐만. 진로가 바뀐 것 같은데. 좋아! 이곳 요정은 아주 친절하군. 부드러운 남동풍을 보내서, 더 이상 바랄 수 없을 만큼 좋은 코스로 데려가주고 있어."

실제로 '빅토리아'호는 북쪽으로 진로를 바꾸고 있었다. 그리고 20일 아침에 기구는 수로가 미로처럼 복잡하게 얽혀 있고 격류만이 아니라 작은 시냇물도 있는 곳, 요컨대 니제르 강의 지류가 복잡하게 뒤섞여 있는 곳에 접어들었다. 이 수로들 가운데 몇 개는 무성한 풀로 덮여 초원처럼 보였다. 거기서 박사는 바르트가 팀북투에 가기 위해 배에 올라탄 곳을 발견했다. 이 언저리에서는 강폭이 1500미터에 이르고, 양쪽 연안에는 십자화와 타마린드가 무성하게 우거져 있었다. 높이 도약하는 가젤의 뿔이 높이 자란 풀 속에 숨었다 보였다 했다. 그것을 풀 사이에 숨어 있는 악어가 가만히 노리고 있었다.

젠네에서 온 낙타나 나귀의 긴 행렬이 물건을 가득 싣고, 볼만한 나무 아래를 지나갔다. 곧 낮은 집들이 계단 모양으로 늘

* 영국 스코틀랜드에서 가장 큰 호수. 로랜드 서부와 하일랜드 남부에 위치해 있다.

어서 있는 물굽이에 이르렀다. 테라스와 지붕에도 부근의 들판에서 벤 여물이 높이 쌓여 있었다.

"카브라야!" 박사가 기쁜 듯이 말했다. "팀북투의 항구지. 앞으로 10킬로미터도 안 남았어."

"박사님, 기쁘시죠?" 조가 말했다.

"그럼."

"만사가 잘 진행되고 있습니다."

정말 그랬다. 2시에는 사막의 여왕이라고 불리는 신비로운 도시 팀북투—아테네나 로마처럼 학자와 철학자를 많이 배출한 도시—가 여행자들의 눈 아래 펼쳐져 있었다.

퍼거슨은 바르트가 직접 그린 지도와 비교하면서 아무리 사소한 것도 놓치지 않으려고 열심히 아래를 내려다보고 있었다. 지도는 아주 정확했다.

도시는 하얀 모래 평원 속에 커다란 삼각형을 이루고 있었고, 그 끝은 북쪽을 향해 사막으로 파고들어가 있었다. 주위에는 아무것도 없었다. 군데군데 풀이 자라고, 가냘픈 미모사나 제대로 자라지 못한 관목이 있을 뿐이었다.

팀북투를 위에서 보면 유리구슬과 주사위가 모여 있는 것처럼 보인다. 좁은 도로 양쪽에는 진흙벽돌로 지어진 단층집, 또는 짚이나 갈대로 지은 오두막들이 늘어서 있었다. 어떤 집은 원뿔 모양이고, 어떤 집은 네모꼴이다. 테라스에는 원색의 옷을 헐렁하게 입은 남자들이 창이나 총을 들고 한가롭게 엎드려 있었다. 여자들은 이 시간에는 모습을 보이지 않는다.

"하지만 이곳 여자들은 아주 아름답대." 박사가 덧붙였다. "저것 봐, 많은 모스크 가운데 세 개의 탑이 유난히 눈에 띄지?

과거에 누렸던 영화의 흔적이야. 삼각형의 꼭짓점에 있는 것이 상코레 모스크인데, 아름다운 무늬로 꾸며진 아케이드 회랑이 있지. 그 남쪽에 있는 것이 시디야햐 모스크이고. 이층집도 몇 채 있어. 궁전이나 기념물은 찾아도 소용없어. 이 도시의 족장은 지금은 단순한 상인이 되어버렸고, 왕궁도 상회 비슷한 것이 되어 있으니까."

"저쪽에 있는 건 무너진 성벽 같은데?" 케네디가 물었다.

"맞아. 1826년에 풀라니족이 파괴했지. 그 무렵 이 도시는 지금보다 훨씬 컸어. 팀북투는 11세기부터 항상 여러 부족의 표적이 되어서, 투아레그족과 송가이족, 모로코인, 풀라니족이 차례로 지배했지. 옛날에는 문명의 중심지였고, 16세기에는 아메드 바바* 같은 학자가 1600권의 사본을 소장한 도서관을 갖고 있었을 정도지만, 지금은 중앙아프리카의 상품 창고에 불과한 신세가 되어버렸어."

사실 도시는, 쇠망해가는 도시에 따라다니는 사람들의 무관심과 나태함 속에서 잠자고 있는 듯이 보였다. 무너진 건물들의 잔해가 교외에 늘어서서, 시장이 있는 언덕과 함께 이 도시의 기복을 이루고 있었다.

'빅토리아'호가 나타나자 도시가 시끄러워졌다. 큰북이 울려 퍼졌다. 하지만 이 도시의 마지막 학자가 이 새로운 현상을 관찰할 시간이 있었는지는 알 수 없다. 여행자들은 사막의 바람에 밀려 굽이쳐 흐르는 강줄기를 따라 날아갔다. 그리고 곧 팀북투는 그들이 여행하는 동안 맛본 잠깐의 추억에 불과하게 되었다.

---

* 아메드 바바(1556~1627): 송가이 제국 시대의 작가이자 학자.

"자, 그럼 앞으로의 진로는 하늘에 맡기세." 박사가 말했다.

"서쪽이었으면 좋겠군." 케네디가 말했다.

"왔던 길을 지나 잔지바르로 돌아가도, 대서양을 건너 미국까지 가도 저는 상관없습니다." 조가 말했다.

"그러려면 우선 그게 가능해야지."

"뭐가 부족한데요?"

"가스야. 기구의 상승력이 눈에 띄게 줄어들고 있어. 해안에 도착할 때까지 가스가 떨어지지 않도록 주의를 기울여야 돼. 이제 곧 모래주머니를 버리게 될 거야. 우리는 너무 무거워진 것 같아."

"아무 일도 하지 않으니까요. 해먹에 누워만 있는 게으름뱅이처럼 온종일 빈둥거리고 있으면, 싫어도 살이 찌고 무거워집니다. 이건 게으름뱅이가 하는 여행이에요. 돌아가면 우리 셋이 다 뒤룩뒤룩 살찐 것을 보고 모두 깜짝 놀랄 겁니다."

"정말 조다운 생각이군." 사냥꾼이 말했다. "하지만 끝까지 기다려보자고. 지금은 살을 좀 찌워두라는 건지도 모르니까. 여행이 끝나려면 아직 멀었어. 그런데 새뮤얼, 어느 해안에 도착할까?"

"그건 대답할 수 없어. 변덕스러운 바람에 맡겨야지. 시에라리온*과 포르텐디크† 사이에 도착하면 행운이라고 생각해. 거기라면 유럽인도 만날 수 있을 테니까."

---

* 아프리카 서쪽 해안에 있는 나라로, 1961년에 독립할 때까지 영국의 보호령이었다.
† 모리타니 서쪽 대서양 연안에 있었던 도시. 지금은 폐허가 되어 버려진 상태다.

"그 사람들과 악수할 수 있다면 좋겠군. 그런데 생각대로 가고 있는 거야?"

"아니야, 딕. 나침반을 봐. 남쪽으로 날고 있지? 니제르 강의 발원지 쪽으로 가고 있어."

"발원지를 볼 절호의 기회군요." 조가 말했다. "만약 발원지가 발견되지 않았다면 말이지만요. 다른 발원지가 또 있는 건 아니겠죠?"

"없어. 하지만 그런 건 생각지 않아도 돼. 거기까지 가진 않을 테니까."

밤이 되자 박사는 마지막 남은 모래주머니 몇 개를 내던졌다. '빅토리아'호는 다시 상승했다. 버너의 불을 최대한 키웠지만, 지금은 기구가 하강하지 않게 하는 데에만 도움이 될 뿐이었다. 기구는 팀북투에서 남쪽으로 100킬로미터 떨어진 곳에 있었다. 이튿날 아침에 눈을 떴을 때는 데보 호에서 그리 멀지 않은 니제르 강 언저리에 있었다.

40
구름처럼 몰려온 메뚜기 떼

강바닥에는 커다란 섬이 몇 개 있고, 그 사이를 급류가 흐르고 있었다. 어떤 섬에는 양치기의 오두막이 세워져 있었다. 하지만 그 정확한 위치를 측정하는 것은 불가능했다. '빅토리아' 호의 속도가 점점 빨라졌기 때문이다. 불행하게도 진로는 남쪽으로 기울었고, 얼마 후에는 데보 호를 건넜다.

퍼거슨 박사는 가스를 더욱 팽창시켜 여러 고도에서 기류를 조사했다. 하지만 적당한 기류는 없었다. 그는 곧 그것을 중지했다. 손상된 기구 내벽에 가스 압력이 걸려서 가스가 더 많이 유출되었기 때문이다.

그는 아무 말도 하지 않았지만 속마음은 몹시 불안했다. 언제까지나 멈추지 않고 불어대는 바람을 타고 남쪽으로 흘러가는 것은 그의 계산을 크게 빗나가게 했다. 누구를 믿을 수도 없고, 의지할 것도 없다. 영국령이나 프랑스령에 도착하지 못하면 기니 해안*을 휩쓸고 다니는 야만족에게 붙잡힐 것이다. 그러면 어떻게 될까? 야만족에게 붙잡히지 않는다 해도 영국으로 돌아갈 배를 어떻게 기다리면 좋을까? 지금의 바람 상태를 보면 기구는 다호메이† 쪽으로 흘러갈 것이다. 다호메이는 가장 위험한 나라였고, 그 나라의 통치자는 축제일마다 수천 명이나 되는 포로의 목을 잘라버리는 버릇이 있었다. 거기서 붙잡히면 끝장이다.

한편 기구도 점점 홀쭉해졌다. 박사는 기구가 반항하고 있는 듯한 느낌마저 들었다. 날씨는 겨우 회복되기 시작했다. 비가 그치면 풍향도 바뀔 거라고 박사는 기대했다.

그런데 조는 박사의 기대와는 아랑곳없이 외치고 있었다.

"또 비가 심해지겠는데요. 이번에는 폭우예요. 이쪽으로 다가오는 저 비구름의 모양을 보면……."

"또 비구름이 오고 있다고?" 퍼거슨이 불쾌한 투로 물었다.

"굉장한 비구름인걸!" 케네디도 외쳤다.

"저런 건 본 적이 없어요." 조가 말을 이었다. "물고기 같은 모양인데, 일직선으로 다가오고 있습니다."

"맙소사. 한숨 돌렸어." 박사가 망원경을 내려놓으면서 말했다. "저건 구름이 아니야."

"구름이 아니라고요?" 조가 놀라서 물었다.

"저건 메뚜기야."

"예?"

"아주 큰 메뚜기 떼야."

---

* 서아프리카의 세네갈에서 기니 만에 이르는 해안 지역의 속칭. 항해자들은 이 지역을 곡물해안·상아해안·황금해안·노예해안 등의 명칭으로 구분했다.
† 15~19세기에 서아프리카의 베냉 남부에서 번영했던 왕국.

"메뚜기 떼라고요?"

"수천, 아니 수억 마리의 메뚜기가 용오름처럼 날아가는 거야. 이 근처에 내려앉으면 모든 것을 다 먹어치우지."

"좀 더 가까이에서 보고 싶군요."

"조금만 기다려봐. 10분만 있으면 저 구름과 부딪히게 될 거야. 그러면 눈으로 확인할 수 있어."

박사가 말한 대로였다. 몇 킬로미터나 이어지는 그 불투명하고 두꺼운 구름은 귀를 먹먹하게 하는 소리와 함께 거대한 그림자를 대지에 던지면서 다가왔다. '빅토리아'호에서 백 걸음쯤 떨어진 초록빛 대지를 메뚜기 떼가 덮쳤다. 15분 뒤에는 다시 날아올랐는데, 여행자들은 멀리서도 완전히 벌거숭이가 된 나무와 덤불을 볼 수 있었다. 초원도 낫으로 말끔히 베어낸 듯했다. 갑자기 겨울이 찾아와 이 땅을 황량한 불모 속에 가라앉혀버린 것 같았다.

"어때, 조?"

"굉장하군요. 하지만 당연하다면 당연한 일입니다. 메뚜기 한 마리가 하면 아무것도 아닌 일이지만, 그게 수억 마리나 되니까요."

"무서운 비로군." 사냥꾼이 말했다. "우박과는 비교도 안 되는 피해야."

"막을 수도 없어." 퍼거슨이 말했다. "메뚜기 떼의 비행을 막으려고 숲이나 농작물에 불을 질러 태워버린 적도 있지. 하지만 그렇게 하면 선두 집단이 불길 속으로 날아들어, 다수의 위력으로 불을 꺼버려. 그래서 나머지는 무사한 거야. 다행히 이 근방에서는 메뚜기 피해를 벌충하려는 것인지, 주민들이 메뚜기를

구름 같은 메뚜기 떼.

잡아서 즐겨 먹고 있대."

"하늘의 새우군요." 조가 말했다. 그리고 '공부 삼아' 한번 맛보고 싶지만 맛볼 수 없어서 유감이라고 덧붙였다.

저녁이 가까워질수록 늪지대가 많아졌다. 숲이 사라지고 군데군데 나무가 서 있을 뿐이었다. 강 양쪽에는 담배밭이나 목초지가 보였다. 큰 섬에 젠네라는 도시가 나타났다. 두 개의 탑이 우뚝 솟아 있고 진흙벽돌로 지어진 모스크의 담벼락에 다닥다닥 달라붙은 수백만 개의 제비 둥지에서 악취가 올라왔다. 바오밥나무나 미모사나 대추야자나무가 집들 사이에 솟아 있었다. 이 도시는 야간에도 활기에 넘친다. 젠네에서는 상공업이 번성하고 있다. 이 도시는 팀북투가 필요로 하는 것을 모두 공급한다. 강변에 묶여 있는 배와 나무 그늘에서 쉬고 있는 카라반이 이 도시에서 생산한 물품을 팀북투로 운반한다.

"여행을 좀 끌어도 괜찮다면 내려가보고 싶군." 박사가 말했다. "이 도시에는 프랑스나 영국에 가본 적이 있는 아랍인이 한두 명은 있을 거야. 그 사람들한테는 기구도 그렇게 신기한 게 아니겠지. 하지만 그건 좀 모험일까?"

"그건 다음 기회로 미루시죠." 조가 웃으면서 대답했다.

"그리고 아무래도 풍향이 서쪽으로 바뀌기 시작한 것 같아. 이 기회를 놓치면 큰일이야."

박사는 빈 병이나 쓸모가 없어진 상자 같은 것을 몇 개 버렸다. 그래서 '빅토리아'호는 그의 계획에 알맞은 고도를 잡을 수 있었다. 오전 4시, 아침의 첫 햇살이 밤바라 왕국의 수도 세구를 비추기 시작했다. 무어 양식의 모스크와 주민들을 실어 나르는 나룻배의 왕래를 보고 그것을 알았다. 여행자들은 이렇게 주민들을 보았지만, 주민들은 그들을 보지 못했다. '빅토리아'호가 상당히 빠른 속도로 곧장 북서쪽을 향해 날아갔기 때문이다. 박사의 불안은 조금씩 사라져갔다.

"앞으로 이틀, 이 속도로 이렇게 계속 날아주면, 이틀 뒤에는 세네갈 강에 도착할 수 있어."

"거기는 어때? 우호적인 나라야?" 사냥꾼이 물었다.

"완전히 그렇다고는 말할 수 없지만, '빅토리아'에 의지할 수 없게 되는 최악의 경우에도 프랑스 건물에 피해 들어갈 수는 있을 거야. 어쨌든 기구가 앞으로 수백 킬로미터만 버텨주기를 기도할 뿐이야. 그러면 우리는 지치지도 않고 느긋하게, 위험한 일도 당하지 않고 서해안에 도착할 수 있어."

"거기서 끝나는 건가요?" 조가 말했다. "섭섭한데요. 이 여행에 대해 이야기하는 즐거움이 없다면 다시는 땅에 내려가고 싶지 않을 겁니다. 그런데 우리 이야기를 믿어줄 사람이 있을까요?"

"글쎄. 하지만 사실은 사실이잖아? 우리가 출발하는 것을 많은 사람이 지켜보았어. 아프리카 대륙의 반대쪽에 도착하는 것은 더 많은 사람이 지켜보게 될 거야."

"그렇게 되면 우리가 아프리카 대륙을 횡단한 것을 믿지 않기는 어렵겠지." 케네디가 대답했다.

"아아, 박사님." 조가 깊은 한숨을 내쉬었다. "저는 그 금덩어리 꿈을 몇 번이나 꿀 겁니다. 그게 있으면 우리 이야기에 천금의 무게가 더해져서, 모두 정말이라고 믿어줄 텐데요. 듣는 사람 모두에게 금을 1그램씩 나누어주면, 제 이야기를 들으려고 사람들이 구름처럼 몰려올 테고 저를 존경했을지도 몰라요."

41

바위산을 간신히 넘다

·

5월 27일 오전 9시경, 주위 풍경이 새로운 양상을 띠기 시작했다. 길게 이어진 경사면이 작은 산으로 바뀌어, 이제 곧 산악지대로 접어들게 되리라는 것을 예상하게 했다. 니제르 분지와 세네갈 분지를 사이에 두고 물의 흐름을 기니 만과 베르데 곶* 후미로 향하게 하는 산맥을 넘어야 한다.

아프리카의 이 언저리에서 세네갈에 이르는 일대는 아주 위험한 곳이다. 퍼거슨 박사는 지금까지 탐험가들이 쓴 글을 통해 그것을 알고 있었다. 그들은 이 일대의 원주민에게 약탈당하고 목숨까지 위협당하는 일을 겪었고, 이곳의 불길한 풍토는 뭉고 파크의 동료를 거의 다 죽였다. 퍼거슨은 무슨 일이 있어도 방문객에게 냉혹한 이 지방에는 내려가지 않기로 결심했다.

그는 쉴 틈도 없었다. '빅토리아'호가 점점 하강했기 때문이

* 세네갈 서부에 돌출한 곳. 아프리카의 최서단을 이룬다.

다. 산봉우리를 넘을 때는 이제 필요 없을 것으로 여겨지는 물건을 차례로 내버려야 했다. 이렇게 200킬로미터를 간신히 날아갔다. 기구를 올리고 다시 내리느라 그들은 기진맥진했다. '빅토리아'호는 시시포스*의 바위처럼 계속 떨어졌다. 가스가 빠져나갔기 때문에 기구의 모양도 홀쭉해져 있었다. 지금은 가늘고 길쭉해져서 바람이 불면 공기가 빠져나간 주머니가 휘었다.

케네디도 불안감을 느끼기 시작했다.

"구멍이라도 뚫린 게 아닐까?"

"그건 아니야." 박사가 대답했다. "구타페르카가 열 때문에 점점 부드러워져서 녹기 시작했어. 그래서 수소가 태피터를 통해 빠져나가는 모양이야."

"어떻게 하면 막을 수 있지?"

"막을 수는 없어. 짐을 가볍게 하는 방법밖에 없지. 버릴 수 있는 것은 전부 다 버리자고."

"아직도 버릴 게 있나?" 사냥꾼은 많이 깨끗해진 곤돌라 안을 둘러보았다.

"천막을 떼어버리세. 이것도 상당히 무거워."

조가 이 명령을 받고 그물 끈이 모여 있는 고리 위로 올라가 두꺼운 천막을 떼어 곤돌라 밖으로 내던졌다.

"흑인들이 좋아하겠는데요. 옷을 천 명분은 만들 수 있을 겁니다. 흑인들 옷은 작으니까요."

* 그리스 신화에 나오는 코린토스의 왕. 제우스 신을 속인 죄로 지옥에 떨어져 바위를 산 위로 밀어 올리는 벌을 받았다. 그가 밀어 올리는 바위는 산꼭대기에 이르면 다시 아래로 굴러떨어지기 때문에 그는 이 일을 영원히 되풀이했다고 한다.

조는 천막을 떼어 곤돌라 밖으로 내던졌다.

기구는 조금 상승했다. 하지만 곧 다시 대지와 가까워지고 있는 게 확실해졌다.

"내려가보세." 케네디가 말했다. "고칠 수 있는지 살펴보자고."

"몇 번이나 말하지만, 고칠 방법은 없어."

"그럼 어떻게 하면 돼?"

"꼭 필요한 것 외에는 전부 희생해야지. 무슨 일이 있어도 이런 곳에는 내려가고 싶지 않아. 지금 스치듯이 날고 있는 이 숲도 위험하기 짝이 없는 곳이야."

"사자가 있나요? 하이에나인가요?" 조가 말했다.

"그보다 더 싫은 존재야. 바로 인간이지. 아프리카에서 가장 잔혹한 놈들이야."

"그걸 어떻게 아세요?"

"전에 왔던 탐험가들이 말하고 있어. 그리고 세네갈 식민지의 프랑스인들은 싫어도 주위 부족과 접촉하지 않으면 안 돼. 페데르브 대령이 세네갈 총독이 된 뒤 이 일대를 자세히 조사했어. 파스칼과 뱅상, 랑베르 같은 장교들이 귀중한 보고를 갖고 돌아왔지. 그들은 전쟁과 약탈로 완전히 황폐해져버린 곳에서 세네갈 강이 팔꿈치처럼 구부러진 곳에 형성된 이 지방을 탐험했지."

"전쟁은 왜 일어났습니까?"

"그건 이렇게 된 거야. 1854년에 세네갈의 푸타에 사는 알하지라는 이슬람교 도사가 무함마드*처럼 영감을 받았다고 선언하고는, 이교도—이건 유럽인을 말하는 거야—를 상대로 싸우라고 모든 부족을 선동했어. 그는 세네갈 강과 그 지류인 팔레

---

* 무함마드(570~632): 이슬람교의 창시자.

메 강 사이에 있는 지역에 파괴와 황폐를 가져왔지. 그는 광신자 부대를 이끌고 니제르 강의 골짜기를 올라가 세구를 점령했고, 1857년에는 북쪽으로 올라가 프랑스인이 지은 메디나 요새를 포위했는데, 이 요새는 폴 홀이라는 영웅이 지켰지. 홀은 페데르브 대령이 구원하러 올 때까지 부족한 식량과 탄약으로 몇 달을 용케 버텨냈어. 알하지와 부하들은 다시 세네갈 강을 건너 카아르타로 돌아가 약탈과 학살을 계속했는데, 이 일대가 바로 놈들이 도망쳐 들어와서 숨어 있는 곳이야. 놈들한테 붙잡히거나 하면 재미없게 될 건 확실해."

"붙잡히는 일은 결코 없을 겁니다." 조가 말했다. "'빅토리아'를 구하기 위해 우리가 입은 옷이나 신은 구두를 곤돌라 밖으로 던져버려야 한다 해도."

"강은 여기서 그리 멀지 않아. 하지만 아무래도 강을 건널 수 있을 것 같지 않군."

"어쨌든 강둑까지 가보세, 그거라면 할 수 있겠지?" 케네디가 말했다.

"우리가 지금 하려고 애쓰고 있는 게 바로 그거야." 박사가 대답했다. "하지만 한 가지 불안한 게 있어."

"뭔데?"

"산을 넘어야 하는데 그게 어려워. 열심히 열을 보내도 이젠 더 이상 올라가지 않을 테니까."

"뭐, 될 대로 되겠지." 케네디가 말했다.

"가엾은 '빅토리아'!" 조가 말했다. "선원이 배를 사랑하듯 나도 널 좋아했어. 누군가가 떠나자고 해도 난 떠날 수 없어. 너는 출발할 때의 네가 아니야. 그건 인정해. 하지만 네 험담은 하지 않겠어. 너는 훌륭하게 임무를 수행했으니까. 너를 떠날 생각을 하면 가슴이 찢어지는 것 같아."

"걱정하지 않아도 돼, 조. '빅토리아'를 버릴 때가 와도, 그러고 싶어서 그러는 건 아니야. '빅토리아'는 힘이 남아 있는 한 끝까지 애써줄 거야. 앞으로 24시간만 버텨주면 좋겠는데."

"약해져 있어요." 조가 기구를 보면서 말했다. "완전히 홀쭉해져서 죽어가고 있어요. 불쌍한 녀석!"

"새뮤얼, 저 지평선에 보이는 게 자네가 말했던 그 산이 아닐까?"

"맞아, 저 산이야." 박사가 망원경을 들여다보고 말했다. "높은 것 같군. 넘으려면 고생 좀 하겠는데."

"피해서 갈 수는 없나?"

"안 될 것 같아. 저렇게 넓게 퍼져 있잖아. 지평선의 절반 가까이가 산등성이야."

"우리 주위를 둘러싸고 있는 것 같군요." 조가 말했다. "오른쪽을 보아도 왼쪽을 보아도 온통 산이에요."

"하지만 아무래도 저 산을 넘어야 돼."

그 위험한 장애물은 점점 다가왔다. 정확히 말하면 강풍이 '빅토리아'호를 날카로운 정상 쪽으로 떠밀고 있었다. 이대로 가면 충돌한다. 무슨 일이 있어도 상승하지 않으면 안 된다.

"하루치 물만 남겨놓고 나머지는 버리자." 박사가 말했다.

"알았어요." 조가 대답했다.

"상승했나?" 케네디가 물었다.

"조금은 올라갔어. 15미터쯤." 박사가 눈을 기압계에 고정시킨 채 대답했다. "하지만 이걸로는 부족해."

사실 높은 봉우리가 여행자들에게 덤벼들 것처럼 다가오고 있었다. 그것을 넘는 것은 생각도 못할 일이었다. 넘으려면 앞으로 150미터가 넘게 상승해야 한다. 버너용 물도 필요한 양만 남기고 버렸다. 이제 물은 몇 리터밖에 남지 않았다. 그렇게 갖은 방법을 다 썼는데도 아직 부족했다.

"무슨 일이 있어도 산을 넘어야 돼." 박사가 외쳤다.

"물탱크를 버리세. 이제 텅 비어버렸으니까." 케네디가 말했다.

"좋아, 버려!"

"알았어요." 조가 대답했다. "주위에 있던 물건이 차례로 사라져가는 건 정말 쓸쓸하군요."

"조, 지난번처럼 희생정신을 발휘하면 안 돼. 무슨 일이 있어도 우리랑 떨어지지 않겠다고 약속해."

"걱정하실 거 없어요. 이젠 떨어지지 않아요."

'빅토리아'호는 40미터쯤 올라갔다. 하지만 산봉우리는 여전히 더 높은 곳에 있었다. 그것은 수직으로 깎아지른 벽 같은 산등성이였다. 그들보다 아직도 50여 미터나 높았다.

"저 바위산보다 높이 올라가지 못하면 앞으로 10분 뒤에는 곤돌라가 부딪혀서 산산조각 날 거야." 박사의 마음은 비장했다.

"박사님, 어떻게 할까요?" 조가 물었다.

"페미컨만 남기고 고기도 전부 버려."

기구에서 다시 20킬로그램 정도의 무게가 버려졌다. 기구는 분명히 상승했다. 하지만 능선 위까지 올라가지 못하면 어떻게 할 수도 없다.

상황은 최악이었다. '빅토리아'호는 점점 밀려가고 있었다. 이제 곧 산산조각이 난다. 엄청난 충격일 것이다.

박사는 곤돌라 안을 둘러보았다.

거의 텅 비어 있었다.

"딕, 아무래도 안 될 때는 자네 무기를 희생해줘!"

"내 무기를?" 사냥꾼이 놀라서 외쳤다.

"내가 그걸 요구하는 건 필요하기 때문이야."

"새뮤얼!"

"자네의 무기와 탄환과 화약…… 우리 모두의 생명이 거기에 달려 있어."

"이제 곧 부딪힙니다, 박사님!" 조가 외쳤다. "금방이에요."

20미터! '빅토리아'호보다 산이 아직도 20미터나 높았다.

조가 모포를 잡아서 내던졌다. 케네디에게는 아무 말도 하지 않고 탄환과 산탄이 들어 있는 자루 몇 개도 내던졌다.

기구는 또 상승했다. 그리고 위험한 봉우리를 넘었다. 그 위쪽이 햇빛에 빛났다. 하지만 곤돌라는 아직도 바윗덩어리보다 밑에 있었다. 아무래도 부딪힐 것 같았다.

"케네디!" 박사가 외쳤다. "무기를 버려! 부딪히겠어!"

"잠깐만요, 선생님!" 조가 말했다.

뒤를 돌아본 케네디는 조가 곤돌라 밖으로 사라지는 것을 보았다.

"조! 조!" 케네디가 외쳤다.

"조!" 박사도 외쳤다.

산등성이가 거기서는 폭이 5, 6미터 정도였다. 건너편은 급경사가 되어 아래로 뚝 떨어지고 있었다. 곤돌라는 이 평평한 산등성이와 같은 높이에 있었다. 곤돌라는 뾰족한 바윗돌 위를 미끄러졌다. 돌이 곤돌라 밑에서 날카로운 소리를 냈다.

"지나갑니다. 지나가요. 지나갔어요!" 그 소리를 듣고 퍼거슨은 가슴이 뛰었다.

용감한 젊은이는 곤돌라의 아래쪽 가장자리를 손으로 잡고 몸무게 전체를 기구에서 뗀 채 산등성이를 달린 것이다. 그는 곤돌라에 매달리지 않으면 안 되었다. 기구가 도망쳐갈 것 같았기 때문이다.

반대쪽 비탈로 나와서 눈앞에 나타난 심연을 보았을 때, 그는 강한 손목 힘으로 밧줄을 잡고 동료들 곁으로 돌아왔다.

"아이고, 힘들어!" 그가 말했다.

"조! 넌 정말 대단한 녀석이야!" 박사는 진심으로 그렇게 말했다.

"천만에요. 제가 이런 일을 한 것은 박사님을 위해서가 아니에요." 조가 대답했다. "선생님의 카빈총 때문이죠. 아랍인에게 쫓길 때 입은 은혜가 있으니까요. 저는 빚을 빨리 갚는 편이거든요. 이젠 빚진 게 없습니다, 선생님." 그러고는 사냥꾼이 사랑하는 무기를 가리키며 덧붙였다. "선생님이 카빈총과 작별하는 게 너무 안타까웠어요."

케네디는 아무 말도 못한 채 그의 손을 꽉 움켜잡았다.

'빅토리아'호는 이제 내려가기만 하면 되었다. 이것은 간단했다. 기구는 곧 지상 50미터 높이까지 내려와서 바람을 타고 나아갔다. 마치 지각변동이라도 일어난 듯한 지형이었다. 산이 있고 골짜기가 있어서, 이제는 말을 듣지 않게 된 '빅토리아'호로 이곳을 밤중에 날게 되었다면 무척 힘들었을 것이다. 당장 저녁이 왔다. 마음은 내키지 않았지만 박사는 이튿날까지 멈추기로 결정했다.

"아이고, 힘들어!"

"멈추기에 좋은 곳을 찾자." 그가 말했다.

"드디어 결심했나?" 케네디가 말했다.

"응, 할까 말까 무척 망설였지. 아직 저녁 여섯 시니까 시간은 있어. 조, 닻을 던져!"

조는 박사가 시키는 대로 했다. 두 개의 닻이 곤돌라 아래로 늘어졌다.

"저기 큰 숲이 있어." 박사가 말했다. "저 위에 가서 나무에 닻을 걸자. 무슨 일이 있어도 땅바닥에서 밤을 보내면 안 돼."

"곤돌라에서 내리는 정도는 괜찮겠지?" 케네디가 물었다.

"내려서 뭐 하게? 몇 번이나 말하지만, 뿔뿔이 흩어지는 건 위험해. 그리고 자네 도움이 필요한 일이 있어."

'빅토리아'호는 넓은 숲 위를 달리다가 곧 덜컹 하고 멈추었다. 닻이 나무에 걸린 것이다. 바람은 어둠과 함께 약해졌다. 그리고 기구는 단풍나무 우듬지로 이루어진 드넓은 초록빛 들판 위에 거의 흔들리지 않고 가만히 떠 있었다.

42

불의 공격

퍼거슨 박사는 별의 높이를 보고 현재 위치를 측정했다. 세네 갈 강까지 앞으로 겨우 40킬로미터밖에 남지 않았다.

"강은 반드시 건너야 돼." 그는 지도를 가리키며 말했다. "하지만 강에는 다리도 배도 없으니까, 무슨 일이 있어도 기구로 건너야 돼. 그러려면 짐을 더 가볍게 해야 돼."

"하지만 어떻게 하면 가벼워질까?" 또 무기 이야기가 나오지나 않을까 걱정하며 케네디가 물었다. "누군가가 희생하여 뒤에 남아야 한다면, 이번에는 내가 그 명예를 얻고 싶군."

"뭐라고요?" 조가 대답했다. "저는 경험자예요."

"뛰어내리는 게 아니야, 조. 이번에는 걸어서 해안까지 가는 거야. 나는 다리도 튼튼하고 총도 잘 쏘고……."

"단호히 반대합니다." 조가 외쳤다.

"고마운 말다툼이지만, 둘 다 그렇게 버티지 않아도 돼. 절대로 누군가를 남겨놓고 가진 않을 테니까. 꼭 그래야 한다면 셋이 함께 걸어서 건너는 거야. 뿔뿔이 흩어지면 안 돼."

"그렇다면 얘기가 다르죠." 조가 말했다. "조금 걷는 것도 나쁘진 않아요."

"하지만 그 전에 '빅토리아'를 가볍게 하기 위해 마지막 수단을 써보자."

"아직도 더 가볍게 할 수 있나?" 케네디가 물었다. "어떤 방법을 쓰지?"

"버너와 전지와 나선관을 버리는 거야. 그걸 전부 합하면 무게가 400킬로그램에 가까우니까."

"하지만 새뮤얼, 그걸 버리면 가스를 어떻게 팽창시키지?"

"이제 가스를 팽창시킬 수는 없어. 그런 일은 하지 않아."

"하지만 그러면……."

"들어봐. 어느 정도의 상승력이 남아 있는지, 나는 정확히 계산했어. 우리 세 사람과 남아 있는 약간의 물건을 들어 올리는 데에는 그걸로 충분해. 닻 두 개를 포함해도 230킬로그램 정도야. 닻만은 버리고 싶지 않아."

"그런 건 물론 자네가 우리보다 잘 알지. 상황을 판단할 수 있는 건 자네뿐이야. 우리가 할 일을 말해줘. 하라는 대로 할 테니까."

"박사님 말씀대로 하겠습니다."

"다시 한 번 말하지만, 이 결정이 아무리 중대하다 해도, 이렇게 된 이상 팽창 장치는 희생할 수밖에 없어."

"좋아, 알았어." 케네디가 말했다.

"자, 일을 시작하죠." 조도 말했다.

그것은 간단한 일이 아니었다. 우선 하나씩 분해해야 한다.

맨 먼저 혼합 장치를 떼어냈다. 이어서 버너 부분, 마지막으로 물을 분해하는 장치도 떼어냈다. 곤돌라 밑바닥에 단단히 설치해둔 그런 것을 들어 올려 곤돌라 밖으로 버리려면 세 사람이 힘을 합칠 필요가 있었다. 케네디에게는 완력이 있었고, 조에게는 요령이 있었고, 퍼거슨에게는 지혜가 있었다. 이리하여 그들은 이 일을 어떻게든 해냈다. 그것들은 곤돌라에서 차례로 던져져 단풍잎 사이에 커다란 구멍을 뚫고 사라져갔다.

"저 이상한 물건들을 흑인들이 숲 속에서 발견하면 깜짝 놀라겠군요." 조가 말했다. "우상으로 삼아서 소중히 모셔둘지도 모르겠는데요."

다음에는 나선관에서 기구 속으로 연결된 파이프를 떼어냈다. 조가 곤돌라에서 수십 센티미터 위에 있는 고무 관절을 잘랐다. 하지만 파이프를 떼어내기는 어려웠다. 끝이 고정되고, 밸브 고리에 놋쇠 철사로 고정되어 있었기 때문이다.

그때야말로 조의 진가가 발휘되었다. 그는 기구가 손상되지 않도록 맨발로, 흔들리는 기구의 바깥쪽 그물을 타고 꼭대기까지 기어올라갔다. 거기서 미끄러운 표면을 한 손으로 잡은 채, 파이프를 고정하고 있는 나사를 풀었다. 파이프는 간신히 분리되어 아래쪽 통기공에서 끌려나왔다. 통기공은 꽉 묶어서 가스가 빠져나가지 않도록 다시 단단히 막았다.

무거운 것을 이만큼 떼어내자 '빅토리아'호는 닻줄을 팽팽하게 잡아당기며 고개를 쳐들고 있었다.

세 사람은 기진맥진했지만, 한밤중에는 일을 끝낼 수 있었다. 식사는 페미컨과 차가운 그로그로 간단히 끝냈다. 불을 쓸 수 없었기 때문이다.

조와 케네디는 지쳐서 서 있을 수도 없었다.

"누워서 자." 박사가 말했다. "내가 맨 먼저 불침번을 설 테니까. 두 시가 되면 케네디를 깨울게. 케네디는 네 시에 조를 깨워. 여섯 시에는 출발이야. 마지막 날도 하느님이 우리를 지켜주시기를."

이 말이 끝나기가 무섭게 조와 케네디는 벌써 곤돌라 바닥에 누워 깊은 잠 속으로 빠져들었다.

온화한 밤이었다. 초승달의 희미한 빛이 어둠을 조금 밝히고, 하늘에는 구름 몇 조각이 떠 있을 뿐이었다. 퍼거슨은 곤돌라 가장자리에 팔꿈치를 괴고 사방을 둘러보았다. 지상의 풍경을 감춘 채 발밑에 펼쳐져 있는 나뭇잎의 검은 장막을 그는 주의 깊게 지켜보았다. 희미한 소리도 그에게는 수상하게 들렸다. 나뭇잎이 조금만 흔들려도 그는 그 이유를 알려고 했다.

그의 마음은 고독한 만큼 더욱 예민해져 있었다. 그럴 때 사람은 막연한 공포를 느끼는 법이다. 온갖 장애를 극복한 여행의 마지막 단계에 와서 목적지를 눈앞에 두고 있으면서도 그는 격렬한 두려움과 불안을 느꼈다. 도착점이 보이는데 그것이 도망쳐가는 듯한 기분이었다.

그리고 현재 상황은 약간의 방심도 허용하지 않는다. 이곳은 야만적인 나라의 한복판이다. 이 기구도 언제 날 수 없게 될지 모르는 상태다. 유일한 의지였던 기구조차도 이제는 신용할 수 없다. 박사가 기구를 신뢰하고 그것을 대담하게 조작했던 때는 지났다.

이런 일을 이것저것 생각하고 있으면, 이따금 커다란 숲 속에서 뭔가 확실치 않은 술렁거림이 들려오는 듯한 기분이 들었다. 나무들 사이에서 어른거리는 불빛이 보이는 것 같기도 했다. 그는 그쪽을 유심히 바라보았다. 야간 망원경으로 그쪽을 살펴보았다. 하지만 아무것도 보이지 않았다. 주위는 쥐 죽은 듯 조용했다.

퍼거슨이 본 것은 아마 환영이었을 것이다. 소리가 나지 않는데 들렸을 것이다. 이렇게 그의 불침번 시간이 지나갔다. 그는 케네디를 깨우고 경계를 엄중히 하라고 당부했다. 그리고 곤히 자고 있는 조 옆에 누웠다.

케네디는 눈을 비비면서 천천히 파이프에 불을 붙였다. 눈을 뜨고 있기가 힘들었다. 그는 곤돌라에 팔꿈치를 괴고 졸음을 쫓으려고 깊이 숨을 들이마셨다.

완전한 정적이 주위를 지배하고 있었다. 산들바람이 우듬지를 희미하게 스치고, 곤돌라도 조용히 흔들려 사냥꾼을 저항하기 어려운 잠 속으로 끌고 들어갔다. 그는 버티려고 했다. 몇 번이나 눈꺼풀을 열고 아무것도 보이지 않는 어둠 속을 뚫어지게 바라보았다. 그러다가 결국 피로에 겨워 잠들어버렸다.

이 공백 속에 얼마나 오랫동안 가라앉아 있었던 것일까? 눈을 떴을 때도 그것을 알 수는 없었다. 갑자기 들려온 바직바직하는 소리에 그는 눈을 떴다.

케네디는 눈을 비비며 벌떡 일어났다. 열기가 얼굴에 확 끼얹혀졌다. 숲이 불길에 휩싸여 있었다.

"불이다! 불이야!" 아직 사태를 확실히 파악하지 못한 채 그는 외쳤다. 두 동료도 벌떡 일어났다.

"무슨 일이야?" 박사가 물었다.

"불이다!" 조도 말했다. "하지만 어떻게?"

그때 불길이 환하게 비춘 숲 속에서 고함 소리가 들려왔다.

"야만인들이에요. 우리를 불태워 죽이려고 숲에 불을 질렀어요!"

"탈리바족이야! 알하지 일당이 분명해!"

불이 고리처럼 '빅토리아'호를 둘러싸고 있었다. 마른 나무가 딱딱 갈라지는 소리와 초록빛 나뭇가지가 쉭쉭거리는 소리가 섞였다. 덩굴과 나뭇잎, 숲의 모든 생물이 파괴적인 불길 속에서 몸부림치고 있었다. 시야 끝까지 온통 불바다였다. 큰 나무들이 거대한 화덕 속에 검게 떠오른 돋을새김처럼 우뚝 서 있었다. 나뭇가지는 백열하는 숯으로 뒤덮이고, 이글이글 타오르는 숲 전체가 구름에 반사되었다. 여행자들은 속이 빈 불덩어리 속에 갇혀 있는 듯한 기분이 들었다.

"도망가자." 케네디가 외쳤다. "뛰어내리자. 살 길은 그것뿐이야!"

하지만 퍼거슨은 그를 꽉 붙잡고 뛰어내리는 것을 말렸다. 그리고 닻줄에 도끼를 휘둘러 단번에 줄을 끊었다. 그때는 이미 기구까지 올라온 불길이 기구를 빨갛게 물들이며 날름거리는 혀로 기구를 핥고 있었다. 끈이 풀린 '빅토리아'호는 단숨에 솟아올라 공중으로 300미터 넘게 올라갔다.

놀란 고함 소리가 총성과 함께 숲 전체에 울려 퍼졌다. 기구는 새벽과 함께 불기 시작한 바람을 타고 서쪽으로 날아갔다.

아침 4시였다.

43

폭포를 건너다

"어젯밤에 기구를 가볍게 해두었으니 망정이지, 안 그랬다면 크게 당할 뻔했어." 박사가 말했다.

"제때에 일을 하면 얻는 게 있게 마련이죠." 조가 말했다.

"아직 위험에서 완전히 벗어난 건 아니야." 박사가 말했다.

"뭐가 걱정이지?" 케네디가 물었다. "'빅토리아'는 자네가 허락하지 않으면 내려갈 수 없어. 그런데 언제 내려갈 거지?"

"언제 내려갈 거냐고? 딕, 저걸 봐."

기구는 숲 가장자리를 막 지난 참이었다. 헐렁한 바지에 망토를 펄럭이며 말을 달리는 서른 명 정도의 남자가 보였다. 어떤 자는 창을, 어떤 자는 머스킷 총을 들고 있었다. 그들은 '빅토리아'호를 따라 보통 속도로 달리고 있었다. 콧김을 내뿜고 있는 말들은 모두 기운이 넘쳐 보였다. '빅토리아'호의 속도는 그렇게 빠르지 않았다.

여행자들을 발견한 그들은 무기를 휘두르며 야만적인 함성을 질렀다. 구릿빛 얼굴에는 뻣뻣한 턱수염이 나 있어서 더욱 사나워 보였다. 얼굴에는 사냥감을 놓친 애석함과 반드시 잡고야 말겠다는 결의가 또렷이 드러나 있었다. 그들은 세네갈 강까지 내리막을 이루고 있는 완만한 비탈을 느긋하게 달려왔다.

"역시 놈들이었어!" 박사가 말했다. "잔학한 탈리바족이야. 알하지 일당이지! 저런 놈들한테 붙잡힐 바에는 차라리 숲 속에서 맹수들한테 둘러싸이는 편이 나아."

"별로 친절해 보이지는 않는군." 케네디가 말했다. "거칠고 억센 놈들이야."

"다행히 저놈들은 날지 못해요." 조가 말했다. "그게 그나마 위안이네요."

"저것 봐." 박사가 말했다. "마을이 폐허가 되어 있지? 오두막도 불타고 있어. 놈들 짓이야. 넓은 밭이었던 곳도 황폐한 풀밭이 되어버렸어."

"아무리 쫓아와도 우리를 따라잡을 수는 없어. 강을 건너면 괜찮아."

"그건 그래." 기압계를 보면서 박사가 대답했다. "무슨 일이 있어도 떨어지면 안 돼."

"조, 알았지?" 케네디가 말을 이었다. "어쨌든 무기 준비만은 해두는 게 좋을 것 같아."

"그게 좋겠어요. 도중에 버리고 오지 않은 게 다행이네요."

케네디는 마음을 담아서 총에 탄환을 쟀다. 화약도 탄환도 충분히 있었다.

"지금 높이가 어느 정도지?" 그가 퍼거슨에게 물었다.

"대충 200미터야. 하지만 올라가거나 내려가거나 해서 좋은 바람을 찾을 수는 없어. 기구한테 맡길 수밖에."

"그건 유감이군." 케네디가 말했다. "바람도 그다지 강하지 않고…… 요전처럼 강한 바람을 탔다면 저 불쾌한 놈들은 벌써 보이지 않게 되었을 텐데."

"저 불한당 놈들, 보통 속도로 쉽게 따라오고 있는데요. 승마를 즐기고 있어요." 조가 말했다.

"총알이 닿는 거리라면 차례로 해치울 수 있을 텐데." 사냥꾼이 말했다.

"물론이지!" 박사도 말했다. "하지만 그렇게 되면 저쪽에서도 총알이 날아와. '빅토리아'는 총신이 긴 머스킷 총에는 절호의 표적이야. '빅토리아'에 총알구멍이 나면 어떻게 되겠어?"

탈리바족의 추격은 오전 내내 계속되었다. 오전 11시가 되어도 여행자들은 서쪽으로 20킬로미터밖에 가지 못했다.

박사는 지평선의 아무리 작은 구름에도 주의를 기울이고 있었다. 그는 풍향이 바뀌는 것이 두려웠다. 니제르 강 쪽으로 날아가면 어떻게 될까? 그리고 기구도 점점 내려가고 있었다. 출발한 뒤 벌써 90미터가 넘게 내려갔다. 세네갈 강까지는 아직 20킬로미터나 남아 있었다. 지금 속도라면 앞으로 세 시간은 더 걸릴 것이다.

그때 그의 주의가 다시 터져 나온 함성 쪽으로 쏠렸다. 탈리바족이 말을 몰고 돌진해왔다.

박사는 기압계를 조사했다. 그리고 이 외침 소리의 이유를 이해했다.

"내려가고 있어!" 케네디가 외쳤다.

15분이 지나자 곤돌라에서 지상까지의 거리는 45미터로 좁혀졌다. 하지만 바람은 아까보다는 강하게 불기 시작했다.

추격대도 빨리 달리기 시작했다. 곧 머스킷 총의 첫 총성이 공중에 울려 퍼졌다.

"너무 멀잖아, 바보들아! 하지만 놈들을 접근시키지 않는 게 좋을 것 같은데요."

조는 그렇게 말하고 선두에 있는 한 녀석을 겨누어 총을 쏘았다. 놈은 땅으로 굴러떨어졌다. 그러자 동패들은 그 자리에 멈춰 섰다. '빅토리아'호는 다시 놈들과 거리를 벌렸다.

"조심스러워졌군." 케네디가 말했다.

"우리도 더 내려가면 위험해." 박사가 말했다. "어떻게든 고도를 올리지 않으면 안 돼."

"뭘 버릴까요?" 조가 물었다.

"남은 페미컨을 전부 버려. 그러면 12킬로그램은 가벼워져."

"알았어요." 조는 주인의 명령에 따랐다.

지면에 닿을 지경이었던 곤돌라는 추격대의 외침 속에서 다시 상승했다. 하지만 30분이 지나자 '빅토리아'호는 또 점점 내려갔다. 가스가 기구의 찢어진 틈새로 새어 나가고 있었던 것이다.

곧 곤돌라는 지면 위를 기어가기 시작했다. 알하지의 부하들은 곤돌라로 돌진했다. 하지만 이런 경우에 흔히 있듯이 '빅토리아'호는 지면에 닿았나 했더니 크게 튀면서 올라갔다가 1.5킬로미터 앞에서 다시 내려갔다.

"이젠 도망칠 수 없어!" 케네디가 주먹을 움켜쥐었다.

"브랜디 남은 것도 버려! 조!" 박사가 외쳤다. "계기들도 다 버려! 무게가 있는 것은 전부 다 버려! 닻도 버려!"

조는 기압계와 온도계를 잡아떼었다. 하지만 그런 계기들의

반격의 총을 쏘다.

무게는 대단치 않다. 기구는 잠시 올라갔지만 또 금방 떨어졌다. 추격대가 몰려왔다. 이제 2백 걸음도 떨어져 있지 않았다.

"소총 두 자루도 버려!" 박사가 외쳤다.

"알았어. 이왕이면 쏘고 나서 버리자!"

네 발의 탄환이 잇따라 추격대로 날아갔다. 탈리바족 네 명이 광란의 외침 속에 고꾸라졌다.

'빅토리아'호는 다시 떠올랐다. 그것은 거대한 고무공이 튀듯 몇 번이나 크게 튀면서 도망갔다. 불행한 남자들을 태우고 큰 걸음으로 필사적인 도주를 계속하는 '빅토리아'호는 마치 발이 땅에 닿을 때마다 새로운 힘을 되찾는 신화 속의 거인 안타이오스* 같았다. 하지만 이런 광경도 곧 끝날 터였다. 벌써 정오가 가까웠다. '빅토리아'호는 정력도 기력도 다했다. 가스가 빠져나가 기구는 길쭉해져 있었다. 공기주머니에도 주름이 잡히고 헐렁헐렁했다. 축 늘어진 태피터의 주름이 서로 마찰하여 불쾌한 소리를 냈다.

"신은 우리를 버리시나?" 케네디가 말했다. "아아, 드디어 떨어진다."

조는 아무 대답도 하지 않고 주인을 바라보았다.

"아니야." 박사가 말했다. "아직 버릴 게 60킬로그램쯤 있어!"

"그게 뭔데?" 케네디는 박사가 미쳤다고 생각했다.

"곤돌라!" 박사가 대답했다. "우리는 그물에 매달리는 거야.

* 그리스 신화에 나오는 거인. 바다의 신 포세이돈과 땅의 여신 가이아 사이에서 태어난 아들로, 땅에 몸이 붙어 있는 한 당할 자가 없고, 땅에 쓰러지면 더욱 힘을 얻었다고 한다.

강을 건널 때까지 그물을 잡고 매달리면 돼. 어서 서둘러!"

대담한 남자들은 목숨을 구하기 위해 이런 방법도 사양하지 않았다. 그들은 박사의 말대로 그물코에 손과 발을 걸었다. 조가 한 손으로 곤돌라의 밧줄을 끊었다. 기구가 드디어 땅에 떨어진 순간, 곤돌라가 기구를 떠났다.

"해냈다! 해냈어!" 조가 외쳤다. 기구는 가벼워져서 90미터쯤 날아올랐다.

탈리바족 추격대는 말을 전속력으로 몰고 있었다. 말의 배가 지면에 닿을 것 같았다. 하지만 '빅토리아'호는 상당히 강한 바람을 타고 서쪽 지평선을 막고 있는 언덕 쪽으로 날아갔다.

언덕이 있었던 것은 여행자들에게는 천만다행이었다. 기구는 그 언덕을 곧바로 넘었지만, 알하지 일당은 이 마지막 장애물을 우회하기 위해 북쪽으로 돌아가야 했기 때문이다.

세 사람은 그물에 매달려 있었다. 발을 걸 곳을 다시 묶을 여유도 있었다. 하늘을 나는 그물이라고 할 만했다.

언덕을 넘었을 때 갑자기 박사가 외쳤다.

"강이다! 강이야! 세네갈 강이야!"

3킬로미터 앞에 수량이 풍부한 큰 강이 흐르고 있었다. 건너편은 평탄하고 비옥한 땅이었다. 거기라면 안전하고, 내리는 것도 무난할 것 같았다.

"앞으로 15분만 지나면 살 수 있어." 박사가 외쳤다.

하지만 일은 그렇게 기대한 대로 되지 않았다. 속이 비어버린 기구는 초록빛 식물이 거의 없는 땅을 향해 조금씩 내려갔다. 그곳은 바위가 많고 길게 이어진 비탈이었다. 햇볕에 타서 누렇게 바랜 풀 사이로 군데군데 덤불이 있을 뿐이었다.

'빅토리아'호는 몇 번 땅바닥에 닿았다가 다시 날아올랐다. 하지만 날아오를 때마다 튀어 오르는 높이와 폭도 점점 줄어들었다. 그리고 드디어 마지막에는 이 황량한 풍경 속에 서 있는 단 한 그루의 나무인 바오밥나무의 높은 가지에 그물 윗부분이 걸려버렸다.

"절망이야." 사냥꾼이 말했다.

"강까지 앞으로 백 걸음 남았는데." 조도 말했다.

불행한 세 남자는 땅으로 내려갔다. 박사는 두 길동무와 함께 강 쪽으로 가보았다.

강물이 맹렬하게 으르렁거리고 있었다. 강가에 도착한 박사 앞에 구이나 폭포가 나타났다. 강변에는 배도 없고 사람 모습도 보이지 않았다.

폭이 500미터인 세네갈 강이 무시무시한 굉음과 함께 30미터 높이에서 무너져 내리고 있었다. 강은 동쪽에서 서쪽으로 흐르고 있는데, 흐름을 막는 바위들은 북쪽에서 남쪽으로 일직선으로 늘어서 있었다.

이 심연을 가로지르는 것은 누가 보아도 불가능했다. 케네디는 절망의 몸짓을 억누를 수 없었다.

하지만 퍼거슨 박사는 달랐다. 그는 대담무쌍하게도 힘차게 외쳤다.

"아직은 절망할 때가 아니야!"

"저도 그렇게 생각합니다." 조가 주인에 대한 변함없는 신뢰가 담긴 얼굴로 말했다.

주위의 마른 풀을 보고 박사는 대담한 방법을 생각해낸 것이다. 그것이 그들에게 남은 단 하나의 길이었다. 그는 두 길동무

구이나 폭포.

와 함께 급히 기구로 돌아갔다.

"그 산적들보다 한 시간은 일찍 도착했어. 하지만 꾸물거리고 있을 수는 없어. 마른 풀을 되도록 많이 모아줘. 적어도 50킬로그램은 필요해."

"뭐에 쓰려고?" 케네디가 물었다.

"이젠 가스가 없어." 박사가 대답했다. "그러니까 뜨거운 공기로 강을 건너는 거야."

"아아, 새뮤얼." 케네디는 친구의 말뜻을 알아차리고 외쳤다. "자네는 정말 대단해."

조와 케네디는 곧 일에 착수했다. 곧 마른 풀이 바오밥나무 옆에 수북이 쌓였다.

그동안 박사는 기구 아래쪽의 통기구를 열고 더 크게 벌렸다. 그는 남아 있을지도 모르는 수소를 미리 밸브에서 몰아냈다. 그리고 기구 밑에 마른 풀을 잔뜩 쌓아 올리고 불을 붙였다.

기구를 뜨거운 공기로 부풀리는 데에는 별로 시간이 걸리지 않는다. 100도의 열만 있으면 기구 속의 공기를 희박하게 하여 그 무게를 반으로 줄일 수 있기 때문이다. '빅토리아'호는 순식간에 둥근 모양으로 돌아갔다. 풀은 충분히 있었다. 박사가 불을 붙이자마자 기세 좋게 타올랐다. 기구는 점점 부풀어 커졌다.

1시 15분 전이었다. 그때 3킬로미터쯤 북쪽에 탈리바족이 모습을 나타냈다. 그들의 외침 소리와 전속력으로 달려오는 말발굽 소리가 들렸다.

"20분이면 여기까지 오겠어." 케네디가 말했다.

"풀! 풀! 조, 10분 뒤에 날아오르자."

"네, 박사님!"

'빅토리아'호는 원래 크기의 3분의 2만큼 커졌다.

"자, 아까처럼 그물을 잡아!"

"이제 됐어!" 사냥꾼이 말했다.

10분이 지났다. 기구는 두세 번 흔들리며 상승할 기미를 보였다. 탈리바족은 점점 다가왔다. 앞으로 5백 걸음쯤 남았다.

"둘 다 준비됐나!" 퍼거슨이 외쳤다.

"됐습니다, 박사님. 걱정하실 거 없어요!"

박사는 발을 이용하여 불 속에 풀을 더 많이 차 넣었다.

온도가 올라가자 기구는 완전히 팽창하여 바오밥나무 가지를 스치면서 날아올랐다.

"간다!" 조가 외쳤다.

그 외침 소리에 대답하듯 머스킷 총의 총성이 울렸다. 탄환이 그의 어깨에 상처를 입혔다. 하지만 케네디가 몸을 기울여 카빈 총을 발사했다. 적이 한 놈 고꾸라졌다.

분노의 외침 소리가 상승하는 기구를 향해 솟아올랐다. 복수하려 해도 복수할 수 없는 분노의 외침이었다. 기구는 250미터쯤 올라가서 강한 바람을 만났다. 기구는 불안한 흔들림을 되풀이했다. 대담한 박사와 두 친구는 저 밑에 입을 벌리고 있는 폭포의 심연을 내려다보고 있을 뿐이었다.

한 마디도 말을 나누지 않은 채 10분이 지나자, 용감한 세 여행자는 건너편 강변 쪽으로 조금씩 내려갔다.

그곳에서는 프랑스 군복 차림의 남자 여남은 명이 깜짝 놀란 표정으로 하늘을 쳐다보고 있었다. 강 건너편에서 기구가 날아오르는 것을 보았을 때 그들이 얼마나 놀랐을지 상상해보라. 그들은 그것을 신의 조화(造化)라고 믿고 있었다. 하지만 부대장

인 대위와 소위는 유럽에서 발행된 신문을 보고 퍼거슨 박사의 대담한 계획을 알고 있었고, 그래서 곧 자초지종을 깨달았다.

　기구는 조금씩 오그라들면서 그물에 매달려 있는 탑승자들과 함께 땅으로 내려왔다. 하지만 육지까지 도달할 수 있을지는 의심스러웠다. 프랑스인들은 강으로 돌진했다. 그리고 '빅토리아'호가 세네갈 강의 좌안에서 수십 미터 떨어진 곳에 떨어졌을 때, 세 명의 영국인을 끌어안았다.

　"퍼거슨 박사님이시죠?" 대위가 외쳤다.

　"그렇습니다." 박사가 대답했다. "그리고 두 친구입니다."

　프랑스인은 여행자들을 강에서 데리고 나왔다. 반쯤 오그라든 기구는 급류에 떠밀려, 거대한 거품처럼 강의 흐름과 함께 구이나 폭포 바로 밑에 있는 깊은 웅덩이에 가라앉았다.

　"불쌍한 '빅토리아'!" 조가 중얼거렸다.

　박사는 눈물을 억누를 수 없었다. 그는 두 팔을 벌렸다. 두 친구도 감격에 목이 메어 그 품속으로 뛰어들었다.

44
에필로그

강 근처에 있던 원정대는 세네갈 총독이 파견한 부대였다. 이 부대는 대위 뒤프레스와 소위 로다멜, 그리고 하사관 한 명, 병사 일곱 명으로 구성되어 있었다. 그들은 이틀 전부터 구이나 초소를 세우기에 좋은 장소를 찾고 있었는데, 퍼거슨 박사의 도착을 목격한 증인이 된 것이다.

세 여행자가 어떤 기분으로 서로 끌어안고 축복했을지, 우리는 쉽게 상상할 수 있다. 이 대담한 계획의 성공을 확인할 수 있었던 프랑스인들은 새뮤얼 퍼거슨 박사에게 다시없는 증인이 되었다.

박사는 우선 구이나 폭포에 도착한 것을 공식적으로 확인해달라고 그들에게 부탁했다.

"보고서에 서명해주시겠습니까?" 그는 뒤프레스 대위에게 물었다.

"기꺼이 서명하겠습니다." 대위는 대답했다.

구이나 초소.

영국인들은 강 근처에 세워진 임시 초소로 안내되었다. 그들은 거기서 진심 어린 환대를 받고 음식을 배불리 먹었다. 보고서는 아래와 같이 작성되었다. 이 문서는 오늘날 런던의 왕립지리학회 문서 보관실에 소중하게 보관되어 있다.

아래에 서명한 우리는 오늘 새뮤얼 퍼거슨 박사와 두 동료인 리처드 케네디와 조지프 윌슨*이 기구의 그물에 매달린 채 도착했음을 확인한다. 그 기구는 우리한테서 좀 떨어진 강에 떨어졌고, 강물에 떠내려가다가 구이나 폭포에 가라앉았다. 이 보고서의 실효성을 증명하기 위해 위의 세 사람과 연명으로 여기에 서명한다. ─1862년 5월 24일, 구이나 폭포에서.
새뮤얼 퍼거슨, 리처드 케네디, 조지프 윌슨
대위 뒤프레스, 소위 로다멜, 하사 뒤페
병사 플리포, 마요르, 펠리시에, 로루아, 라스카녜, 기용, 르벨

이로써 퍼거슨 박사와 그 용감한 동료들의 경이로운 아프리카 횡단이 보기 좋게 성공한 것이 증명되었다. 그들은 더없이 우호적인 부족의 나라에서 프랑스인 친구들과 편안하게 며칠을 보냈다.

그들이 세네갈 강에 도착한 것은 5월 24일 토요일이었다. 같은 달 27일에 그들은 상당히 북쪽에 있는 메디나 주둔지에 도착

* 〔원주〕 '딕'은 리처드의 애칭이고, '조'는 조지프의 애칭이다.

했다.

여기서도 프랑스 군인들은 두 팔을 벌려 그들을 환영하고 극진히 환대해주었다. 박사와 두 동료는 별로 기다릴 필요도 없이 증기선 '바질리크'호를 타고 세네갈 강을 따라 하구로 내려갔다.

14일 뒤인 6월 10일, 그들은 생루이*에 도착했다. 여기서는 총독이 성대하게 맞아주었다. 이제는 여행자들도 침착성을 되찾았고 피로도 회복되어 있었다. 이야기를 듣고 싶어 모여드는 사람들에게 조는 말했다.

"요컨대 우리 여행은 아무것도 아니었습니다. 감격을 맛보려고 생각한다면 이런 여행을 계획하면 안 됩니다. 정말 시시하고 따분했다니까요. 차드 호와 세네갈 강에서 맛본 스릴이 없었다면 우리는 심심해서 죽었을 거예요."

항구에서는 영국의 프리깃함†이 출항 준비를 갖추고 있었다. 세 여행자는 그 배를 타고 6월 25일 포츠머스‡에 도착했고, 이튿날인 26일에 런던으로 돌아왔다.

런던의 왕립지리학회에서 그들이 받은 환대에 대해서는 쓰지 않겠다. 케네디는 그의 자랑스러운 카빈총과 함께 곧 에든버러로 출발했다. 사랑하는 아내가 애타게 기다리고 있었기 때문이다.

퍼거슨과 그의 충실한 하인 조는 언제 어느 때든 우리가 지금까지 보아온 그대로의 인품이었다. 하지만 본인들은 깨닫지 못

---

* 세네갈 북서부, 세네갈 강 어귀에 있는 도시. 1673년 프랑스의 식민지가 된 이후부터 1960년 독립할 때까지 세네갈의 수도였다. 현지어(월로프어)로는 은다르라고 불린다.
† 19세기 전반까지 유럽에서 활약한, 돛을 단 목조 군함. 주로 경계 임무를 맡았다.
‡ 영국 잉글랜드 남부 햄프셔 주에 있는 항구도시.

해도 그들 사이에는 미묘한 변화가 일어나 있었다.

그들은 이제 친구이기도 했던 것이다.

유럽 전역의 신문들이 이 대담한 탐험가들에게 아낌없는 찬사를 바쳤다.《데일리 텔레그래프》지가 이 여행을 다룬 특집호를 냈을 때는 발행 부수가 무려 97만 7천 부에 이르렀다.

새뮤얼 퍼거슨 박사는 왕립지리학회에서 열린 공개 강연에서 그들이 감행한 기구 여행에 대해 보고했다. 그리고 세 사람을 대표하여 1862년의 가장 뛰어난 탐험가에게 수여되는 금메달을 받았다. ■

"쥘 베른은 과거의 낭만주의와
미래의 사실주의가 만나는
문학의 교차로에 서 있었다."
빅터 코헨, 〈컨템퍼러리 리뷰〉(1966년)에서

1. 쥘 베른과 그의 시대

쥘 베른(Jules Verne)은 과학의 시대가 시작될까 말까 한 1828년
에 태어나 20세기가 막 시작된 1905년에 세상을 떠났다. 그러니
그는 19세기 사람이었다. 게다가 그는 기술자도 아니고 과학자
도 아니었다. 그런데도 그는 20세기에 이룩된 놀라운 과학기술
의 진보에 실질적으로 참여했다. 그는 영감을 받은 몽상가, 앞
으로 인류에게 일어날 일을 오래전에 미리 '보고' 글로 쓴 예언
자였기 때문이다.

베른의 주요 업적은 분명 동시대인들의 과학적·낭만적 열망
을 표출한 것이었다. 그는 언뜻 보기에 불가능해 보일 수도 있
는 것에다 기존 지식과 그럴듯한 추론을 적용하여, 독자 대중이
미래를 미리 맛볼 수 있게 해주었다. 하지만 그는 거기에서 그
치지 않았다. 베른은 진보와 과학과 산업주의에 대한 믿음을 자
극하는 한편, 산업 시대와 불가피하게 결부될 것으로 여겨진 비

인간성과 비참한 사회 현실에서 벗어날 수 있는 탈출구를 제공했다.

하지만 무엇보다도 그는 뛰어난 몽상가였다. 그는 내면의 눈으로 본 장면들을 놀랄 만큼 정확하고 생생하게 묘사했기 때문에, 수많은 독자들도 저자만큼 또렷하게 그 장면들을 볼 수 있을 정도였다. '경이의 여행'(Voyages extraordinaires) 시리즈를 이루고 있는 60여 편(중편과 작가 사후에 발표된 작품을 포함하면 80편에 이른다)의 책을 보면, 지상이나 지하나 하늘에 그가 묘사하지 않은 곳이 한 군데도 없고, 실제 과학에서 이루어진 발전들 가운데 그가 풍부한 상상력으로 미래의 상황을 정확하게 예측하고 과감하게 이용하지 않은 것이 하나도 없었다.

간단히 말해서 쥘 베른은 이 세상에 'SF'(Science Fiction)를 가져다주었다. 물론 신기한 이야기는 오래전부터 존재해왔다. 베른이 한 일은 당시의 과학적 성취를 넘어서지만 인간의 꿈을 이루는 아이디어를 진지하게 다루고 체계적으로 개발한 것이었다. 그는 정보와 이야기를 결합했고, 이 새로운 공식을 근대 테크놀로지의 테두리 안에 도입함으로써 모험과 판타지를 과학소설로 변화시켰다.

하지만 베른이 문학에 이바지한 것이 과학소설뿐이라고 생각하는 것은 잘못이다. 좀 더 자세히 살펴보면, 모험소설 작가들도 모두 베른에게 큰 빚을 지고 있다는 것을 알 수 있기 때문이다. 베른의 소설을 읽다 보면 작가는 동시대의 과학자나 탐험가들을 실명 그대로 등장시켜, 그들의 현재진행형 업적을 끊임없이 독자들에게 일깨운다. 그럼으로써 베른이 만들어낸 허구의 과학자들과 그들의 장래 계획도 독자들이 믿지 않을 수 없게 한다. 현재의 과학을 언급함으로써 미래의 과학을 '실재'시킨다고나 할까. 베른 연구의 권위자인 I.O.에번스는 이런 기법의 소설을 일컬어 '테크니컬 픽션'이라고 불렀다.

이렇게 놀라운 상상력과 천재적인 통찰력을 가진 작가 쥘 베른은 어떤 사람이었는가? 그는 어떤 인생을 살았을까? 사실은 놀랄 만큼 평범하다.

쥘 베른은 1828년 2월 8일에 프랑스 북서부의 항구 도시 낭트의 페이도 섬에서 태어났다. 낭트는 1598년에 앙리 4세가 '낭트 칙령'을 발표하여 36년간에 걸친 종교전쟁에 마침표를 찍은 곳으로 유명하지만, 대서양으로 흘러드는 루아르 강 연안에 위치한 지리적 여건 때문에 예로부터 해외무역 기지로 발달한 도시다. 특히 18세기 초에는 프랑스의 잡화와 아프리카의 노예와 아메리카 대륙의 산물을 교환하는 이른바 '삼각무역'으로 프랑스 제1의 무역항이 되어 번영을 누렸다.

쥘 베른의 외가는 15세기에 귀족의 지위를 얻은 지방 명문 집안이지만, 일찍부터 낭트로 나와 해운업과 무역업에 종사하고 있었다. 쥘의 어머니 소피 드 라 퓌의 친할아버지는 유복한 선주였고 외할아버지는 항해사였다고 한다. 한편 베른 집안은 대대로 법관을 배출한 법률가 가문인데, 원래 낭트에 연고가 있었던 것은 아니지만 1825년에 쥘의 아버지 피에르가 낭트에 법률사무소를 차리고 이곳으로 이주했다. 이렇게 낭트에서 두 집안이 인연을 맺어, 이윽고 쥘이 태어나게 된 것이다.

그 무렵 낭트는 혁명기의 내란과 동인도회사의 폐지 등의 영향으로 100년 전의 활기는 잃어버렸지만, 이국정서가 풍부한 항구 도시로서 번영의 흔적을 간직하고 있었다. 그런 환경 속에서 태어나 자란 덕에 쥘 소년의 마음에도 일찍부터 바다와 이국에 대한 동경이 싹튼 모양이다.

그의 생애를 이야기할 때면 반드시 인용되는 에피소드가 하나 있다. 열한 살 때인 1839년, 동갑내기 사촌 누이에게 연정을 품고 있던 쥘은 산호목걸이를 구해다 선물하려고 인도로 가는 원양선에 몰래 탔다가 배가 프랑스 해안을 벗어나기 직전에 루아르 강어귀에서 아버지에게 붙잡혀 호된 꾸지람을 들었다. 그때 소년은 "앞으로는 상상 속에서만 여행하겠다"고 맹세했다고 한다. 이 유명한 '전설'이 사실인지 아닌지는 알 수 없지만, 낭만적인 꿈을 좇아 미지의 나라로 여행을 떠나려는 소년의 모습은 과연 쥘 베른답다는 생각이 든다.

현실의 여행을 금지당한 쥘은 집안의 전통과 아버지의 뜻에 따라 법조계에 진출하려고, 파리로 나와 법률 공부를 시작한다. 베른 집안처럼 법조계와 관계가 깊은 가문이 아니더라도 19세기 부르주아 집안의 자제들은 법률가가 되는 것이 일반적인 진로의 하나였다. 유명한 작가들 중에도 발자크, 메리메, 플로베르, 모파상 등이 젊은 시절에 법률을 공부했다.

파리로 나온 베른은 샤토브리앙(프랑스 낭만주의의 선구적 작가)의 누나와 결혼한 삼촌의 소개로 문학 살롱에 드나들게 되었고, 거기서 알렉상드르 뒤마(아버지)와 사귀게 되었다. 뒤마는 《삼총사》와 《몬테 크리스토 백작》의 작가로 유명하지만, 무엇보다도 연극계의 거물이었다. 소년 시절부터 문학(특히 극작)에 관심을 가지고 있었던 베른은 1849년에 법학사 학위를 받았지만, 낭트로 돌아가지 않고 문학의 길을 걷기로 결심한다. 20대 초반부터 30대 초반까지 그는 희극이나 중편소설, 특히 오페레타의 대본을 쓰고, 셰익스피어와 에드거 앨런 포의 작품, 여행기, 과학서 등 많은 책을 읽었다. 베른에게는 화려한 비약을 앞둔 수련기였다.

1857년에 베른은 두 아이가 딸린 젊은 과부 오노린과 결혼했다. 이 결혼에는 수수께끼 같은 부분이 많고, 그 후의 생활에 대해서도 베른 자신은 거의 언급하지 않았다. 이윽고 아들도 태어나고, 겉보기에는 죽을 때까지 평온한 가정생활이 계속되지만, 여러 가지 점으로 보아 그에게는 여성과 결혼을 혐오하는 경향이 있었던 것 같다. 작품의 등장인물을 보아도 독신 남자가 압도적으로 많고, 여성 등장인물은 거의 판에 박힌 조역에 머물러 있다.

어쨌든 이 결혼으로 베른의 생활은 가정 밖에서도 크게 달라지게 되었다. '생계를 위해' 처남의 소개로 증권거래소에 취직한 것이다. 베른과 주식은 전혀 어울리지 않는 듯 보이지만, 19세기 후반부터 20세기 초까지 주식시장의 발전과 함께 투자는 대중적으로 널리 보급되어 있었고, 당시 문인들 중에도 주식에 관여한 사람이 많았다. 베른도 주식거래를 통해 과학기술과 산업의 발전 및 사회생활의 변화를 실감하고, 전 세계의 정보를 간접적으로 얻고 있었다. 그런 관점에서 생각하면 당시 문인과 주식의 관계는 재미있는 연구 과제가 될지도 모른다.

증권거래소에 드나들면서도 베른의 문학 활동은 계속되었다. 작품은 역시 가벼운 희곡이 중심이었지만, 〈가정박물관〉이라는 잡지가 그의 주된 활동 무대였다. 이 월간지는 가족용 교양오락 잡지로서, 문학 이외에 과학이나 지리적 발견을 삽화와 함께 게

재하고 있었다. 베른은 나중에 소설의 원형이나 소재가 될 만한 이야기를 이 잡지에 많이 발표했다.

1862년, 베른은 기구를 타고 아프리카를 탐험하는 이야기를 썼다. 기구는 당시 사람들의 관심을 모으고 있었고, 특히 유명한 사진작가이자 소설가·저널리스트·평론가·만화가로도 활약한 나다르(Nadar, 1820~1910)가 1863년에 기구 '거인호'로 시험 비행을 한 것은 엄청난 센세이션을 불러일으켰다. 베른과 나다르는 기구에 대한 열정을 계기로 의기투합하여 평생 친구가 되었지만, 나다르의 비행 계획은 유럽 전역에서 큰 반향을 얻은 반면 베른의 소설은 출판할 전망조차 보이지 않았다. 그는 원고를 들고 여기저기 출판사를 찾아다니는 형편이었다. 그 무렵, 베른의 생애에서 가장 중요한 만남이 이루어진다. 피에르-쥘 에첼(Pierre-Jules Hetzel, 1814~86)과의 만남이었다.

에첼은 단순한 출판업자가 아니었다. 직접 펜을 들고 많은 작품을 쓴 작가였고, 철저한 공화주의자로서 2월혁명 이후 수립된 임시정부에서는 각료급 요직을 맡기도 했다. 출판에서는 빅토르 위고나 조르주 상드 같은 위대한 낭만주의 작가들의 보급판 책을 펴내고 있었지만, 나폴레옹 3세의 제2제정이 시작되자 벨기에로 잠시 망명했다가 파리로 돌아온 뒤에는 아동도서 출판에 힘을 쏟게 된다. 당시 프랑스에서는 교회가 아동 교육을 지배하고 있었다. 프랑스의 미래는 교육에 달려 있다고 생각한 에첼은 젊은 두뇌가 시대에 뒤떨어진 교육에 묶여 있는 현실을 개탄하고, '재미있고 유익한 책', 특히 당시의 교회 교육에서는 무시되고 있던 유용한 과학 지식을 알기 쉽게 가르치는 서적을 출판하여 새 시대에 어울리는 아이들을 키우려고 한 것이다.

1862년 당시, 에첼은 청소년용 잡지인 〈교육과 오락〉을 창간할 계획을 세우고 집필자를 찾고 있었다. 따라서 두 사람의 만남은 양쪽에 결정적인 사건이 되었다. 에첼은 아직 다듬어지지 않은 베른의 원고를 읽고 그 재능을 간파하여 장기 계약을 제의했다. 베른은 물론 크게 기뻐하며 승낙하고, 이리하여 소설가 베른이 탄생하게 된 것이다.

베른의 원고는 에첼의 조언에 따라 수정된 뒤, 1863년에 《기구를 타고 5주간》이라는 제목으로 출판되어 대성공을 거두었다. 그 후 풍부한 결실을 맺은 2인3각의 활동이 시작된다. 베른은 쌓여 있던 것을 토해내듯 차례로 작품을 써냈고, 그의 작품은 대부분 〈교육과 오락〉을 비롯한 잡지나 신문에 연재된 뒤 에첼의 출판사에서 단행본으로 간행되고, 다시 삽화를 넣은 선물용 호화장정본으로 재출간된다. 수많은 판화로 장식된 호화장정본은 당시 선물용으로 인기를 끌었을 뿐 아니라 지금도 애호가들이 군침을 흘리는 대상이고, 파리에는 '쥘 베른'이라는 전문 고서점까지 있을 정도다.

이리하여 '경이의 여행' 시리즈로 지금도 전 세계 독자들에게 사랑받고 있는 걸작들이 1년에 두세 권이라는 놀랄 만한 속도로 잇따라 태어났다. '알려져 있는 세계와 알려지지 않은 세계'라는 부제로도 알 수 있듯이 '경이의 여행'은 인간이 아직 발을 들여놓지 않은 미개지, 망망대해에 떠 있는 무인도로의 여행으로 끝나는 것은 아니다. 지구의 중심으로 들어가거나, 극지방으로 가거나, 공중으로 떠오르거나, 바다 밑바닥으로 내려가거나, 지구의 대기권을 뚫고 우주로 날아가는 등 웅장한 규모를 갖는 모험 여행이다. '경이의 여행'에는 지리학·천문학·동물학·식물학·고생물학 등 많은 정보와 지식이 들어 있기 때문에 '백과사전 여행'으로도 볼 수 있다. 또한 인간 형성의 통과의례가 아니라 유럽인의 근저에 숨어 있는 신화나 종교에 도달하기 위한 '통과의례 여행'이기도 하다.

'경이의 여행'은 요즘 말하는 SF의 선구이기도 했다. 실제로 잠수함, 포탄에 의한 우주여행, 비행기계, 입체 영상 장치, 움직이는 해상 도시 등 현실보다 앞선 작품 속에서 '발명'되거나 실용화된 기계와 장치도 많다. 그런 것이 등장하지 않는 경우에도 베른의 작품은 언제나 학문적인 지식이나 기술적인 정보를 많이 담고 있어서, 계몽적 과학소설의 면모를 갖추고 있다.

이런 작품들이 태어난 배경에는 물론 당시의 과학기술이나 산업의 발달, 그에 수반되는 세계의 확대, 정보량의 증가 등의 현상이 있다. 19세기 후반에는 전기를 중심으로 하는 온갖 발명과 발견이 잇따랐을 뿐 아니라, 철도와 기선이 눈부시게 발달했고 전신망이 전 세계로 뻗어갔으며, 증권거래소는 활기에 넘쳤고, 신문 발행 부수는 크게 늘어났다. 런던과 파리에서는 세계박람회가 열려, 최신 과학기술과 전 세계의 문물을 전시하여 사람들의 꿈을 자극했다. 인류는 지식을 통해 커다란 힘을 얻고 끝없이 진보할 거라고 당시 사람들은 믿었다. 베른은 그런 낙관적인 미래를 작품 속에 끌어들여 소년의 꿈과 결부시킨다. 그의 작품에 자주 등장하는 만물박사는 그런 세계에서의 이상적인 인물상이라고 할 수 있다.

물론 현대의 관점에서 보면 과학기술의 진보가 좋은 결과만 가져온 것은 아니다. 산업의 발달은 한편으로는 빈부격차와 생활환경 악화를 낳았고, 과학의 발달은 전쟁 기술의 진보를 가져왔다. 유럽인의 세계 진출은 인종차별과 결부된 식민지 지배가 되어, 이윽고 20세기에 일어난 두 차례의 세계대전으로 이어진다.

베른이 평화사상과 인도주의의 입장에 선 작가였다는 것은 작품에 묘사된 이상사회의 모습과 전쟁 비판, 노예제 폐지, 민족해방 등의 메시지를 보아도 분명하지만, 한편으로는 졸라나 디킨스와는 달리 현실의 사회적 모순에는 별로 눈을 돌리지 않았음도 인정해야 한다. 또한 그의 작품에 되풀이 묘사되는 탐험이나 건설의 꿈이 당시 제국주의적인 식민지 확대 경쟁과 보조를 맞춘 것도 부인할 수 없다. 휴머니즘을 호소하면서 식민지 지배를 긍정하는 것은 모순된 태도지만, 당시 사람들에게는 그런 의식이 거의 없었다. 베른도 미개지에 문명을 가져다주는 한 식민지 지배도 나쁘지 않다고 생각한 것 같다. 문학에 과학기술을 도입하고 소년 독자층을 개척했다는 면만이 아니라 그런 면에서도 베른은 시류를 탄 작가, 또는 시류보다 한 걸음 앞서 나아간 작가였다고 말할 수 있다.

1869년에 《해저 2만리》를 발표한 뒤, 1872년에는 전쟁(1870년의 프랑스-프로이센 전쟁)과 혁명(1871년의 파리 코뮌)으로 불안정해진 파리를 떠나 아내의 고향인 아미앵으로 이주한다. 이 무렵부터 그는 국민적, 아니 세계적인 명성을 얻게 되었다. 《80일간의 세계일주》 연재가 유럽과 미국의 독자들까지 들끓게 한 것을 비롯하여 《신비의 섬》과 《황제의 밀사》 등이 차례로 베스트셀러가 되었고, 연극으로 각색되어 대성공을 거두었다. 레지옹도뇌르 훈장, 아카데미 프랑세즈 문학상 등의 영예도 얻었고, 사교계에서도 인기를 얻게 된다.

하지만 만년에 가까워질수록 베른의 사상은 차츰 염세적인 색채를 띠기 시작한다. 진보에 대한 의문, 미래에 대한 회의, 나아가서는 인간에 대한 불신이 작품 속에 감돌게 된다. 물론《해저 2만리》의 네모 선장의 모습에서 볼 수 있듯이, 그의 작품에는 원래 수수께끼 같은 어두운 정념이 숨어 있었다. 하지만《카르파티아 성》과《깃발을 바라보며》등 후기로 갈수록 회의적인 분위기가 짙어지는 것도 분명하다.

이런 작풍 변화에 대해서는 베른의 사생활에 일어난 불행이 영향을 미쳤다는 설도 있다. 1886년 3월, 정신장애를 가진 조카의 총에 맞아 상처를 입었고, 그로부터 일주일 뒤에는 그의 문학적 아버지라고 해야 할 에첼이 여행지인 몬테카를로에서 죽는다. 그의 시신은 파리로 운구되어 장례식이 치러지지만 베른은 참석하지 않았다. 에첼의 죽음은 베른에게 깊은 슬픔을 안겨주었을 뿐 아니라, 그의 몽상의 어두운 면을 억제하는 역할을 맡아온 인물이 없어진 것을 의미하기도 했다. 다시 이듬해에는 어머니가 세상을 떠난다. 부와 명예가 늘어나면서 세 번이나 바꾼 호화 요트도 처분하고, 그 후로는 여행도 떠나지 않게 되었다.

1888년에 그는 아미앵 시의회 의원에 당선되었다. 하지만 사생활에서는 인간혐오증이 더욱 심해져, 사교를 좋아하는 아내가 아무리 부탁해도 좀처럼 사람을 만나려 하지 않은 모양이다. 그런 가운데서도 창작에 대한 정열만은 결코 잃지 않았다. 백내장으로 말미암은 시력 저하와 싸우면서도 규칙적인 집필 생활을 계속하여 해마다 꾸준히 작품을 발표했다.

1905년, 전부터 앓고 있던 당뇨병이 악화했다. 증상이 시시각각 전 세계에 보도되는 가운데, 3월 24일 베른은 가족에게 둘러싸여 숨을 거둔다. 향년 77세. 장례식에는 수많은 사람들이 모여들었고, 전 세계에서 조사(弔詞)가 밀려들었다고 한다.

최근 유네스코(UNESCO)가 조사한 바에 따르면, 쥘 베른은 외국어로 가장 많이 번역된 작가 순위에서 다섯 손가락 안에 꼽히는 것으로 밝혀졌다.* 이처럼 그는 상당히 널리 알려져 있는 작가지만, 좀 더 들여다보면 상당히 잘못 알려져 있는 작가이기도 하다. 많은 사람들이 베른을 아동용 판타지의 작가로만 알고 있는데, 이렇게 된 데에는 물론 그만한 이유가 있다. 그가 성공을 거둔 것은 아동도서 출판업자와 손잡은 결과였고, 베른의 작품 중에는 아동도서 시장을 겨냥한 것도 여럿 있었다. 또한 그의 작품에 나오는 발명품들은 그것을 난생처음 접하는 19세기 독자들에게는 경탄할 만한 것이었지만, 과학 발전의 현실은 곧 그것을 능가해버렸기 때문에 그 후의 세대에게는 시시하고 평범해 보였을 것이다.

하지만 이제 그는 더 이상 아동문학가로 여겨지지 않는다. 오히려 과학기술 전문 잡지가 그의 작품을 연구 분석하는 일이 점점 늘어나고 있다. 사실 베른만큼 독특하고 다양한 작품을 창작했거나 교양과 오락을 겸비한 소설을 쓴 작가는 거의 없었다.

이 고독하고 부지런하고 창의적인 작가가 불멸의 존재가 된

---

* 유네스코에서 펴내는 《번역서 연감》(Index Translationum)에는 해마다 전 세계에서 출간된 번역서의 총수가 실려 있다. 이 통계 조사가 실시되기 시작한 1949년 이래 쥘 베른은 'Top 10'의 자리를 벗어난 적이 없는데, 21세기에 들어선 이후에는 순위가 더욱 높아져 줄곧 수위를 차지하고 있다. 가장 최근(2014년)의 자료에 따르면 쥘 베른을 앞선 저자는 애거사 크리스티뿐이고, 셰익스피어가 베른의 뒤를 잇고 있다.

이유를 프랑스의 평론가인 장 셰노는 이렇게 설명하고 있다.

"쥘 베른과 '경이의 여행'이 아직도 살아 있다면, 그것은 그 작품들이 20세기가 피하지 못했고, 앞으로도 피하지 못할 문제들을 일찌감치 제기하고 있었기 때문이다."

2. 작품 해설

《기구를 타고 5주간》(Cinq semaines en ballon)은 쥘 베른의 첫 장편소설로, 1863년 1월 31일에 출간되었다. 이 작품은 (잡지에 먼저 연재된 뒤 단행본으로 출간된 다른 작품들과는 달리) 처음부터 단행본으로 발표되었는데, 세상에 나오자마자 폭발적인 인기를 얻었다. 덕분에 당시 35세였던 베른은 재정적으로 독립하여 소설 집필에만 전념할 수 있었고, 그 후 40여 년에 걸쳐 60여 권으로 이루어진 '경이의 여행'을 가뿐히 떠날 수 있게 되었다. (이 소설이 나오게 된 배경에 대해서는 앞의 431쪽을 참고할 것.)

이 책은 부제—'세 영국인의 아프리카 탐험 여행'(Voyage de découvertes en Afrique par trois Anglais)—가 그 내용을 말해주고 있다. 지리학자이자 탐험가인 새뮤얼 퍼거슨 박사는 친구이자 사냥꾼인 딕 케네디와 하인인 조 윌슨과 함께 기구를 타고, 유럽인의 발길이 닿아본 적이 없는 아프리카 중앙부를 횡단하는 탐험 여행에 나선다. 여행의 목적은 두 가지인데, 그 하나는 나일 강의 발원지를 최초로 확인하는 것이고, 또 하나는 선구자들이 이미 탐험한 지역을 서로 연결함으로써 그 사이에 남아 있던 미답의 영역을 없애는 것이다.

일행은 아프리카 동해안의 잔지바르 섬에서 '빅토리아'라는 이름의 기구를 타고 출발하여, 빅토리아 호 · 차드 호 · 아가데스 · 팀북투 · 젠네 · 세구 등지를 거치며 5주 동안 파란만장한 모험과 놀라운 발견을 한 뒤 서해안의 세네갈 생루이에 도착한다.

줄거리는 아주 단순해 보이지만, 이 작품에는 그 후 이어진 '경이의 여행' 시리즈의 많은 작품에서 계속 되풀이될 플롯과 성격 묘사와 주제가 확립되어 있기 때문에 그 중요성이 더욱 강조되고 증폭되었다.

예를 들어 플롯을 보면 우리는 그의 후기 소설들에서 하나의 관례가 되는 삽화적 구성을 볼 수 있다. 《기구를 타고 5주간》은 점점 위기가 고조되어 독자의 손에 땀을 쥐게 하는 상황의 연속으로 이루어져 있다. 주인공들은 위험에 빠졌다가 구조되고 덫에 걸렸다가 벗어나기를 끊임없이 되풀이한다. 위험과 구조 사이를 계속 오가고 상승과 하강이 번갈아 일어나는 것은 독자의 흥미를 끄는 지속적인 긴장감을 만들어낸다.

후기 작품들과 마찬가지로 이 작품에서도 플롯은 과학에 대한 새로운 사실을 밝히기 위한 핑계에 불과한 경우가 많다. 쥘 베른이 등장인물들을 낯선 환경(이 책의 경우에는 미지의 암흑대륙 아프리카) 속에 집어넣는 것은, 그렇게 하면 발견과 지식이 인간의 진보와 발전에 어떻게 이바지하는지를 좀 더 사실적으로 보여줄 수 있고, 독자들은 과학과 자연의 충돌을 통해 우리 세계의 놀라운 자연 현상을 좀 더 구체적으로 이해하고 평가할 수 있기 때문이다. 그는 또한 교육과 오락을 결합시키라는 출판업자의 요구도 충족시키고 있다.

비록 나중에는 변화를 시도했지만, 베른의 소설에서 성격 묘사는 반복적인 특성을 보여준다. 그는 항상 과학자와 발명가,

또는 비범할 정도로 박학다식한 인물(대개는 주인공이지만, 때로는 주변 인물)을 작품에 포함시킨다. 그들은 지도에 나와 있지 않은 미지의 땅을 지나면서 놀라운 발견을 하고, 그 발견의 과학적·역사적·지리적 측면에 대해 논평까지 할 수 있는 사람들이다. 《기구를 타고 5주간》에서는 새뮤얼 퍼거슨 박사가 그런 인물인데, 그는 비행할 때 기구의 상승과 하강을 적절히 통제할 수 있는 장치를 발명한 과학자인 동시에 아프리카에 대한 권위자이기도 하다. 그는 동료들—그리고 독자들—에게 그 지역의 위험과 특색, 과거의 탐험이 어디까지 이루어졌는지, 알려진 지역이 어디서 끝나고 미지의 지역은 어디서 시작되는지를 막힘없이 설명해준다.

베른의 첫 장편소설에서 데뷔한 또 하나의 표준적 인물은 머리가 아니라 몸을 쓰는 행동가다. 스코틀랜드 사람인 딕 케네디가 그 역할을 맡고 있다. 베른의 화자는 딕 케네디를 퍼거슨의 '알테르 에고'(또 다른 자아)로 묘사하고 있는데, 그들의 차이점은 위기에 대한 반응에서 드러난다. 케네디는 감정적으로 반응하고, 항상 강력한 육체적 힘을 사용할 준비가 되어 있는 반면에 퍼거슨은 냉정하게 반응하고, 보다 이성적인 접근 방식을 제의한다. 케네디는 한스 비엘케*와 네드 랜드 같은 인물들의 선구자라고 할 수 있다.

베른의 소설에서 관례가 되는 세 번째 인물은 익살꾼 역할을 하는 충실한 하인이다. 이 작품에서는 순박하고 민감한 하인인 조가 여기에 해당한다. 사람과 곤경에 대한 그의 인내심은 한이 없다. 그는 사람과 상황을 있는 그대로 받아들이고, 자기 마음에 들지 않는다는 이유로 비난하지도 않는다. 인간성에 대한 그의 논평은 순진함에서부터 심오함에 이르기까지 폭이 넓다. 그가 툭툭 내뱉는 의견은 인생에 대한 통찰력을 가진 순진무구한 사람만이 낼 수 있는 목소리다. 그의 후예로는 파스파르투를 우선 꼽을 수 있을 것이다.

'경이의 여행' 시리즈의 첫 작품에 등장하는 세 가지 '인물 유형'의 중요성은 그들의 성격이 '경이의 여행'을 이루는 모든 작품에서 성격 묘사의 토대가 된다는 것이다. 베른은 아무리 많은 인물을 등장시켜도, 어떤 부류의 인물을 등장시켜도, 결국에는 그 두드러진 특징으로 돌아간다. 그는 하나의 인물 속에 그 특징들을 다양한 방식으로 결합시키기도 하고(과학자 파가넬은 익살꾼 역할도 하고, 네드 랜드는 몸을 쓰는 행동가이자 순진무구한 관찰자이기도 하다), 같은 역할이나 속성을 둘 이상의 인물에게 할당하기도 한다(네모 선장과 아로낙스 박사는 둘 다 과학자다). 하지만 이 세 가지 특징은 그의 후기 소설에도 몇 번이고 되풀이하여 나타난다.

주제의 측면에서 《기구를 타고 5주간》은 서로 관련된 수많은 모티프를 도입하고, 이 모티프들은 '경이의 여행' 시리즈의 거의 모든 작품에 다시 등장하여 다양하게 강조된다. 이 모티프들 가운데 몇 가지는 '빅토리아'호가 아프리카 중부의 거대한 사막 위를 지나는 동안 퍼거슨이 친구들을 이 여행에 끌어들여 목숨을 위험에 빠뜨린 자신을 나무라는 대목에 분명히 나타나 있다.

* 한스 비엘케: 《지구 속 여행》에 나오는 안내인. 네드 랜드: 《해저 2만리》에 나오는 작살잡이. 파스파르투: 《80일간의 세계일주》에 나오는 하인. 파가넬: 《그랜트 선장의 아이들》에 나오는 지리학자. 네모 선장: 《해저 2만리》와 《신비의 섬》에 나오는 수수께끼의 인물. 아로낙스 박사: 《해저 2만리》에 나오는 해양학자.

박사는 이렇게 된 책임을 강하게 느끼고 있었다…… 이 두 사람을 이렇게 먼 곳에 데려온 것은 그였다. 그들이 따라온 것은 우정 때문일까, 의무감 때문일까? 내가 한 일은 옳았을까? 해서는 안 될 일을 해버린 건 아닐까? 이 여행은 불가능에 도전하는 엉뚱한 짓은 아니었을까? 신은 이 불친절한 대륙의 조사를 좀 더 후세에 맡기고 싶었던 게 아닐까?(제24장)

금지된 지식의 존재를 인정하는 것은, 어떤 지식은 인간의 영역에 있는 반면에 다른 영역에 있는 지식(不可知)은 신에게 맡겨져 있다고 믿는 것이다. 이것은 퍼거슨의 의문에 본래적으로 내재되어 있는 믿음이지만, 그는 거기에 흥미롭고 아이러니한 관점을 준다. 그는 신에게 맡겨진 지식을 인간이 절대로 발견하면 안 된다고 생각지는 않고, 금기를 마음대로 바꾸는 것을 신성모독으로 생각하지도 않는다. 모든 지식은 결국 우리 인간에게 올 것이고, 그것이 '언제'일지는 신이 결정할 문제일 뿐이라고 암시한다. 그는 아프리카의 비밀이 발견될 거라고 확신한다. 그가 궁금해하는 것은 그가 '알 수 없는 것'을 발견하려고 선택한 그 순간이 그 지식을 밝히겠다는 신의 뜻과 같은 순간인가 하는 것이다. 앞부분에서 케네디는 퍼거슨에게 여행을 포기하라고 설득하면서, 그의 목표는 가까운 장래에 다른 사람들에 의해 훨씬 덜 위험한 방식으로 이루어질 수 있을 거라고 주장한다. 사막에서 위기를 겪는 동안 퍼거슨은 케네디의 말을 되새긴다.

퍼거슨이 선교사를 구출한 사건은 이 개념과 관련되어 있다. '빅토리아'호에서 선교사는 "과학은 영웅을 낳는다"고 말한다. 여기에 대해 케네디는 "하지만 종교는 순교자를 낳는다"고 대답한다. 아이러니하게도 신앙과 과학은 서로 싸울 때가 많지만, 두 사람의 말에서는 서로 교환될 수 있다. 신앙과 과학은 저마다 자기 몫의 영웅과 순교자에 대한 권리를 주장할 수 있기 때문이다. 모든 영웅과 마찬가지로 성직자나 탐험가는 가장 위험한 길을 택할 수 있는데, 그렇게 함으로써 가장 큰 보상을 얻을 수 있기 때문이다. 모든 순교자와 마찬가지로 성직자나 탐험가는 탐색하는 과정에 죽음까지도 기꺼이 받아들이는데, 자신보다 가치 있는 명분을 위해 목숨을 바친다고 믿기 때문이다.

성직자는 분명 그리스도 같은 인물로, 즉 그가 구원하려고 애쓰는 바로 그 사람들에게 고초를 당하는 무고한 희생자로 묘사되어 있다. 그는 이 이교도의 땅에 맨 먼저 용감하게 들어와서 가장 거센 저항에 부딪힐 수밖에 없기 때문에 영웅적이다. 조만간 다른 사람들이 그 뒤를 따라 들어가서 그 저항을 차츰 무너뜨리고 마침내 원시 부족을 개종시킬 것이고, 미개인들의 야만적인 생활방식은 유럽 문명의 보다 세련된 방식에 길을 양보할 것이다. 같은 패턴이 과학에도 적용된다. 최초의 탐험가들(제1장 말미에 이름이 열거된 사람들)은 가장 강력한 저항에 부딪혔지만, 점점 더 많은 사람들이 아프리카에 대한 지식을 얻으러 오면 아프리카는 자신의 비밀을 털어놓는 데 좀 더 협력적이 될 것이다.

이런 계시의 중심에는 신의 섭리라는 문제가 놓여 있다. 신의 섭리에 대한 베른의 개념은, 간단하게 표현하면 신의 뜻이 우리 삶에서 맡고 있는 역할에 대한 인식과 관련되어 있다. 신이 우리에게 성공을 주면 우리는 신에게 감사해야 하고, 신이 우리에게 실패를 주어도 신의 무한한 지혜에 경의를 표해야 한다는 것이다. 신의 섭리에 대한 이 개념은 지극히 단순하지만, 베른은 그것을 단순하게 다룬 적이 거의 없다. 아니, 그 개념의 애매모호함을 강조하기 위해 개념을 복잡하고 난해하게 만드는 경우가 많다. 한 예로 퍼거슨을 묘사한 다음 대목이 그렇다.

> 그는 아무래도 운명론자인 것 같았다. 하지만 정통파 운명론에 입각하여 자기 자신만 믿고 섭리에 따랐다. 여행에 끌리는 것이 아니라 여행 쪽으로 떠밀린다고 그는 말했다. 그리고 기관차처럼 세계를 돌았다. 그것도 정해진 길을 나아가는 기관차가 아니라 길을 찾아서 나아가는 기관차였다.
> "나는 내 길을 가는 게 아니다. 내 뒤에 생기는 것이 나의 길이다." 이따금 그는 이런 식으로 말하기도 했다. (제1장)

화자는 자신의 운명론을 '정통'이라고 부름으로써, 신의 섭리를 퍼거슨이 광신적으로 믿지는 않는다는 것을 보여준다. 그 대신 퍼거슨은 이따금 그의 노력이 결과에 영향을 미칠 수도 있다는 것을 깨닫는다. 퍼거슨과 동료들은 신의 섭리의 힘에 자주 양보하지만, 자발적 결정을 내릴 수 있는 능력과 자신의 운명을 통제할 수 있는 능력을 버리지는 않는다.

퍼거슨과 동료들에게 자기 결정 능력은 주로 자연의 장애를 극복하기 위해 과학을 교묘하게 적용하는 데 달려 있다. 신의 섭리는 인간의 노력을 방해하거나 부추기기 위해 자연의 장애를 조종한다. 사막 위의 탁한 공기, 기구를 공격하는 독수리, 퍼거슨이 사라진 조를 찾을 때 나타나 방해하는 모래 폭풍—이 모든 것이 신의 섭리가 인간의 인내심과 창의력을 시험하기 위해 자연을 이용한 예다. 상황—이것 또한 신의 섭리에 따라 운 좋게 준비된 것처럼 보인다—이 그들을 성공으로 데려가는 동안, 모든 모험가는 자신과 다른 사람들을 구하기 위해 제 기술에 의존해야 한다.

베른은 분명 이 모든 것에서 실증주의적 입장을 외치고 있다. 온갖 장애에도 불구하고 과학과 기술은 방해받을 수 없고, 진보에 대한 과학과 기술의 기여는 궁극적으로 인류에게 큰 혜택이 될 것이다. 하지만 베른은 이것을 맹목적으로 주장하지 않는다. 그는 변화를 낳는 느리고 고통스러운 과정을 알고 있으며, 과학기술적으로 우월한 것이 과학기술적으로 부족한 것을 희생시키고 앞으로 나아간다는 것, 모든 문화가 진보를 앞세운 제국주의적 팽창의 공격에 굴복할 수 있다는 것을 알고 있다.

위에 인용한 퍼거슨의 의문(제24장)은 케네디가 여행을 단념하도록 친구를 설득할 때 제기한 의문을 되풀이한 것이다.

나일 강의 발원지를 발견하는 일이 과연 그렇게 중요한 일인가…… 아프리카 탐험이 인류의 행복에 얼마나 도움이 된단 말인가…… 아프리카 원주민이 문명인의 대열에 들어오면 행복해질 수 있단 말인가…… 그리고 유럽에 비해 아프리카에 문명이 없다는 것은 확실한가…… (제5장)

퍼거슨의 '또 다른 자아'는 반론을 제기하여 진보에 반대한다. 단순히 팽창을 위해 기존 문화를 다른 문화로 대체하는 데에는 윤리적으로 고려해야 할 점이 있다는 것이다. 어떤 문명은 다른 문명에 비해 존재할 권리를 더 많이 갖고 있다고 말할 수 있는가? 어떤 문명이 과학기술적으로 우월하다고 해서, 그보다는 덜 발달했지만 그럼에도 불구하고 여전한 생명력을 갖고 있는 다른 문명을 위압할 권리가 있는가? 베른은 진보를 지지하지만, 그 불가피한 결과까지 무시하거나 너그럽게 봐주지는 않는다. 윤리적 고려 따위는 안중에도 없는 진보는 독자적인 추진력을 만들어, 막을 수 없는 불가항력처럼 앞으로 돌진한다. 이런 염려는 《해저 2만리》와 《그랜트 선장의 아이들》 같은 후기 작품에서 더욱 폭넓게 다루어진다.

《기구를 타고 5주간》은 위대한 책은 아니지만 아주 좋은 책이고, 좋은 착상에 좋은 플롯을 가진 흥미진진한 모험소설이다. 이 책은 베른이 창조한 장르—과학소설—에 확실한 입구를 마련했으며, 앞으로 나올 '경이의 여행' 시리즈에 확고한 토대를 제공해주었다.

본문 속의 삽화는 에두아르 리우(Edouard Riou, 1833~1900)와 앙리 드 몽토(Henri de Montaut, 1840~1905)가 동판화로 제작한 것이다. 이들은 '경이의 여행' 시리즈를 위해 쥘 에첼이 고용한 삽화가로, 리우는 나중에 《지구 속 여행》의 삽화를, 몽토는 《지구에서 달까지》의 삽화를 맡아 그 성공에 일조했다.

기구를 타고 5주간

초판 1쇄 발행 2015년 1월 28일
초판 2쇄 발행 2020년 3월 10일

지은이 쥘 베른
옮긴이 김석희
펴낸이 정중모
펴낸곳 도서출판 열림원

출판등록 1980년 5월 19일(제406-2000-000204호)
주소 경기도 파주시 회동길 152
전화 031-955-0700 | 팩스 031-955-0661
홈페이지 www.yolimwon.com | 이메일 editor@yolimwon.com

ISBN 978-89-7063-836-2 04860
       978-89-7063-326-8 (세트)

• 책값은 뒤표지에 있습니다.

이 도서의 국립중앙도서관 출판예정도서목록(CIP)은 서지정보유통지원시스템 홈페이지(http://seoji.nl.go.kr)와
국가자료공동목록시스템(http://www.nl.go.kr/kolisnet)에서 이용하실 수 있습니다.(CIP제어번호: CIP2015001329)